UNIVERSALE
ECONOMICA
FELTRINELLI

GW01607151

ERMANNO REA

# Napoli Ferrovia

Prima edizione nell'"Universale Economica" settembre 2015

Stampa Nuovo Istituto Italiano d'Arti Grafiche - BG

ISBN 978-88-07-88684-3

razzismobruttastoria.net

# Napoli Ferrovia

... Di nuovo ti rivedo,
città della mia infanzia spaventosamente perduta...
Città triste e allegra, eccomi tornato a sognare...
Io? Ma sono lo stesso che qui è vissuto, che qui è tornato,
e che qui è tornato a tornare, e a ritornare,
e di nuovo a ritornare?
O siamo, tutti gli Io che qui sono stato o sono stati,
una serie di grani-enti legati da un filo-memoria,
una serie di sogni di me di qualcuno fuori di me?

Una volta ancora ti rivedo,
col cuore più lontano e l'anima meno mia.

Una volta ancora ti rivedo – Lisbona e Tago, e tutto –,

viandante inutile di te e di me,
straniero qui come dappertutto,
casuale nella vita come nell'animo,
fantasma errante in sale di ricordi,
al rumore dei topi e delle tavole che scricchiolano
nel castello maledetto del dover vivere...

FERNANDO PESSOA, *Poesie di Álvaro De Campos*
(traduzione di Antonio Tabucchi)

# Un tipo molto di destra, un naziskin

Ognuno ha le amicizie che merita. Si chiama Caracas e io sono felice che a un certo punto le nostre strade si siano incrociate. È un uomo piuttosto imprevedibile, a essere sincero. Di sicuro, non è una persona dozzinale, di quelle che passano e non lasciano alcun segno. Il suo regno è il pianeta Ferrovia: la sera è sempre lì, ai piedi di quella specie di rampa di lancio che è la statua di Garibaldi, un po' soprappensiero come si addice a chiunque stia per intraprendere un viaggio verso l'ignoto. La Ferrovia è una sconfinata ragnatela siderale e Caracas assomiglia a un astronauta perennemente impaziente di scoprire nuovi mondi.

Una volta mi condusse nella strada dove gli piacerebbe abitare, dove anzi da tempo cerca un alloggio benché senza fortuna. Caracas non ha casa, vive ora qua ora là, per lo più ospite di un vecchio amico che però non mi ha mai presentato (esisterà davvero?). Possiede in compenso uno "studio": un sottoscala dalle parti di Posillipo dove qualche volta si ferma anche a dormire, benché scomodamente, a suo dire.

La sua strada del cuore si chiama Tristano Caracciolo ed è a un passo dalla *mia* piazza Principe Umberto. Via Tristano Caracciolo è stata interamente colonizzata dagli extracomunitari (arabi e neri, e perciò niente cinesi che si guardano bene dall'avere rapporti sia con gli uni che con gli altri). C'è un ristorante tunisino bianco e azzurro – piano terra e sottoscala – e, poco oltre, una specie di club per soli neri dove Caracas non è mai riuscito a ficcare il naso, sempre scacciato con fermezza nonostante le sue insistenze.

Ha un'aria da segugio in stato di mobilitazione permanente: si ferma davanti a ogni basso, a ogni portone, entra in tutti i negozi – arabi, cinesi, ucraini – si informa, si intrufola, stringe mani, acquista cianfrusaglie, ostenta familiarità: fino a indurre sospetto e irritazione di cui non sempre si rende conto.

Non so perché quella intestata a Tristano Caracciolo l'incanti più di altre strade di questa città nella città. Forse per i suoi palazzi ottocenteschi e monumentali ormai neri di una fatiscenza che si è fatta cenere, abito a lutto. Quando lo seguo nei suoi momenti di maggiore frenesia cerco invano, per farmene una ragione, di penetrare negli ingranaggi più nascosti del suo immaginario laddove germogliano fantasie e pulsioni. Caracas per me rimane essenzialmente un mistero.

Una sera, giusto in via Tristano Caracciolo (una volta vico Croce a Capuana), vide un uomo per terra che dava l'impressione di dormire avvolto in un cappotto scuro. Era notte alta, non c'era nessuno, soltanto quel corpo accartocciato contro il muro. Caracas si chinò su di lui: aveva capelli ricci e grigi. La testa poggiava su un piccolo e logoro zaino gonfio dal quale emergeva un giornale in caratteri arabi. Altro che dormire, tremava.

«Che cosa ti succede, fratello?»

Non rispose. Si mise però a battere i denti con più forza. Era un messaggio. Si teneva un fianco con entrambe le mani. Caracas provò con dolcezza a staccargliene una e si accorse che grondava sangue.

Gli passarono accanto due uomini. Provò a fermarli, chiese aiuto, ma quelli si misero a correre scomparendo rapidamente in una strada laterale. Caracas fissò per qualche istante il pavimento del marciapiede, poi chiamò il 118. Gli risposero di non poter accettare richieste di intervento formulate attraverso un cellulare. Avrebbe dovuto chiamare da un telefono fisso. Allora compose il numero del Posto di Polizia alle spalle della statua di Garibaldi. Lo conoscevano. Sin troppo bene. Era ancora un ragazzo quando in Questura lo avevano schedato per la prima volta: *sovversivo di estrema destra*. Un naziskin. E lo conoscevano in particolare gli agenti addetti a quell'ufficio ritenendolo, come in effetti era, un fotografo di cronaca in presidio permanente dell'area Ferrovia.

«Parla Caracas» disse. «Sono in via Tristano Caracciolo accanto a un uomo che perde sangue. Venite con un'autoambulanza.»

Nell'attesa cercò di tenere sveglio il ferito. Non si udiva una voce, un rumore: il silenzio colava come una gelatina appena liquida; era un silenzio appiccicoso.

Gli chiese se capisse la lingua italiana. L'uomo annuì e Caracas si mise a sedere per terra vicino a lui. Non faceva più il freddo dei giorni precedenti, tirava però uno scirocco umido che gli ricordò l'infanzia e il Venezuela. Uno scirocco di tipo equatoriale.

«Che cosa è successo?»

«Niente» mormorò l'uomo premendo ancora di più le mani sul fianco sinistro.

«Come niente? Chi è stato?»

Silenzio.

Caracas non insistette. L'uomo aveva gli occhi chiusi. La semioscurità non nascondeva il suo pallore, la sofferenza del volto asciutto e pieno di avvallamenti color latte macchiato. Non era né vecchio né giovane: i capelli ricci e grigi, anzi qua e là già bianchi, lo collocavano comunque nella categoria abbastanza indefinita degli anziani. Caracas, divorato come sempre dalla curiosità (dice che è il suo "dèmone" e la sua "musa"), avrebbe voluto sottoporlo a una raffica di domande. Ma si limitò a interrogare gli abiti che portava addosso. Era un poveraccio. Lo dedusse soprattutto dalle scarpe, nere, scalcagnate ed enormi, sicuramente di qualche misura superiore al suo piede. Erano anche incrostate di mota.

«Come ti chiami?»

«Aziz.»

«Hai moglie? Devo avvertire qualcuno?»

Scosse leggermente il capo. Ma c'era incertezza in quel gesto.

«Da quanto tempo sei in Italia?»

«Tre mesi.»

«Accidenti! Così poco?»

«Non ci fossi mai venuto!»

Parlava in punta di labbra: una lingua incerta e biascicata. La sua mente era di sicuro in confusione. In ogni caso capiva e si faceva capire. Lo immaginò colpevole. Disse, ma senza alcuna sfumatura interrogativa: «Hai fatto qualcosa che non dovevi fare».

L'uomo tossì con sofferenza: era una tosse umida, densa, che sembrava salirgli dalla pancia più che dal petto.

«Aziz non ha niente da rimproverarsi. Io ho Allah nel cuore.»

«Davvero non vuoi che dica a qualcuno che sei ferito? Pensaci bene.»

Scosse di nuovo il capo.

«E se muori?»

Silenzio.

Cercò di rimediare a quell'assurda domanda accentuando il tono scherzoso. «Ho capito» disse, «sei certo di cavartela.»

L'uomo spalancò gli occhi e guardò Caracas con rimprovero. Fu un attimo. Li richiuse subito con una smorfia a bocca aperta mostrando una dentatura gialla e gravemente compromessa. «No!» disse con forza.

«Come sarebbe a dire? Vuoi morire?»

Assentì due volte. Allora Caracas fece una faccia spazientita. «Che sciocchezza» disse. «Tu non morirai. Sta per arrivare un'autoambulanza. Ti cuciranno e ti rimetteranno in piedi.»

Restarono in silenzio. Il vecchio allungò le gambe e Caracas si rese conto per la prima volta che, oltre che magro, era uno spilungone. Aveva caviglie sottili come i garretti di un purosangue.

«Sei buono» disse il ferito. «Un uomo buono. Grazie.»

«E di che cosa?»

«Sei cristiano?»

«No.»

«Musulmano?»

«Non ancora. Forse lo diventerò.»

«Il musulmano è misericordioso con tutti gli esseri umani. Vuole il bene di tutti.»

Si mise a tossire. «È proprio finita» mormorò. Caracas rabbrividì. Allungò lo sguardo al fianco dell'uomo: le mani erano rosse ma l'emorragia sembrava essersi arrestata. Per terra la macchia di sangue si era estesa ma non di molto: avvertì un odore dolciastro, di caramello.

«È finita» ripeté l'arabo.

«Ti ho detto che ti rimetteranno presto in piedi. Comunque, non rispondermi. Qualunque cosa io dica tu resta zitto. Cerca di non pensare a niente: non devi parlare.»

Aveva occhi piccoli e neri. Caracas pensò che i lampi che ogni tanto emettevano fossero accesi dalla paura di ciò che stava per succedere. Era un uomo spaventato: forse dall'idea di morire, forse per qualche altra ragione. Gli infilò nella tasca del cappotto il suo biglietto da visita. C'era scritto in grande il suo soprannome, CARACAS, e sotto un semplice numero di telefono cellulare. Gli disse: «Caso mai un giorno avessi di nuovo bisogno di me».

L'arabo gli rispose con un mezzo sorriso e un cenno di assenso.

La polizia non arrivava. Ci furono altri passanti. Caracas ne udì innanzi tutto le voci: erano anch'essi arabi, alticci e concitati, come in procinto di litigare tra loro. Sbucarono improvvisamente dal nulla e tacquero di colpo, procedendo in fila indiana senza mai girare il capo. Come se non avessero avuto occhi per vedere.

«Ho la gola secca. Potessi avere un bicchiere d'acqua gelata!»

Caracas si guardò intorno: neppure una finestra illuminata. Si sollevò da terra rassicurando il ferito che sarebbe tornato di lì a poco.

Bussò a varie porte. Finalmente raggiunse lo scopo, ma senza dire che chi chiedeva da bere era ferito. Disse soltanto che stava male.

Lo aiutò a bere. Non fu facile. Costretto a sollevare la testa e a muovere il corpo l'uomo fu colto da dolori lancinanti. Ma la sete era invincibile. Allora Caracas fu costretto a usare le dita della mano destra come il becco di una fontanella facendo sgocciolare il liquido nella bocca spalancata dell'uomo.

Dopo aver bevuto ripeté meccanicamente la sua frase preferita: «È finita!». Poi, quasi a evitare un nuovo commento del suo soccorritore, chiese di dettargli un indirizzo che Caracas trascrisse su un pezzetto di carta.

«È di mia figlia» disse. «Se muoio diglielo: tuo padre è morto.» Lasciò passare alcuni secondi poi soggiunse: «È successo tutto per causa sua».

«Credi che possa fare qualcosa per lei?» chiese Caracas.

«No, non puoi fare niente per lei.»

L'uomo smise di tremare e chiuse gli occhi. Proprio in quel momento arrivarono l'autoambulanza e alcuni agenti a bordo di un'Alfa blu. Caracas protestò per il ritardo. Mentre caricavano il corpo del ferito sull'autoambulanza disse all'infermiere: «Scommetto che è morto». Sperava che lo rassicurasse. Invece quello gli rispose sgarbato: «Può darsi».

Il mattino dopo Caracas andò all'ospedale per avere notizie. Gli dissero che l'"algerino" (un algerino, dunque!) non ce l'aveva fatta. Allora si mise alla ricerca della figlia scoprendo che faceva la prostituta a Porta Nolana.

Gliela indicarono ma lui non ebbe il coraggio di avvicinarla. Si limitò a scrivere su un foglietto: "Tuo padre è morto. È già all'obitorio. Un amico".

Per farle ricevere il messaggio si rivolse a un ragazzino rumeno. Gli costò quasi un euro.

***

Caracas è una miniera di storie: potrebbe raccontarne mille e una. Mario Rizzo, ex contrabbandiere e proprietario di un camion-bar che staziona tutte le notti a piazza Garibaldi (non so quando, ma prima o poi mi occuperò anche di lui), un giorno lo chiamò il *Cristo della Ferrovia* (un Cristo di estrema destra, benché in fase di forte ravvedimento).

Secondo me la municipalità dovrebbe stipendiarlo, riconoscere pecuniariamente il suo ruolo di "appassionato dell'altrui dolore". È anche segugio, cane da fiuto. Conosce i trucchi di tutti, i travestimenti e le astuzie. Una volta per esempio mi spiegò che i polacchi che bivaccano sotto la statua di Garibaldi offrono spesso a passanti e curiosi birra drogata. «Dài, bevi con noi» dicono al malcapitato (preferibilmente alle donne, alle loro stesse connazionali). Chi ci casca perde a dir poco il contenuto del portafogli o della borsetta. Oltre ai sensi.

Quando lo conobbi, ero tornato da poco a Napoli dopo un'assenza durata all'incirca un cinquantennio. Non che non avessi più sfiorato i suoi marciapiedi. Anzi, di *falsi ritorni*, ce n'erano stati parecchi, ma tutti fugacissimi e nevrotici: un abbraccio a qualcuno, e via; una lacrima appresso a un'esequie, e via; uno sguardo al mare, e via. Con la testa invariabilmente abbassata sul petto e un che di furtivo, di colpevole e impaziente, nei movimenti.

Cinquant'anni sono tanti, una vita. Perché me ne andai? Caracas sorride. «Se non lo sai tu!»

Io lo so e non lo so. Vi sono domande che rifuggono ogni risposta perché la loro vocazione è di crescere su se stesse, dilatarsi nel tempo, ridefinirsi in una successione continua di variazioni e aggiustamenti: fu giusto? fu un guadagno? fu una necessità? Forse è arrivato il momento di non girare la testa dall'altra parte.

Accadde nel 1957. Ricordo che in quegli anni non si parlava d'altro: era tempo di delusione, di ripiegamento politico, di speranze con le gambe spezzate. Ogni pensiero era in qualche modo un pensiero di fuga e non c'era dialogo, pubblico o privato, esteso o ristretto, che non pretendesse di scavare nell'eterno mito della partenza. Non diversamente dai miei predecessori (un esercito) volli perciò sperimentare anch'io il distacco dalla matrice, da vivere insieme come perdita lacerante, certo, ma anche come maturazione e conquista di libertà. Ciascuno, a un certo punto della vita, è vinto dall'impazienza di leggersi uomo sino in fondo, di misurarsi, di affrontare i flutti del mare aperto. Ero convinto di valere poco o nulla, di essere un uomo artificiale, costruito in laboratorio con tanti pezzi di scarto della fabbrica antropologica del momento: un po' di questo e un po' di quello, ideologia "ambientale", lessico ed etica familiare, la confortevole casa paterna, la protettiva città natale, gli amici consonanti, e non so quante altre tutele e quanti altri tutori. Ma di mio, di veramente mio, in tutto quell'aggregato, che cosa c'era?

Quando conobbi Caracas per la verità non mi passò neppure per la testa che potesse essere lui l'uomo che cercavo, vale a dire colui che avrebbe dovuto aiutarmi a ritrovare la città e il mio passato. Lì per lì mi parve soltanto un mezzo matto del tutto inaffidabile. Ma un giorno, parecchio più tardi, cambiai parere. Mi aveva colpito lo strano modo con il quale si era messo improvvisamente a raccontarmi se stesso con l'intenzione, neanche troppo dissimulata, di impressionarmi.

«Ascoltami bene» aveva detto con un lieve sorriso sulla punta delle labbra, suo abituale modo di nascondersi, un trucco, un atto preventivamente difensivo. «Io sono fatto male. E guarda che non sto cercando affatto di richiamare la tua attenzione su di me. Sono vittima di una sorta di sfrenatezza non so dire se psichica o mentale: si chiama eccesso di immaginazione. È una vera e propria malattia, un disturbo dell'anima, si potrebbe dire, anche se chi s'intende di psichiatria sorride quando io mi esprimo così. Senza accorgermene, ogni tanto finisco per scivolare nei panni di qualcuno. Basta un niente a fare di me un altro: una cronaca su un giornale, una storia ascoltata da uno sconosciuto su un treno, uno spettacolo televisivo. Non si tratta di identificazioni deliberate, sono del tutto casuali. Con alcuni personaggi mi succede e con altri no. Né le storie nelle quali mi vado a cacciare sono per forza edificanti o anche soltanto moralmente degne. Si direbbe che non ami molto travestirmi da eroe. Anzi, le mie storie sono per lo più ambigue se non abiette. Tu non puoi neanche immaginare in quali abissi io sia capace di sprofondare...»

Ci incontravamo dove capitava, spesso a piazza Dante che, quando è inondata dal sole, si riscalda come nessun altro semicerchio cittadino e mi fa sentire come in una immensa vasca termale. Quel giorno Caracas vestiva interamente di nero: maglioncino attillato, casacchina, jeans. Da quanto tempo ci conoscevamo? Glielo chiesi: «Caracas, da quanto tempo ci conosciamo?».

«Non da molto. Così...»

«Un anno? Dieci mesi?»

«Più o meno.»

«E se fosse di più?»

«Potrebb'essere.»

«Due anni?»

«Non si può escludere.»

La questione rimase irrisolta perché all'improvviso

Caracas si mise a rincorrere un pallone che aveva sfiorato i suoi piedi. Erano ben tre i gruppi di ragazzi che in piazza stavano giocando in quel momento a calcio: lo scatto di Caracas li paralizzò tutti, come se si fosse all'improvviso materializzata una leggenda. Il Campione! Nessuno respirava.

Un anno o due. Insomma non era da molto che i nostri passi si erano incrociati. Le cose erano andate a questo modo. Un giorno, o una sera, sempre in piazza Dante, qualcuno mi aveva chiesto se volessi conoscere un naziskin, e di fronte alla mia meraviglia aveva esclamato, indicandomi Caracas: «Eccolo qui».

Tra noi si stabilì, forse non prestissimo ma presto, una certa intesa. In principio mi guardava a lampi, sollevando di scatto la testa per poi subito riabbassarla. Era evidente la sua preoccupazione. Che sulla sua strada potesse comparire una inaspettata "cariatide comunista" non ci aveva davvero mai pensato. Il diavolo e l'acqua santa. Invece era successo. Una cariatide mansueta e stizzosa nello stesso tempo. «Era soprattutto la gran matassa dei tuoi capelli bianchi a mettermi a disagio» mi confidò in seguito. «E anche un po' il naso. Grande e autoritario. E il modo di parlare sempre così affermativo, di chiedere, di indagare. Lì per lì decisi per l'inimicizia: maledetto vecchio, pensai.»

Invece diventammo amici. Di più: grandi amici. Al punto che Caracas volle eleggermi a suo confidente *totale*, mai scoraggiato da me che anzi gli presto sempre un ascolto attento, talvolta persino appassionato, soprattutto quando le sue parole danno corpo a una qualche disperazione. Il che per la verità accade spesso: siano le sofferenze di sua madre; sia la sua storia d'amore senza più futuro o il suo trasporto per gli ultimi della terra che lo induce a frequentare i quartieri più inquinati di Napoli, amico di prostitute e di immigrati, soprattutto islamici («L'Islam» mi diceva già allora, «lo sento sempre più come un destino; vedrai che prima o poi finirò tra le sue braccia»). Il suo centro operativo preferito era già allora l'area della Stazione Centrale: piazza Principe Umberto, via Carriera Grande, Porta Capuana, il Vasto, corso Garibaldi, borgo Sant'Antonio Abate, la Duchesca, dove non c'è notte senza un'*ammuina*, senza una cerimonia di sangue con tanto di strepiti e maledizioni.

Talvolta, incontrando Caracas al mattino in piazza Dante o altrove, mi capitava di annusargli addosso l'odore della sua scorribanda notturna. «Chi hai salvato, aiutato, sorretto questa volta?» gli chiedevo beffardo. Oppure: «Caracas, come è andato il Ramadan? Erano buoni i datteri?».

Non si offendeva. Non si è mai offeso per le mie non infrequenti ironie. È sempre molto educato. Ed ecco che un giorno fu lui per primo a consigliarmi di seguirlo di notte in uno dei suoi viaggi nel cuore più inospitale di Napoli: «Per imparare qualcosa di non convenzionale sulla città». Imparare che cosa, Caracas? Ma la vita, è chiaro.

«Guarda che io ho quasi ottant'anni» borbottai, ma era una plateale finzione, giusto per non confessargli la verità, e cioè che io morivo dalla voglia di accompagnarlo, perché quella "topografia proibita", la città oscura che ruota intorno alla stazione ferroviaria, mi appartiene come nessun'altra pietra napoletana dal momento che mi ha tenuto compagnia, nel bene e nel male, per tutta la giovinezza, fino a quando, trentenne, me ne andai, convinto che fosse quello il mio destino.

«Vicino a me non devi aver paura di niente» tuonò Caracas ignaro e generoso. «E poi, io conosco tutti, da quelle parti.»

Decidemmo di passare subito all'azione: l'indomani stesso, nel tardo pomeriggio, avremmo compiuto la nostra prima ispezione alla Ferrovia. «Sono emozionato, Caracas» gli dissi prendendolo per un braccio. «C'è qualcosa che non ti ho ancora detto, qualcosa che forse ti meraviglierà.»

«Che cosa?»

«Io ho abitato a lungo da quelle parti...»

«Quando?»

«Tantissimo tempo fa. Mio padre affittò un appartamento in piazza Principe Umberto nel 1936, io avevo nove anni. I miei genitori ci vissero fino al 1961. Sapessi quante volte ho sognato quelle stanze. Credo che capiti a tutti coloro che emigrano, specialmente quando si portano appresso lo scatolone delle fotografie. Anch'io ne ho uno. È rosso, con infiniti rattoppi in carta gommata, ma non lo cambierò mai. La mia cameretta era accanto all'ingresso dell'appartamento dal quale era separata da un semplice tramezzo di legno. La notte però non leggevo lì, a letto o accanto alla scrivania, ma in cucina. Era un ampio locale al centro della casa, ben protetto, con una grande credenza azzurra, un tavolo con il piano di marmo e una finestra che affacciava sul cortile. Leggevo e masticavo un po' di tutto, croste di pane, biscotti, mele, fichi secchi, noci, insomma tutto quello che riuscivo a racimolare dopo accurate ispezioni. Conservo ancora molte fotografie, sia della cucina sia della mia tana. Che cosa non darei, Caracas, per rivedere quella casa: il palazzo, la scala, l'appartamento.»

Disse che avrebbe esaudito il mio desiderio. «Io, sai, alla Ferrovia conosco tutti» affermò mettendosi una mano sul petto.

Piazza Principe Umberto, un poligono triste. Non l'ho mai associato alla gioia. In qualche caso ho perfino provato vergogna a confessare di abitare lì. Ora il poligono si è fatto interamente extracomunitario, comprese le prostitute che lo percorrono in continuazione, senza fermarsi mai, salvo quando sostano sulla banda destra della piazza dove vi sono alcune minuscole aiuole-immondezzai. Sostano e aspettano, fiduciose che prima o poi qualcuno arriverà a chiedere una loro prestazione liberatoria.

Quella sera non facemmo altro che percorrere il poligono in tutti i sensi: le puttane si misero in agitazione, qualcuna ci protese per invito le labbra, ma una nera, anzianotta, ancora bella, insolitamente magra e slanciata ma rigogliosa di seno, le mise tranquille non so come e Caracas mi spiegò che era una sua vecchia amica – non di sesso, per carità, amica-amica – che per discrezione non l'aveva neanche salutato.

Non è facile avere più o meno ottant'anni e imbarcarsi in un viaggio nella città che non c'è più, scegliendo uno stravagante per compagno di cordata: il rischio è la depressione e il rigetto del programma, dio mio, ma chi me lo fa fare? che senso ha tutto questo? Ma poi sopraggiungono i ricordi e allora ti pare di non poter più abbandonare l'impresa senza tradire persone che ti furono care, senza tradire l'idea di te stesso così come te la sei costruita nel tempo, senza tradire la città-ossessione che ha occupato con sorniona invadenza la maggior parte dei tuoi pensieri da quando eri un ragazzo: gli odori, i colori, i sapori, gli sguardi, la malinconia, il fatalismo, il dramma, la commedia, la storia, il futuro... Dico ai miei morti: ragazzi, ma è mai possibile che noi non abbiamo saputo far altro che parlare di Napoli? Antonio, Dino, Nicola, Fausto, Renzo, Francesca, Enzo: quante parole! E sempre lo stesso tema.

Piazza Principe Umberto non è cambiata granché, anche se il bar che non chiude mai i battenti, lato Cesare Rossarol, è ormai presidiato giorno e notte da gente arrivata da lontano in cerca di una nuova patria. Il bar diffonde un vapore dolciastro, non sgradevole, ambiguo, lo diresti impastato di mandorle e spezie: Caracas agita la mano contraccambiando un saluto e io mi compiaccio di avere una guida così popolare, così *dentro* al mio personale spicchio di topografia. Provo anzi una certa invidia: lui con la gente e le pietre di questa parte della città ha un rapporto di familiarità che io non soltanto non ho mai intrattenuto, ma che non ho mai neppure cercato, vittima temo, oltre che della mia timidezza, anche di pregiudizi inconsapevoli, riluttanze istintive.

No, non è affatto mutata. Questa è una città-spugna, capace di apporre il proprio sigillo su ogni importazione, di ridurre alla propria misura chiunque la scelga per casa; questa è una città che inghiotte, metabolizza fingendo di farsi essa stessa straniera via via che integra lo straniero, lo divora. Perciò la mia piazza di oggi non è troppo dissimile da quella di ieri, perfino le voci si rassomigliano, e può accadere anche che il nigeriano gridi al nigeriano – «ma tu che cazzo vvuò?» – con una inflessione di parlata, una voce, come provenisse diretta dalle viscere della città.

Quello che è sicuramente cambiato è l'ordine di grandezza: ora il degrado si è fatto smisurato; la sera non era affatto così immensa come adesso, aveva dimensioni molto più domestiche e prevedibili benché non mancassero ammiccamenti di prostitute e di *femminielli*, i rantoli del solito ubriaco aggrappato a uno spigolo di muro (figura assolutamente innocua quanto capace, lì per lì, di terrorizzarti), gli acuti del tenore di mezzanotte.

Parlo dei primissimi anni Cinquanta, o forse della fine degli anni Quaranta. Avevo un amico fraterno, destinato a diventare poi persona illustre, con il quale percorrevo il notturno segmento che congiunge piazza Principe Umberto a piazza Carlo III con il suo trionfale Albergo dei Poveri. L'ho definito notturno in modo abusivo, soltanto perché io ed Enzo Striano lo percorrevamo di notte, ripetutamente, sospinti dai nostri inesauribili scandagli ora politici, ora letterari, ora ideologici, ora di pura divagazione intorno a noi stessi, alle nostre ambizioni. Sognavamo di fare gli scrittori entrambi. Enzo però era più maturo, più deciso, più dentro al "gioco". Io prendevo tempo, gli confessavo senza pudore il mio sentimento di inadeguatezza. Certo, desideravo scrivere, ma di che cosa? Chi potevano essere mai i personaggi del mio raccontare? Che diritto ha di scrivere, gli chiedevo impetuoso, uno come me che non conosce la vita, non conosce il mondo? Non condivideva i miei dubbi, le mie angosce, le mie incertezze. E credo che, almeno in punta di teoria, avesse ragione lui.

Lavoravamo tutti e due alla redazione napoletana dell'"Unità". Lui abitava nei pressi di piazza Carlo III; io in piazza Principe Umberto: un tratto di strada diritto come un filo di ferro. Era inevitabile che la sera, tornando a casa assieme, io accompagnassi lui e lui accompagnasse me in un andirivieni inesauribile che in qualche caso è durato sino all'alba.

Striano era un giovane dotato di grande sensibilità. Alto, biondo, bel ragazzo, talvolta un po' tenebroso, come fosse custode di verità da non dirsi, di angosce inconfessabili.

La nostra amicizia terminò fulminea com'era nata, temo per via di una ragazza, o forse no, perché lui un giorno scomparve dalla redazione dell'"Unità", dall'orizzonte della nostra comunità politica, preda di non so quale crisi nella quale forse io avevo avuto involontariamente qualche parte di responsabilità. Non ci incontrammo più.

Ero ormai un anziano signore quando lui pubblicò e io lessi *Il Resto di niente*, il romanzo che lo ha reso famoso. Provai una forte emozione e decisi di chiamarlo. Ma lui nel frattempo era morto e io non ne avevo saputo niente. Ricordo con non sopito dolore le parole della moglie al telefono: Enzo non c'è più.

# Il cielo era di un azzurro rosato

Si preoccupa per le troppe facce che non conosco della città e che invece avrei il dovere di conoscere dal momento che la giudico in continuazione e pretendo perfino di raccontarla. Caracas non fa che sorprendermi piacevolmente, il che non impedisce che almeno metà delle sue idee sulla vita e sul mondo mi facciano inorridire, benché professate in buona parte con l'incredulità di chi ha preso a dubitare di se stesso, è in crisi di stabilità e cerca salvagenti da tutte le parti.

Mi incantano soprattutto il suo sorriso, le sue premure, la sua storia di uomo attraversata da una vicenda amorosa tra le più sconvolgenti che abbiano mai raggiunto le mie orecchie. La sua aria angelica e soccorritrice è per me fonte di ininterrotto stupore, anche perché mi rammenta un altro amico di tanti anni fa che si uccise in maniera insopportabilmente brutale: piantandosi il tubo del gas in bocca. Aveva l'animo e i modi ispirati del poeta, soprattutto il candore del poeta. Si chiamava Luigi, e per il momento, di lui, non intendo dire di più.

Caracas è il mio Luigi-bis, e poco importa se tra i due

non corre la più piccola somiglianza fisica. Massiccio e taurino il Luigi di un tempo, smilzo e quasi aereo quello di adesso, il naziskin.

Caracas ha occhi a palla color acqua con una spolverata di turchese dentro, occhi che di tanto in tanto si fanno di cristallo, immobili e aggressivi in un'orbita quasi insufficiente a contenerli. Luigi, il comunista, aveva invece uno sguardo perennemente umido e mansueto, eppure capace di accendersi dello stesso fuoco missionario di Caracas, della stessa passione redentrice. Il confronto potrebbe continuare a lungo, soffermarsi sul portamento, sul sorriso, sul cipiglio. Luigi per esempio era una sorta di testuggine nera laddove Caracas ha una carnagione trasparente, fragile, pericolosamente bianca punteggiata di giallo. Un uomo "chiaro", questo è fuori discussione, così come l'altro era un uomo "scuro", cromaticamente segnato, potrei dire, se non sapessi quanto ininfluente, dal punto di vista del carattere (e forse del destino), sia la tinta che ci portiamo appresso. Uguali e diversi. Caracas certo non scriverà mai libri come invece ne scrisse Luigi, ma le sue notti sono altrettanto visionarie, popolate da sogni di giustizie ripristinate, torti risarciti, abusi denunciati e sconfitti. Potenza del buio! E dell'immaginazione, sfrenata in entrambi: quasi un "disturbo dell'anima", come dice Caracas.

Spesso la sera ceniamo assieme: io, lui e un altro paio di amici. Non che dalle parti di piazza Dante si mangi da re. Te lo sogni l'olio extravergine d'oliva; te li sogni gli spaghetti alla trafila di bronzo cotti veramente al dente, i pomodorini dell'Agro Nocerino. In pratica, si mangia da schifo. Ma tant'è: piazza Dante, la sera, è diventata il nostro quartier generale, punto di convergenza di tante strade spesso dai remoti capilinea personali. Io arrivo da piazza Trieste e Trento, Palazzo Reale. Il mio capolinea non è poi così lontano. Sono tornato a vivere con una certa stabilità a Napoli dopo poco meno di cinquant'anni di assenza. Un incarico importante. E il dubbio, martellante, di avere sbagliato ad accettarlo. Spesso raggiungo la piazza a piedi lungo il rettilineo di via Toledo: mi guardo sempre intorno con sospetto e cerco di evocare ricordi, legami, complicità, di riguadagnare una familiarità perduta con i palazzi, i negozi, le facce dei passanti. Non sempre ci riesco: l'appartenenza vacilla dentro la molestia dei sentimenti che mi fa sentire ora un estraneo, ostile tra ostili, ora un frammento rifiutato di una comunità a suo modo compatta e poco benevola col transfuga di turno.

Ma quando arrivo in piazza Dante le oblique congetture evaporano come per magia. Mi sento rassicurato. Ricongiunto con me stesso. Forse perché sono nato da queste parti, in piazza Cavour, e ho frequentato il liceo Genovesi, in piazza del Gesù. A Port'Alba abitava la professoressa Mariangela F., giovanissima, esuberante, prorompente, sempre pronta a scoppiare in fragorose risate. La prima cotta della mia vita fu per lei. Nonostante la mia feroce timidezza presi a passeggiare di tanto in tanto sotto la sua casa. Per fortuna senza mai incontrarla. Caracas ride di gusto a sentirmi raccontare questa storia. Ha voluto che gli mostrassi il palazzo e il balcone sotto al quale – portavo ancora i calzoni corti – ho vissuto la mia prima pena d'amore. E io l'ho accontentato.

Ci raccontiamo reciprocamente. Io lo conduco per mano (pura metafora) attraverso il mio passato; lui mi conduce per mano attraverso il suo, né l'uno ascolta l'altro con minore attenzione e ansia di capire. In genere lo lascio parlare senza interromperlo, evitando ogni commento anche quando ne sono tentato. Non sempre mi riesce, va da sé, ma è questa la linea alla quale cerco di attenermi. Lui fa lo stesso: talvolta è intimidito, le mie confidenze lo lusingano, vorrebbe sempre saperne di più e non soltanto quando gli parlo degli anni, così orribilmente lontani, della mia militanza politica, di quel che mi resta delle mie convinzioni e ideali di un tempo (molto, a conti fatti; forse troppo), ma anche quando gli parlo della mia famiglia, di mio padre, dei miei studi, dei libri che ho scritto, di qualche donna che ho amato. Non me lo ha mai detto apertamente, sono sicuro però che, pur nutrendo nei miei confronti sentimenti di grande rispetto e forse perfino di ammirazione, mi considera una persona ingenua, poco esperta in materia di autodifesa. Lo deduco dall'aria quasi paterna, protettiva che assume in certi casi, dal modo compassionevole con il quale mi guarda.

L'ironia non è il suo forte; prende tutto terribilmente sul serio, il che mi induce talvolta all'aggressività. Un giorno gli chiesi: «Ma che razza di nome è Caracas? Perché ti chiami così?».

«Perché io sono nato in Venezuela, giusto a Caracas, dove i miei genitori si erano trasferiti subito dopo la guerra, nel '47.»

Il suo vero nome me lo tengo per me. Quanto al soprannome, se lo guadagnò per così dire sul campo. Quando infatti arrivò a Napoli, già sedicenne, parlava una lingua così stenta e impiastricciata che la gente si metteva a ridere. E cominciarono a designarlo con quel nome là: «Ué, Caracas».

Un dettaglio importante: il mio amico appartiene alla categoria dei crani lucidi. Neanche un pelo. A prima vista lo diresti calvo ma, osservata meglio, la sua testa mostra una larga fascia di rasatura costante che va dalle tempie alla nuca. Per eccesso di tatto non gli ho mai chiesto se tanta levigatezza ha qualcosa da spartire con i suoi fantasmi ideologici. Forse no, o forse soltanto in parte. Prima o poi glielo domanderò. Per la verità quel cranio liscio non lo deturpa affatto. Si appoggia leggiadro su un volto dai tratti regolari, un insieme di linee piuttosto malinconico che potresti definire quasi bello. Non mi meraviglia affatto che abbia suscitato qualche accesa passione femminile quando era giovane. Del resto ancora adesso ha un aspetto tutt'altro che sgradevole, e di sicuro nessuno gli attribuisce i cinquantacinque anni che ha. Al massimo trentacinque, forse quaranta. Non di più. Rosa La Rosa di certo deve averlo amato perdutamente, anche se Caracas ebbe, in questa storia, un rivale insuperabile. Ma a tutto questo bisogna che io arrivi con calma. Un grande scrittore una volta disse di amare soltanto le storie "dettagliate ed esatte". Io la penso come lui.

Allora è il caso di partire da una sua fotografia giovanile, quando la testa di Caracas non era stata ancora rapata a zero. Una cascata di capelli castano ramati gli ondeggiava fin sopra le spalle. Eppure, quando la madre qualche anno prima lo aveva iscritto al corso di Arti Grafiche dell'Istituto di piazzetta Salazar, al Pallonetto di Santa Lucia (cominciava proprio allora il '68), mostrandogli i ragazzi che affollavano l'atrio, gli aveva intimato: «Guai a te se ti fai crescere i capelli o ti vesti come loro. Ti ammazzo».

Donna severissima, volitiva e talvolta perfino metallica, dominava la famiglia come un generale una caserma. Tuttavia non ammazzò il figlio. Anzi presto si inorgoglì enormemente del suo nuovo aspetto, della sua chioma fluente e del suo improvviso fervore nazista che del resto lei stessa aveva contribuito a fomentare sin dai tempi del Venezuela, quando non faceva altro che rimpiangere la "patria lontana", anzi la "PATRIA LONTANA", tutto in maiuscolo, come quelle parole così alte esigevano di essere scritte e pronunciate.

Del padre, Caracas parla poco e malvolentieri. Una sera in cui lo interrogai in maniera esplicita su di lui mi rispose abbassando subito la voce. Si sporse verso di me come per raggiungere il mio orecchio. «Non facevano che litigare: notte e giorno, senza stancarsi mai, notte e giorno» mormorò circospetto, come fosse un gran segreto, una rivelazione da non far conoscere a nessuno.

Forse oggi Caracas pensa con tristezza e pentimento a quel padre contestato silenziosamente da lui stesso (aizzato dalla madre?). A quel padre che, dopo essersi fatta una piccola posizione lavorando come un matto in Venezuela, una bella mattina si vide sbattere la porta in faccia dalla moglie senza un vero preavviso: ce ne andiamo, ho i biglietti del piroscafo per Napoli in tasca, arrangiati.

Caracas mi racconta il suo passato non soltanto a tavola, la sera a piazza Dante o in una delle innumerevoli bettole in cui si sente re. Spesso siamo in giro per la città senza una meta precisa, soltanto per il piacere di guardarci attorno, scoprire mondi, curiosare, «sbucciare la città come una mela», per dirla con le sue parole che alludono a ciò che sta sotto la pelle delle cose. La guida è lui, io lo seguo ubbidiente. Di tanto in tanto mi appoggio al suo braccio e lui mi sorregge sempre con premura, mi avverte se sul selciato c'è una buca oppure se il gradino che stiamo per affrontare è sconnesso. Conosce la città sino nei suoi anfratti più bui. Non arretra davanti ad alcun budello. Dice con sicurezza: «Non avere paura. Ci sono io», e il bello è che quelle parole mi tranquillizzano davvero, mi convincono puntualmente che, con lui accanto, è impossibile che mi accada qualcosa di spiacevole.

Una sera però Caracas esagerò. Allo scopo di convincermi una volta di più come, accanto a lui, non avessi nulla da temere, mi mostrò una specie di grosso ciondolo che improvvisamente si rivelò essere un coltello a serramanico. Tac!, e baluginò nel buio una larga lama argentata. «Caracas» gridai, «sei matto?»

Avevamo appena lasciato alla Duchesca un minuscolo ristorante tunisino dove si fuma il narghilé. Caracas aveva insistito perché lo fumassi anch'io, e io mi ero lasciato convincere, ma più per non dispiacergli che per reale curiosità dell'esperienza.

Il ristorante (ma forse è eccessivo chiamarlo così) è su un ammezzato al quale si accede attraverso la scala stretta e disagevole di un terraneo, già sede di un call center abbandonato, ormai putrescente. «Caracas» ripetetti in maniera ancora più isterica di prima, «sei matto? Fa' scomparire subito quell'oggetto!»

Non ride quasi mai: quella volta però la risata gli salì diritta dalla pancia: sentii che gli arrivava alla gola, che gli si accartocciava in bocca, mi esplodeva in faccia.

Allora diedi in escandescenze. Me la presi con me stesso: «Sono uno stupido! Avrei dovuto immaginarlo, come sei sotto la scorza: un violento. Un sanguinario col Corano appeso al collo». Ero davvero incazzato. Soprattutto a causa della sua risata che mi era parsa insieme un insulto e una sfida.

Vidi i suoi occhi a palla color acqua ingrandirsi, sporgere dalle orbite come biglie di cristallo. «Io non sono affatto un violento» replicò con voce fredda. «Se poi non ti sto bene così come sono, pazienza, ognuno andrà per la sua strada. Sappi però che io non ho mai aggredito nessuno: semmai mi sono difeso da chi voleva aggredirmi, questo sì, oppure ho difeso qualche disgraziato che non era in grado di farlo da solo. Ma l'autodifesa non è violenza.»

Riuscì a farmi pentire subito del mio scatto. Mi spiegò che aborriva le armi da fuoco tanto quanto invece adorava le lame, delle quali possedeva una vasta collezione: spade, pugnali, coltelli. «Vuol dire che non verrò mai a trovarti» replicai tra il serio e il pungente.

Mi guardò divertito. «Non verrai mai a trovarmi?» disse. «Vuoi darmi il benservito? E chi ti accompagnerà allora negli sprofondi della tua Napoli? Chi ti condurrà per mano indietro nel tempo, fino agli anni della tua giovinezza? Piazza Mercato, Borgo Loreto, via Lavinaio, Porta Nolana, corso Garibaldi, il Vasto, la Pretura, l'Albergo dei Poveri...»

Un'ironia rivestita di ricatto. Ricatto affettuoso, beninteso, intriso di intelligenza. Caracas quel giorno mi fece comprendere quanto a fondo mi avesse scandagliato assieme alle mie stizzose ipocondrie. Che sia intelligente è fuori discussione; che mi avesse già messo definitivamente a fuoco come colui che sente il peso della propria identità perduta, mi sorprese alquanto.

Una persona spaesata in casa propria?

Più o meno. La mia permanenza nella città in cui sono nato ormai volge al termine; tempo alcuni mesi, un anno al massimo, rinuncerò all'incarico che mi è stato affidato per saturazione di un'esperienza che forse non avrei dovuto neppure incominciare. Per stanchezza. Insomma me ne andrò e tornerò a essere l'*emigrato* di prima, l'*adottato*, anzi lo *sradicato*, come mi definisce (da sempre) un vecchio amico. Naturalmente potrei tornare a vivere a Napoli, se lo volessi. Nulla potrebbe ostacolare una tale decisione. Sono vecchio. Sono solo. Ho una certa notorietà e anche la necessaria indipendenza economica. Soltanto che non lo voglio. Perché questa città mi fa orrore nello stesso tempo in cui mi affascina; mi fa orrore per come è sempre stata e per come è cambiata. A cominciare dalla parlata che, vi giuro, non è più la stessa.

Ricordo che qualche tempo fa ero accanto alla grande finestra del mio ufficio a Palazzo Reale aperta su quel vasto semicerchio che risponde al nome di piazza Plebiscito. Si tratta di una geometria fredda e inerte che neppure una fertile immaginazione riuscirebbe a riempire di vita. In quel caso poi non c'erano neppure i ragazzi che di solito martellano di pallonate i vetri dietro i quali lavoro facendomi sobbalzare ogni volta con il cuore in gola (chissà perché il botto della pallonata mi fa regolarmente pensare a una fucilata diretta alla mia persona). Non si vedeva insomma anima viva, come se la gente avesse deciso di disertarla di proposito.

Era sera. Era estate. Il cielo era di un azzurro rosato che un filo di vento sembrava posarti sulla pelle come una cipria, un nutrimento tiepido e voluttuoso. Non è poi così raro che ciò avvenga, bisogna conoscerla bene la mia città. Può darsi che a un certo punto io abbia socchiuso gli occhi per concentrarmi meglio su una mia idea o magari soltanto inseguendo una sensazione di felicità? Sta di fatto che improvvisamente voci molto prossime alle mie orecchie, voci provenienti dal basso, da un punto immediatamente sotto la mia finestra (l'ufficio è al primo piano) e perciò irraggiungibile dal mio sguardo, mi destarono come da un sonno profondo, mettendomi in allerta prima sotto forma di mugolio indistinto e come trattenuto, ma già acre, abrasivo, animalesco; poi via via più acuto e decifrabile. Un litigio. Tra un maschio e una femmina. Lei, una ragazzina; lui, un coetaneo o poco più. Era lei all'attacco. Acuti torbidi che sapevano di melma riempirono all'improvviso la piazza. Urlava: «Bucchinaro! Tu sì 'nu bucchinaaaaro... 'nu bucchinaaaaro...».

La sua voce sembrava arrivare diritta dall'inferno.

Lui invece le dava della *zòccola*; ma senza gridare, cupo, cavernoso. Emersero dal loro nascondiglio come provenienti dal nulla, dal sottosuolo. Lei si mise a correre e lui dietro, ma perdendo sempre più metri e però incapace di fermarsi, di andarsene da un'altra parte. Gridavano a perdifiato nell'immensa piazza vuota. *Bucchinaro! Zòccola! Bucchinaro! Zòccola!* Ma non erano le parole in sé che mi scombussolavano, bensì le loro voci, quella sonorità devastata del loro dialetto, il sentore di fogna che, risalendo chissà da dove, era arrivato sino alle loro corde vocali.

Restai incollato alla finestra finché non si eclissarono entrambi in direzione del mare e la piazza rimase deserta, pietrificata, devitalizzata, come in certi quadri che raccontano la solitudine. Era la prima volta che quel dialetto sporco di violenza e di non so quali altre brutture (ripeto, non tanto per il lessico quanto per il suono, per quel rumore che misteriosamente avvolge le parole e le trasforma in lingua vissuta) mi arrivava dalla bocca di due ragazzi non ancora ventenni. Mi sentivo come folgorato da una rivelazione. Carico di vergogna. E poi, quella parlata, l'avevo veramente già udita durante la mia giovinezza proprio con quelle stesse "a" spalancate come voragini? Con quella "u" rauca da lupi? Con quella "b" strisciante come un viscido serpente? Oppure erano suoni nati soltanto di recente, figli già del terzo millennio o appena più anziani, curvature fonetiche di un dialetto già toccato dalla droga di massa, dalla violenza di massa, dal degrado di massa?

# Marmo nero

Maledetti coloro che fanno della lama uno strumento del disonore usandola a scopo di sopraffazione. La lama è sacra, è il simbolo di tutto ciò che merita di essere difeso fino alla morte: la casa, la patria, le tradizioni, la dignità, la bellezza...

Più samurai che naziskin. Glielo dissi e lui mi confessò che fin da quando era giovane in cima ai suoi pensieri c'è sempre stato lui, Mishima. «Scherzi? È stato il mio idolo.»

«È stato?»

«Lo è ancora: le sue ragioni sono tutte dentro di me. Io detesto l'America, detesto la civiltà occidentale. Sai quali parole urlò Mishima prima di fare il suo Seppuku, il Karakiri dei samurai? Agli ufficiali e ai soldati della caserma di Tokyo, che lui aveva simbolicamente occupato, rivolse all'incirca queste parole: ma vi rendete conto in quale abisso il Giappone sta sprofondando, dopo essere stato espropriato della sua stessa identità, della sua cultura, delle sue tradizioni? La prosperità ci ha dato alla testa, l'America ci ha dato alla testa, l'Occidente ci ha dato alla testa. Povero Giappone! Ma noi oggi siamo qui per restituirgli il suo onore. E moriremo per questo.»

Mi resi conto che Yukio Mishima gli teneva molta compagnia: addirittura conosceva le sue parole a memoria, o quasi. E capii che avrebbe tenuto compagnia anche a me, almeno fino a quando fosse durato il nostro sodalizio. Intendiamoci: mica mi lamento di questo. Mishima è stato un grande scrittore. E se il suo culto della morte, il suo sfrenato narcisismo romantico, la sua mistica militare e la sua devozione per le lame scintillanti e le arti marziali non hanno cittadinanza nel mio immaginario, ciò non vuole dire che la sua eventuale presenza tra me e Caracas possa provocarmi qualche disturbo. Anzi: la prego, signor Mishima, si accomodi pure, ci spieghi quello che vuole, per esempio come andarono esattamente le cose il giorno del Karakiri. Il mio amico Caracas allora aveva esattamente vent'anni. Rimase immensamente impressionato dal suo gesto, sino a fare di lei nell'atto di togliersi la vita la sua icona di riferimento *totale*, incarnazione del binomio genialità e azione che a un certo punto si fondono in una sorta di gesto unico e assoluto, un suicidio "attivo" che rivendica gloria e non commiserazione, ricordo e non oblio ("Il Karakiri a volte ti rende vincitore" ebbe a dire lei stesso).

Quante volte Caracas ha sognato di mimare l'autore di *Sole e acciaio*? Di indossarne i panni? Di farsi lui in persona? Non gliel'ho mai chiesto ma glielo chiederò, perché sono sicuro che questa esperienza, da sveglio o da addormentato, lui l'ha vissuta. Sono sicuro insomma che Caracas si è ucciso non so quante volte, dopo avere pronunciato più o meno le stesse parole che nel 1970 pronunciò il giapponese, poco prima di straziarsi le carni e di farsele straziare dal suo giovane discepolo e compagno di cordata, lo studente Morita. Quel Karakiri, a suo tempo, provocò un immenso scalpore: fece ammutolire il mondo intero. Ci fu anche chi accusò Mishima di anacronismo, giudicando il suo gesto ridicolo oltre che tragico: fuori tempo massimo, un inno alla morte in un mondo in fuga dal passato, impaziente di lasciarsi alle spalle tutti i propri fantasmi e le proprie superstizioni, smanioso soltanto di vivere e godersela.

I grandi uomini – sembra obiettare Caracas – remano sempre controcorrente: essere anacronistici è per loro, generalmente, un vanto, appartengono sempre o al passato o al futuro, quasi mai al presente.

Non ho alcun dubbio, Yukio Mishima ci terrà compagnia a lungo (se non in maniera diretta e personale, almeno con le sue idee e il suo cupo fascino): Caracas stravede per lui, me lo propinerà in tutte le salse. È convinto che il suo mito continui a far parte dell'aria che respiriamo e che quasi non si dia oggi avvenimento pubblico che non ci riporti direttamente o indirettamente a lui, a quel suo gesto estremo cui il tempo rende sempre più giustizia illuminandolo per quello che realmente fu: uno straziato appello contro le forze del male e dell'ingiustizia, un atto d'amore sconfinato per la propria terra ferita a morte da un materialismo barbaro fatto di denaro, mafia, edonismo, sopruso. Roba sorpassata, questa? Vedrai, amico mio, vedrai...

Dio mio, che cosa vedrò? Quando Caracas dice così preferisco non rispondere. Il silenzio è la mia arma segreta contro di lui allorché tra noi affiorano forti motivi di dissenso. Lo guardo senza battere ciglio e senza pronunciare parola. Caracas di solito apprezza il mio silenzio. Conosce benissimo ciò che approvo e ciò che non approvo. A volte si diverte a insistere su certi argomenti che sa indigeribili per il mio stomaco; arriva perfino a forzare il proprio pensiero nel tentativo di provocarmi. Mi guarda, allora, fingendo meraviglia per la mia impassibilità. Mi chiede ironico: «Ma come? Non dici niente? Non hai nulla da obiettare?».

***

La traversata dell'oceano – dal Venezuela all'Italia – durò quindici giorni. Il piroscafo fece scalo prima a Barcellona, poi a Genova, infine a Napoli. Caracas dice che gli ultimi giorni sprofondò in una specie di inferno convulsivo: febbre, vomito, diarrea. Pensò di essere sul punto di morire: con quella sua immaginazione incontinente, sempre pronta a fare teatro, si vide anzi già bell'e morto, la faccia cerea, il lenzuolo tirato sotto il mento, le braccia conserte. Si sentì sua madre. Per alcuni minuti fu lei in persona. Fissava il figlio morto. Era stanca, cupa e tesa. Continuò a fissarlo a lungo. Poi, finalmente, due lacrime scivolarono sul suo volto. Che fosse una donna dura e gelida, si sapeva. Ma fino a che punto? Quelle lacrime della madre, più precisamente del fantasma di sua madre, riempirono talmente di gioia Caracas da fargli rinunciare di colpo alla sua funebre finzione.

Il medico di bordo lo visitò con cura. Sentenziò: «È ammalato quanto me». Forse aveva mangiato qualcosa che non doveva, oltre a vivere l'approssimarsi della meta del viaggio con esasperata emotività. Il medico commentò dall'alto della sua esperienza: «Non si capisce se sei troppo felice di essere in procinto di arrivare a Napoli o troppo addolorato di esserti lasciato alle spalle Caracas e gli amici di laggiù».

Non lo capiva neppure lui. Tanto più che non aveva lasciato soltanto gli amici ma anche il padre il quale li aveva accompagnati al piroscafo ed era rimasto sulla banchina a salutarli a lungo con la mano, dopo una generica e forse non del tutto sincera promessa di ricongiungersi al più presto a loro, il tempo di liquidare tutti i suoi impegni venezuelani, di pareggiare entrate e uscite.

Quando la nave attraccò, un mezzogiorno leonino di fine agosto, la canicola sembrava volersi mangiare il mondo intero, inghiottirlo. Caracas fu prima spinto dalla madre sulla passerella di sbarco, poi stropicciato da alcuni parenti venuti ad accoglierli, infine deposto su un gradino sotto il sole, di fronte all'immenso piazzale della Stazione Marittima.

In fondo al piazzale gli parve di riconoscere uno spaccio di bibite, una specie di piccolo chiosco ambulante, e soltanto allora capì di essere attanagliato da una sete violenta. Allora si alzò e raggiunse la madre. Le chiese di potersi allontanare fino al chiosco per bere un bicchiere d'acqua. Ottenuto il consenso, si avviò verso lo spaccio, ma con calma, guardandosi intorno, sollevando lo sguardo sino a Sant'Elmo pur nella gelatina di quel mezzogiorno agostano che induceva a tutte le avarizie di questo mondo, compresa quella dei gesti e degli sguardi. Il piazzale era deserto; c'erano qua e là auto parcheggiate: una specie di lago pietrificato dalla superficie quasi bianca, accecante.

Caracas ricorda i suoi passi in successione, uno dietro l'altro. Quella scena e il suo seguito sono rimasti come un momento particolarmente doloroso – forse anche un po' magico, ma di certo doloroso – della sua esperienza di adolescente.

Il venditore d'acqua era un uomo anziano, magro, un

volto scavato con un leggero strato di barba scura e due occhi piccoli e volpini. Caracas spiegò all'uomo nella sua specialissima lingua ispano-napoletana che aveva molta sete. L'uomo lo guardò con ironia mentre gli versava un bicchiere d'acqua da una bottiglia già aperta. Caracas bevve. Poi gli porse una moneta da cinquecento lire d'argento, come ce n'erano una volta. Aspettò il resto. Ma l'uomo, che non sorrideva più, anzi aveva assunto un'espressione apertamente minacciosa, gli fece cenno che se ne poteva andare.

Non dimenticherà più il suo stato di disagio di fronte a quel diniego, a quel cipiglio, impensabili nel lontano Venezuela, la sua incapacità di reagire a un sopruso tanto più insopportabile poiché ammantato di una presunta legittimità.

Si allontanò lentamente dal chiosco, con il cuore che gli ballava nel petto mentre pensava a sua madre che, così perdutamente infatuata della sua città, non sognava altro che di guadagnare allo stesso amore anche il figlio.

Si può trascorrere una vita intera alla ricerca di un rapporto di immedesimazione, o quanto meno di sereno equilibrio, con il luogo in cui si abita? Caracas dopo quasi quarant'anni di vita napoletana non l'ha trovato ancora. Se gli chiedo "ami Napoli?" non mi risponde neppure. Per la verità non mi risponde neppure se gli chiedo "ami Caracas?".

Vuole andarsene da Napoli. Ne parla spesso ma alludendo ogni volta come a un qualche impedimento che sta dentro di lui, sepolto in qualche anfratto della sua mente oppure del suo cuore. Non posso escludere che questo "impedimento" abbia qualcosa da spartire con Rosa La Rosa, la donna-ragno che Caracas ha amato perdutamente e che ha riempito con le sue turbolenze più della metà dei suoi anni napoletani. Una storia d'amore conclusa per sempre, dice lui. E io non stento a crederg li, sapendo come sono andate le cose. Soltanto che mi chiedo se certe storie finiscono davvero, nel senso che ci abbandonano, ci lasciano liberi e finalmente leggeri dentro, oppure ce le trasciniamo appresso, fardello nascosto di cui non abbiamo il coraggio di liberarci.

Prima o poi – sostiene – andrà ad abitare in Nordafrica: forse a Rabat, o ad Algeri. Anzi a Tunisi, dove ha già una "situazione" (una promessa di lavoro). E andrà ad abitarci da musulmano: è già al secondo Ramadan e al più presto sarà affidato alle cure di una guida spirituale esperta che lo condurrà per mano nelle profondità del Corano.

La sera di Caracas ha due tempi: fa prima tappa a piazza Dante, dove lo spingono numerose amicizie e qualche affaruccio. Poi, in seconda battuta, raggiunge la Ferrovia dalla quale è attratto come da un oscuro comando, da un'irresistibile vocazione. Non ho dubbi che sia una persona umana e generosa oltre ogni limite. Ma la generosità è soltanto un attributo del suo carattere. Poi ci sono tutte le altre facce del prisma, tra le quali la sua sfrenata curiosità, il piglio da ficcanaso, in conseguenza del quale alcuni tra gli amici di seconda sera – gli islamici soprattutto – pensano che lui non sia lui ma una sorta di uomo-cimice, insomma un carabiniere-spia – non un poliziotto ma un carabiniere, anzi un ufficiale dei carabinieri – a caccia di terroristi.

In tutta onestà, quelli che diffidano di lui non hanno completamente torto: l'aspetto del carabiniere-cimice l'ex naziskin un po' ce l'ha. Tanto è vero che, agli inizi del nostro rapporto, ombre del genere non risparmiarono neppure me (ombre, non veri dubbi o sospetti). Bisogna essere infatti molto scaltri e penetranti per capire al volo che, al contrario, Caracas è un animale senza alcuna malizia, è un ingenuo, un uomo non cresciuto del tutto, un sognatore, un disinteressato. Anzi l'ultimo disinteressato rimasto sulla terra, l'ultimo che non ha mai un secondo fine in ciò che fa e che dice.

«Tu vuoi sapere perché io frequento così accanitamente questo quartiere, questo mondo di straccioni, questo "inferno", come lo chiamano molti. Che posso dirti? A me pare che qui ci sia gente più vera che altrove. Ti risponderò così. Un giorno venni a sapere che la polizia mi cercava, sarebbe arrivata al mio studio per via di certi manifesti contro gli ebrei che avevo disegnato e diffuso. Allora misi nello zaino lo spazzolino da denti, il mio Mac portatile, un pigiama e me ne andai alla Stazione.

«A quell'epoca ero un vero skin, ascoltavo rock pesante, vestivo rigorosamente di nero, cercavo di assomigliare a un SS che a me sembrava identificare la figura del soldato perfetto. Assieme a qualche altra testa calda avevo fondato anche un gruppo, Avanguardia di popolo, che aveva richiamato subito l'attenzione della Digos su di noi.

«Girovagai a lungo nel quartiere alla ricerca di un alloggio a buon mercato, ma senza risultato: non c'era un letto disponibile. Ricordo che alla Duchesca mangiai alcune frittelle cinesi acquistandole da una vecchietta piccolissima, la più piccola che abbia mai visto in vita mia, che si trascinava una carrozzella per bambini attrezzata con vassoi e pignatte di terracotta. Restò molto stupita quando le chiesi di assaggiare una delle sue frittelle e lo stupore aumentò visibilmente allorché, dopo aver consumato la prima, ne presi ancora. Era così felice che me le avrebbe regalate tutte e io, sinceramente, ero felice che lei fosse felice, insomma che tra noi fosse nata un'intesa, una specie di sintonia gastronomica.

«Intanto la sera avanzava e io non sapevo dove sarei andato a dormire. Allora alla Ferrovia non avevo ancora gli amici che ho adesso, ero un estraneo, mi guardavano anzi come fossi stato un marziano, benché prima di lasciare lo studio mi fossi tolto almeno in parte la mia divisa da skin per non dare troppo nell'occhio. Mi muovevo in maniera impropria, forse impacciata, forse aggressiva, forse eccessivamente indagatrice. In via Alessandro Poerio, appena oltre piazza Garibaldi, tra il cinema Argo e la Sala Iride, incrociai un gruppo di prostitute. Mi aveva colpito, già a distanza, la bellezza di Florence, una nigeriana tutta ebano e curve, slanciata, di un'eleganza naturale da mozzare il fiato. Mi misi a parlare con lei, le chiesi di consigliarmi, e lei mi indicò un piccolo albergo quasi senza insegne, là accanto, mi istruì su quello che avrei dovuto dire al nanetto che mi avrebbe aperto la porta: mi manda Florence...

«Corsi all'albergo, bussai, chiesi al nanetto una camera, feci il nome di Florence, ma fu tutto inutile. Non c'era posto. Esitai un po' prima di tornare da lei. Poi mi decisi: era stata premurosa e carina, di sicuro mi avrebbe dato altri suggerimenti. La ritrovai laddove l'avevo lasciata, assieme ad altre due o tre prostitute. Vedendomi arrivare si staccò da loro e mi venne incontro. Ci guardammo negli occhi. I suoi erano grandi e lucenti: il più lucente carbone che abbia mai visto ardere. Pensai che forse l'attraessi un po', di sicuro lei mi attraeva da morire benché, già allora, si vedeva che non era più tanto giovane: tra i trentacinque e i quarantacinque, non di meno. Era vestita in maniera sgargiante, come immagino si vestano le ragazze del suo Paese quando vanno a una festa: un tripudio di raso e cotone, di rosso e di verde, il petto coperto da collane con pendagli e amuleti.

«Aprì la borsetta e ne trasse qualcosa stringendola in pugno. Parlava un italiano pulito, senza particolari inflessioni, una lingua non certo appresa di recente, dietro la cui padronanza si celava forse la storia di tutta la sua vita. Mi disse di andare a dormire nella sua stanza, là dove viveva lei, nell'albergo del nanetto. Distese il braccio e aprì il pugno: sul palmo della mano galleggiava una piccola chiave che presi a guardare sbalordito, le braccia penzoloni sui fianchi, troppo sorpreso per fare o dire qualunque cosa. Allora, ti decidi?, protestò Florence. Mi disse che l'indomani avrei potuto cercarmi con calma un alloggio, che ormai si era fatto troppo tardi, che la sua ospitalità era assolutamente disinteressata...

«Avevo preso a scuotere la testa da un bel po' in segno di diniego. Le obiettai che era pazza a offrire la chiave della sua stanza a uno sconosciuto. Si mise a ridere, disse che aveva un debole per gli sconosciuti, che la sua professione era una ininterrotta sfida all'ignoto, che comunque le bastava un'occhiata per capire chi avesse di fronte. Alla fine mi arresi. Florence mi disse che potevo sistemarmi sul divano davanti al letto. Mettiti a dormire, non aspettarmi: io tornerò tardi, farò piano, non ti sveglierò.

«Infatti tornò tardi, si spogliò, andò in bagno, si mise a letto, sempre in punta di piedi. Io fingevo di dormire, ma non seppi trattenermi dallo spiare, al momento opportuno, il suo meraviglioso corpo di donna, il suo marmo nero. Ti giuro che io e Florence non abbiamo mai commesso l'errore di accoppiarci, di fare sesso. Lei dice che io sono l'unico amico che ha.»

# Questione di zebre

Napoli non è fatta per me, confessò subito alla madre dopo appena un mese, o forse due, che erano arrivati. La raggelò. Sapeva che l'avrebbe raggelata, ma gli parve giusto marcare quella distanza che, se nascosta, avrebbe provocato soltanto danni a entrambi, fraintendimenti a catena.

La madre non rispose e lui non esitò a motivarle, con la stessa asprezza dell'esordio, le ragioni della sua delusione, accusandola di averlo condotto in una città che non assomigliava per niente a quella che lei gli aveva promesso e descritto per anni, fino all'ossessione. «A me, quella Napoli tua, mi piaceva un sacco» le disse. «Ma dove sta? Io pensavo di andare là, e invece tu mi hai portato da un'altra parte.»

Le rinfacciò la perdita dei vecchi compagni di scuola, che rimpiangeva non tanto uno per uno, nelle loro diversità di singole persone, ma per quello che avevano in comune: la pulizia di cuore, l'ingenuità, la lealtà, il discorso diretto senza mai doppi sensi o allusioni. Lui aveva pensato che li avrebbe ritrovati tali e quali a Napoli. Almeno così gli era stato fatto credere: vedrai, Napoli non è altro che una Caracas con in più il golfo, il clima, l'allegria, la qualità della gente, la storia, i bei palazzi...

Che inganno! Di più: che frode! Perché in realtà era finito in un luogo... in un luogo... in un luogo...

Ancora adesso, con me, esita a completare il concetto. Coraggio, Caracas, cerca di arrivare in fondo, pronunciale queste due parole che ti sono rimaste in gola!

«In un luogo... senza onore!»

Da buon naziskin, Caracas ha un suo lessico, una sorta di scrigno nel quale custodisce tutte le parole che celebrano la sua poesia politico-esistenziale. La parola "onore", nello scrigno, luccica come una gemma.

Per molto tempo non fece altro che percorrere Napoli in lungo e in largo con estenuanti passeggiate senza meta. Davanti ai suoi occhi scorrevano contemporaneamente due metropoli: la città-sogno nella quale era stato indotto a credere e quella vera, così diversa dall'altra perfino negli odori e nei colori. Annusava l'aria con insolenza: dov'erano le brezze profumate, il mare portato dal vento sin nelle case e nei bar? Napoli era un trionfo di miasmi. Una volta posò il naso sul muro screpolato di un antico palazzo per sentire "l'odore marcio del tempo". Quali cieche passioni avevano potuto indurre la madre a contraffare il fantasma delle proprie origini così spudoratamente? La nostalgia? È un sentimento che può accecare, certo, tanto più se ad esaltarla si mette la gelosia, si mettono gravi dissapori coniugali, la convinzione di avere sbagliato tunnel, di dover correre ai ripari. Fu così che, nelle sue scorribande, affiorò l'ombra paterna, a rendere ancora più travagliato il suo già tanto travagliato trapianto.

L'esplorazione della città, ricorda Caracas, durò a lungo: l'ostilità si affievolì, la curiosità crebbe, diventò frenetica. Scherzare col fuoco gli è sempre piaciuto: si lasciò scippare, raggirare, convincere a scommettere, a scambiare oggetti, relazionando puntualmente la madre su ciascuna avventura patita. Finché un giorno decise di essere arrivato al capolinea, e a un uomo dal quale era stato già raggirato in passato e che cercava di tornare alla carica, fece scattare sotto al naso un coltello a serramanico. L'uomo si piegò letteralmente sulle ginocchia congiungendo le mani in preghiera.

Accadde quando aveva sì e no vent'anni, frequentava con profitto l'Istituto d'Arte di piazzetta Salazar e si era già fatto crescere i capelli oltre le spalle.

Parlando del Caracas di quegli anni dice che si trattava di un «ragazzo d'ordine», «rispettoso dei valori sociali», «per niente incline alla violenza gratuita».

Un compagno di classe lo aveva guadagnato alla causa di un fascismo affollato di miti arcaici, di ansie di giustizia distributiva, di enfasi nazionalistica (la Patria, la Patria, la Patria, come piaceva dire alla madre) e di una soprannaturalità di tipo pagano (la passione monoteista sarebbe arrivata più tardi, quando, in simbiosi mistica con la stragrande maggioranza dei diseredati del mondo, cominciò a guardare con crescente simpatia ad Allah).

Nei nostri incontri parliamo spesso di politica, di tutto ciò che ci divide: lui in principio si mostra riluttante, vorrebbe evitare il confronto. «Voialtri non fate che celebrare la ragione, anzi la Ragione con la erre maiuscola» dice. «Ma in compagnia di quella Signora non se ne fa molta, di strada. E poi, se ti piace tanto la Ragione, se l'ami così svisceratamente, che ci vieni a fare con me la sera in giro per le strade intorno a piazza Garibaldi? Da quelle parti ci bazzica poco la tua Signora. Lei ama piuttosto i salotti perbene dove le parole non hanno peso e la carne non è mai in gioco.»

Per Caracas ciò che non passa attraverso la carne, ciò che non la penetra come una lama, significa poco o nulla. Patire vuole dire patire nel corpo, perché lo spirito di un uomo risiede e vigila là.

Un giorno pretese da me una sorta di giuramento: che io non avrei mai cercato di "convertirlo", di sradicarlo dai principi in cui crede. «Tu vuoi convertirmi!» mi accusa tuttora, di tanto in tanto, soprattutto quando è a corto di argomenti nei nostri lunghi battibecchi ideologici. «Io lo so che ne sei divorato, che a stento riesci a trattenerla, la tua sete di cambiarmi radicalmente, di fare di me un altro. Di convertirmi.» Me lo dice mentre passeggiamo tra le strade della nostra prediletta Stazione Centrale accompagnati da una nube di odori sulfurei, fritti e soffritti di un irrequieto "pluralismo" gastronomico, e lui mi offre premurosamente il braccio «ma soltanto per attraversare», come mi spiega con delicatezza.

Usa il verbo *convertire* con reale inquietudine, lo concepisce come un'operazione diabolica, una sorta di ipnosi o fascinazione, una violenza magica. Nonostante le mie smentite io sono per lui un irriducibile comunista: un uomo tutto sommato da tenere a bada, pericoloso dietro la sua scorza affettuosa e bonaria.

Voglio davvero "convertirlo"? Forse sì. Almeno un po'. Mi piacerebbe sgombrargli la testa dai fantasmi peggiori che si porta dietro, miti e pregiudizi che poco o nulla hanno da spartire con la sua vera natura di uomo appassionato di tutto ciò che è in fondo al pozzo, degli ultimi della terra, appassionato della sofferenza, dell'umiliazione, in definitiva del dolore.

Come lo era Luigi. L'ho già detto: soprattutto quando passeggiamo per le strade che si irradiano dalla Stazione e lui si guarda intorno inquieto, carico d'ansia, smanioso di donare qualcosa, un gesto, un sorriso, una premura, felice come un bambino di essere riconosciuto e salutato da relitti e non relitti, Caracas mi richiama alla mente l'amico di tanto tempo fa il cui cognome esito a pronunciare, che chissà se pronuncerò mai dato che temo di offendere chi lo ha conosciuto e amato con un paragone che, lo capisco bene, può anche apparire irriverente oltre che paradossale (Luigi fu un antifascista militante e prese parte alla Resistenza). Ma io che cosa ci posso fare se l'accostamento affiora alla mente spontaneo e i miei due amici, quello di un tempo e quello di adesso, mi appaiono rincorrersi a vicenda e, pur così diversi, addirittura sovrapporsi quanto meno per un singolo ma rilevante tratto del carattere: la passione senza riserve per il proprio simile o, se si preferisce, per il mondo intero; non una passione meramente cerebrale, frutto di ambizioni etiche, religiose o ideologiche, ma una passione vera, sanguigna, carnale. Di quelle che ti mettono continuamente in gioco nel fisico oltre che nel pensiero e nel sentimento.

Luigi per la verità non frequentava la Stazione, anche se ha abitato per un certo tempo da quelle parti, una specie di tugurio nel cuore del Vasto, di cui è sufficiente il nome per far capire di che fetta urbana si tratti (Vasto non è ciò che è grande o addirittura sconfinato ma ciò che è "guasto", che si è corrotto). Era diventato l'uomo più squattrinato della terra, il più disperato di tutti: eppure collaborava con giornali, aveva scritto dei libri, uno dei quali, *Scala a San Potito*, aveva riscosso anche un notevole successo. Luigi era un comunista, come si dice, tutto d'un pezzo, un comunista che sognava il riscatto e la liberazione dell'umanità oppressa da tutte le sue catene. Si uccise tre anni prima di Mishima, ma senza nessuna messinscena, naturalmente, bensì tra piatti sporchi abbandonati da giorni nell'acquaio, accanto a una pattumiera stracolma, succhiando il tubo del gas staccato di forza dal fornello.

Anche Luigi ci terrà un po' di compagnia nei nostri giri intorno al pianeta Stazione. Caracas lo ha capito così bene da essersi procurato *Scala a San Potito* per leggerlo. «Mica sarò andato a cacciarmi in bocca al leone?» mi ha chiesto ironico. «Mica vorrà convertirmi anche lui, quarant'anni dopo essersi suicidato?»

«Ma convertirti a che cosa? E perché? Il comunismo è morto e sepolto, Caracas. Io mi limito soltanto a difendere le buone ragioni della mia laicità. Il tuo Allah non mi piace e te lo dico in faccia. Penso che un uomo non debba avere bisogno di alcun padreterno minaccioso per praticare onestà e rigore etico. A me basta e avanza la mia coscienza per decidere come comportarmi. Rivendicare a gran voce tutto questo significa forse voler convertire qualcuno?»

Lui pensa di sì: glielo leggo negli occhi. E alla fin fine lo penso anch'io, anche se in sua presenza non lo ammetterò mai. Lui fiuta l'inganno ma non osa replicare, si limita ad affrettare il passo distanziandomi di qualche metro, oppure a guardarsi intorno sollevandosi sulla punta dei piedi in modo da accentuare la sua figura slanciata di ginnasta mancato. È un movimento che compie di frequente, questo tendere il corpo verso l'alto, e ogni volta a me pare corrispondere a un qualche pensiero molesto, a un disgusto che lo spinge a prendere le distanze dal luogo in cui si trova.

E se in realtà, senza esserne punto cosciente, fosse proprio questo ciò che lui si aspetta da me: che lo "converta", lo liberi dai suoi incubi passati e presenti, lo aiuti ad accedere a una visione finalmente critica del mondo, senza più né altari né santi? Confesso di averci pensato più volte. Mi sono accorto per esempio che quando tocco certi argomenti che mi stanno molto a cuore, e parlo, parlo, parlo senza fermarmi mai, Caracas mi scruta con crescente fissità che in lui non è mai indizio di indifferenza, semmai il contrario: di trepidazione se non di turbamento.

Sin qui le congetture. Per certo posso dire soltanto che Caracas, oggi, è un uomo "che si guarda ansiosamente intorno", attraversato da incertezze e ripensamenti imprevisti ma anche sedotto da orizzonti nuovi. Del resto è esplicito lui stesso: «Sto cambiando. Sarà il Corano, sarai tu, sarà l'età che avanza, fatto sta che sto cambiando profondamente. Sto acquistando una serenità di cui non mi sarei sentito mai capace».

Perde pezzi, insomma. Fascista, dice, non lo è mai stato. Nazionalsocialista, sì. Nella persuasione che il nazismo avesse una sua grandiosità, una sua mistica alta, guerriera, rigeneratrice, smentita poi da una catena di crudeltà sulla quale, afferma, egli non farebbe altro che meditare.

Per il momento tutto quello che so del suo universo ideologico lo posso riassumere in questi pochi punti. Primo. L'Occidente, e in particolare l'America, sono nient'altro che l'incarnazione del Male (il capitalismo porterà il mondo alla rovina). Secondo. Gli ebrei hanno sulla coscienza delitti terribili e sono al soldo degli americani che hanno fatto di Israele il proprio presidio superarmato in seno al grande mare arabo. Terzo. La salvezza del mondo sta nella forza di resistenza passiva e attiva dei poveri e dei sofferenti al cui servizio non può non mettersi qualunque uomo d'onore. Quarto. Alla fine saranno i vinti a vincere: è nella logica delle cose.

Salvo che sul secondo punto, quello relativo agli ebrei (fonte di frequenti frizioni anche molto accese), come potrebbe una persona come me affermare che Caracas ha torto? Infatti non dico affatto che ha torto. Ma neppure che siamo uguali, nel senso che la pensiamo allo stesso modo. Anche quando la convergenza sembra perfetta c'è infatti sempre uno scarto, quantitativo se non qualitativo, a marcare la distanza che ci separa. Lui per esempio ha il mito della forza, io quello della ragione; lui ama le gerarchie, io le detesto; a lui la democrazia fa schifo, a me no. E l'elenco delle "differenze" potrebbe andare avanti a lungo.

Una volta mi abbandonai a una sorta di sfogo "ideologico". Che cosa ne sarebbe della nostra vita, Caracas, se dovessimo privarla di ogni speranza di elevazione, se dovessimo rassegnarci tutti, indistintamente, all'idea che l'uomo questo è e questo resterà per sempre: un grumo di egoismi, di disuguaglianze, di pulsioni verso un ininterrotto benessere, di ambizioni di predominio, oltre che sulle persone, anche sulle cose, la natura. «La verità» lo sfidai, «è che l'idea di un comunismo possibile non può essere soppressa: la storia ha semplicemente ammonito gli uomini che la strada è lunga e irta di ostacoli; che non bisogna abbandonarsi mai a facili illusioni. Non che non esiste alcuna strada, alcuna possibilità o speranza. Questo la storia non lo ha affatto detto!»

Non fece nessuna "faccia", come invece gli capita in questi casi. Osservò soltanto, ma quietamente, che non gli andava giù la parola "comunismo". «Quella parola guasta tutto» mormorò, intendendo dire che ove avessi soppresso nel mio ragionamento quel richiamo, quelle poche sillabe, lui, il ragionamento, lo avrebbe sottoscritto senza esitare.

Replicai di non essere affatto attaccato a quella parola. «Non ti piace? Va bene, sopprimiamola pure. Sotterriamola come si addice a un cadavere: tanto più che evoca lo spettro della dittatura e della violenza. Chiamiamola democrazia integrale, democrazia nel senso etimologico della parola...»

Proposi la transazione in maniera non proprio innocente, sapendo che anche la parola democrazia non gli va del tutto a genio. «Eh, la democrazia!» mi dice in continuazione ora con espressione infastidita ora ironica, come fossi un acchiappanuvole. Non sempre gli rispondo. Quel giorno però provai a spiegarmi.

Eravamo seduti al bar Gambrinus, a un tavolino quasi al limite della strada che separa il locale da piazza del Plebiscito.

«Caracas, le vedi quelle croste là per terra, quelle impronte nere di mota pietrificata residui di vecchie strisce pedonali?»

Si voltò completamente, spostando la sedia. Aveva un'aria alquanto stupita.

«E se ti dicessi che quelle impronte condensano, almeno ai miei occhi, gran parte del nostro dramma collettivo in questa città?»

«Perché?»

«Perché sono la prova tangibile della nostra mancanza di carattere. Rifletti, Caracas. Che cosa è una striscia pedonale? Pensa ai vecchi: quelle zebre sono per loro un sorriso amico, li confortano, gli dicono di non preoccuparsi perché, quali che siano le difficoltà di deambulazione di ciascuno, ci sono loro a proteggerli, a fissare minacciose l'automobilista arrogante, a bloccarlo al limite del loro candido tracciato. Prendi me, Caracas. Io amo le zebre, ci parlo, confido loro tutti i miei disagi. Ma se le zebre non ci sono, oppure sono ridotte allo stremo, macule ingiallite dal fango senza più alcun potere di dissuasione? Chi mi ascolta allora? Chi mi protegge? Nessuno! Tanto è vero che ieri sono stato investito. Proprio qui, Caracas, qui sotto ai tuoi occhi, all'altezza di quelle strisce che non ci sono più. L'auto mi ha soltanto sfiorato o poco più, ma lo spavento, dove lo metti? Mi sono sentito il cuore in gola e sono stato lì lì per cadere. Per fortuna una ragazza di una quindicina d'anni mi ha afferrato per un braccio: mi reggeva e rideva, credo a causa della mia espressione. Del resto, mi sentivo ridicolo io stesso. Avrei riso a mia volta se non fossi stato spaventosamente incazzato, e sai perché? Per via dell'automobilista, che se l'era squagliata senza neanche chiedermi scusa.»

Negli occhi di Caracas passò un lampo di rabbia e io non faticai a immaginare i suoi pensieri di guerra contro l'infame conducente. C'era un po' di sole, l'aria era tiepida, da piazza Trieste e Trento (tutta senza semafori, tutta senza strisce pedonali) arrivavano a ondate gli stridii degli pneumatici impastato al rauco respiro della città. Mi chiese se me la fossi effettivamente cavata senza alcun danno fisico. Grazie, tranquillo, lo rassicurai, soltanto un grande spavento, e neppure del tutto inutile dal momento che mi aveva aiutato a capire meglio come stavano le cose nel mio piccolo universo natio. «Forse» dissi, «la democrazia non è altro che questo: la fermezza di una città nel rivendicare strisce pedonali su tutto il territorio urbano e la capacità e l'intelligenza di un'amministrazione pubblica di soddisfare tale richiesta facendole collocare dappertutto e soprattutto facendole rispettare. Una pura questione di zebre, insomma. Tutto qui, Caracas.»

Mi guardò tra lo stupito e l'ironico come quando dice che io lo voglio convertire. Era venuto poco dopo mezzogiorno a prendermi in ufficio, giusto per andare poi a mangiare qualcosa assieme al Gambrinus. L'incontro a Palazzo Reale me l'aveva proposto lui: vedermi collocato dietro la mia scrivania circondato dai miei collaboratori credo che fosse da tempo una sua curiosità, d'altronde del tutto comprensibile anche se, arrivando, aveva accuratamente evitato di manifestarne il più piccolo scgno. Quanto ai miei collaboratori, conoscendolo di fama (parlo spesso di lui), si mostrarono più asciutti che cordiali.

Lo condussi attraverso i vari uffici, a cominciare dal grande salone che per la sua imponenza aveva impressionato anche me la prima volta che vi ero stato introdotto. Caracas invece lo percorse con espressione assolutamente indifferente. Si fermò soltanto davanti alla grande finestra che dà su piazza Trieste e Trento (o anche San Ferdinando, come usano chiamarla i napoletani più attempati) attratto credo dalla gente intorno alla brutta fontana detta "del carciofo", imposta alla cittadinanza dal sindaco monarchico Achille Lauro nei lontani anni Cinquanta.

Dall'alba alla notte intorno alla fontana si avvita molta parte del traffico della città, tanto da suggerire talvolta, a chi osservi la piazza dall'alto, la sensazione di essere caduto in una sorta di trappola onirica dal senso perennemente rotatorio. L'osservazione per la verità non è farina del mio sacco: fu il commento di Caracas nel momento in cui si staccò dalla finestra del salone farfugliando di una piazza-metafora, di una Napoli che gira in eterno su se stessa, incapace di raggiungere una meta qualunque.

Quando tornammo nel mio ufficio lo feci sedere dall'altro lato della scrivania e presi a scrutarlo negli occhi. Non mostrò alcun imbarazzo. Disse d'impeto: «Adesso che ti osservo accanto al tuo posto di comando sembri proprio un altro. I telefoni, il computer, i libri, la deferenza dei tuoi collaboratori... Metti soggezione».

Risi senza sapere che cosa replicargli. Per fortuna eravamo soltanto noi due e a me venne fatto di pensare alla forza di suggestione che riesce a esercitare la scenografia del potere anche nell'immaginazione di una persona smaliziata e intelligente come Caracas.

Prima di andarcene, convocai nel mio ufficio tutti coloro che erano presenti in quel momento in Fondazione: lo feci apposta sapendo che lui avrebbe vissuto l'incontro con disagio, e altrettanto sarebbe accaduto agli altri, tutti increduli e velatamente critici di quella mia strana amicizia. Infatti Caracas strinse le mani di ciascuno, ma come oppresso da una segreta angoscia, da un risentimento che però a me parve avere come bersaglio non tanto gli altri quanto se stesso. Semplice timidezza? O qualcosa di più? Timore, per esempio, di essere giudicato, oltre per quello che è, anche per quello che invece non è, ma che gli altri, non di rado, immaginano che sia?

# Non fu subito amore

I capelli se li fece tagliare nel 1980. Aveva preso a frequentare una scalcagnata palestra di boxe dove non c'era acqua calda. Passi la doccia fredda, ma andarsene in giro grondando acqua da quella chioma degna di una Maria Maddalena sarebbe stato davvero troppo. E poi i tempi erano cambiati. Ora imponevano una diversa maschera, che poco o nulla aveva da spartire con quella di un tempo: le città erano diventate vetrine di crani lucidi, talvolta solcati da creste colorate.

I capelli se li fece tagliare dalla madre: fu lui a metterle tra le mani le forbici e a infonderle quella sicurezza di cui lei ora mostrava di sentirsi improvvisamente sprovvista. La sentì sussurrare più di una volta: «Che peccato, però!». Anche Caracas d'altronde vide cadere la prima lunga ciocca con un senso di smarrimento e quasi di paura. Era come se quei capelli si portassero via di colpo tutta la sua tribolata infanzia e prima giovinezza, un segmento importante e ormai concluso della propria esistenza. Erano tante le situazioni in via di trasformazione. Quella professionale, per esempio. Lavorava già da tempo ma fu quello l'anno in cui arrivò la prima assunzione in piena regola:

presso un'agenzia di pubblicità con la quale aveva sino a quel punto collaborato occasionalmente. Il "principale" della ditta lo corteggiò in maniera serrata per alcune settimane, poi gli fece la proposta. Le idee grafiche di Caracas lo entusiasmavano, i suoi disegni pure, le sue fotografie non ne parliamo, e così i suoi giochi associativi, i suoi montaggi, le sue copertine, le sue trovate...

«Sei un artista, Caracas, e guarda che non parlo a caso: sono uno che se ne intende...»

Il "principale", giovane, aggressivo e rampante, aveva toccato il tasto giusto: gli aveva detto ciò che Caracas aveva bisogno di sentirsi dire, perché lui, artista, si sentiva sul serio. Ma non nel senso, spiega oggi con ammirevole umiltà, «che pensassi di essere particolarmente bravo», questo no, ma perché quella parola lo connotava dal punto di vista umano e professionale, metteva in luce il suo particolare modo di osservare il mondo e di autorappresentarselo, certe inclinazioni fantastiche e anche, se si vuole, tanti suoi limiti e difetti.

Si era diplomato nel 1973, un titolo pomposo: "Maestro di Arti Grafiche". La madre gli aveva organizzato una gran festa e gli aveva scritto su un biglietto: "Ti ho messo al mondo con la matita in mano e il disegno nel cuore. Auguri infiniti, figlio mio".

Nel 1980 Caracas compì trent'anni, e anche questo contribuì a farne una ricorrenza speciale, una data spartiacque, tanto più che il decennio precedente era volato via senza lasciare tracce significative, ricordi, esperienze più o meno memorabili. Tranne una. Quella compiuta alla Scuola di paracadutismo, frequentata dopo aver rotto definitivamente con il fascismo locale e nazionale. E anche con Ordine Nuovo, l'organizzazione della quale aveva frequentato sporadicamente la sede pur senza alcuna formale adesione («Mai avuto una tessera di partito o roba del genere in vita mia. Mai»).

Alla tessera dell'Associazione nazionale paracadutisti italiani è invece molto affezionato. Anche se ormai non si lancia più e ha consegnato l'esperienza del vuoto alle sue notti più o meno bianche quando, con la testa sopra al guanciale, spenta ogni luce, torna a spiccare il volo e a godere – proprio così: godere, godere, godere, tre volte godere – l'ebbrezza della caduta, con il mondo sotto di te che ti viene incontro, ti succhia, ti vuole, mentre tu ti disponi nell'assetto tecnico prescritto: pancia sotto, braccia e gambe divaricate, la mano pronta ad agire sul comando del paracadute che deve aprirsi non al di sotto dei settecento metri di altezza, per carità, non un metro al di sotto perché non si può scherzare con queste cose, devi avere il tempo, nel caso in cui il paracadute grande si inceppi, di correre ai ripari con il secondo paracadute, quello piccolo, l'ultima speranza che hai di salvarti l'osso del collo.

Quante ore ineffabili trascorse a contatto del cielo! E come potrebbero dileguare dalla memoria di un uomo dopo averlo riempito fino a dargli la sensazione di scoppiare? Tuffarsi è sempre avere il cuore in gola, dice Caracas, è sempre trovarsi al centro di due forze opposte che ti tirano ora da una parte ora dall'altra, sicché non sai mai se sei un dio o un verme, perché sfidi la morte ma nello stesso tempo la domini, ti senti simultaneamente vittima e padrone del vuoto, vittima e padrone della legge sulla caduta dei corpi che puoi improvvisamente correggere, attenuare, in certo senso dominare.

Caracas apriva sempre basso. «Cazzo!» gli gridava puntualmente l'istruttore appena lo aveva a tiro. «Prima o poi ti farò togliere il brevetto.»

Non glielo tolsero, ma un giorno la combinò così

grossa che il brevetto stava per toglierglielo la Signora con la falce in persona.

Avevano aumentato senza preavviso, e in maniera salata, il costo dei lanci. Caracas protestò: «Non sono mica un nababbo, io, un figlio di papà» disse all'istruttore che naturalmente gli rispose con la sua consueta dolcezza. «E a me che me ne fotte, Caracas? Prendere o lasciare.»

«Va bene. Mi rifarò aprendo più basso del solito: un po' d'emozione in più a titolo di risarcimento.»

L'istruttore non gli rispose neppure. Pur conoscendolo, interpretò quelle parole come semplice brontolio. Ma così non era perché Caracas si era convinto di avere effettivamente trovato il modo di rifarsi del maggior esborso di denaro. In fondo, comprava emozione. Ne avevano aumentato il costo? Bene: avrebbe pareggiato la partita prendendosi una quantità superiore di "merce".

Non aveva fatto però i conti con il diavolo. Proprio quella volta – quell'unica volta – il paracadute grande si inceppò. Era già di un bel po' sotto i settecento metri. Si vide perduto. «Mi sono salvato per miracolo, non so dire io stesso come. Un altro istante di ritardo e adesso non starei qui a raccontartela.»

Smise nel 1980, quando si tagliò i capelli: il paracadute sta sempre lì, appeso al chiodo. Più di una volta si era lanciato nel vuoto con i capelli al vento, senza nastri o bandane a trattenerli. I compagni (mi correggo, i camerati), soprattutto in principio, lo sfottevano: «Sei checca o comunista?».

Rispondeva: «Tutti e due», e mostrava il pugno chiuso, ma in un modo che quelli schiattavano di rabbia.

Il giorno in cui arrivò la prima volta alla sede dell'Associazione, a Castel dell'Ovo, la persona che lo accolse, nel vederlo con quella chioma fluente e l'espressione serafica, rimase a bocca aperta. «E tu vorresti fare il parà?» gli chiese in maniera beffarda. Non gli toglieva gli occhi di dosso; lo osservava come si può osservare una persona che non capisci se sia un provocatore o un fesso, nel senso che gli mancano delle rotelle: una, due, tre, quattro, chissà quante. Caracas però non si scompose: «Certo, voglio fare il paracadutista, cos'è che non va?».

Ma lo sai che si tratta di uno sport molto pericoloso? Che occorre superare numerosi test attitudinali? Che bisogna rispettare una rigida disciplina? Che...

Certo, so tutto, replicò Caracas, e non ho obiezioni su niente, sono pronto a sottopormi a ogni prova, a ogni collaudo...

«Collaudo?» chiese il nipote del presidente dell'Associazione (un pezzo grosso, un generale). Era rimasto molto colpito da quella parola, "collaudo". Di fronte alle risposte di Caracas la sua ironia aveva preso improvvisamente a vacillare. Gli chiese a bruciapelo: «Se te lo chiedessi, ti butteresti per esempio, a titolo di collaudo, come dici tu, dall'alto del Castello su un mucchio di sabbia?».

«Mi butterei e come! Anche subito, andiamo...»

«Calma. Ti rendi conto di quello che dici?»

«Io sì. Piuttosto tu ti rendi conto di quello che mi chiedi? Io ho coraggio da vendere e mi fido di te, di questa organizzazione. Sei tu che devi fidarti di me.»

Il nipote del generale non rispose. Tacque a lungo, annuendo. Poi gli chiese scusa.

***

Infine, nel 1980, incontrò per la prima volta Rosa La Rosa, un nome che vale un destino dal momento che diventerà la sua corona di spine. Rosa aveva ancora le trecce e un'aria di mesta innocenza. Si guardarono senza scambiarsi un solo sorriso, in quel piovoso giorno di marzo, poco curiosi l'uno dell'altro e senza alcuna immaginazione di quello che un giorno sarebbe accaduto tra loro due.

Fu sua madre, che frequentava da qualche tempo la madre di Rosa, a invitare a casa l'amica, che si portò appresso la figlia. La ragazza lì per lì impressionò ben poco Caracas, anche se i segni di una prorompente avvenenza prossimo-ventura c'erano già tutti: la figura slanciata, anche se ancora un po' legnosa e acerba; la gran massa dei capelli rossi e crespi suddivisi in due voluminose trecce; la risata a grappolo d'uva; gli occhi languidi e cangianti, ora verdi ora grigi. Ma sarà poi del tutto vero che Caracas non colse neppure uno di quegli annunci? Che non si lasciò per nulla turbare dal disegno insieme tagliente e soave del volto di Rosa? Dal suo sguardo? Dal suo seno già aggressivo? Sta di fatto che, alcuni anni dopo, incrociandola casualmente per strada, la riconoscerà all'istante, e con lo schianto della subitanea premonizione. Si abbracceranno con foga, come avessero avuto mille cose in comune, tutta una lunga storia. Interrotta ma non conclusa.

Confidenza di Caracas resa al sottoscritto una sera in una pizzeria della periferia nord di Napoli (Secondigliano) mentre mi mostra alcune fotografie conservate in una grande busta rigida. Sono ritratti della madre, una vecchia istantanea del padre in Venezuela, e tante immagini sue: lui bambino, lui ragazzo, lui adulto, lui solo, lui assieme a un compagno d'Istituto con il quale si produce in un arrabbiato saluto romano. Infine lei: una grande fotografia a colori che la ritrae in tutto il suo giovanile splendore: è in piedi appoggiata a un muretto assieme ad altra gente, molto seducente nel suo décolleté, i capelli tirati dietro la nuca, una ciocca ribelle, il volto ridente anche se non troppo decifrabile data la distanza dal fotografo. Mentre osservo con attenzione Rosa La Rosa non nascondo a Caracas la mia ammirazione, con parole anche molto colorite. So bene di non offenderlo, anzi di farlo felice perché, glielo si legge in faccia, quelle parole in qualche modo legittimano tutte le follie compiute per amore di lei, e perché, anche se la loro storia è finita ("finitissima", come dice lui), il fascino acre di Rosa La Rosa gli è rimasto appiccicato addosso e tutto lascia pensare che non lo abbandonerà più.

«Vedi» mi dice mentre mi rigiro tra le mani le sue fotografie, «a volte ho l'impressione di essere nato soltanto allora: nel 1980. Nato a trent'anni. È un sentimento che mi coglie di tanto in tanto, di sorpresa. Nella mia immaginazione quello che viene prima all'improvviso non conta più niente. È disadattamento. Indecisione. È opacità. Ma ecco che di colpo arriva la luce: nasco, ho trent'anni, sono a tutti gli effetti un cittadino di questo mondo. Parlo finalmente una lingua precisa. Non c'è più nebbia intorno a me. Non ho più paura di niente. Guarda caso, il calendario segna proprio quell'anno lì, il 1980.»

Una vera e propria data-ossessione dalla quale lui fa derivare tutto ciò che si farà poi sostanza biografica, gioia e dolore di una vita, punto di partenza del solco che, pur tra mille tortuosità, lo condurrà a quello che è oggi.

Ma chi è oggi Caracas? Io, una mia idea, ce l'ho: un integralista romantico che sogna una società ferma nel tempo, come pietrificata dentro le proprie tradizioni, aliena da ogni forma di cambiamento sovvertitore. Per lui ciò che conta è soprattutto questo: impedire a ogni costo che le cose cambino. Tutto deve restare uguale a se stesso; tutto deve tendere ad assomigliare il più possibile al proprio paradigma ideale. Caracas è un platonico appassionato, anzi un devoto del platonismo, un fanatico, nel senso che il suo cuore palpita per la sacralità archetipica del mondo: la donna è la Donna, la Donna, la Donna; la donna è la piccola madre cui corrisponde la Grande Madre, la Terra, generatrice di eroi, anzi di Eroi, che sono i guardiani della patria, anzi della Patria. La patria è la Patria, la Patria, la Patria... e via di questo passo.

Ma Caracas è anche un accanito antiamericano attratto irresistibilmente dai deboli, dagli sconfitti, dai "senzaniente". Detesta i ricchi, condanna il profitto, odia il capitalismo, è filoarabo, è un convinto terzomondista, si sente irresistibilmente attratto dall'Africa, prova una repulsione istintiva per ogni forma di spreco, si vanta di non avere mai posseduto un'automobile o una motocicletta. «Io» dice oggi Caracas, «sono più che altro un anarchico individualista. Un anarchico di destra: è inverosimile?»

A furia di studiare lui, ogni tanto finisco per aggredire me stesso: che gli somigli ancor più di quanto sia disposto ad ammettere? Prendiamo il cambiamento. L'amo molto moderatamente anch'io. Lo giudico anzi la vera turbativa del nostro tempo, la nuova peste. Penso che di cambiamento traumatico si possa anche morire e questo mi rimanda un'immagine di me stesso alla quale non sono abituato: l'immagine del conservatore. Anch'io, come Caracas, ho insomma i miei ritornelli "platonici". Per esempio il mare. Anzi il Mare. Una volta dicevo che il Mare è il Mare, è il Mare, è il Mare. Ma che mare è più quello devastato del mio golfo?

Una sera da Aladin alla Ferrovia, mentre fuori imperversava la pioggia e noi bevevamo un tè verde con tante nocciole che galleggiavano nel bicchiere di vetro, confessai a Caracas di condividere la sua stessa avversione per il cambiamento. Gli parlai del mare. Dovevo avere una faccia spettrale, occhi lucidi e stretti a fessura, e non so che cos'altro ancora, perché lui mi fissava con una tensione quasi pari alla mia. Fuori, una grande insegna al neon macchiava di rosso il selciato dilavato.

Gli raccontai che per anni avevo coltivato dentro di me come una specie di sogno mefistofelico. Un baratto. La mia libertà, anzi la libertà di tutta l'Italia, in cambio del mare così come l'avevo conosciuto da ragazzo tra Vico Equense, Seiano, Massalubrense e Capri. Una dittatura in cambio del mare che ho visto e goduto io e che nessuno vedrà e godrà mai più perché è morto per sempre.

«Anche in cambio del fascismo?» mi sfidò.

Dovevo aspettarmelo. Comunque risposi in maniera sicura.

«Sì.»

«E del comunismo?»

Ci pensai sopra anche meno.

«Sì.»

«E di una tirannia khomeinista, insomma islamica?»

Finalmente lo mandai a quel paese.

Poi, mentre pioggia e vento continuavano a sferzare su piazza Ferrovia, per lo più di taglio come volessero mondarla di tutte le sue lordure, mi lasciai andare a un po' di autobiografia. Partii da molto lontano, addirittura dalla seconda metà degli anni Trenta, quando, avendo mio padre raggiunto una buona posizione economica, potevamo definirci, dopo un periodo abbastanza lungo di indigenza, una famiglia benestante. Che avessimo raggiunto questo traguardo lo attestano numerose circostanze, ma soprattutto una: la villeggiatura. Questa parola adesso è invecchiata, anzi è andata completamente fuori uso, fa quasi ridere, ma una volta no, era anzi un importante indicatore sociale. Durava in pratica tutta l'estate, due mesi e oltre di vacanza presso una casa diversa da quella di città, collocata per lo più in un posto di mare. Nei casi più fortunati era di proprietà, sennò era presa in affitto: ogni anno il medesimo alloggio, nel medesimo sito, con i medesimi vicini.

La scelta dei miei genitori, per motivi che ignoro, era caduta su un paesino chiamato Seiano, sulla penisola sorrentina, che io ricordo come una specie di luogo originario, di ventre materno. Secondo me chi parlò per la prima volta del Paradiso Terrestre era appena stato a Seiano, si era bagnato nello specchio d'acqua antistante la spiaggia e aveva fatto quattro chiacchiere con il comandante-armatore della "Linda", la piccola motonave che collegava il Paradiso Terrestre a Napoli.

Trascorrevo le mie giornate in solitudine, tra gli scogli, a contemplare il mondo, ma per lo più a pescare. Avevo una decina d'anni, forse undici. La timidezza mi attanagliava come una malattia. Avendo una bella voce dal timbro già tenorile, e appartenendo a una famiglia di melomani, spesso mi tappavo in qualche stanza armato di una grossa pentola nella quale infilavo la testa cantandoci dentro. La pentola faceva da amplificatore, e io ero molto orgoglioso dei "do" di petto che riuscivo a strappare alle mie corde vocali e che mi rimbombavano nelle orecchie: come per esempio quel "do" della *Bohème* che sta nel bel mezzo della parola speranza: la *speeeeeeeeeranza*).

Come amavo quel mare: colonne di luce ne attraversavano la profondità come canne di un grande organo. Canne di cristallo. Ma non c'era pulviscolo nel cristallo: l'azzurro entrava nella retina dell'occhio spalancato sui misteri di un fondale che un tempo, si diceva, era stato il perimetro di un "castrum", poi sommerso, di cui restano ancora labili tracce.

Sono sempre stato un essere solitario. Soprattutto ai piedi delle falesie di tufo la mia felicità era quella di non avere nessuno accanto, di poter pescare in silenzio sotto il sole, con un accanimento che sembrava quasi una nevrosi: dal mattino fino al tardo pomeriggio, salvo brevi pause tanto per rassicurare mia madre che non ero affogato, senza alcun altro impegno che quello di inseguire prede marine e soprattutto il pesce-incubo di tutte le mie estati: la murena dal morso avvelenato (che cosa avrei fatto se una murena si fosse effettivamente agganciata a un mio amo? Non lo sapevo; non lo so tuttora. Per fortuna non accadde. Forse le davo la caccia proprio perché non sapevo che cosa avrei fatto al suo cospetto, oltre a restarne terrorizzato).

È in cambio di quel mare (e di quel golfo, naturalmente, di quelle colline, di quelle falesie ricoperte di macchia mediterranea, di quel Vesuvio ancora inviolato, di quella Napoli, insomma) che sarei sceso a patti col Diavolo.

Finii il racconto con un sospiro; Caracas sospirò anche lui e io decisi di tornarmene in albergo approfittando di una interruzione, forse provvisoria, della pioggia (sapevo già che il naziskin sarebbe rimasto in compagnia del proprietario di Aladin, oppure sarebbe andato chissà dove: la sua notte è sempre infinitamente più lunga della mia). Mi alzai, gli diedi la mano e imboccai l'uscita. Non senza però avergli prima promesso di tornare a parlargli al più presto di quella mia strana fantasia del mare in cambio di una dittatura.

«Mi appassiona tantissimo» disse.

## Lo inseguo come fosse una preda

Lo inseguo come fosse una preda? Anche lui a volte ha l'aria di darmi la caccia: per cogliermi in fallo. Non escludo affatto di essere, a mia volta, fonte di qualche stupore, e certo anche di qualche irritazione, per lui: a causa del mio stile di vita borghese, forse; per la mia storia di uomo tutto a sinistra ma in salsa eccessivamente moderata per i suoi gusti; per il mio ruolo pubblico attuale, al servizio di istituzioni verso le quali lui non nutre né fiducia né stima («Tornatene a Roma. La tua casa è lì. Tutti i tuoi interessi sono lì. Che diavolo ci fai in questo schifo di città? Che cosa è che ti rende così affamato delle tue radici?»).

Non ci resta che scrutarci meglio, che indagarci reciprocamente come veri e propri rebus esistenziali. Ne sono sicuro: anch'io per lui sono una specie di acchiappanuvole irretito dai suoi fantasmi (quando, beninteso, non sono un satana che vuole comprarsi a tutti i costi la sua anima).

Ci rassomigliamo, non ci sono dubbi. Benché qua e là, sotto la crosta, s'intuisca la faglia che ci separa, per esempio il modo con il quale lui gioca con i coltelli, il sangue e la violenza, tema tra i suoi preferiti, anche se non capisci mai bene sino a che punto si tratti di semplice pirotecnia verbale oppure di autentico *talento*, vocazione che sale diretta alle labbra dalle viscere. Un giorno provai ad affrontare di petto l'argomento, benché senza alcun risultato (l'ambiguità è una specie di porta blindata, valla a sfondare!).

Ci incontrammo al mio albergo: gli avevo chiesto di accompagnarmi in una perlustrazione notturna di uno dei quadrilateri meno raccomandabili di Napoli, la Sanità. Io sono nato ai suoi margini e la vecchiaia, si sa, è tutta un rivisitare: si ama leggere soprattutto i libri già letti. Mia nonna abitava in via Cristallini: un alloggio ampio, al primo piano, nello stabile (di grande modestia) che determina un'improvvisa strozzatura della strada con la sua sporgenza ad angolo retto. L'arredo dell'appartamento era tanto lugubre quanto dignitoso. Ogni domenica mio padre, figlio devoto, conduceva la propria famiglia a rendere onore a sua madre, vedova, e alle figlie che vivevano con lei, zia Nunzia e zia Concetta, zitelle sublimi.

Nego che tutto ciò sia troppo poco per produrre, settant'anni più tardi, un moto di nostalgia in un animo appassionato. Chi lo pensa si sbaglia. Sta di fatto che diedi appuntamento a Caracas nel mio albergo sul lungomare, sopra Borgo Marinaro (il Municipio mi tratta bene, almeno quanto ad alloggio).

Arrivò puntuale al nostro confortevole capolinea. Prese posto in una poltrona della hall e ordinò un tè. Non era affatto a disagio, anzi: ci fossimo trovati da Aladin alla Ferrovia e avessero galleggiato nelle nostre tazze manciate di noccioline non mi sarebbe apparso più padrone del campo. Scrutava le donne che sciamavano nel salone con un sorriso interessato ma discreto, privo di qualsiasi impudicizia, perfino elegante sotto quel cranio aggredito e conteso dalle luci dei lampadari.

Perse l'aria serafica soltanto quando fece irruzione una squadra di giovanottoni inconfondibilmente americani. Con le loro gesticolazioni esagerate e i vocioni irriguardosi avevano l'aria di essere studenti di qualche remoto *campus* in gita sociale. Allora il sorriso sobrio di Caracas si fece smorfia e improvvisamente sembrò odiare tutti e tutto: gli americani, le signore, le luci, l'albergo. E perfino me che lo avevo indotto a venirci.

Non lo si può definire un uomo incline alle fanfaronate, però ogni tanto ci casca. Borbottò: «Li ammazzerei tutti. Uno per uno, con il mio coltello» e si colpì alla vita dove si notava, attaccata a un passante dei pantaloni, una catena che andava a finire nella tasca sinistra. Aveva portato con sé il serramanico.

Ebbi un moto di stizza. Aveva pronunciato parole in libertà, d'accordo, di quelle che non meritano alcun genere di replica, tuttavia mi sembrò una buona occasione per fare un po' di chiarezza su quel punto tra noi due. «Caracas» dissi, «questa storia del coltello spalanca tra noi una voragine. Non ti capisco. È come se ogni tanto spuntasse alle tue spalle un altro Caracas, sconosciuto a me e anche a te stesso.»

Era imbarazzato: forse non avevo parlato con voce abbastanza sommessa. E poi in quella situazione: l'albergo, le luci, le signore, gli americani, il mio discorso "mediocre"...

«Sarà mediocre per te, non per me» replicai ancora più stizzito. Cercavo di spiegarmi in qualche modo quella sua incongrua predilezione, quell'irregolarità che a me sembrava macchiargli incomprensibilmente il carattere. Lo accusai di infantilismo. Gli dissi con tutta l'arroganza di cui sono capace: «Sai a che cosa mi fa pensare il tuo serramanico? All'elefantino di mio figlio quando era piccolo: lo chiamava Mio, che era un po' nome proprio un po' pronome possessivo».

Non se la prese più di tanto. Obiettò: «Guarda che sei stato tu a chiedermi di accompagnarti di notte in giro per Malanapoli».

«D'accordo, sono stato io a chiedertelo, ma che c'entra questo con il serramanico?»

«C'entra. Non si va a spasso di notte tra vicoli e immondezzai completamente disarmati.»

«Io ci sono sempre andato.»

«Errore. Non è detto che ti andrà bene la prossima volta.»

«La vita è tutta un rischio.»

«Non mi pare un'osservazione degna di te. È stupida.»

«Insomma, vuoi dirmi che se qualcuno ti molesta tu l'accoltelli?»

«Dipende dalla gravità della molestia.»

«Ammettiamo il peggio.»

«Allora sì, l'accoltello.»

«Cristo, gli ficchi quell'arnese nella pancia?»

«Senza pensarci su due volte.»

«E quest'idea, questa eventualità, questo pensiero non ti sconvolge?»

«No. O meglio mi sconvolge, ma non fino al punto da farmi dimenticare l'arma a casa.»

«Hai mai ferito un uomo?»

«No. Ma mi sono immaginato spesso nei panni di un uomo che ha ammazzato qualcuno. Come sai, io ho la pessima abitudine, quasi una malattia, di immedesimarmi molto negli altri, talvolta anche in chi non è esattamente uno stinco di santo.»

«E riesci a essere lui anche di fronte al sangue?»

«Il sangue? Non mi emoziona. Sono un freddo. Sarei stato un ottimo medico legale.»

***

Decisi di avventurarmi comunque assieme a Caracas nel cuore della Sanità, il quartiere dal quale proviene la mia famiglia e che qualcuno ritiene detenere un ben sinistro primato: la più alta concentrazione di nevrastenici e depressi di tutta Napoli (dicono per via dell'ininterrotto riprodursi tra consanguinei, il perpetuarsi sempre all'interno dello stesso vicolo). Mi limitai soltanto a raccomandargli massima prudenza. «Si tratta di matti» provai a ironizzare. Mi sorprese la sua risposta: «Io sono molto più prudente di te: non lo dico tanto per dire. Io non perdo mai la testa. Tu invece, con quella faccia irrequieta che ti ritrovi, con quegli occhi sempre pronti a saettare, temo che la perdi facilmente».

Non fu una spedizione insignificante. Il taxi ci lasciò in fondo a via Foria. Mi concessi l'ironia di chiedere al conducente di fermarsi esattamente davanti al portone di piazza Cavour 8. «Quell'edificio non c'è più» gli spiegai. «Ma io sono nato lì.»

Non si scompose. «Ho capito» disse. E soggiunse che avrebbe cercato di accontentarmi.

Ma non mi accontentò. Convinto che il cinema Marconi, a sua volta defunto assieme al palazzo in cui io sono nato, fosse parecchio più avanti del luogo suggerito da me, fermò lì, mentre il cinema era appena prima del civico 8, vi era anzi praticamente attaccato, tanto è vero che dal terrazzo del nostro appartamento era possibile sbirciare nella sala quando, a scopo di aerazione, ne veniva sollevata l'incerta copertura in lamiera (allora non esisteva ancora la cinematografia sonora; uno scalcagnato pianista sottolineava con improvvisati arpeggi e motivi in voga i momenti salienti della pellicola ed era soprattutto lui ad attrarre l'attenzione di noi ragazzi che, d'estate, ci distendevamo per terra a pancia sotto per poter rubare meglio la vista delle sue mani sulla tastiera).

Un numero civico 8 in ogni caso c'è ancora. Caracas mi guardò con un filo di ironico compatimento nel mostrarmelo: si tratta dell'ingresso del centro commerciale Missuri (scritto così, alla buona) che a suo modo vorrebbe celebrare i fasti del grande consumo ma che con la sua aria dimessa e un po' cupa riesce a indurre soltanto desideri di parsimonia.

Preferii non sostare troppo in quel posto: non conservo molti ricordi della casa natia, occupata originariamente dalla madre di mia madre, con la quale i miei genitori convissero fino a quando lei non se ne andò all'altro mondo con la sua sicumera e la sua grinta di matrona-gendarme. Quanto ai ricordi superstiti, sono confusi, velati di una tristezza che non so definire, ricordi che sanno d'indigenza, di malumori, di genitori sempre in affanno, di vicende non tutte limpide (pare che mia nonna avesse anche un amante conclamato e supponente oltre a un marito evanescente e rassegnato) e di una folla indefinita di congiunti che, quando conservano ancora un nome nella mia memoria, generalmente non hanno più un volto, e quando hanno un volto spesso non hanno più un nome.

Abbandonammo via Foria attraversandola all'altezza di Porta San Gennaro, l'antico varco verso il rione Sanità, un tempo fuori della cinta urbana che correva proprio lungo via Foria. Da Porta San Gennaro si entrava nel regno dei morti, la grande valle ai piedi di Capodimonte, già area sepolcrale ai tempi dei Greci, tanto che del toponimo Sanità si danno due diverse letture: una che lo imparenta a una presunta salubrità del luogo, un'altra invece che ne richiama la *santità*, assicurata a tutta l'area da un culto fanatico dei morti e dalla presenza di un vera e propria città sotterranea scavata nel tufo della collina, sede di grandi e meno grandi catacombe tra anfratti, cunicoli, gallerie, grotte, nascondigli, sprofondi e quant'altro fa della Sanità un quartiere a due livelli: suolo e sottosuolo, abisso e superficie.

Quando imboccammo via Vergini mi sentii francamente nel mio. Se quella spedizione era stata pensata soprattutto per mettere alla prova il mio sentimento di appartenenza, per riconfermare a me stesso vincoli che talvolta il tempo sembra aver cancellato, tra Porta San Gennaro e via Cristallini mi parve di riscoprire di colpo la mia profonda comunione con quell'universo, ormai incancellabile patrimonio della mia carne che nulla dimentica di ciò che ha vissuto e sperimentato: odori, sapori, immagini, suoni, e perfino silenzi, quando l'aria carica di umidità si rapprende e una città pur rumorosa come questa diventa felpata e furtiva.

Quella sera via Vergini sembrava uno stagno senza rane, un corpo estenuato disteso al suolo. «Caracas» dissi al mio accompagnatore, «lo senti questo odore di grasso, di mercato, di frutta e verdura marcia? Mi ha accompagnato tutta la vita. Ogni tanto mi bussava alla porta, ovunque mi trovassi: bastava un nonnulla a evocarmelo.»

«Ti disgusta?»

Esitai a lungo.

«Mi disgusta e mi attrae nello stesso tempo. Ma tu non raccontarlo a nessuno.»

Non so se si possa dire che via Vergini sia la strada più malfamata di Napoli, forse no, anche se è fuori discussione che lungo il suo percorso sono stati consumati fior di delitti.

La risalimmo in pace. Era una serata insolitamente inanimata: le sole ombre, sui marciapiedi, le allungavano i grandi serbatoi di immondizia ricolmi. Quando fummo in cima, laddove i Vergini (proprio così, i Vergini, in memoria di una castità tutta al maschile) si biforca come una grande Y e comincia da una parte via Arena e dall'altra via Cristallini, Caracas si fermò e a me parve improvvisamente incerto, dubbioso se proseguire o no. Mi fermai a mia volta: «Che c'è?».

«Troppo silenzio» osservò lui. Non c'era abituato, quella non era zona sua.

«Allora torniamo indietro?» proposi incoraggiante. Di riflesso, esitavo anch'io: perché non fare quella medesima passeggiata di giorno, alla luce del sole anziché al buio (mancava poco a mezzanotte)?

Ma nello stesso tempo mi auguravo che Caracas mi spronasse a non demordere, a proseguire. Non si arriva, dicevo a me stesso, a un passo dalla meta che ci si è prefissi di raggiungere (la casa dei miei nonni paterni, in pratica il mio "comincio", il mio "tutto") per voltarle improvvisamente le spalle. Infatti Caracas si era già rimesso con naturalezza in movimento, era già in via Cristallini e diceva: «Su, vieni, chi aspetti?».

Mi affiancai di nuovo a lui, lo sguardo rivolto ai muri senza più intonaci delle case e alla selva di finestre e balconi così casuali, così irregolari e degradati da evocare l'arte del presepe in cui tutto è rudimento, povertà e improvvisazione: una sorta di *strada desnuda*, che esibisce impudicamente la propria decrepitezza (lungo il suo tracciato scorrevano con furia torrentizia, e perfino rapinosa, le acque piovane provenienti dalla sovrastante collina di Capodimonte provocando morti frequenti e danni, spesso ingenti, a masserizie e fabbricati).

Anche via Cristallini era deserta. Un'edicola marmorea dedicata alla Madonna, all'inizio della strada, diffondeva una fioca luce gialla che strappava un tenue riverbero al selciato nero. Ero sempre più stupito per l'assenza di passanti, di rumori, di finestre illuminate.

Superato il primo tratto, via Cristallini curva leggermente a destra e lì si allarga, non di molto ma abbastanza da perdere l'aspetto iniziale di vicolo ingolato. Dura poco però la festa: a farla tornare budello o poco più ci pensa giusto il palazzo nel quale abitava mia nonna Grazia (il nonno l'ho conosciuto soltanto attraverso poche fotografie che comunque posseggo e sulle quali, di tanto in tanto, ancora amo soffermarmi ammirato). L'edificio si allarga infatti all'improvviso con un dente che ruba alla strada alcuni metri riducendola di nuovo alle dimensioni di un nastro stretto e ripido. Il quale si inerpica, da quel punto finalmente diritto e volitivo, verso Capodimonte, lambendo macchie di verde tuttora miracolosamente integro e visibili sullo sfondo di qualche cortile.

I miei nonni provenivano da lì, dalla collina, salvo sistemarsi a un certo punto, per ragioni che ignoro, più a valle, a quel numero civico 108 verso il quale ci stavamo dirigendo adesso io e Caracas.

Si arrestò ancora una volta di colpo. Soprappensiero com'ero, ebbi un piccolo sussulto: «Che c'è?».

Non rispose. Mi prese per un braccio e me la mostrò:

era ferma a non più di una trentina di passi da noi, al centro della strada in maniera da bloccare il passaggio anche a un semplice scooter. Luccicava come una gemma sotto a un riflettore. Era rossa, nuova di zecca, con un muso aggressivo come quello di una belva concentrata in una immobilità tanto assoluta quanto fragile, un'immobilità pronta a tramutarsi in scatto, balzo, aggressione, morso. Una Ferrari da schianto.

Era stata parcheggiata lì, al centro della strada, a bella posta: una sfida? un gioco? un'ostentazione? Ripresi a guardarmi intorno più allarmato che mai. Nessuno. Ma a quel punto né io né Caracas dubitammo di essere sotto lo sguardo di mille occhi intenti a controllare, al di là dell'oscurità di finestre e balconi, ogni nostro passo.

Superammo l'automobile evitando di manifestare la più piccola curiosità. E finalmente ci trovammo sotto la finestra di quella che fu la camera da letto di mia nonna, aperta frontalmente sulla parte larga di via Cristallini, quasi un palco sul formicolio diurno della strada.

L'interno dell'appartamento lo ricordo con una certa precisione. In particolare ricordo una scena, che a suo tempo dovette colpirmi come una rivelazione: zio Enrico, dandy di molta classe, che si "trucca" seduto davanti allo specchio di una toilette tra mille flaconi, boccette, creme, il capo coperto da un retino nero. Era un uomo dai molti fascini, mio zio, ma non il solo dandy della famiglia: prima di lui c'era stato zio Salvatore, che però io non ho conosciuto: mio padre, che l'adorava, lo chiamava "Il Barone". Zio Salvatore diceva invece a mio padre, ma in modo bonario, affettuoso: «Tu sì surdato!». Anzi: «Tu sì surdato semplice». E aveva ragione.

Soprattutto ho davanti agli occhi una grande campana di vetro nella quale era custodita un'anziana sant'Anna aureolata, tutta oro e argento, con la madonna ancora bambina accanto. Il volto di sant'Anna, incalzato dall'età, era segnato da un grande dolore (premonizione?); aveva vistose borse sotto agli occhi, un'espressione rassegnata, le labbra arse.

Perché la rammenti così bene non lo so: da bambino devo essere rimasto in qualche occasione, o forse in più occasioni, a contemplare a lungo quel volto di donna che forse mi richiamava quello di nonna Grazia, anche lei con le borse sotto agli occhi e un'aria severa e imperiosa; anche lei matrona-gendarme, come l'altra nonna, quella di piazza Cavour, benché in una maniera del tutto diversa, rovesciata, rigidamente austera, anzi puritana (ah, il puritanesimo: scorreva a fiumi in famiglia e credo che anche per questo motivo i due dandy furono sempre considerati con un filo di disappunto dal resto del clan). Se la principale fonte di questo rigore domestico fosse la nonna piuttosto che il nonno non posso affermarlo con sicurezza. Propendo per il nonno. Credo comunque che ognuno di loro ci mettesse del suo, attingendo a un proprio autonomo serbatoio.

Vi è come un mistero, nella mia famiglia paterna, che riguarda la sua provenienza. Se guardo i ritratti delle mie zie e quelli dei loro fratelli e genitori (compreso ovviamente mio padre, anzi lui più d'ogni altro) io scorgo in tutti, ma proprio in tutti, una luce di gentilezza e di pudore che sa di forte etica familiare, un'etica che è nel contempo eleganza, nobiltà di portamento. Risalendo però indietro nel tempo (verso la metà dell'Ottocento se non prima ancora) questa luce si affievolisce sin quasi a scomparire, a diventare oscurità. Anzi, *ambigua* oscurità. Perché? Che nome ha l'ombra che improvvisamente sembra attraversare e incrinare a ritroso questa patina di soave rispettabilità? Naturalmente non esistono immagini che documentino quel che dico ma soltanto voci, mormorazioni, per altro sempre molto sommesse e reticenti. Sin da ragazzo ho sempre pensato che fosse mio dovere venire prima o poi a capo di questo presunto mistero, ma senza mai riuscire a dedicarvi tutto l'impegno investigativo necessario.

Pare che un tempo noi avessimo un cognome diverso, vicino a quello attuale ma con una consonante in più che ne mutava radicalmente il suono. Non era semplice, nell'Ottocento (ma forse non lo è neppure adesso), ottenere una correzione anagrafica del genere: occorreva una ragione forte, per esempio che fosse sopravvenuto, per iniziativa di un congiunto, un evento così terribile da rendere incompatibile il nome di famiglia con la propria dignità.

Come io abbia appreso questa storia non lo so. Non so neppure se si tratti di un fatto reale oppure di una leggenda. In famiglia ebbe la consistenza di un sussurro, pronunciato sempre in forma dubitativa; i vecchi, interrogati, facevano finta di cadere dalle nuvole. Di recente ho riproposto il quesito a mia sorella Liliana, e lei sostiene che nostro padre una volta, chiacchierando con lei, vi alluse in maniera esplicita, ma senza scendere in particolari, dichiarandosi lui stesso all'oscuro delle ragioni che avevano indotto suo nonno a quel passo.

Fu un delitto?

«Caracas, secondo te, fu un delitto?»

Non disse niente.

E, se invece di un delitto, fu una questione religiosa? «Mettiamo il caso che io scopra improvvisamente di avere un'origine ebraica...»

Alzò le spalle con un sorriso. «La faccia non ti manca» fu il suo commento. «Se poi, oltre alla faccia, c'è dell'altro, sono pronto a collaborare con te per scoprirlo, se è questo che mi stai chiedendo.»

Aveva indovinato: mi resi conto di colpo che, inconsapevolmente, gli stavo chiedendo proprio questo: di aiutarmi a scoprire la verità; soprattutto, di aiutarmi a vincere la ripugnanza che ho sempre provato per scandagli di questo genere. Il profondo passato può inquietare non meno del profondo futuro: almeno un animo molto poco eroico come il mio.

Avevamo percorso un bel pezzo di via Cristallini, oltre la casa dei miei nonni, in direzione di Capodimonte. Ora però tutto consigliava di tornare indietro, e alla svelta. Anche perché eravamo arrivati ai piedi di una minacciosa scalinata dove via Cristallini cessa di chiamarsi così, benché senza una ragione comprensibile dal momento che va avanti diritta e uguale a se stessa verso la sua meta. Sennonché Caracas pretese di curiosare ancora un po' là attorno: respirava come un pointer messo in allarme dal suo diabolico olfatto. Mi costrinse a svoltare in una stradina, vico Tronari, e a risalirla nei suoi pochi metri. Ed ecco che davanti ai nostri occhi si parò uno spettacolo che non dimenticherò più: la bocca a forma di uovo di un'immensa caverna dentro a uno strapiombo tufaceo alto non meno di una ventina di metri. Vico Tronari è a pochi passi dalla casa dei miei nonni ma io vi ficcavo il naso per la prima volta in vita mia né mai ne avevo sentito parlare prima. Sicuramente quella caverna si inoltrava a lungo nella roccia per sbucare chissà dove.

«Ora dobbiamo proprio andare» dissi con impazienza. Non so perché mi era venuta addosso una grande tristezza: ero insieme stupito e depresso, quasi pentito di aver organizzato quella spedizione nel mio passato remoto assieme a Caracas.

Sotto al balcone della nonna ci accorgemmo che la Ferrari non c'era più. Lo stesso deserto di prima, ma il bolide rosso piantato di traverso alla strada era sparito. Affrettai ancora di più il passo, con la medesima sensazione che mi aveva accompagnato all'arrivo di essere spiato da mille occhi, al di là del buio apparente di finestre e balconi.

## Mio padre a Caporetto

Il lato oscuro della mia biografia è, secondo Caracas, il comunismo, l'incomprensibile scelta di diventare un fanatico di Marx. «È una faccenda curiosa, no?»

Come, curiosa? A quell'epoca, Caracas, il mondo pullulava di comunisti: il mondo, non Napoli soltanto.

Semmai la faccenda curiosa è come sia diventato nazista tu. Questa sì che è una bella anomalia, anzi una mostruosità. Io sono diventato comunista molto prima che la storia condannasse l'Unione Sovietica, che l'umanità venisse a conoscenza dei delitti di Stalin e delle degenerazioni poliziesche e burocratiche dei suoi apparati. Tu invece sei diventato nazista dopo, molto dopo i disastri della Seconda guerra mondiale, quando i crimini di Hitler erano stati tutti minuziosamente documentati. Per favore, non facciamo paragoni!

Non replica. Ma la domanda come io sia diventato comunista continua a galleggiargli nello sguardo. In verità non credo che la curiosità investa soltanto me: a furia di dirgli che lui mi ricorda il mio amico Luigi, il più *sentimentalmente* comunista di tutti i comunisti di Napoli, ho messo in moto dentro di lui un'ansia che un po' rasenta il terrore un po' la vanità. Da persona fantasiosa qual è, l'intreccio dei destini lo turba. In principio, onestamente, non era così. Sentirsi definire il doppio di un comunista gli procurava soprattutto un'ilare incredulità. Poi però cominciò a entrare in partita, a lasciarsi suggestionare, a indagare in proprio (lesse d'un fiato alcuni libri di Luigi tra cui *Scala a San Potito*), a immaginarsi effettivamente un doppio, una reiterazione, una specie di uomo di ritorno. «Ma fisicamente Luigi era veramente così diverso da me? Pensaci bene! Possibile che in lui non ci fosse niente, ma proprio niente che mi somigli? Per esempio un dettaglio della faccia, chessò gli occhi, lo sguardo, oppure la bocca, o le orecchie, o il naso.»

Sostiene che i nasi sono importanti, fanno più fisionomia loro che qualunque altro concorrente.

Caracas, io non sono diventato comunista: lo sono sempre stato. In altre parole ci sono nato.

Nato?

Già, nato.

Tuo padre?

Mio padre.

Accadde durante la ritirata di Caporetto: ottobre 1917. Tranne che per la data, gli eventi che sto per narrarti non hanno altri elementi certi di riferimento, né temporali né geografici né di alcun altro genere. Anche la parola Caporetto ha un valore soltanto indicativo, benché a me paia di aver sentito pronunciare da mio padre il nome di un'altra località molto prossima a Caporetto, Plezzo, dove gli austriaci ebbero ragione degli italiani con un micidiale attacco di artiglieria e facendo uso di gas asfissianti. Tuttavia – sono il primo ad ammetterlo – la parola Plezzo potrebbe essere un falso ricordo, o meglio un'aggiunta, abusiva ancorché incolpevole, annessa da me alla testimonianza di mio padre in epoca notevolmente successiva. Purtroppo il tempo, la mia leggerezza soprattutto, la mancanza di un diario, di appunti, condannano questo racconto a un'insopportabile asciuttezza. Vorrei saperne di più, Caracas, ma potrei soltanto inventare e questo è tassativamente proibito. Diciamo perciò che gli eventi che seguono potrebbero essere capitati ovunque nell'area della disfatta e rubricati da mio padre sotto la voce Caporetto, diventato il nome simbolo di quella tragedia.

La sequenza può essere suddivisa in due momenti successivi. Primo momento. Mio padre scende lungo un pendio-radura: non ha armi, non ha zaino, ha le mani piene di graffi, la barba lunga, gli occhi cerchiati dal blu dell'insonnia. È in compagnia di altri soldati nelle sue stesse condizioni. Superato un ostacolo – una svolta, un dosso, insomma qualcosa che imprigiona il suo sguardo – la scena muta aprendosi di colpo, con una repentinità da incubo, su un vasto scenario che ha per sfondo umide montagne dai profili taglienti. È mattino presto, le nuvole qua e là inghiottono il paesaggio, sono buchi neri che sanno di insidia. Mio padre e i suoi compagni di fuga sono fermi, impietriti sul ciglio di un campo disseminato di cadaveri. I corpi giacciono uno sull'altro, chi di fianco, chi a pancia sotto, chi supino con le braccia aperte e gli occhi spalancati che la morte non ha fatto in tempo a chiudere, impedita forse dalla loro stessa disperazione.

Quegli occhi con la loro gialla fissità, la scena disumana trattengono a lungo mio padre e i suoi compagni sulla sommità del campo: sono atterriti, quasi non respirano, alcuni si prendono per mano come bambini, altri tengono la testa bassa: non vogliono guardare oltre, hanno guardato abbastanza. Di più non possono.

E siamo alla fase due della sequenza. Finalmente mio padre si rimette in movimento. Cerca di avanzare, un passo alla volta, lungo il pendio fangoso: la strage è recente e potrebb'esserci ancora vita in quel cimitero a cielo aperto, tra quei piccoli soldati presi al laccio dalla malasorte (piccoli di età, di statura, di censo, di tutto: su questo punto mio padre sarà sempre molto categorico). Tende l'orecchio, sposta un cadavere, un altro, che cosa non pagherebbe per percepire un respiro, un fievole lamento. Infine trova il coraggio di fare ciò che sino a quel momento non ha osato: abbassa le palpebre a un ragazzo con una faccia da contadinello venuto a morire ai confini di un'Italia sconosciuta. Anche altri fanno il medesimo gesto. Più d'uno piange.

Caracas, mio padre diventò comunista quel giorno. Era un uomo che non amava raccontarsi troppo. Questa storia però la ripeté più volte in famiglia, e di sicuro una sera in cui eravamo tutti seduti nella cucina dell'appartamento di piazza Principe Umberto 4.

«Diventai comunista quel giorno!» scandì con la sua voce malinconica e pacata.

Non avevo ancora dieci anni, ero un ragazzo tutto lunaticherie ed emotività, molto poco sveglio, ma ricordo perfettamente che quelle parole mi risuonarono dentro come un comandamento o forse una predestinazione. Fui però così poco accorto – non tanto quella sera ma in seguito, quando di anni non ne ebbi più dieci ma quindici, venti, venticinque e oltre – da non fargli neppure una domanda per stimolarlo a dire di più, per indurlo a raccontarmi la sua vita, i suoi sogni, le sue tempeste.

Potessi averlo adesso di fronte a me, libero di chiedergli ragione di tante cose! È una suggestione nella quale mi capita di scivolare sempre più spesso: io e lui seduti nella medesima cucina di piazza Principe Umberto, soli, due vecchi che chiacchierano instancabilmente, le voci un po' incerte, rauche, e una grande commozione che ciascuno dei due trattiene ostinato in fondo al cuore.

Lo ricordo roseo, e così lo rivedo, roseo e sorridente, la fronte altissima ben arcuata, rosea anch'essa, i baffetti sottili ben rasati, una mano appoggiata al piano di marmo del tavolo, l'occhio glauco pieno di accoglienza, una giacca da camera scura su un camicia un po' stazzonata aperta sul collo. Un bel vecchio. Davvero un bel vecchio. Da suscitare una vena d'invidia perfino in me, suo figlio.

Oggi saprei che cosa chiedergli. Dio mio, quante domande! A cominciare, certo, da quel nodo lì, di Caporetto e del comunismo. Ho lavorato con una certa tenacia su quel ricordo, ho letto libri, sono andato a fare un'ispezione – ma meglio usare la parola "pellegrinaggio" – nel verde-malinconia dell'Alto Isonzo (da Kobarid a Plech, cioè da Caporetto a Plezzo, alla ricerca, del tutto improbabile, di un declivio come quello, coperto di cadaveri, che mi aveva descritto mio padre), ho interrogato qualche storico allo scopo di poter connettere in maniera non del tutto vaga o artificiosa quelle due parole che a me sono parse a lungo distanti e inaccostabili – comunismo e Caporetto – e che invece sono state da tutti giudicate non soltanto compatibili ma anzi obiettivamente connesse dentro a quel vasto sentire rivoluzionario e pacifista che nel corso di quei mesi avvolse l'Italia.

Caracas, io so che tu sei un uomo molto patriottico e con un acuto senso dell'onore, ma cerchiamo con animo pacato di farci una ragione di quegli avvenimenti terribili, di quella dolorosa disfatta. Era l'anno 1917, il mese di ottobre. Il giorno di Caporetto è esattamente il 24. Ma noi proviamo a rivolgere lo sguardo indietro. Che cosa accadde in settembre? E in agosto? E in luglio?

Mio padre, con il grado di sergente, aveva non so perché una vita alquanto ballerina, il che gli facilitava il compito di appagare la sua fame di notizie intorno a ciò che accadeva nel mondo e segnatamente in Italia. Guardava da sempre con simpatia l'ala pacifista del socialismo nostrano, i cosiddetti "intransigenti", molti dei quali solidarizzarono con i rivoluzionari russi, in armi contro lo zarismo sin dal mese di marzo di quell'anno di passione, non esitando a inneggiare in varie occasioni allo stesso Lenin e ai bolscevichi, contrari alla permanenza della Russia in un conflitto giudicato nient'altro che un cinico confronto tra due opposti imperialismi.

L'elenco degli avvenimenti che precedono Caporetto (tutti concorrenti al medesimo esito) non ruba molto spazio. Caracas, proviamo a farne insieme una piccola mappa? Bene. Cominciamo allora con l'osservare che dalla Lombardia alla Sicilia serpeggia una forte avversione per un conflitto del quale la maggioranza del Paese, e soprattutto dei soldati, non sa darsi neppure una vera ragione (a Napoli il prefetto Menzinger, in una nota riservata inviata a Roma, stima che non meno del novanta per cento della popolazione è contrario alla guerra e altrettanto dichiara il prefetto di Roma per quel che riguarda la sua città).

Il Comando militare non perde occasione per vessare e demoralizzare la truppa.

Scioperi e proteste si succedono, del tutto spontaneamente, da un capo all'altro d'Italia.

Il 13 agosto a Torino tre rappresentanti del soviet russo, nel nostro Paese in qualità di "messaggeri della rivoluzione", partecipano assieme ai socialisti a una manifestazione pubblica durante la quale, di fronte a quarantamila persone, viene pronunciato un appello contro la prosecuzione della guerra.

Il 22 agosto Torino è in rivolta: per mancanza di pane, che però è soprattutto un pretesto. Infatti di lì a poco, quando le panetterie si riempiono di pagnotte, i moti non si placano, migliaia di operai si dirigono alla Camera del lavoro gettando nella costernazione i dirigenti sindacali colti di sorpresa. I manifestanti allora chiamano a raccolta altri operai, altri lavoratori cui si associano numerosi facinorosi sempre pronti ad accorrere laddove c'è odore di baruffa e di saccheggio. La situazione peggiora di ora in ora. I moti ormai hanno un unico bersaglio: la guerra e il governo che la impone alla povera gente. Viene assaltata una caserma. Ci sono i primi feriti.

Feriti?

Sì, Caracas, feriti. E siamo ancora lontani dal peggio.

I dimostranti cominciano infatti a erigere barricate. Contro le quali poliziotti e carabinieri prendono a sparare. Ad altezza d'uomo. Ci vorranno autoblindo e carri armati per sedare la rivolta: ci vorranno raffiche di mitragliatrice. Alla fine, sul terreno, i morti saranno contati a decine: oltre quaranta, e oltre duecento i feriti.

Capisci, Caracas, che cosa c'è immediatamente prima di Caporetto? Io nascerò molto dopo, ma vengo di là: ho speso quasi una vita intera per capire di essere una specie di "figlio d'arte", un "comunista pacifista" (e non è assolutamente né un paradosso né una contraddizione).

Caracas mi guarda e io credo di sapere a che cosa pensa. Ai soldati italiani che se la diedero a gambe di fronte agli austriaci e ai tedeschi all'attacco?

Non dirlo neanche per scherzo, lo minaccio.

Non soltanto non devi dirlo ma neppure pensarlo. Queste cose le pensò e le disse il generale Cadorna che, per nascondere l'inettitudine sua e dell'intero suo Comando beffato dagli austrotedeschi con un piano a sorpresa, imputò la disfatta interamente alla povera truppa *colpevole* di non essersi fatta massacrare fino all'ultimo uomo. E ne fece fucilare a centinaia, di soldati in rotta, da improvvisati plotoni di esecuzione, nella convinzione, immagino, che più ne faceva fucilare più riusciva a occultare la sua onta di generale senza talento, un po' macchietta un po' demonio.

Può essere, Caracas, che quel campo di morte in cui finì mio padre tra Plezzo e Caporetto (a meno che io non mi inganni sul fattore geografico) sia da addebitare a una maledetta esecuzione di massa?

Purtroppo mio padre non c'è più per rispondere alle mie tardive domande, e per soprammercato sono ateo come lo è stato lui. Non ci incontreremo più da nessuna parte, né all'inferno né in paradiso, per discutere di noi, di Caporetto, del comunismo, di quel mondo nuovo che avremmo dovuto costruire un po' alla volta, dei suoi sogni che sono diventati i miei, come anche le indignazioni, le collere, le innumerevoli delusioni. Soltanto lungo le strade di questo viaggio nel passato, o meglio tra passato e presente, in compagnia tua, mio caro e sgangherato Caracas (ma umano, così umano), riuscirò ancora a incrociarlo, a stringergli la mano e a bombardarlo di domande.

E pazienza se resteranno senza risposta. Già il solo chiedere serve a fare storia e a riaffermare la vita.

# Fiumi di tè alla menta

Ci frequentiamo con assiduità ormai da un bel po' di tempo: era inevitabile che prima o poi qualcuno me ne chiedesse, ironico, la ragione. È accaduto pochi giorni or sono: «Una persona come te!». Me la sono presa: frequento chi mi pare e non devo spiegazioni a nessuno; avessero gli altri la stessa sensibilità di Caracas, lo stesso trasporto per il mondo che ha lui! Perché lo frequento? Ma è semplice: perché imparo. Scendo con lui nell'inferno, e lui me lo spiega, mostrandomelo così come lo vede con i suoi occhi: senza rancore per nessuno, disprezzo per nessuno, gelosia per nessuno. Lo frequento perché mi fa bere fiumi di tè alla menta con le noccioline, oppure con le foglioline di menta fresca messe a galleggiare nella tazza; perché mi offre canditi, mandorle, biscotti al miele, fette di torte alle carote e porzioni di cuscus bianco con latte, uvetta e datteri. Lo frequento perché con lui riesco finalmente a lasciarmi andare, a trasgredire diete e raccomandazioni varie, a camminare per chilometri e chilometri (alla faccia delle mie aritmie e altre disubbidienze coronariche) e soprattutto perché, grazie a lui, ho cominciato a realizzare un progetto che da tempo ha preso forma dentro di me facendosi via via più urgente con l'approssimarsi del giorno in cui io abbandonerò ancora una volta, e per sempre, la città in cui sono nato: ritrovare le mie origini, i luoghi della mia infanzia, quelle parti della città dove non avrei mai osato tornare da solo al fine di capire un po' meglio chi io sia e che senso abbia avuto per me vivere e invecchiare. Ha avuto un senso?

Tutto ciò vuole dire che io prendo soltanto? Non è vero. Sicuramente a mia volta do qualcosa a Caracas, un *quid* abbastanza indefinibile ma che sicuramente esiste, va iscritto a bilancio, per quanto possa essere considerato meno di niente rispetto a quello che prendo (lui mi racconta la sua vita fino ai più scabrosi dettagli, del tutto consapevole dell'uso che io intendo fare dei miei appunti: scrivi, scrivi, mi dice, annota pure tutto, non omettere alcun particolare per devastante che possa sembrarti. Io non mi vergogno di nulla, perché qualunque errore Caracas abbia potuto commettere nella vita, non lo ha commesso mai per calcolo o tornaconto: per fessaggine forse, per ingenuità. Meglio ancora, per passione. Non per altro).

Nei giorni scorsi mi ha detto che la sua conversione all'islamismo è ormai cosa fatta. «Sarà ratificata tra non molto in moschea davanti all'*imam*. Comprerò per l'occasione un abito scuro da cerimonia. Basterà pronunciare le seguenti parole: "Ash'hadu allā ilāha illa-Llāh wa ash'hadu anna Muhammada r-rasūlu Lhāh".»

Sono rimasto a bocca aperta: non immaginavo che le cose fossero già a questo punto. «E che cavolo significa?»

Quel "cavolo", quella parola sgarbata, gli ha procurato un piccolo tremito, come una scossa tra naso e bocca.

«Sai benissimo che *cavolo* significa, anche se non conosci l'arabo, come non lo conosco io. Significa: "Io testimonio che non c'è dio se non Allah, e testimonio che Muhammad è l'inviato di Allah"».

Improvvisamente mi è venuta in mente Rosa La Rosa. Un'associazione tutt'altro che illegittima e sballata, dal momento che dentro di me si è formata da tempo un'idea di incompatibilità tra lei e Allah, come se un'opzione non possa che escludere l'altra.

Sia chiaro: non è che attribuendogli un residuo di passione, o forse soltanto di desiderio, io mi sia lasciato sedurre dal piacere di qualche caramellosa congettura. Sono mesi e mesi che Caracas mi racconta la sua vita e mai le sue parole mi sono parse altrettanto incisive come quando ha ricostruito il drammatico finale della sua relazione con Rosa La Rosa. È notte. La coppia è appena tornata nella sua casa-stanza. Da una finestra con le imposte socchiuse filtra una luce sporca bagnata di verde. L'arredo è composto da un letto a due piazze, alcune sedie, un vecchio baule aperto dal quale sgorgano grovigli di indumenti. Di fronte al letto, a buoni tre metri di distanza, c'è la porta del bagno, giusto al centro di una vasta parete vuota. È spalancata. Si intravede un lavabo. Uno specchio. Un'asta bianca con vari asciugamani appesi.

Rosa, succintamente coperta, è davanti a questa porta, un corpo pietrificato che non sembra più di questo mondo. È piegata in due, come un nuotatore in procinto di slanciarsi in acqua: una posizione assurda che preannuncia una caduta imminente, inevitabile, ma che non avviene mai. Le braccia pendono ma sono rigide. Il capo è reclinato sul petto. Rosa La Rosa è in *trance*, preda particolarmente docile della sua "malattia" che lei questa volta ha stimolato con una dose eccessiva di veleno.

Caracas, seduto sul bordo del letto, la guarda e pensa: ora l'uccido. Glielo dice anche, benché in forma dubitativa: «Rosa, non credi che sarebbe mio dovere ucciderti, strapparti almeno così al tuo inferno?».

Rosa resta inerte: non può sentire; non può rispondere. Chissà che cosa risponderebbe se potesse. Forse direbbe a Caracas di andare al diavolo, di lasciarla in pace a godersi il suo paradiso artificiale.

Lui continua a restare fermo sul bordo del letto, a lasciarsi risucchiare dai pensieri, dai tanti sentimenti di rancore che hanno per bersaglio principalmente se stesso: ah, Caracas, non ne hai azzeccata una, nella vita. Passa in rassegna i suoi errori, le sue debolezze, le sue condiscendenze. L'amore per Rosa ha fatto di lui un altro uomo: lo ha reso complice e succubo; lo ha disarmato e perfino umiliato: non avrebbe dovuto permetterle tante odiose libertà, non avrebbe dovuto cedere alle lacrime di lei...

Dal bordo del letto continua a tenere fisso lo sguardo su Rosa, a spiare se per caso stia per riemergere dal suo letargo. Anche così è bella: le sue spalle sono lisce e ondulate, gli omeri rotondi e bianchi, i seni, che emergono dalla corta camicia da notte colorata, sembrano grossi frutti maturi. Ma nello sguardo di Caracas il desiderio è ormai soffocato dalla pietà e dalla rabbia, e da un altro sentimento che lo perseguita da tempo e che talvolta si fa insostenibile come un'improvvisa assenza di respiro: la gelosia. Verso il suo unico vero grande rivale. La droga.

Nel silenzio e nell'attesa che divora il tempo, Caracas si chiede se non sia arrivato il momento, dopo tanti anni di estenuanti speranze e cadute, di chiudere definitivamente la partita con Rosa La Rosa. Come? Scomparendo in maniera irrevocabile dalla sua vita, dal momento che il coraggio di affondare il coltello nel suo cuore non ce l'ha, non l'avrà mai.

Fuggire ora, subito: la soluzione non può essere che questa, pensa Caracas. E frattanto appoggia la testa su un cuscino, distende le gambe, continua a scrutare Rosa seminuda e immobile con le sue assurde braccia penzoloni. Caracas elenca a se stesso tutte le volte che si sono lasciati e poi ripresi: in genere era lei che improvvisamente scompariva. Sempre senza preavviso. Soltanto una volta fu lui a darle il benservito, salvo telefonarle disperato dopo un paio di giorni appena: non ce la faccio più...

Pensando alla sua fuga da Rosa, alla sua eclissi senza più alcun ritorno, Caracas si addormenta, sprofonda in un abisso lattiginoso privo di sogni. Non dura molto però lo stato di incoscienza: un'ora? due ore? Forse meno. Sicuramente meno. Riapre gli occhi di soprassalto, pieno di panico: non sa più dov'è, se è notte o giorno, se è veramente desto o sta ancora dormendo. Nella semioscurità venata di verde riscopre Rosa: è sempre là, immobile, discinta, fredda.

Il resto Caracas lo riassume in affanno: lui che piange; lui che si alza lentamente dal letto; lui che raccoglie indumenti e oggetti deponendoli in una grande sacca; lui che in punta di piedi si avvicina all'uscio; lui che rivolge un ultimo sguardo pieno di pietà e di tenerezza a Rosa, cieca statua di carne perduta nella sua nebbia; lui che le sussurra un addio che è più che altro un addio a se stesso. Lui che apre la porta e scompare...

Su questa sequenza avrò modo di ritornare, anche perché Caracas me l'ha ripetuta non so quante volte, ora sollecitato a ritornarci sopra da me, ora di sua spontanea volontà, mettendo in fila e illuminandoli uno per uno particolari così palpitanti che non testimoniano certo quel sopito sentire proprio di chi parla di una storia morta e sepolta.

E mai un'ombra d'incomprensione, nelle sue parole. Di pietà, sì. Di rimpianto, sì. Ma non di avversione o disprezzo. Anzi, nei suoi racconti, Rosa è come una sorgente d'acqua fresca, un bel volto senza ombra di trucco che gli sorride con fiducia da una distanza minima. «I suoi occhi sono grandi» dice Caracas, «e io spesso mi ci sono rispecchiato dentro, come in un lago verde e grigio, ora buio ora splendente. Anche il suo odore è particolare. Il suo corpo sa di menta: una volta le chiesi se per caso se la spargesse addosso o la disseminasse tra la sua biancheria intima.»

Ha scelto Allah, d'accordo. Ma Rosa La Rosa gli sta ancora attaccata addosso con il suo odore di donna. Sarà per questo che il suo tè preferito è quello che sappiamo, e ne beve a fiumi.

Il profumo di menta lo colpì già la prima volta che si abbracciarono, quando l'incontrò casualmente, per la strada, dopo averla vista una volta soltanto, anni prima, un fiore sbocciato soltanto a metà.

Rosa era in compagnia della madre: l'invitarono a cena per quella sera stessa. Tanta precipitazione forse avrebbe dovuto insospettirlo, anche soltanto un po', suscitargli un velo di meraviglia. Invece no. Vi sono momenti in cui la felicità, ma anche qualche altro sentimento forte, per esempio il dolore, si impadronisce di te in maniera così assoluta e dispotica da non concederti alcuna libertà di movimento e di pensiero. L'avrebbe seguita all'istante, se lei glielo avesse chiesto. Invece dovette aspettare che facesse sera.

Arrivò a casa di Rosa La Rosa con un mazzo di fiori.

«Sono per tua madre» le disse. «Tutti tranne uno. Questo è per te.»

Aveva discusso a lungo con il fioraio sul tipo di fiore che avrebbe dovuto portarle. Alla fine la scelta era caduta su una magnolia bianca che l'aveva colpito per la sua vellutata carnosità. «Perché un fiore bianco?» gli chiese Rosa, un po' titubante.

Caracas ricorda che lei indossava un'attillata maglia a girocollo verde su una gonna della stessa tinta, ma più scura. «Ho sbagliato?» le chiese lui con apprensione. Rosa ebbe il torto di non rispondere subito.

«Forse i fiori bianchi non ti piacciono?» prese allora a incalzarla lui. «Oppure è il bianco stesso che non puoi sopportare? O forse pensi che porti sfortuna, che non sia il colore giusto per...»

«Calma, calma» gridò Rosa, e gli buttò le braccia al collo. Ma aveva le lacrime agli occhi, e Caracas se ne accorse.

Fu una serata malinconica. Ognuno avrebbe voluto dire qualcosa all'altro, compresa la madre di Rosa, ma nessuno ebbe il coraggio di aprire bocca tranne che per le proprie quotidiane banalità. Soltanto quando Caracas fu sul punto di andarsene ci fu come un trambusto, quasi un momento di panico: la madre di Rosa ripiombò sulla poltrona dalla quale si era appena levata, improvvisamente cerea e con una mano premuta sotto il seno copioso; la figlia le saettò accanto e prese ad accarezzarle i capelli; lui rimase frastornato accanto alla porta tra il soggiorno e il piccolo ingresso senza sapere che dire.

Il disagio però durò pochissimo. Dileguò in maniera altrettanto fulminea e irreale così come era sopravvenuto. La donna tornò a levarsi dalla poltrona, gli andò incontro. «Non è stata una gran serata» disse, «ma non è un motivo per non rivederci. Caracas, tu non ci devi abbandonare. Abbiamo bisogno di te. Rosa ha bisogno di te.»

***

Rimase tutta la notte a rimuginare su quelle parole. Rosa ha bisogno di me, ripeteva in continuazione. Ebbene? Di qualunque cosa si fosse trattato, lui era pronto: quella ragazza lo aveva letteralmente stregato. Quanto ai suoi misteriosi problemi, fece mille congetture, ma non quella giusta.

La ragione per la quale Rosa aveva bisogno di lui l'apprese l'indomani, dopo una raffica di telefonate ad amici e conoscenti, come prescrive ogni buona regola investigativa. Rosa La Rosa si drogava. Eroina. E non era alle prime esperienze: aveva cominciato che aveva appena diciotto anni.

Caracas si sentì morire. Ricorda ancora il dolore che lo ghermisce in tutta la sua variegata gamma di addendi: rabbia, amarezza, delusione. E la pietà? «No, quella non la ricordo. Ero troppo incazzato, e anche ferito, come se madre e figlia si fossero prese gioco di me. In seguito invece, sì, ne ho provata, e tanta, di pena. Tanta da non potersi misurare. Ma non quella volta. Altro che pietà: l'avessi avuta tra le mani, la signorina Rosa La Rosa, quel giorno io l'avrei ammazzata.»

Per circa una settimana non accadde nulla. Caracas trascorse tutto il tempo libero in palestra scaricando pugni sul vecchio e rattoppato sacco di cuoio come se dentro a quel sacco fosse andata a nascondersi tutta l'infamia del mondo. Lo colpiva e lo malediceva con ganci e diretti in un crescendo d'ira così cieca da trasformarsi, pian piano, essa stessa in motivo di meraviglia: ma che cosa stai facendo, Caracas? Hai forse perduto la bussola? Rimetti i piedi per terra, Caracas! Piantala!

Il quinto giorno Rosa La Rosa gli telefonò: «Scommetto che non vuoi vedermi più. Mai più».

Caracas rimase a lungo in silenzio. Poi disse, quasi balbettando: «Rosa, io ho un brutto carattere. Ci sono situazioni che non tollero; vizi, debolezze, errori che mi ripugnano. Sono fatto così: prendere o lasciare. Tu mi piaci molto, non lo nego. Ma questo non basta. Dopo di che sono io a rivolgerti la stessa domanda: sei proprio sicura di volermi ancora vedere?».

Rosa La Rosa rispose senza esitare, un semplice sì ma denso, grave, quasi rauco. Un sì che equivaleva a una promessa.

Si incontrarono la sera stessa. Fu una nottata di memorabili furie, di amori e di pianti, di confessioni e di promesse, di minacce e di esaltazioni, che Caracas ricorda dilavati dal sudore dei corpi dentro l'angustia di mura umide e possenti: il "buco" strappato al tufo di un remoto vicolo della Sanità nel quale lui era andato a vivere dopo la morte della madre.

Lei non gli nascose nulla, anzi più si raccontava più veniva presa come da una furia, da un desiderio abnorme di verità via via più minute, di scavi ulteriori, fino a passare dai fatti alle supposizioni. «Mi sparpagliò il suo cuore per terra» spiega Caracas indicando il suolo davanti a noi con un'emozione che non so dire se soltanto retrospettiva. «Come quando rivolti una scatola piena di roba, per controllare fino all'ultima pagliuzza che vi è contenuta.»

E che cosa apprese Caracas da quel cuore sparpagliato? «Un cattivo romanzo un po' lugubre» lo definisce adesso. Una trama, comunque, terribilmente dentro al nostro tempo.

«E dentro a questo schifo di città» soggiunge.

Bella, Rosa La Rosa. Di una bellezza solare. Bella anche di nascita, spiega Caracas, perché viene fuori da una famiglia compatta dominata da una forte figura paterna. Papà La Rosa è un uomo dal fisico possente con un volto dai tratti forti ma belli. Ha un carattere burbero, autoritario, e ama sua figlia con scoperta dedizione, una dedizione quasi fanatica che fa di Rosa la stella cometa della casa, una sorta di "signorina meraviglia" che tutti sono chiamati a coccolare.

A diciotto anni si innamorò di un ragazzo che aveva soltanto un paio di anni in più, un compagno di scuola schivo e silenzioso, molto diverso da lei che era tutta sole ed esuberanza. «È una cosa seria» annunciò in casa e nessuno ne dubitò, perché Rosa era come suo padre, tanto nel fisico quanto nel carattere: una persona sicura di sé, che sapeva sempre ciò che voleva e perché lo voleva. Il ragazzo d'altronde riuscì a conquistarsi presto il consenso della famiglia, che si aprì interamente a lui assumendolo nel proprio seno come un prolungamento di Rosa, una sua tranquilla e ubbidiente sezione separata.

Un ragazzo del tutto senza macchie, dunque, a meno di non volere considerare una "macchia" il fatto che fosse legato da un vincolo di amicizia, tanto più forte e irrinunciabile in quanto riconducibile addirittura all'infanzia, con un altro ragazzo che invece stinco di santo non era. L'amico del ragazzo di Rosa infatti si drogava; peggio, apparteneva a una famiglia dedita per tre quinti all'eroina, che di tanto in tanto, oltre a consumare, spacciava anche.

Caracas mi racconta tutto questo garbuglio mentre passeggiamo nel "nostro" quartiere preferito, nei pressi di Porta Capuana. Dal bar si vede la Pretura e un'ampia fetta del quadrilatero dove la città raggiunge forse il suo più elevato livello di polifonica sonorità. Il sole fa da amplificatore: nell'aria tersa non c'è rumore che non si espanda. A me pare come se tra il racconto di Caracas e questa città polmonare, promiscua, infida, ci sia un'obiettiva simmetria. Proprio davanti a noi è fermo uno spacciatore – avrà sì e no diciotto anni – che vende droga. È spavaldo. Poco ci manca che non l'offra, alla maniera del pescivendolo, decantandone a voce spiegata la qualità.

L'amico del ragazzo di Rosa, spiega Caracas, reggeva bene la droga: l'aspetto era sano, gradevole, accattivante, la risata pronta. Gli chiedo se lui l'ha conosciuto. «Altroché, se l'ho conosciuto!»

Che in lui si nascondesse una natura ambigua, anzi subdola, non se n'era reso conto neppure il suo amico del cuore, il giovane compagno di Rosa La Rosa. Tanto è vero che non perdeva occasione per difenderlo contro chiunque osasse avanzare sospetti sulla sua integrità.

Dice Caracas: «Lo chiamerò d'ora in poi "l'amico dell'amico"». Rosa non amava la sua compagnia: era quasi una premonizione il fastidio che le procurava la sua presenza continua, intrusiva e piena di pretese che il compagno di Rosa non soltanto tollerava ma addirittura incoraggiava. Di questo passo un giorno me lo farai trovare anche a letto: è questo che vuoi? Dormire con me assieme a lui?, lo accusò un giorno Rosa. Ma si pentì subito, perché era fatta così: attaccava, e poi subito spargeva incenso. Dài, non te la prendere, spesso dico le cose senza pensarci sopra. So benissimo che è il tuo migliore amico, che è una parte di noi.

Caracas si concede una lunga pausa. Sembra riflettere su ciò che deve dire. Poi, come rinunciando a qualcosa: «Tu hai già capito, no?».

«Forse» rispondo.

«Fu "l'amico dell'amico" a perdere Rosa.»

Morì prima il padre, per via di una malattia fulminea e devastante, e la ragazza cominciò a sbandare come un albero dentro a un uragano. Poi, soltanto sette mesi dopo, dico sette mesi appena, morì il suo ragazzo in un incidente d'auto.

«Fu allora che "l'amico dell'amico" le piombò addosso come un falco. E fece di Rosa, con tutta la sua lucente bellezza, una insperata preda di guerra.»

# Non sono un kamikaze

Allah è grande, ed è impossibile raggiungerlo senza una mediazione, un sostegno. Da tempo Caracas voleva farmi conoscere l'uomo che lo sta aiutando a compiere il grande passo. Si chiama Djamel, un algerino dallo sguardo ostinato e penetrante, la voce mite e un sorriso che oscilla come un pendolo tra diffidenza e condiscendenza. È il titolare dell'Aladin di piazza Ferrovia, il ristorante etnico dell'edificio umbertino (non privo di pomposità) sulla sinistra di Garibaldi. Pochi passi più avanti c'è via Alessandro Poerio con i due storici cinema della mia giovinezza, l'Orfeo (che ora si chiama Argo) e la Sala Iride che non ha cambiato nome. Al primo sguardo diresti che il tempo non ha mutato nulla: lo stesso sciame di prostitute e di travestiti, la stessa atmosfera losca con la differenza che oggi non oltrepasserei la biglietteria dell'Argo o della Sala Iride per tutto l'oro del mondo e una volta invece l'oltrepassavo, e come, nient'affatto indifferente alle prostitute più giovani e meno devastate che volentieri mi avrebbero accompagnato nel buio della sala se soltanto avessi avuto un po' più di coraggio. Non so se per fortuna o per sfortuna la mia spregiudicatezza non andò però mai oltre gli sguardi, doverosi del resto da parte di una persona che abitava in quel quartiere, che era del tutto priva di sussiego anzi assolutamente incline alla familiarità e che fu sempre pronta a porgere la propria sigaretta accesa a qualche madama desiderosa, come che sia, di fuoco.

Dicevo di Djamel. Ieri finalmente l'incontro è avvenuto e Caracas lo ha vissuto quasi come evento memorabile. Me lo ha presentato con aria solenne e commossa, neanche fossi stato suo padre.

Nel locale mi aveva già condotto più volte, ma senza mai farmi accedere al piano superiore e senza mai farmi conoscere il suo precettore. Credo che non si fidasse ancora del tutto di me, o forse di se stesso e della sua recente vocazione musulmana.

Ho detto recente, ma mica poi tanto. Di certo l'idea (idea intesa come seduzione, forse premonizione, insomma come ciò che precede la coscienza attiva di qualcosa) lo attraversava sottotraccia già prima che scoppiasse la grana Abu Ghraib. Forse affiorò dentro di lui il giorno stesso in cui gli americani sbarcarono in terra irachena con la scusa di volervi portare la democrazia. Caracas pensò di non potersi chiamare più né cristiano né occidentale, come se quell'evento avesse di colpo lacerato per intero la sua identità naturale sostituendola, per forza d'odio, con un'altra. E si fece spiritualmente arabo.

Arabo, ma non ancora musulmano. Ci volevano le scandalose torture nel carcere di Baghdad perché il fiore coranico sbocciasse nel suo cuore, perfezionando la sua solidarietà in un sentimento di identificazione totale. Fu allora che Caracas cominciò a pensare di dover abbracciare la religione di Maometto, perché soltanto così sarebbe potuto entrare a fare parte a pieno titolo di quel miliardo e trecento milioni di individui contro i quali l'America di Bush aveva preso a combattere la sua guerra di civiltà, la sua guerra totale.

Durante i giorni dello scandalo Abu Ghraib Caracas visse momenti di vera allucinazione. Una mattina, seduto al sole su un muretto di Borgo Marinaro, scombussolato dalla lettura dei quotidiani, immaginò di essere lui stesso uno dei torturati iracheni, con un guinzaglio intorno al collo e una muta di cani che gli abbaiava a pochi centimetri dai ginocchi scoperti. Era completamente nudo. Non era in grado di vedere i suoi torturatori: ne udiva però gli schiamazzi, le risate profonde che si concludevano con dei rantoli, le loro intimazioni e bestemmie, ne percepiva gli aliti che sapevano di birra. Ricordava invece la faccia di colui che, impugnando una grossa pistola, aveva fatto irruzione nella sua cella costringendolo a spogliarsi e poi a sottomettersi a un rozzo cappuccio, una specie di sacco di plastica predisposto proprio a questo scopo.

Curiosamente non sapeva però chi fosse lui stesso, per quale motivo lo avessero sbattuto in carcere, ammesso che avesse fatto qualcosa di irregolare, insomma che tipo di personaggio incarnasse: sapeva soltanto di essere iracheno e di essere nelle mani degli americani. E tanto meno sapeva chi fosse il carceriere entrato nella sua cella, salvo che si trattava di un uomo parecchio giovane dalla pelle chiara, biondo, con due occhi piccoli e ravvicinati e una peluria, una voglia di baffi tra naso e bocca.

Sennonché i ruoli di Caracas durante le sue allucinazioni non sono sempre chiari. In generale lui è l'arabo, è il torturato con le mani dietro la schiena strette ai polsi, che piscia per terra nel corridoio del carcere per il terrore dei cani con i musi protesi verso le sue carni, il pene pendulo, appendice di una vescica che non sa più trattenere i liquidi (forse è per via di questo piscio, di questo immondo spettacolo, che lo hanno obbligato quella mattina a bere a lungo: per poter filmare la sua disperazione corporale, la fragilità della sua creta).

In generale, dunque, Caracas è l'iracheno. È lui con il suo carico di paura, di umiliazione e di odio. Ma a tratti questa identità sbiadisce per far posto a quella dell'altro, dell'americano. Allora Caracas – ma in maniera imprecisa, spettrale, opaca – diventa colui che porta il prigioniero al guinzaglio. I suoi commilitoni ridono e lui si sente autorizzato a "fare di più", a infierire. Insomma Caracas, nel suo "sogno", vive simultaneamente due stati d'animo opposti. In qualità di soldato torturatore, è sempre più sedotto dalla propria crudeltà, scopre il fascino quasi erotico, carnale, della tortura. Tanto da decidere di togliere il cappuccio dalla testa del prigioniero, convinto che solamente quando riuscirà a fissare le pupille della sua vittima il suo godimento di torturatore raggiungerà il culmine e il totale appagamento. Il gesto che compie è istintivo, inconsapevole, ma motivato nella sua oscurità: le emozioni più grandi sono quelle che si provano guardandosi negli occhi, l'orgasmo è sguardo profondo, visione di ciò che l'altro nasconde gelosamente dentro di sé, che spesso nasconde perfino a se stesso.

Ma nel momento in cui il soldato artiglia con una mano il cappuccio e lo strappa dalla testa della vittima, Caracas cessa di indossare i suoi panni e ridiventa il torturato, l'iracheno, il vinto. Ora che il suo sguardo è stato liberato, non ha più paura di niente, la sua nudità non l'imbarazza più: è lui il più lesto a piantare i propri occhi in quelli dell'americano e a fissarlo con tanta feroce alterigia da costringerlo ad abbassare il capo per primo.

Questa è soltanto una delle varianti della ricorrente "visione" del carcere di Abu Ghraib che inquietò le notti (e spesso anche i giorni) di Caracas nella primavera-estate del degradante 2004. In generale tutto quello che accadeva di particolarmente lugubre in Iraq durante quei mesi lui lo viveva dal di dentro, da testimone "oculare". Non omise mai di raccontarmi i suoi "sogni" e, accanto a essi, i suoi sdegni: sin dove può spingersi l'Occidente nella propria perdizione? sin dove può spingersi il singolo individuo di questa civiltà nel degradare se stesso e il proprio statuto naturale di uomo?

Talvolta mi parlava anche di un suo "progetto", di un'idea che gli frullava nella testa ma che per il momento intendeva tenere per sé in quanto «non si possono confessare tutti i pensieri, tanto più quando questi non sono riusciti ad acquistare una vera consistenza, conservano ancora una sorta di stato gassoso».

Un "progetto", Caracas? Lo guardavo allarmato, lo sospettavo di qualche disegno distruttivo, catastrofico. «Rassicurati. Io non sarò mai un kamikaze. Vedo che non hai il coraggio di chiedermelo, allora te le dico io. Non sarò mai un kamikaze anche se a volte, be', mi ridurrei volentieri in mille pezzi assieme a tutta la città. Soltanto che una strage non servirebbe a niente. Viviamo in un mondo che sta per arrivare al capolinea. L'implosione è alle porte: occorre soltanto aspettare.»

Ma aspettare che cosa?

«Che il meccanismo si inceppi. Il meccanismo della crescita a oltranza, voglio dire. Il vero kamikaze non è il povero ragazzo arabo imbottito di tritolo che si fa dilaniare in mezzo alla folla a Mergellina piuttosto che a Piccadilly Circus oppure in un sobborgo di Chicago. Il vero kamikaze è il sistema di espansione illimitata che ci ha resi tutti prigionieri del mito del benessere. Il vero kamikaze è l'Occidente che vuole dominare il mondo. È Bush.»

Eravamo giusto nel 2004 ed eravamo giusto davanti al Castel dell'Ovo, la fortezza tutta sotterranei e segrete come a ricordarci che la storia degli uomini è una sequela di torturati e di torturatori.

«La questione è che io non amo i vincitori» mi spiegò tornando a parlare dell'esercito americano. «Non li amo in quanto tali. Nella storia come nella vita di ogni giorno. Io per esempio odio Napoleone, tranne quando viene sconfitto. Odio chi vince anche su un campo di calcio o in un incontro di boxe: tifo sempre per l'altro, quello che le prende.»

Sorrisi senza dire niente. Ma dentro di me era tutto un turbinare come di foglie autunnali catturate da un improvviso vortice di vento, mentre, tra stupore e compiacimento, mi dicevo che soltanto lì, in quella metropoli senza senso, anomala fino alla stravaganza, era possibile incontrare un nazi come Caracas, amico e soccorritore di tutti i "vinti" del mondo.

# Lo schermo al plasma

Il piano superiore di Aladin alla Ferrovia lo si raggiunge attraverso una scala di ferro non particolarmente comoda, che Caracas mi spiega essere stata realizzata dallo stesso Djamel. In origine il locale al piano terreno infatti non era connesso con l'ammezzato. Il naziskin me lo dice per sottolineare la vivacità imprenditoriale di Djamel, il suo dinamismo inteso come valore aggiunto della sua umanità. L'ammezzato di Aladin è molto vasto, diviso in più sale, una delle quali comprende un'ampia cucina ricavata nello stesso ambiente attraverso un tramezzo a vetri che consente di seguire quel che succede tra fornelli, banconi e ripiani colmi di quarti di agnello e di montone. Si tratta di animali italiani macellati secondo il rito islamico e proposti in maniera da soddisfare domande e preferenze di ogni tipo. I testicoli per esempio sono molto apprezzati perché si ritiene che potenzino la virilità. Il fegato perché costa poco (sembra che ne siano particolarmente ghiotti i libici). Il pollo perché è considerato il cibo della fratellanza (c'è forse un piatto più internazionale, anzi universale, di un bel pollo arrosto?). Anche Napoli è presente nel menù dell'Aladin.

Djamel, algerino di mondo, non si sottrae alla domanda di integrazione e di intreccio delle culture che sale da varie parti della città: la domenica la sua cucina sforna lasagne a volontà, parmigiane di melanzane e "ziti" al ragù. Il mondo arabo, e in genere tutti i "nuovi napoletani", apprezzano.

Ogni sala di Aladin è dotata di un grande televisore al plasma appeso al muro, vero e proprio cordone ombelicale non reciso con la madrepatria. Trascorrere un'ora da Aladin, per i suoi avventori abituali, significa tornare ogni sera un po' a casa, ricongiungersi con il proprio verbo, si incarni in una partita di calcio, in una danza profana, in un notiziario giornalistico o in un programma dedicato a questa o a quella guerra, dall'Afghanistan alla Palestina, dall'Iraq all'Iran.

Io e Caracas prendiamo posto accanto a un tavolo equidistante sia dalla cucina che dal televisore, per poter seguire pressoché in contemporanea entrambi gli spettacoli: quello della preparazione delle specialità gastronomiche (soprattutto algerine, conformemente alla nazionalità di Djamel) e quello proposto dallo schermo al plasma, sintonizzato sulla maggiore emittente televisiva di tutto il mondo arabo (stando almeno a quel che dicono gli esperti): Al Jazeera.

All'inizio quello che mi colpisce di più, della trasmissione televisiva, è l'estremo nitore delle immagini. Sono incantato dalle labbra della conduttrice, dipinte di un carminio traslucido che segue il disegno lunato, netto, come scolpito nel marmo, della sua bocca. I suoi occhi sono cerchiati di nero, il suo viso è coperto da uno strato di trucco che è come una maschera applicata sulla sua bellezza. Lo schermo al plasma è una lente di ingrandimento: mi permette addirittura di individuare alcune lievi screpolature all'altezza delle tempie della ragazza, screpolature che in un incontro reale nessuno sarebbe in grado di rilevare.

Nella sala dove abbiamo preso posto non ci sono altri avventori; è un ambiente cieco, senza finestre e la luce è fioca, salvo che in cucina, appena oltre il tramezzo vetrato. Djamel è là, assieme a delle persone, e Caracas mi mormora in un orecchio che, se non è ancora venuto a salutarci, dev'esserci in corso un'ispezione di carattere igienico-sanitario da parte di agenti, forse carabinieri del NAS in borghese. Caracas è un grande osservatore: io non mi ero accorto di niente. Mentre Djamel parla con un paio di questi signori, un altro solleva qua e là coperchi e annusa. Non è ancora ora di cena, sono le diciotto, i cibi sono in cottura.

Sono molto attratto dai movimenti che si svolgono in cucina, scruto il volto di Djamel per capire se e quanto è preoccupato. Ma ha un'aria serena, come se fosse in compagnia di amici o parenti, orgoglioso di fare assaggiare loro i suoi intingoli. È una recita? A me pare soltanto una persona con la coscienza a posto.

Distolgo lo sguardo da lui: non mi sembra corretta tanta sfacciata curiosità. Bevo un sorso di tè: ci è stato servito poco dopo il nostro arrivo da una ragazza bionda, credo polacca. Lavora per Djamel e ha avuto il torto di non riconoscere subito Caracas e di non essersi ricordata al volo del suo nome. «Ma come è possibile?» ha protestato lui. «Io sono Caracas, lo sanno tutti.» La ragazza è diventata rossa. Poi, per rabbonirlo, ci ha portato oltre al tè due fette di una torta molto colorata che io però ho rifiutato.

Osservo Caracas alle prese con le ultime briciole della sua torta, lo sguardo fisso sullo schermo al plasma.

Non ha mai staccato gli occhi dal televisore, che ora mostra terrificanti scene di guerra, soldati dappertutto, strade disselciate, lembi di deserto, carri armati, edifici squarciati a colpi di mortai. La trasmissione è agghiacciante e paradossale, perché è sin troppo evidente che le riprese sono state realizzate da cineoperatori autorizzati, americani, forse soldati loro stessi e tuttavia preoccupati soprattutto di documentare le crudeltà di una guerra manifestamente di aggressione allo scopo – viene spontaneo supporre – di rendere il prodotto quanto più appetibile sul mercato dei "media", in special modo arabo.

Ed ecco che il racconto si fa di colpo incalzante e dettagliato. Una pattuglia penetra in uno scalcinato tugurio dove è raccolta una popolosa famiglia di povera gente, forse contadini (volti di bimbi con gli occhi sbarrati dalla paura, mani che si stringono per farsi coraggio, trambusto). Un giovane, che non oppone alcuna resistenza, viene ammanettato con violenza. Altri militari, con i mitra spianati, frugano da tutte le parti mentre una donna molto anziana e molto grassa – il volto solcato di rughe, in lacrime, uno scialle scuro abbassato sulla fronte sin quasi alle sopracciglia – bacia ripetutamente la mano di un soldato invocando pietà.

Ma gli americani si muovono nel tugurio con crescente ferocia che lo sconosciuto "documentarista" si preoccupa di mostrare con uno scrupolo che riempie il cuore di tristezza quasi più della sequenza in sé, insistendo con la macchina da presa su tutti i dettagli più penosi: i bambini, le donne, l'aggressività di ogni gesto dei soldati, l'espressione del loro spregio e soprattutto quel baciamano che non finisce mai, anche perché il soldato non fa nulla per liberarsi dalla stretta, e quando infine ritira la mano la vecchia gliela riafferra e lui la lascia fare, avendo l'aria perfino di compiacersi di quell'atto di umiliazione, di sottomissione.

«Maledetti yankee» dice Caracas in un soffio, e si torce le mani, forse per la rabbia di non poter gridare quelle parole come vorrebbe. Mi guarda e constata che me le torco anch'io, senza dire niente ma con lo sguardo pieno di quello spettacolo, che si è già fatto incancellabile dentro di me, della vecchia che bacia la mano al soldato e gli implora pietà.

La guerra è lunga sullo schermo al plasma dell'Aladin, non c'è tempo per soffermarsi su nessuna scena o sequenza che subito ne sopraggiunge un'altra, senza alcun collegamento con la precedente né di luogo né di tempo né di senso, salvo che come addizione di orrore a orrore in una sorta di inesauribile rappresentazione della Malvagità.

La tensione dentro di me sale, mentre sento farsi più pungenti vergogna e disagio; sale al punto che, in un soprassalto di preveggenza, capisco che sta per accadere qualcosa. Guardo con apprensione Caracas: è chiuso a riccio in se stesso e nel proprio sdegno.

Infatti, tempo un minuto o due, la scena sullo schermo al plasma cambia: niente più guerra, ma il confortevole interno di uno studio dell'emittente con una predominante cromatica rossa. Un uomo in poltrona ascolta con attenzione una voce fuori campo che parla, ovviamente in arabo. Ha tutta l'aria di essere un'intervista.

«È lui, è lui» mi dice all'improvviso Caracas in preda all'emozione.

Si alza. Agita le braccia in aria in maniera quasi minacciosa. Gli occhi sporgono dalle orbite, percepisco come dei rantoli nella sua respirazione.

Lo guardo stupito, interrogativo. E lui finalmente mi

spiega, indicandomelo col mento, che quell'uomo è il prigioniero iracheno col quale la soldatessa americana Lynndie England si fece fotografare nel carcere di Abu Ghraib mentre lo teneva nudo con un guinzaglio al collo.

È come se Caracas avesse riconosciuto se stesso.

Fisso con attenzione l'iracheno e ne resto affascinato: la sua faccia è illuminata da un'intelligenza palpabile che fluisce dai suoi occhi malinconici, ma non soltanto, dai tratti magnificamente regolari e fieri del volto, dalla barba grigia ben curata, dalla pelle liscia e un po' lucida, dal tono della voce, dai gesti sobri, dall'espressione né accigliata né sorridente. È un uomo tra i quarantacinque e i cinquantacinque anni, irreprensibile nel suo completo nero sopra una camicia grigio-fumo con cravatta chiara. Ha l'aria del professore universitario, del luminare, forse del politico carismatico, come che sia di un uomo al quale riesce difficile sovrapporre l'altra maschera: quella del prigioniero umiliato, torturato, ridotto a una sanguinante nudità. Eppure io non scorgo sete di vendetta nei suoi occhi mentre racconta le esperienze patite ad Abu Ghraib.

Bevo una per una le parole dell'iracheno come se conoscessi il suo idioma. Lo conosco? Naturalmente no, eppure per qualche minuto seguo affascinato il suo racconto e altrettanto fa Caracas a labbra dischiuse. Poi, piano piano, le mie orecchie si spengono; resto soltanto sguardo, inerte attività visiva, tanto più che la mia testa è altrove, si è improvvisamente impigliata in una rete di domande e di congetture. Mi chiedo ancora una volta dove mai condurrà Caracas quella conversione religiosa che lui ha irrevocabilmente deciso di compiere. Rimarrà davvero senza conseguenze significative come sostiene lui («Non diventerò mai un kamikaze!») oppure lo segnerà per sempre?

Torno, pur se in maniera sfumata, sull'argomento. Lo interrogo con paterna apprensione: Caracas, in quale vicolo cieco ti stai cacciando? La risposta è ancora una volta di totale rassicurazione: in nessun vicolo cieco. E soggiunge: «Il che non significa affatto che, soprattutto in principio, la mia attrazione per la religione di Maometto non abbia avuto un carattere prevalentemente politico-ideologico. Questo anzi è del tutto vero. Come è vero però che poi le cose sono cambiate e per me il Corano è diventato pura e semplice ricerca di Dio».

Fissando il mio amico (che invece non bada a me perduto com'è dietro al programma di Al Jazeera) penso, mio malgrado, che quello che accadrà non sia in grado di prevederlo nessuno, e meno che mai lui, Caracas.

***

Quando Djamel arriva al nostro tavolo sono le diciannove e qualcosa: lo aspettiamo da oltre un'ora, ma non ce ne siamo accorti perché niente come la televisione fa volare il tempo. L'uomo è sorridente, la sua faccia non tradisce la benché minima preoccupazione e ancor meno ansia o stanchezza.

Appena lo vede sopraggiungere Caracas scatta dalla sedia: i suoi occhi di colpo ridono e il modo come lo abbraccia mi conferma quanto sia potente il vincolo che li lega. La stretta di mano di Djamel è vigorosa; anche i suoi occhi sono saldi e diretti. È un uomo di una quarantina d'anni o poco più, ben piantato, dall'aria rassicurante e forse perfino paterna. Caracas cerca padri dappertutto, poco importa se più anziani o più giovani di lui. Teoricamente, Djamel è un mio concorrente: rappresenta la (vincente) ambizione religiosa di Caracas laddove io rappresento la sua (minoritaria) tentazione laica.

Guardo ora l'uno ora l'altro, e mi viene in mente la parola "Islam", che significa obbedienza, sottomissione; mi viene in mente la sete di ordine e di disciplina, e perciò anche di appartenenza, di gerarchia, del mio ex naziskin alla ricerca di nuovo pane per i suoi denti. Mi vengono in mente insomma uno per uno i vari fili che compongono la matassa intorno alla quale Caracas si va avvolgendo in maniera sempre più stretta. E provo per lui un'improvvisa rinnovata solidarietà, come se soltanto in quell'istante la mia ragione si aprisse ai motivi profondi della sua conversione. (Gli chiedo in continuazione che cosa si aspetti adesso dalla vita. La sua risposta è sempre la stessa: andare a vivere in una piccola città accanto a un deserto. Come sarebbe a dire accanto a un deserto? Ne sei sicuro? Ne sono assolutamente sicuro: accanto a un deserto!)

«Siamo tutti ossessionati da ciò che disperatamente ci manca, da ciò che non abbiamo più o che non abbiamo mai avuto. Per esempio la fede in Dio» afferma Djamel. Ma mi sta soltanto raccontando come conobbe Caracas, alcuni anni orsono, mentre si aggirava nel suo locale cercando di attaccare discorso con chiunque gli capitasse a tiro. «Giuro che è un poliziotto in borghese che prova a fare il furbo» gli disse un suo giovane e sospettoso connazionale. Djamel, da buon padrone di casa, andò subito incontro allo sconosciuto escludendo però in breve tempo, grazie al suo fiuto, che potesse trattarsi di un commediante.

«Cercava Dio: io l'ho semplicemente aiutato a trovarlo» spiega, frattanto che Caracas preleva da una tasca del suo zaino un opuscolo e me lo porge. È intitolato *Il cammino verso l'Islam*. «È per te» dice. «Promettimi che lo leggerai.»

Chiedo a Djamel come mai sia capitato in Italia, a Napoli, e lui mi risponde sibillino: «Il caso!».

«Ah, il caso!» Lo dico senza ironia. Soltanto con un po' di stupore: non immaginavo che un musulmano potesse servirsi di un concetto così ambiguo e tutto sommato materialistico: avesse almeno detto il destino!

La sala dell'Aladin si è improvvisamente affollata di avventori, le voci si impastano con odori e vapori, i vetri della cucina si appannano, i piatti tintinnano, qua e là qualcuno ride. Ma nessuno fa caso a noi. Mi colpisce la presenza, in fondo al locale che la folla ha reso ancora più buio, di due donne sole, bionde, carine, non so se russe o polacche: Caracas mi sussurra in un orecchio che non sono affatto quello che forse sto pensando ma soltanto due clienti che frequentano il ristorante con una certa assiduità. Probabilmente madre e figlia.

Djamel ignora la gente che si è moltiplicata intorno a noi: dà le spalle quasi a tutti né si gira a guardare. Dice con fredda diligenza che la preparazione spirituale di Caracas è durata a lungo, circa tre anni: prima un Ramadan, poi un altro, infine il terzo, appena concluso. È stato paziente con l'amico napoletano, lo ha ascoltato, assecondato, gli ha suggerito letture, spiegato i primi rudimenti della religione che intende abbracciare. Spesso lo ha anche ammonito: guarda che non si scherza con queste cose; guarda che per un musulmano la fede in Dio regola ogni gesto o pensiero, è spiritualità ma anche vita quotidiana. Quando infine ogni dubbio è fugato, e Djamel è sicuro che Caracas è mosso da una sincera vocazione religiosa, lo affida alle cure di Yasin, l'*imam* della moschea di piazza Mercato.

È come se fosse entrato in un mondo incantato, in

una favola, un sogno. Ha smesso di bere alcolici, non mangia più carne "proibita", afferma che ha il dovere di essere "puro e pulito" sempre, ma soprattutto quando si accosta alla preghiera.

Mi costringe a leggere subito alcuni passi dell'opuscolo che mi ha appena regalato. Sinora non l'ho mai visto pregare, ma penso che presto colmerò questa lacuna. Mentre sfoglio il librino non mi trattengo tuttavia dall'immaginarlo, come nella sequenza di un film: lui che entra in moschea, si toglie le scarpe, sorride ai "fratelli", li saluta con le parole di rito ("La pace sia su di voi assieme alla misericordia di Allah e alle sue benedizioni / *Assalumu Alaikum wa rahmatullah wua barakathu*"), si accosta alla fonte per l'abluzione "minore", si lava le mani, si sciacqua la bocca e l'interno del naso, si lava le braccia fino ai gomiti partendo dal braccio destro, si sfrega con le mani bagnate la testa e le orecchie, si lava i piedi cominciando dal destro...

Sulle regole del *wudū* (l'abluzione "minore") non ho nulla da obiettare: prendo nota e basta. Reagisco con forza invece quando apprendo le prescrizioni relative al *ghusi* (lavaggio completo dell'intero corpo) da praticarsi dopo "eiaculazione di sperma provocata da qualsiasi causa, dopo aver avuto rapporti sessuali e, per le donne, al termine del periodo mestruale durante il quale esse devono astenersi dalla preghiera, dal digiuno, dalla recitazione del Corano e dal frequentare le moschee".

Nient'altro? Caracas, esplodo, hai convissuto anni e anni con una donna indipendente e disperata come Rosa La Rosa, l'hai adorata, assistita, protetta, e adesso fai tue regole punitive come queste? La tua sembra una vendetta, uno spergiuro!

Abbassa il capo e non risponde.

# Il farmacista filosofo

Piazza Garibaldi ci avvolse in un abbraccio molle di umidità e io mi sentii a mio agio, non so se per essere tornato a respirare aria fresca o perché rividi in un lampo l'edificio della Stazione com'era una volta: mio padre che mi stringeva la mano e io che ero fuori di me dalla gioia perché stavo per prendere un treno.

Ho amato teneramente mio padre. Ho sempre amato i treni. E ho amato la vecchia Stazione che non c'è più e della quale vado collezionando da tempo vecchie cartoline che guardo poi con la lente di ingrandimento. Fu abbattuta nel 1954, dopo poco meno di un secolo di onorata presenza e servizio: avevo ventisette anni e ricordo che mi fermavo spesso davanti al cantiere aperto pieno di commossa meraviglia. Per la verità soltanto più tardi capii che era stato un delitto demolirla. E tuttavia, mentre la demolivano, quel mio malinconico sentimento di perdita già assomigliava a un giudizio estetico.

Era un vasto edificio rettangolare tra il rosa e l'albicocca, molto più avanzato rispetto alla Stazione attuale per cui la piazza risultava molto più raccolta e domestica. Sia ai fianchi che sul fronte principale era tutto un susseguirsi di grandi arcate sorrette da massicci pilastri in muratura sagomata e, a intervalli, da colonne monolitiche di granito che gli conferivano nell'insieme un carattere di grande dignità architettonica. Sul fronte principale, al centro, troneggiava un grande orologio contenuto in una nicchia anch'essa in muratura, sormontata da una sorta di piccolo timpano.

Confesso che anche per quell'orologio che non c'è più ho avuto un certo debole. Lo fissavo a lungo e non soltanto quando andavo a scuola ed ero in ritardo: mi incantava come un giocattolo; soprattutto mi incantava la grande stecca che contava i minuti. Un mio passatempo era di coglierne il momento del balzo in avanti chiudendo e aprendo gli occhi alla ricerca di una perfetta sincronia con la lancetta.

Ci mettemmo a camminare senza una meta: non faceva freddo, anzi lo scirocco dava un'illusione di primavera nonostante il velo d'acqua che ricopriva il selciato. Ci dirigemmo verso la farmacia Helvethia, forse attratti dalle sue luci al fluoro che avvolgevano in una nube verde elettrico un'ampia fetta di marciapiede, alle spalle della statua di Garibaldi.

Si può dire che ho vissuto la mia giovinezza quasi ininterrottamente all'ombra dell'Eroe (soltanto per un pelo non si scorgeva dalla finestra del soggiorno della casa dei miei genitori) senza riuscire però mai a guardarlo in faccia. Ho tentato spesso di raggiungere il suo sguardo sotto quella specie di colbacco che gli copre il capo, ma fallendo sistematicamente ogni tentativo. Forse perché la sua figura plumbea si erge troppo alta e massiccia sulla torre-pilastro di stile funerario, o forse perché Garibaldi è stato scolpito senza sguardo, in certo senso senza occhi, senza nulla di umano, le mani appoggiate all'elsa di una lunga spada, il naso rivolto alla Stazione come qualcuno ansioso di partire. Ansioso? Be', quanto meno tentato. Come lo sono stato io ai miei tempi. Come lo è ancora adesso più d'uno, stanco del soleggiato disordine che lo circonda.

Si tratta di una brutta statua? Così dicono, ma io, nonostante tutto, sono affezionato a quel Garibaldi come a una persona di famiglia, come a uno zio burbero e un po' rincoglionito che ama assumere continuamente atteggiamenti da giustiziere della notte ma in realtà è una persona mite, inerme e buona come un pezzo di pane.

Fu davanti all'ingresso dell'Helvethia che Caracas mi confidò la data della sua conversione ufficiale all'islamismo, fissata con Yasin già da parecchio tempo. Mancavano due settimane esatte.

«Oh Dio, non potrò esserci» dissi sinceramente contrariato: un impegno non suscettibile di disdetta mi voleva a Milano quel giorno. «Vuol dire che ti farò il mio regalo subito. Vieni con me», e me lo tirai per una manica del bomber in direzione della farmacia. Avevo pensato di donargli una bottiglia di una lavanda di qualità, memore di aver letto poco prima che chi si accinge ad abbracciare la religione musulmana deve presentarsi al rito vestito "convenientemente" e "profumato".

Mi seguì senza fiatare, un po' disorientato un po' curioso di ciò che avevo in mente. Per la verità era da tempo che desideravo ficcare il naso nell'Helvethia, chiacchierare con gli addetti al turno di notte quando la farmacia, come mi ha più volte raccontato Caracas, vive i suoi momenti peggiori, capolinea di disperati di ogni idioma che arrivano agitando ricette come bandierine, invocando soccorso per le più disparate ragioni, non di rado stringendosi con entrambe le mani la pancia (o la coscia o la spalla) infilzata da un coltello. Pare che siano soprattutto gli arabi a concludere con le lame i propri alterchi; russi, ucraini e polacchi preferiscono contendere a suon di cazzotti (ma che cazzotti, ragazzi, da stendere un toro, se non da farlo secco, spiega Caracas) mentre i neri sarebbero i più miti di tutti. E i cinesi? Mistero: risolverebbero ogni cosa "in famiglia", in maniera non meno aggressiva e violenta degli altri, ma sempre al riparo di un paravento.

Per fortuna però quella sera all'Helvethia non c'era ressa. C'erano soltanto due transessuali che acquistavano Proluton, ormoni femminili. Appena vide Caracas, il farmacista (accento del Nord: quando uno dice la vita!) lo salutò con grande familiarità e subito dopo aver servito i transessuali allungò un braccio attraverso il bancone per stringergli la mano. Caracas non stava nei panni dalla gioia: non si può immaginare quanto gli stia a cuore mostrarmi la grande popolarità che gode in quella zona.

Me lo presentò e il farmacista uscì dai banconi venendomi incontro con manifesta curiosità. Allora capii che Caracas gli aveva già parlato di me e che lui si aspettava che prima o poi io mi facessi vivo con il mio carico di domande.

Il dottor Cesare Zorzoli, in forza all'Helvethia come farmacista di notte (dieci notti al mese, il resto riposo), è un uomo più o meno dell'età di Caracas, e in certo modo gli somiglia: è franco, diretto, nient'affatto sospettoso. Soprattutto ha un'aria affidabile, dell'uomo che ha imparato molto dalla vita – dai disguidi della vita – e molto è in grado di dare. Gli chiedo il flacone di lavanda che uso da sempre (150 ml di un liquido a base di alcol, linalool, geraniol, eugenol, coumarin, citronellol, evernia prunastri) e lui me lo porge elogiando con ripetuti cenni del capo la mia scelta. Mi chiede se si tratta di un regalo. Annuisco. «Allora lo riporrò in un sacchetto speciale, praticamente di lusso.» Mi sorride e azzarda: «Una donna?».

Mi viene da ridere. «Alla mia età, via!»

Caracas tace. Lo guardo divertito: so che è sulle spine temendo che io possa dire più del necessario. «È destinato a un amico che in un certo senso si sposa» spiego in maniera vaga ma senza rinunciare al mio sorriso ambiguo che fa sporgere gli occhi di Caracas fuori dalle orbite.

«Ah!» mormora il farmacista comprensivo. E non aggiunge altro.

Si conobbero per caso. Là in farmacia. Caracas aveva appena cominciato a frequentare la Ferrovia. Gli avevano commissionato un po' di fotografie di barboni, una specie di reportage, e lui si era portato subito alle spalle di Garibaldi, in pratica davanti all'Helvethia, dove miseria e disperazione sembrano affiorare dal sottosuolo come una vena d'acqua melmosa. Si era subito lasciato coinvolgere dal tema. Al punto che, soddisfatta la richiesta, aveva continuato a fotografare barboni per passione, per arricchire il proprio archivio, per esplorare l'orizzonte dell'orrore nella consapevolezza che è dietro la sua superficie che bisogna cercare se stessi. Capì definitivamente di amare "la gente persa"; di far parte "della loro tribù".

Una sera vide accoltellare un ragazzo del Tagikistan davanti all'ex cinema Orfeo, ora Argo. Lui era nei pressi del chiosco di bibite che è quasi al limite di piazza Garibaldi, davanti alla Sala Iride; il giovane asiatico era seduto per terra a ridosso del cinema: aveva l'aria di chi è stanco e si riposa. Improvvisamente da via Alessandro

Poerio sopraggiunse di gran carriera una Mini Minor che si bloccò all'angolo di via Alfonso D'Aragona, a poca distanza dal ragazzo seduto per terra. Non era molto tardi, più o meno mezzanotte. Al volante c'era un uomo che a Caracas parve giovane, anzi molto giovane. Chiamò il ragazzo del Tagikistan: «Ehi, tu. Vieni qua».

Il ragazzo si alzò e si avvicinò alla portiera socchiusa. Appena fu a un passo o due di distanza questa si spalancò completamente e una mano, come emergesse dal nulla, vibrò un gran colpo di coltello alla sua coscia. Un gesto fulmineo: compiuto così, come per scommessa o follia, senza che il conducente della Mini Minor si prendesse la briga neppure di scendere dalla macchina. Caracas emise un gran grido mentre l'auto sgommava nella marcia indietro e ripartiva a razzo su per via Cesare Rossarol lasciando per terra il ragazzo raggomitolato in una pozza di sangue.

Lo soccorse; si accertò in che punto fosse stato colpito esattamente; lo indusse ad appoggiare un braccio sulla sua spalla e lo condusse all'Helvethia dove era di turno il suo amico farmacista. Lungo il tragitto il ragazzo singhiozzava, diceva *why? why?* perché? perché? non sapendosi capacitare di quello che era successo.

Tu conosci, vero, colui che ti ha colpito?

Caracas parla abbastanza bene l'inglese, oltre allo spagnolo, che è in pratica la sua lingua madre, e anche (un po') al francese che, aggiunto all'italiano e al napoletano fanno di lui un soggetto in grado di non vedersi mai perduto (quasi mai) in una situazione linguisticamente ingarbugliata.

Tu conosci, vero, colui che ti ha colpito?

*I don't know him*, te lo giuro, non l'ho mai visto in vita mia...

Perdeva sangue a fiumi e il farmacista si accorse che non era per niente una ferita da ridere: il coltello era penetrato a fondo nella zona femorale e non sarebbero bastate certo alcune garze e bende a frenare l'emorragia.

Fu convocata d'urgenza un'autoambulanza. Caracas accompagnò il ragazzo fino al pronto soccorso e lì lo lasciò, tra i suoi inconsolabili *why? why?* perché? perché?

Senza rivederlo mai più.

***

La Ferrovia! Il farmacista di notte Cesare Zorzoli, lombardo di nascita, pellegrino d'amore e di altre avventure-disavventure tra Roma, Nocera Inferiore e Torre Annunziata, sostiene di avere imparato il meglio di quello che sa intorno alla vita e agli uomini vivendo *by night* nel suo osservatorio alle spalle di Garibaldi.

È un bell'uomo, credo consapevole del suo fascino, alto, magro, brizzolato. Tratta i clienti con condiscendenza, garbo, pazienza. Ma anche con estrema fermezza. A conti fatti è un filosofo.

Ho già detto che assomiglia a Caracas e improvvisamente scopro che la somiglianza ha radici più profonde di quanto raccontino le apparenze. Anche lui è alla ricerca dell'"equilibrio di sé" e di una possibile "pace interiore". Soltanto che la sua non gli deriva da Maometto ma da Osho, il fondatore della setta degli "arancioni" di cui il farmacista-filosofo si ritiene, se non seguace, grande ammiratore (ammetto che si tratta di una differenza molto vaga, ma io sono soltanto un cronista e soprattutto in certi casi la fedeltà al *dettato* è un obbligo).

Zorzoli ha letto più di quaranta libri dedicati al tema della saggezza e dell'autocontrollo. Alcuni sono presenti anche in farmacia in un anfratto libero di uno scaffale pieno zeppo di medicinali. Sono pagine accanitamente annotate con grafia minuta e limpida. È evidente che Cesare Zorzoli non si limita a scorrere i suoi libri-soccorritori: li studia, li medita, li viviseziona. «Sono un animale notturno» mormora con un sorriso che si allarga dalla bocca alle due rughe verticali che gli scendono dal naso al mento. «Mi piace lavorare nelle ore in cui gli altri dormono o magari rubano, si scannano, si degradano, corrono a bussare alle porte della farmacia con la pancia tra le mani. Succede che un po' vivo sui carboni ardenti, un po' leggo e ragiono. E sempre di vita si tratta. Cosa può chiedere di più uno come me?»

Quando è necessario non esita a rimproverare duramente il cliente: sa di godere di una sorta di immunità assoluta, di rispetto che supera ogni disappunto o controversia.

Cesare Zorzoli e Caracas si scambiano spesso le loro notturne opinioni: io me li immagino volentieri, agili sagome irrorate dal verde neon della croce greca, mentre sulla soglia della farmacia discutono animatamente come pervenire alla mitica "pace interiore". Allah? Buddha? Gesù Cristo? Confucio? Il nirvana? La Rivoluzione? Il Che? Il deserto? La preghiera? Osho? Il terrorismo? L'amore universale?

La Ferrovia! Caracas dice che se ha adottato perfino un uomo senza suolo sotto le scarpe come si sente lui, un ex nazi con la testa sempre tra le nuvole, vuol dire che angolo più tollerante di mondo non c'è. La perdizione del capitalismo, dell'America, dell'Occidente carogna dice che comincerà da qui, da questa nicchia di follia e di miseria. Ma sì, molti pensano che gli manchino delle rotelle. Può essere che abbiano ragione? Qualcuno suppone che possa trattarsi di una specie di predicatore fanatico: del resto, l'aria del prete, un po' ce l'ha. Dovrebbe offendersi? Neanche ci pensa. Altri invece continuano a ritenerlo un carabiniere travestito da naziskin o giù di lì. Caracas non sa dare torto neppure a loro. Per forza. Lo vedono aggirarsi per quelle strade sempre da solo, a tutte le ore del giorno e della notte; lo vedono che s'intrattiene con le donne di vita che corteggia, che incanta con le sue chiacchiere, che fotografa con la promessa di far loro poi dono di quei ritratti che le ritraggono scintillanti come dive del cinema; lo vedono che frequenta ristoranti e fast-food tunisini, marocchini, algerini e che fuma il narghilé (tabacco alla vaniglia o alla frutta perché quello neutro gli dà un po' alla testa). E che cosa dovrebbero congetturare, dopo tutto questo, se non che Caracas è una maledetta spia infiltrata tra arabi e malavita?

«Uè, ma nunno 'o bire ca ce stanne 'e gguardie?» ammonisce minaccioso un vecchio rivolto al ragazzo che si è infilato in un gruppo di prostitute con le sue bustine di droga. Poiché là in mezzo non c'è altri che Caracas, appare del tutto inutile, nonostante il plurale, chiedersi chi possano essere per lui "'e gguardie".

In principio, ammette Caracas, queste battute gli mettevano addosso un grande malumore: le subiva in silenzio ma soffrendo. Poi decise che non doveva prendersela più di tanto, che si trattava di uno scotto inevitabile, e allora non esitò a concedersi qualche battuta preventiva, qualche colpo d'ironia nei confronti di chi esagerava in diffidenza: guarda che ti arresto! Oppure: ma come, hai già capito il mestiere che faccio? O ancora: sai che cosa porto nel marsupio? La pistola e le manette.

C'è molta umidità nell'aria e tuttavia, ai piedi della statua, galleggia un mare di teste bionde. Chissà perché il territorio intorno al massiccio piedistallo sul quale torreggia Garibaldi è stato occupato da polacchi, russi e ucraini che lo presidiano in continuazione contro ogni tentativo di usurpazione che del resto non c'è mai stato. Ogni comunità si è fatta, a quanto pare, la sua piccola o grande nicchia e guai a chi gliela tocca. Le lingue e i dialetti che si parlano in piazza Ferrovia non si contano, potrebbero riempire tutto un atlante di glottologia (Africa, Asia, Americhe, e non so cos'altro) ma per fortuna non ci sono guerre etniche. Le guerre sono tutte intestine: arabi contro arabi, russi contro russi, sudamericani contro sudamericani, polacchi contro polacchi, guerre attizzate per lo più dalla birra, soprattutto per quel che riguarda i "biondi", che ne consumano a fiumi, in particolar modo di sera, comprandola nel grande spaccio che è anch'esso alle spalle di Garibaldi, in linea con l'Helvethia, sia pure dall'altro lato di via Stanislao Mancini.

Non c'era niente di tutto questo, una volta. Garibaldi apparteneva ai napoletani e basta. Non è un grido di nostalgia né una dichiarazione di ostilità verso chi è arrivato da lontano per iscriversi alla nostra anagrafe. È una constatazione che d'improvviso si trasforma in stupore: Napoli che si moltiplica, si fa mondo, si tinge la pelle, che si fa nera o albina indifferentemente, ma restando sempre se stessa. No, una volta non c'era niente di tutto questo. Dio mio, c'era e non c'era. Io ero un ragazzo, poco più di un bambino, ero con entrambi i miei genitori. La birreria Amoroso quasi non la ricordo: si distendeva lungo parecchi locali un paio dei quali occupati attualmente dall'Helvethia. La farmacia, per quel che rammento io, era contenuta in un unico terraneo, al massimo due, mentre adesso occupa ben cinque luci, quattro sulla piazza e una su via Mancini, d'angolo.

Per quale motivo i miei genitori mi condussero nella birreria non lo ricordo più: forse per mangiare taralli, custoditi sotto una grande campana di vetro, forse perché mio padre aveva un appuntamento, forse perché era estate e volevano dissetarsi con un boccale di Peroni. Ricordo però l'arredo della birreria, gli ottoni luccicanti, il legno di rovere dei tavoli, un grande tabellone pubblicitario molto accattivante (può succedere che un onest'uomo rammenti l'aggettivo e dimentichi il sostantivo? Sta di fatto che io posso dire soltanto che il tabellone era molto accattivante. Perché lo fosse non lo so più).

La Birreria Amoroso scomparve prima che terminasse la guerra: almeno a me così pare di ricordare. Non so se fu bombardata. Di certo non fu colpita la statua di Garibaldi, emersa del tutto integra dal conflitto, compreso l'altorilievo che fascia la base della statua con il garibaldino che suona la tromba invitando i compagni all'attacco e la donna che guarda con un sorriso di sfida il mondo davanti a sé con l'asta di una bandiera in pugno. Tutti eroi, non soltanto Garibaldi!

Ma di sicuro, adesso che ci penso, furono risparmiati anche i due edifici in linea, addossati alla Duchesca, che costituiscono il fronte della piazza dirimpetto alla Stazione. Si tratta di due palazzi imponenti, in stile neorinascimentale come del resto svariati altri della zona.

La guerra comunque fu spietata con la mia città. Dopo i primi bombardamenti mio padre decise di trasferire la famiglia addirittura nella remota Toscana, convinto che più ci fossimo allontanati da Napoli più avremmo guadagnato speranze di sopravvivenza. Nel suo immaginario Napoli era insomma una terra senza scampo.

Mentre rievoco tutto questo mi viene in mente il racconto di Matilde Serao sulla "fine" della metropoli, destinata a essere colpita a morte dal suo amico fedele, dal compagno di sempre: il Vulcano. "Quando la montagna vorrà, Napoli sarà distrutta: e il terribile e bel vicino che noi guardiamo con ammirazione e con affetto, poiché egli è tanta parte della bellezza napoletana, sarà il suo carnefice."

Sono pagine che fanno rabbrividire, in cui la celebre scrittrice, mentre racconta con crudezza cinematografica l'Apocalisse napoletana prossimo-ventura, insinua l'idea di una nostra sotterranea vocazione autodistruttiva, quasi una pulsione di morte.

Toscana, dunque. E non certo per pochi mesi soltanto. Ma senza rinunciare all'appartamento di piazza Principe Umberto, che mio padre lasciò blindato con masserizie, suppellettili e mobili, alcuni perfino di un certo valore come la mitica camera da letto dei miei genitori tutta ebani e palissandri intarsiati di avorio, rame, argento e madreperla, più lugubre della tomba di Tutankhamon.

All'arrivo degli americani, su segnalazione del portinaio, l'appartamento venne requisito da un certo capitano Nelson, britannico, che vi si installò comodamente, è il caso di dire come un faraone. Tanto è vero che quando poi tornammo a Napoli, a guerra finita, lui non voleva saperne di andarsene, e mio padre dovette penare non poco per convincere il Tutankhamon inglese a mollare l'osso.

Ripresi possesso della mia cameretta accanto all'ingresso dell'appartamento di piazza Principe Umberto con viva emozione. La Toscana mi aveva riempito gli occhi, e un po' anche il cuore, senza però riuscire a scalfire il marchio di fabbrica.

Esultai alla vista di Garibaldi; alla vista della Stazione ferroviaria, dell'Hotel Terminus, della Duchesca, del cinema Orfeo, della Sala Iride, curioso di tutto ciò che sapeva di cambiamento, del nuovo passo che la città si era concessa e che proprio là, alla Ferrovia, tra i vicoli alle spalle della Grande Statua, appariva in maniera più prorompente e vivida che altrove.

Tornai a Napoli alla fine del 1946 (oppure era il 1947?). Avevo diciannove anni, forse venti, l'età giusta per potersi guardare intorno in maniera né distaccata né superficiale: con qualche intelligenza di ciò che avveniva in città e nel mondo. L'asse Forcella-Duchesca era già un palcoscenico internazionale sul quale si recitava quotidianamente (e si sarebbe recitato a lungo, sin oltre gli anni Sessanta) il rutilante supershow del libero contrabbando universale. Via Mancini era un trionfo di luci e di eccitazione: non c'era nulla che non potesse essere acquistato. Bastava chiedere: la camorra, grande gestore dell'*ipermercato*, chiamiamolo così, era pronta a soddisfare anche la più stravagante delle richieste. Sempre a prezzi stracciati.

Caro il mio Caracas, io quel delirio, se non l'ho visto esplodere, l'ho visto dilagare giorno dopo giorno, guadagnare terreno (in senso propriamente spaziale, topografico) e guadagnare seguito (nel senso di addetti: uomini, donne, vecchi, bambini), eccentricità, spessore, tracotanza, fama. Tu non puoi neanche immaginare che cosa fosse la Duchesca tra la fine degli anni Quaranta e i primi anni Cinquanta, che laboratorio di invenzioni mercantili, che intreccio di legalità e illegalità, che trama di commerci, qualche rara volta perfino legittimi, per lo più loschi, a base di merci rubate, sottratte con l'inganno, la minaccia, il raggiro.

Allora non era stata ancora abbattuta l'*insula* del monastero della Maddalena; non svettava ancora il turpe palazzo Ottieri con i suoi diciassette piani di malo-cemento sui quali adesso – eccola là – svetta la scritta pubblicitaria del caffè Kimbo.

Quanta gente arruolò l'asse Forcella-Duchesca allora e negli anni che seguirono? Quanto popolo prese parte al grande banchetto imprenditorial-camorristico ai piedi di Garibaldi?

Provo a fare un calcolo grossolano. Tra il 1956 e il 1957 mi risulta che furono denunciate dalla Guardia di Finanza ventiquattromila persone e operati oltre mille arresti per contrabbando. Ammesso che soltanto un quarto dei denunciati agisse in quest'area, ci troviamo di fronte a seimila casi. Da moltiplicare almeno per tre, nella legittima presunzione che le denunce colpirono un solo addetto su ogni gruppo di tre che praticava il "mestiere". Conclusione: nel biennio in esame fu attiva in questa zona una popolazione di almeno ventimila individui dediti a uno scintillante malaffare commerciale soltanto apparentemente di tipo spontaneo e individuale, in realtà controllato in alto da una vera e propria cupola camorristica.

Che fine hanno fatto quei ventimila "stinchi di santo"? In che misura si sono moltiplicati durante il cinquantennio trascorso? Caracas, io torno dopo tanto tempo qui, accanto al nostro Eroe, ma non vedo più niente e nessuno che mi colleghi in qualche modo al passato. Sono spaesato e avvilito. Che fine ha fatto tutta quella gente, quel popolo di truffatori e di contrabbandieri? Sono entrati tutti in clandestinità? E quanti sono diventati?

Butto là delle cifre a caso: dico che sono diventati centomila. Anzi di più. Duecentomila.

«Ma sei impazzito?» grida Caracas.

Siamo di nuovo davanti all'Helvethia, sostiamo appena all'esterno della farmacia oppressi dal fetore di due grandi bidoni di immondizia stracolmi. Zorzoli discute con una cliente riottosa accompagnata da un marcantonio tanto più inquietante in quanto muto e inespressivo come una roccia.

«Sono oppresso dalle domande, Caracas» mormoro all'orecchio del mio amico. «Le sogno perfino la notte.»

Proprio così, sogno le mie domande da incubo: quante tonnellate di rifiuti sono accatastate per esempio in questo momento a Napoli lungo le sue strade, e vicoli, e strèttole, e cupe, e rettifili, e larghi, e rue, e gradoni, e discese, e rampe?

Io sogno spesso le lordure della mia città: di giorno ne attraverso i cumuli, li sfioro, ne capto i miasmi che mi arrivano fino in gola e anche più giù, ma non li vedo. Li vedo invece di notte e ne riporto un immenso spavento. Una notte sognai addirittura che degli energumeni volevano seppellirmi vivo in un bidone della spazzatura. Confabulavano a poca distanza da me. Apparentemente ero libero, in realtà ero alla loro mercé, e loro parlavano a voce alta proprio perché io udissi bene ogni dettaglio del loro infame programma.

Sogno anche quelle strisce pedonali che non ci sono o sono soltanto residue croste sporche di mota: sogno di essere investito da uno spietato automobilista che nel momento in cui mi travolge mi fissa dal suo abitacolo, entrambe le mani sul volante e un ghigno sulla faccia. Sogno i palazzi fatiscenti di Napoli. Quanti sono?

«Signora, lei non può, non deve fare di testa sua: glielo proibisco.» La voce di Zorzoli è tagliente. La "signora", grassa, di età indefinita, un po' claudicante, è più che altro un rudere umano dal volto devastato da chiazze bluastre. Parla un dialetto rauco e profondo che Cesare Zorzoli non soltanto comprende perfettamente ma al quale cerca di aderire colorando di napoletanismi la sua parlata nordica. Il marcantonio guarda diritto davanti e sé senza battere ciglio. Caracas invece lo punta. Capisco che lo teme.

«Se il dermatologo le ha prescritto due capsule al giorno lei deve prenderne due, se le ha prescritto una certa pomata lei non deve sostituirla con gli impiastri della comarella, se...»

«Ma io, io, io, io...»

«Poche chiacchiere, signora, lei deve fare come dico io. Allora, la vuole o no questa benedetta pomata?»

«Ma io...»

«Nessun *ma io*. Mi deve dire soltanto sì o no. Sì o no?»

La donna tace, si torce le mani, guarda in cielo, sospira, tira su il naso. «Signora, si calmi, ci pensi un po'. Io intanto chiacchiero con gli amici. Lei ci pensi. Ma se vuole la mia opinione, segua i suggerimenti del dermatologo. Lasci perdere l'impiastro della comarella. Lasci perdere l'idea, o sensazione che sia, che l'impiastro le dà sollievo e la pomata no. Lasci perdere i consigli del vicolo...»

Il cielo è quasi bianco, sento delle gocce che mi scivolano lievi, quasi impercettibili sulla nuca: sudore o pioggia? Vorrei sollevarmi in volo per osservare dall'alto la Ferrovia, Garibaldi, via Mancini, il Trianon, via Forcella, il caffè Kimbo, piazza Principe Umberto, le affettuose puttane di Caracas, il senso della mia vita, del mio passato, ammesso che stia scritto per terra, lungo le strade di questa grande fetta di città. Ogni tanto mi sento assalire da sensi di colpa per avere tagliato la corda, in quel lontano 1957. Mi dico che forse dovrei tornare a vivere qui in pianta stabile. Qui alla Ferrovia.

# L'aforisma di Cioran

Qualche volta mi sveglio molto presto al mattino, e non sempre dolcemente ma di soprassalto, come se qualcuno mi scuotesse irosamente per le spalle: che fai, dormi ancora? Non vedi come è tardi?

Invece è prestissimo, sono le quattro e mezzo. Allora mi alzo e vado in bagno. Dopo, col cavolo che riesco a prendere di nuovo sonno. Non mi resta che abbandonarmi ai miei pensieri. Supino, non so fare di meglio che spaccare capelli in quattro, diventare implacabile con me stesso e con il mondo (dio vi scampi dal risveglio prematuro delle persone miti).

Oggi, 8 febbraio 2006, ho divagato fino alle sei e mezzo. Poi, finalmente, è arrivato il mattino e io sono rimasto inchiodato davanti ai vetri di uno dei miei due balconi (camera 509, Hotel Santa Lucia, vista mare) senza più né parole né pensieri.

Che spettacolo! Che epifania!

Per carità, un'epifania ben nota al sottoscritto che non mancò, ai suoi tempi, di intrattenere rapporti con la Napoli antelucana (soprattutto d'estate ma non soltanto), e tuttavia capace di proporsi ogni volta nel segno del "mai visto", dell'inedito assoluto, della sorpresa che ti fa trattenere il fiato.

8 febbraio 2006: chi ha voluto regalarci oggi una meteorologia così favorevole alla mia insonnia? Viva il caso. O la fortuna, se di questa si tratta. Vedo all'improvviso l'azzurro pastello del cielo che si screzia di rosa laddove la linea degradante del Vesuvio interseca quella più lieve e distante della penisola sorrentina. Non mi era mai accaduto, prima d'ora, di immaginarla come una morbida ascella femminile: il Vesuvio è un seno eretto, rotondo, gelatinoso, sublime; la penisola un braccio che si distende molle sul pelo dell'acqua. Più fisso il "nudo", più mi chiedo se ho il diritto di inquietarmi, di commuovermi, davanti a una cartolina tante volte irrisa (non la chiamavamo la cartolina più stucchevole del mondo?).

Il mare è calmo, senza increspature. Davanti a me il porticciolo del Borgo, stretto tra l'istmo che conduce al Castel dell'Ovo e la scogliera sul fronte opposto, è tutto un ondeggiare di barche, di alberi e pennoni. Vorrei trattenere l'occhio su di loro ma non posso: troppe cose cambiano in velocità via via che l'ascella si arrossa e là, esattamente in quel punto, in quell'incavo, affiora il primo spicchio di sole.

8 febbraio 2006. Sono le sei e quarantacinque del mattino. Mi sento come annichilito nel mio pigiama bianco, davanti al balcone della camera 509 dell'Hotel Santa Lucia. È uno spettacolo di bellezza indescrivibile l'arrivo del nuovo giorno. Al punto di farmelo immaginare come una sorta di risarcimento alla difficoltà di vivere in questa città. Un risarcimento quasi adeguato, congruo, nel senso che, messi sui due piatti della bilancia, splendore e dolore sembrano equivalersi, farsi uno contrappeso dell'altro.

Mi viene in mente Paolo Ricci, un uomo verso il quale ho nutrito sentimenti di intensa amicizia, pittore di grande vena e nitore, tanto burbero quanto umano. Paolo aveva lo studio a Villa Lucia, ultimo ramo meridionale della Floridiana, già nido d'amore di un re, dominante il golfo giusto nel suo mezzo e perciò centro geometrico di ogni incanto partenopeo.

Un giorno Paolo mi confessò che era stata Villa Lucia a "fotterlo"; era stata quella spudorata bellezza "che stordisce e paralizza" a interrompere e in pratica a spezzare la sua carriera di pittore già saldamente inserito nel tumulto culturale parigino degli anni Trenta. Esagerava, è ovvio, non essendo affatto l'artista disarcionato della sua autorappresentazione, ma lui ci credeva, al suo apologo, me lo spiegava in maniera accorata, e anche a titolo di incoraggiamento avendogli io confessato la mia intenzione di abbandonare Napoli.

«Vattene» mi diceva, «e che la fortuna ti assista.» (Mi raccomanderà poi, lui stesso, a Maria Antonietta Macciocchi, allora direttrice di "Vie Nuove", invitandola ad assumermi nella redazione del settimanale romano.)

Voglio essere leale: non è per caso che mi soffermo su tutto questo. E forse non è neppure per caso che questa mattina mi sono svegliato così di buon'ora. Sono mesi che i miei collaboratori della Fondazione di piazza Plebiscito mi sollecitano a prendere un appartamento in affitto, convinti, come del resto lo sono anch'io, che anche i più grandi alberghi dopo un po' di tempo diventano insopportabili a una persona normale, legata ad abitudini e a cerimoniali impraticabili in una semplice camera sia pure spaziosa, superaccessoriata ed esposta a uno sfolgorante mezzogiorno.

Cercano di sedurmi con proposte che non di rado

definiscono *irresistibili*, ma alle quali io resisto con assoluta fermezza, senza esitare a mettere in campo le mie più segrete paure: una casa è una casa, dico, e una casa vale un ritorno. Ma voi davvero pensate che io possa ritornare definitivamente in questa città senza restare poi schiacciato da una simile decisione?

Sennonché, all'incirca una settimana fa, Caracas ha voluto che visitassi a ogni costo l'appartamento di un suo amico (ex amico, quasi amico, specie di amico, vallo a capire) da tempo residente in Brasile per ragioni di lavoro e dove recentemente si è sposato rompendo in questo modo, in maniera quasi definitiva (salvo che per la madre ancora in vita), i suoi rapporti con Napoli. Avrei dovuto dire di no. Per non scontentarlo ho detto invece va bene, vengo, con il risultato di regalarmi una specie di tormento in più rispetto ai tanti che già mi angustiano.

Non voglio dire troppe cose intorno all'appartamento dell'ex amico di Caracas e ancor meno intorno a sua madre, donna segaligna, alta, curva in cima, così avara di parole da sembrare muta: tutto sommato non hanno un vero peso in questa sorta di cronaca-diario. Mi limiterò a designare perciò l'appartamento con due parole soltanto, ma sufficienti a rendere l'idea: uno schianto. Che cosa è uno schianto? Il vocabolario indica alcuni possibili punti di riferimento tra i quali il "dolore acuto": per esempio nell'espressione *provare uno schianto al cuore*. Fu ciò che provai io di fronte a quella casa, tra l'altro in linea con la Floridiana, anzi in linea proprio con Villa Lucia, cui è congiungibile da un ideale segmento orizzontale.

L'appartamento è già arredato. Con la seguente aggravante: è arredato in maniera esemplare, assolutamente conforme al mio gusto benché così datato e fuori moda, ridondante di tappezzerie, mobili antichi, scuri e massicci, libri accatastati. Come l'avessi messo su io in persona; anzi come se mi appartenesse da sempre: oltre agli arredi, le mura, i corridoi, le stanze, il terrazzo. E gli alberi e i cespugli che lo circondano: un verde ricco, folto e carnoso benché si tratti di un edificio a un passo dalla funicolare, nel cuore alto di Napoli.

Non posso giurare di avere sognato stanotte la "casa grigia" (gli intonaci e le modanature dell'edificio sono di questo colore). Tanto meno posso dire di essere stato destato alle quattro e trenta del mattino dalla sua visione un po' incanto un po' incubo (è massiccia e a tratti fa pensare a una pagoda). Posso dire però che è stata una delle prime immagini affiorate alla mia mente appena sveglio, e di averci giocato a lungo insieme in attesa del mattino, maledicendo Caracas, demonio delle mie tentazioni.

«È una casa bellissima e costa poco: è un'occasione che non puoi lasciarti scappare» mi sussurrava infatti lui – il suo fantasma, diciamo così – già alle quattro e quarantacinque, appena un quarto d'ora dopo il risveglio brusco. E soggiungeva: «Tanto lo sanno tutti che tu non andrai più via da questa città. Io sì, andrò via: tu no. Lo sanno tutti».

L'ho fissato a lungo con gli occhi sbarrati dal fondo del mio cuscino di piuma, morbidissimo. Poi ho preso a ingiuriarlo scuotendo la testa: «Dio mio, quanto sei stronzo».

Lo avrei ammazzato. Ma era soltanto un'ombra, una mia nevrotica immaginazione, un Caracas di nebbia e fumo. Ciononostante, la conversazione è andata avanti a lungo.

Io ho messo le carte in tavola: va bene, per me la città dove sono nato sarà pure una malattia, come dici tu. Ma un ritorno, quello no, è impossibile. Pensaci, Caracas: bisogna essere veramente dei fottuti infedeli per tornare sui propri passi, a Itaca diciamo così, dopo averne fatte di tutti i colori in giro per il mondo. Infedeli e con il chiodo fisso del "proprio": la casa, le robe, gli interessi, il paesaggio, la parlata, le protezioni, la famiglia e ogni altro "possesso" ascrivibile a un presunto diritto naturale.

Ma io che infedele non sono? Che non "faccio" esperienze ma pretendo ogni volta di viverle fino in fondo? Che ogni passo che compio lo considero compiuto per sempre?

La verità, caro Caracas, è una sola: io non sento di appartenere più a questa comunità. Tra noi, tra me e la città, è accaduto qualcosa di irrevocabile che rende impossibile ogni ipotesi di ritorno: sarebbe come votarmi a una tragica infelicità. Ormai io sono uno straniero, anzi un rinnegato che si è fatto straniero. Il che, bada bene, non toglie che io possa "sognare" di tornare a vivere a Napoli. Come no! Difatti lo sogno in continuazione. Ma, appunto, è soltanto un sogno: uno struggimento, una malinconia, un accorato ripensamento della mia vita. Io assomiglio in certo senso all'ebreo marrano, all'ebreo non-ebreo che ha rinnegato la propria cultura di origine ma che nell'intimo del cuore ne conserva, combattuto, la memoria, e con essa la memoria del suo stesso rifiuto, trasformato quasi in pegno d'amore.

Le chiacchiere sono durate sino all'alba: un lunghissimo sfogo durante il quale ho puntigliosamente chiarito anche i motivi più spicci e contingenti del mio irrimediabile scollamento. Che cosa non sopporto più di questa metropoli? Caro Caracas, soprattutto la cultura della tolleranza, i sorrisi molli della gente, la falsa umanità che la pervade rendendo tutti incapaci di ogni forma di rigore e di autodisciplina. Maledetta tolleranza! Quali misfatti non siamo capaci di compiere in suo nome. E va bene, si dice, che cosa sarà mai successo, uno scippo? E che? Non si scippa forse anche a Roma e a Milano? Anzi. Anche a New York? Insomma tutto è lecito, tutto è *cosa 'e niente*, inezia, faccenda risolvibile chiudendo un occhio, anzi tutti e due.

Quante volte me lo sono chiesto: ma perché poi siamo così? Come è successo che questo germe, questa malattia della tolleranza è penetrata dentro di noi fino a condizionare la nostra stessa antropologia? La Storia, certo, lo strapotere di una classe avida e cieca, senza neppure un filo di buonsenso e di sentimento.

È bello rigirarsi in un letto a due piazze quando non c'è nessuno accanto a te. Senza che te ne accorgi il corpo si distende di traverso – forse per ripicca o protesta contro chi manca – pretendendo di occupare il maggior spazio possibile, anzi l'intero letto. Le braccia si allargano come in una crocifissione; a volte il cuscino rotola per terra e tu hai l'impressione che sia il mondo intero che ti abbandona, ti scappa dalle mani.

8 febbraio 2006, Hotel Santa Lucia, camera 509. I due balconi sul golfo hanno le serrande già alzate. È stato uno dei primi gesti che ho compiuto stamattina quello di premere gli interruttori delle serrande: ero ansioso di sapere se ci fossero o no le stelle. C'erano le stelle.

Dopo essere andato in bagno sono rimasto qualche istante ad ammirare la notte, il mare, le rade luci sulla collina di Posillipo che disegna anch'essa le morbide linee di un corpo umano: in alto c'è l'omero, elevato, e pullula di palazzi chiari dalle ampie vetrate; poi la linea si abbassa velocemente, si allunga, si assottiglia, termina come un dito che accarezza l'acqua...

Fossi io a decidere, ho detto (o forse soltanto pensato), sarebbe questa la mia ricetta: riempirei Napoli di fiori, obbligherei tutti i proprietari di case ad addobbare con cascate di buganvillee le proprie finestre e i propri balconi fino a far scoppiare d'invidia il mondo intero; poi riempirei la città di semafori e di strisce pedonali; infine moltiplicherei aree pedonalizzate e corsie preferenziali per i mezzi pubblici, fissando sanzioni pesantissime per i trasgressori: multe da capogiro, ritiro di patenti, sequestri di automezzi. E perfino la galera, in certi casi.

Ti fa ridere tutto questo, Caracas?

Mi è parso di sentire il rumore dei suoi pensieri beffardi, tipo: «Cazzo, i fiori!». Ho capito che era lì con me, da qualche parte, nella camera 509. Sì, amico mio, i fiori! Una quantità sterminata di fiori a significare... a significare che il nostro cuore deve cambiare, che dobbiamo dismettere ogni forma di anarchismo e di arbitrio per consegnarci fiduciosi al rigore e alla disciplina. Infatti questo e non altro simboleggiano i fiori, tanto è vero che sbocciano soltanto nelle città dove nessuno oserebbe calpestarli o reciderli abusivamente. Laddove il rispetto dell'ambiente è ormai diventato istinto.

Poi mi sono disteso di nuovo sul letto con la speranza di riprendere sonno.

Macché!

Allora gli ho detto: Caracas, voglio farti una confessione. Si tratta di parole difficili che forse è il caso di non ripetere ad alcuno. Talvolta a me pare come se qui da noi il dopoguerra, il funesto dopoguerra della mia giovinezza, non fosse ancora finito. L'ho raccontato a lungo, in un vecchio libro, quel primo dopoguerra: lo descrissi come un tempo senza tempo; gli orologi fermi; la città sequestrata dalla guerra fredda; le fabbriche che smobilitavano; la vita mercantile che languiva; il porto sottratto all'economia perché base strategica della sesta flotta americana e del Comando interalleato attraverso il quale l'Occidente teneva ininterrottamente sotto controllo il bacino del Mediterraneo e tutto il naviglio sovietico.

Per carità, oggi la scena è radicalmente cambiata, le pance appaiono per lo più soddisfatte, spesso sin troppo soddisfatte (l'illegalità, la droga, il contrabbando, l'abuso edilizio saziano, eccome), nondimeno quando io percorro con te certe strade – buona parte del cuore antico di Napoli e oltre – quando ascolto ciò che dice la gente di se stessa e del proprio vivere dentro a questa nube di disagio, di incertezza e perfino di paura, non mi pare né un azzardo né un arbitrio abbandonarmi a talune analogie tra i due "medaglioni": quello degli anni Quaranta del Novecento e quello della Napoli di adesso. Analogie fondate sulla stessa torbida sensazione di una deriva storica non deviata, di un ruolo coloniale, subalterno, marginale della città, reso ancora più visibile da una sorta di rassegnazione collettiva, di pessimismo di massa, di generale conazione all'indolenza che mi richiamano alla mente l'algido aforisma di Cioran secondo il quale "una cosa sola importa: apprendere a essere perdenti".

Ci sentiamo tutti perdenti, Caracas? Siamo stati tutti travolti dalla rete di correità piccole e grandi, consapevoli e inconsapevoli, che sta facendo di Napoli la città che "non si può più amare"?

Penso a Rosa La Rosa, Caracas. A come, talvolta, certe situazioni possano rassomigliarsi, farsi l'una specchio dell'altra.

# La fuga della sposa

Un giorno lei gli confessò di desiderare un figlio. «Adesso o mai più» disse in tono imperioso e appassionato. Caracas, benché emozionatissimo, ostentò un'assoluta padronanza di sé. Disse che in via generale era d'accordo, ma alla condizione di rispettare un proprio punto di vista al riguardo che si può riassumere in questo modo: io non partecipo alla generazione di un nuovo essere umano se non con una donna con la quale sono regolarmente sposato: «Caracas è fatto così».

Forse immaginava che Rosa si sarebbe tirata indietro? Per la verità pronunciò quelle parole senza immaginare niente. Fino a quel giorno non avevano mai parlato di matrimonio: come per effetto di una tacita intesa di carattere omissivo osservata con particolare scrupolo soprattutto da lei, gelosa fino all'ossessione della sua libertà.

Continuava, tra alti e bassi, a essere schiava della sua "malattia", della quale però – altro motivo di reticenza – pretendeva che nessuno parlasse né in maniera diretta né per allusioni, nel tentativo forse di normalizzarla, di renderla in certo senso "invisibile" all'interno della sua comunità affettiva. Salvo, di tanto in tanto, entrare in crisi depressiva, sentirsi vittima di un'atroce condanna impossibile da modificare.

La replica di Rosa La Rosa fu secca. «Allora sposiamoci» disse d'un fiato. «Io devo assolutamente mettere al mondo un figlio, e voglio farlo con te.»

Per Caracas l'invito suonò come una chiamata alle armi. Aspettava l'appello da tempo: ora con fiducia ora con stanchezza e incredulità. Ed ecco che adesso, imprevedibilmente, sembrava trionfare quella strategia della pazienza, della prossimità calda e persino complice, cui aveva improntato per tutto quel tempo i suoi difficili, e talvolta difficilissimi, rapporti con lei.

Cristo, aveva dovuto superarne di prove!

Nessun trionfalismo, comunque. Anche in quella congiuntura, assicura, non smise mai di nutrire ansie e temere naufragi. Tuttavia era troppo innamorato per dare retta a chi gli consigliava di prendere tempo, di essere cauto, di non compromettersi così irrimediabilmente.

Cominciarono i preparativi nuziali. Rosa sembrava nata di nuovo. Aveva ripreso a truccarsi e a curare il suo abbigliamento, rinunciando a quell'aria dimessa, vagamente proletaria, con la quale senza volere tendeva a marcare la sua distanza dalla "normalità". Adesso desiderava apparire soprattutto una donna attraente, consapevole (e orgogliosa) della propria bellezza e della propria precoce maturità. Cominciò anche a cantare. La sua voce calda fu per Caracas una vera scoperta, un'emozione in più, un'ulteriore speranza di salvezza. Amava soprattutto la musica degli U2. Che passione per esempio quella *Pride* di Bono Vox: *One man come in the name of love / one man come and go…*

La cantava rauca, con timbro profondo, quasi un pianto in gola. E a Caracas venivano i brividi.

All'epoca lui lavorava come grafico, e con notevole successo, tanto che un editore gli aveva affidato il compito di illustrare le prime cinque copertine con le quali intendeva inaugurare una nuova collana di libri di narrativa internazionale. Soltanto dopo il fallimento del matrimonio con Rosa La Rosa si metterà a fare il fotografo. Tanto per cambiare. Per rompere il tran tran. Per darsi delle occasioni di fuga dall'Italia.

Andò perfino a comprare le fedi. Lo accompagnò la madre di Rosa: praticamente le fedi le scelse lei. E volle anche pagarle.

La ricorda come una fase onirica della sua esistenza, fatta di giornate tumultuose ma vissute in maniera scollata dalla realtà.

La sua relazione con Rosa La Rosa gli aveva fatto scoprire scenari del mondo della droga che neppure immaginava sino a pochi anni prima. Quando l'aveva vista la prima volta nel 1980, quasi bambina, la sua posizione per quel genere di esperienze, al di là del pregiudizio ideologico, era improntato a una certa indulgenza. Come tutti i ragazzi della sua età aveva idolatrato anche lui il cantante nero Jimi Hendrix, morto per overdose, aveva manifestato anche lui contro la guerra americana nel Vietnam e aveva assaggiato anche lui qualche miscela di aspirina e coca cola, oltre a fumare qualche boccata d'erba.

Ma se la parola droga non era del tutto estranea al suo vocabolario, ciò non significa che possedesse una reale coscienza di quel che significa essere tossicodipendenti. Ci volle del tempo, parecchio tempo, prima di riuscire a persuadersi che il potere della droga non perdona, è un potere metallico che agisce simultaneamente sullo spirito e sulla carne, sul cervello e sulle viscere, toglie il respiro e azzera la volontà.

Al suo primo aut aut Rosa gli disse: dammi tempo, lascia che raccolga tutte le mie forze, mi libererò dell'eroina quanto è vero che mi chiamo Rosa La Rosa, quanto è vero che ti sono affezionata e che intendo avere una vita normale, come tutti gli altri.

Le credette. Del resto non era stato un vero aut aut: non l'avrebbe lasciata comunque, qualunque cosa lei avesse risposto. E infatti capitò anche questo, un giorno, che Rosa gli rispondesse con parole di sfida: Caracas, io l'eroina non la lascerò mai, l'eroina è fatta apposta per me, anzi io sono fatta apposta per l'eroina. Dovresti provarla anche tu, così la smetteresti di perseguitarmi, ti lasceresti perdere tra le sue braccia rassegnato e felice come faccio io.

Un'altalena. Un continuo oscillare. Una relazione maledetta che doveva finire per forza come è finita: lui in fuga e lei là, piegata in due al centro di quella stanza semibuia, vittima di un equilibrio inesistente in natura perché esclusivo privilegio di quella perversa magia che si chiama eroina.

***

Mi chiedo da tempo che cosa induca Caracas a raccontarmi la sua vita mettendone a nudo anche i più minuti dettagli. Io lo martello di domande, questo è vero, ma lui difficilmente si sottrae alla mia curiosità, pronto comunque a cedere quando, di fronte a qualche sua esitazione, io torno baldanzoso alla carica: «Devi dirmi tutto, Caracas. Come avessi fatto un patto col diavolo. Al diavolo non si può nascondere nulla, forse a dio sì, ma al diavolo proprio no».

Io credo che cercasse da tempo una persona disposta ad ascoltarlo. Ha incontrato qualcuno che gli ha offerto di più: non soltanto di ascoltarlo ma anche di raccontarlo. E Caracas non ha saputo dire di no. Per curiosità? per generosità? per indifferenza? per quel tanto di vanità che non è assente neanche in lui? per spirito di avventura? Penso per tutte queste ragioni messe insieme. Allora Caracas, che pure è un uomo discreto, silenzioso, riservato, ha deciso di contravvenire alla sua vocazione all'anonimato aprendosi come un frutto maturo.

«Quando ti rendesti conto con la dovuta lucidità di esserti cacciato in una storia senza futuro, senza speranza?»

«Certezze di questo genere in realtà non arrivano mai, soprattutto se sei innamorato. Ancora oggi, dopo tanto tempo, non oserei mai pensare a Rosa La Rosa come a un soggetto irrecuperabile, condannato senza appello. La salvezza sta sempre dietro la porta. È l'umiliazione quotidiana che per lo più non riesci a sopportare, soprattutto nelle situazioni di coppia: con una lei che si droga e un lui che non si droga, costretto al ruolo di infermiere. Io ho fatto l'infermiere per circa dieci anni. Un infermiere roso dalla gelosia.»

Quando la loro storia ebbe inizio Rosa stava scontando una condanna a sei mesi di arresti domiciliari. La polizia l'aveva sorpresa mentre consegnava una bustina di eroina a un tizio per conto di un'anziana spacciatrice di cui era diventata amica.

Era a casa della spacciatrice, un paio di squallide stanze in uno dei tanti rioni-disperazione della periferia di Napoli, chiacchieravano del più e del meno quando squillò il citofono. Un cliente abituale. La spacciatrice chiese a Rosa il favore di risparmiarle la fatica delle sei rampe di scale consegnando al suo posto la "merce" allo sconosciuto. Era già accaduto in una precedente occasione e Rosa l'aveva accontentata, convinta di non correre alcun rischio.

Invece fu arrestata: la polizia, appostata nei pressi dello stabile, sembrava che aspettasse proprio lei, Rosa, come fosse stata imbeccata da qualcuno.

«Caracas, imbeccata da chi?»

«Di congetture ne furono fatte molte. Rosa sospettò perfino una delazione da parte del suo ex amante, "l'amico dell'amico", con il quale proprio in quei giorni stava cercando di rompere. Quell'uomo era capace di tutto.»

Non gli nascose nulla. Già la prima notte che trascorsero insieme Rosa fu un fiume impetuoso che si riversa in un altro fiume. Non dormirono un solo istante. Né le parole sul passato lacerarono quell'unico foglio di calendario: il dialogo proseguì nelle notti seguenti tra pianti, confessioni, promesse. Caracas era divorato da curiosità insaziabili e soprattutto da un odio-disprezzo: verso l'uomo che aveva costretto Rosa a drogarsi, "l'amico dell'amico", appunto. Dopo due anni e oltre di schiavitù lei giurava di essere finalmente riuscita a liberarsi di lui, della sua tirannia. Ma Caracas non le credeva, o meglio le credeva soltanto in parte. «Lo so, lo so» diceva, «quella merda continua a ricattarti. Ma lui non sa che adesso dovrà vedersela con me, che ha trovato chi gli farà sputare fino all'ultima goccia di sangue...»

A sentirlo parlare così Rosa un po' piangeva e un po' rideva. Rideva per la felicità di essere accanto a un uomo disposto a sprecarsi senza alcun riguardo pur di risollevarla dal baratro in cui era caduta.

«Sai che ti dico?» sbuffa Caracas invitandomi ad annotare alla lettera, una per una, le sue parole. «Sai che ti dico? Che io non sono affatto pentito di tutto quello che ho dato a Rosa La Rosa e ho fatto per lei. Oltre dieci anni della mia vita, i migliori, spesi per cercare di salvarla dal suo inferno. Lei piangeva, e io correvo a comprarle la dose. Gli spacciatori mi sfottevano, mi chiamavano *Ammoremio*; mi dicevano: e la signorina come sta? Un po' alla volta vedrai che ce la farai a farla smettere, sarai il suo salvatore. Ma un po' alla volta... Cosa vuoi che ti dica, ci siamo presi e lasciati in continuazione. Ma io non rimpiango nulla: tutto sommato, quella donna mi ha dato molto più di quanto io abbia dato a lei. Mi ha dato momenti indicibili di felicità. E anche momenti di dolore, certo. Ma forse che il dolore non è un sentimento grandioso altrettanto quanto la felicità?»

Ebbe il torto di credere che Rosa avrebbe smesso di drogarsi senza ricorrere ad alcuna assistenza. Con le sue forze soltanto. Su questo punto d'altronde lei si mostrò inflessibile: non sarebbe mai entrata in una comunità, in una casa di cura o in altre "prigioni" del genere. Non avrebbe accettato l'aiuto di nessuno, compreso quello di Caracas: «Tu devi restare fuori da questa faccenda. Tu devi soltanto infondermi coraggio, mostrarmi fiducia e concedermi il tempo che mi serve».

Un giorno, erano insieme da circa un anno, la madre di Rosa diede una festa per il compleanno della figlia. Arrivarono congiunti vari e anche degli amici: un'allegra domenica in famiglia. Al pomeriggio ci fu il taglio della torta. Rosa soffiò ripetutamente sulle candeline e poi affondò il coltello in una burrosa charlotte tra gli applausi generali. Alzò la testa e sorrise a tutti: a Caracas fece un cenno con la mano come per dire ci vediamo dopo, desidero dirti qualcosa, ho un segreto da confidarti.

Era uno splendore: con i capelli rossi tirati in alto, un'ombra di trucco, le unghie laccate di un geranio chiaro squillante, una luce languida nello sguardo, sembrava una diva del cinema. Glielo dissero un po' tutti: «Sei bella, Rosa. Con quella faccia e quel corpo potresti conquistare il mondo». Ma Rosa non gradiva molto quei complimenti: vi scorgeva in trasparenza come un rimprovero, un'allusione alla sua "malattia".

Poco dopo il rito della torta gli ospiti cominciarono ad andar via e Rosa e Caracas riuscirono finalmente ad appartarsi. Lei gli buttò le braccia al collo. Disse che il foulard color cipria che le aveva regalato era stupendo: del resto non era stata lei stessa a mostrarglielo ammirata in una vetrina di lusso? Tuttavia... adesso aveva bisogno di un secondo regalo... un vero atto d'amore...

Gli confessò di sentirsi a pezzi, di essere sull'orlo di un collasso nervoso, di avere bisogno della sua maledetta "medicina". «Oggi è il mio compleanno, Caracas, aiutami. Non te lo chiederò mai più: te lo prometto.»

Quando Caracas mi racconta questo episodio, questo passaggio così scabroso della sua storia con Rosa La Rosa, mi sembra di scorgere nel suo sguardo lo stesso smarrimento che dovette provare quel giorno, lo stesso dolore. La sua prima reazione fu un secco rifiuto. Allora Rosa si mise a piangere, a implorarlo, poi ad accusarlo, quindi di nuovo a implorarlo, e alla fine lui cedette, consapevole di compiere un gesto destinato a pesare nei loro rapporti e forse a snaturarli in radice facendo di lui prima ancora che il compagno di Rosa il suo "complice".

Andarono con la macchina di lei prima alla Ferrovia, poi a Porta Capuana, infine nei pressi dell'imbocco di via Tribunali dove parcheggiarono l'automobile. Raggiunsero a piedi l'Archivio Storico. Topografia e calendario della droga non avevano misteri per Rosa. C'era parecchia gente che aspettava l'arrivo della spacciatrice. Tra gli altri un ragazzo biondo sui trent'anni, magro come un grissino e con uno sguardo di un azzurro spento, trasognato. Si misero a parlare. Chiese a Rosa se per caso aveva intenzione di portar via un "pezzo da cinquanta" (cinquantamila lire). Alla risposta affermativa di lei propose di acquistare, con reciproco vantaggio, una dose doppia in società (pare che metà di un "pezzo" da cento assicuri un risultato di gran lunga più efficace di un semplice "pezzo" da cinquanta).

Rosa era sul punto di accettare la proposta quando Caracas intervenne infuriato: «Questo è troppo; questo no». L'acquisto in comune li avrebbe obbligati a iniettarsi la droga contemporaneamente, quindi a doversi appartare insieme dopo essersi procurati in farmacia siringhe e acqua distillata.

«Caracas, decido io» urlò Rosa.

Allora lui, accecato dalla rabbia, le sferrò un pugno nello stomaco che appannò il luminoso sguardo verde della ragazza. Rosa si piegò in due e sarebbe caduta per terra se lui non l'avesse afferrata fulmineo per le ascelle.

Si mise a piangere di nuovo.

E Caracas, ancora una volta, non seppe fare di meglio che piegarsi ai suoi desideri.

«Appena in possesso dell'eroina salimmo in macchina tutti e tre. Andammo prima alla ricerca di una farmacia di turno, poi Rosa raggiunse via Marina parcheggiando dietro al Mercato del pesce.»

Il racconto di Caracas alterna momenti di sintesi, che spesso sanno di pudore e di reticenza, a momenti di esasperato descrittivismo, di caccia al dettaglio, come se il senso della vita fosse racchiuso nei suoi frammenti più minuti. Quel che succede nella macchina di Rosa dietro al Mercato del pesce costituisce per esempio una sequenza di una lentezza e di una minuziosità esasperanti perfino per un ascoltatore avido e interessato come me. Caracas parla con la stessa circospezione di un chirurgo che esegua un intervento a cuore aperto.

Rosa andò a sedersi accanto allo sconosciuto sul sedile posteriore dell'auto. Era quasi sera; un grigio lucido avvolgeva lo spiazzo esaltandone solitudine e separatezza. Caracas percepì con disgusto l'odore acre e acido che proveniva dal compagno di droga di Rosa. Li scrutava entrambi attraverso lo specchietto retrovisore, chiedendosi perché mai quell'individuo evitasse di lavarsi. Il giovane indossava una giacca di finta pelle sopra un maglione grigio girocollo senza camicia. Aveva zigomi sporgenti e mento aguzzo: un volto senza espressione. Caracas rammentò di averlo fissato dopo aver colpito Rosa, pronto a colpire anche lui se soltanto la sua espressione gliene avesse offerto un pretesto. Ma nei suoi occhi non aveva scorto altro che indifferenza e lontananza. Proprio come accadeva in quel momento.

A preparare la "roba" provvide lui: non ci furono discussioni, Rosa ne aveva riconosciuto d'istinto, sin dal primo momento, la maggiore esperienza e fu lei stessa ad affidargli il compito. Caracas si meravigliò della fermezza delle sue mani che in quel momento reggevano contemporaneamente la fiala di acqua distillata e la bustina di carta argentata contenente la droga. Lo sconosciuto chiese a Rosa di aiutarlo e le diede da tenere la bustina. Poi spezzò con un colpo secco la fiala.

Nessuno fiatava, perfino i rumori lontani della città sembravano svanire lentamente per far largo al silenzio un po' spossato di quella deludente conclusione domenicale. Caracas fissò Rosa, che a sua volta fissava le mani del suo vicino che aspirava con una siringa il liquido dalla fiala fino a vuotarla del tutto. Quando ebbe finito, porse la siringa a Rosa che gli consegnò la bustina.

Il giovane restò un lungo momento immobile, le mani sollevate entrambe a mezz'aria. Quindi iniziò con cautela e perizia a versare la polvere nell'ampolla sotto lo sguardo trepido di Rosa e dello stesso Caracas, concentrato sullo specchietto retrovisore.

Fremeva di impazienza in attesa che il rito si concludesse. Non aveva mai assistito a una scena del genere, soprattutto non aveva mai visto Rosa bucarsi. In che parte del corpo si sarebbe infilata l'ago? E l'altro, come si sarebbe comportato? Si sentì invadere da una pena infinita. Innanzi tutto per Rosa, una pena che mescolava mille sentimenti diversi: passione, pietà, rabbia. Ma anche pena per sé, che stava vivendo un'esperienza che era di fatto un cedimento morale, un imperdonabile atto di complicità e di incoraggiamento.

Avrebbe volentieri chiuso gli occhi per uscire fuori da quella scena. Chiuse gli occhi davvero, ma resistette ben poco. Li spalancò di colpo senza neanche deciderlo, indipendentemente dalla volontà. Avvicinò la faccia allo specchietto retrovisore, ne modificò per la terza volta leggermente l'orientamento.

Ora lo sconosciuto (non si erano neppure presentati, anzi non si erano mai scambiati una sola parola) stava riscaldando con un accendino la fiala nella quale era stata iniettata, dopo la polverina, l'acqua distillata. Fece oscillare diverse volte la fiammella a una quindicina di centimetri dal minuscolo contenitore di vetro mostrandosi completamente insensibile al calore.

Poi disse: «È fatta». E a Caracas parve di udire, più che un sospiro, un rantolo di Rosa.

Mentre l'uomo riempiva con la soluzione le due siringhe in parti uguali, vide Rosa stringersi nel proprio angolo con le gambe accavallate. Chiuse di nuovo gli occhi e di nuovo li spalancò di colpo dopo pochi istanti. Li colse nel momento in cui impugnavano ciascuno la propria siringa. Rosa aveva appoggiato sulle ginocchia la mano sinistra rovesciata e Caracas capì che avrebbe diretto l'ago sul polso.

Era stravolta; gli occhi le si erano rimpiccioliti, come arricciati; aveva le labbra socchiuse e ansimava.

Caracas non resse e si voltò. Fu un gesto assurdo, con quella coppia là dietro che sembrava vivere i sussulti di una copula e lui che li guardava atterrito e impudico.

Lo sconosciuto aprì di scatto la portiera e se ne andò senza dire una parola. Rosa aveva gli occhi chiusi. Tremava leggermente.

***

Durante i mesi successivi Rosa evitò di coinvolgere Caracas nelle sue vicende di droga. Ogni tanto proclamava di avere escogitato un nuovo sistema di autodisintossicazione, salvo poi calare una cortina di silenzio sull'argomento.

Tendeva ad avere una vita sua separata, segreta, in cui lui non avrebbe dovuto ficcare il naso. «Tanto vale allora che ci lasciamo, che ognuno se ne vada per la sua strada» la minacciava Caracas, sia pure senza nessuna convinzione. Gli piaceva semplicemente sentirla protestare: senza di te mi vedrei davvero perduta; sei la mia ancora di salvezza.

La controllava, anche se con qualche discrezione. Imparava a dedurre da piccoli segni i suoi passi falsi. Quando per esempio lei si presentava a un appuntamento con i suoi vistosi occhiali scuri, voleva dire – otto volte su dieci, secondo i calcoli di Caracas – che si era appena drogata, e che quegli occhiali erano soltanto un sistema di occultamento dei segni inconfondibili che l'eroina lascia nello sguardo delle sue vittime.

Un giorno la sorprese mentre confabulava con il suo ex, l'"amico dell'amico". L'incontro avvenne nei pressi del suo ufficio dal quale lei era appena emersa: fu un colloquio breve, nervoso, forse anche polemico. Comunque si scambiarono qualcosa. Sicuramente droga. Caracas era appostato dietro a un portone diventato nascondiglio abituale. Decise di non intervenire: Rosa, ne era certo, avrebbe reagito con violenza alla sua intrusione.

Per fortuna l'uomo tagliò subito la corda e Rosa, dopo essersi sommariamente guardata intorno, s'incamminò nella direzione opposta. Lui rimase invece a lungo fermo sotto al portone, cuore e testa in subbuglio. Non aveva assistito per la verità ad alcun evento-rivelazione: Caracas aveva intuito da tempo che Rosa intratteneva nell'ombra ancora rapporti con quell'uomo, sia pure soltanto di scambio, legati alla "roba". E tuttavia chi poteva giurare che quei rapporti non includessero anche altro? Rosa era una donna troppo attraente, e troppo ricattabile per non suscitare sentimenti di gelosia.

La sera litigarono. Caracas confessò di averla spiata, la insultò. Rosa cercò di reagire, salvo crollare quasi subito vinta da una crisi di depressione. Per combattere la droga aveva cominciato a riempirsi di psicofarmaci e a bere whisky. Si mise a implorare: «Voglio il Tavor, dammi il mio Tavor. Voglio dormire. Dormire il più a lungo possibile».

Finché Rosa gridava, batteva i pugni sul tavolo, si accendeva come una lampadina, Caracas le teneva testa. Quando crollava, si scioglieva in lacrime o addirittura si accartocciava sulla poltrona per via dei suoi periodici dolori alle ossa (sopravvenivano in genere fulminei nei momenti di crisi), lui chinava immediatamente la testa profondendosi in scuse. Anche quella volta andò più o meno così. Caracas smise di colpo di essere ruvido e prese a blandirla. Senza rinunciare comunque a dirle ciò che gli pesava sul cuore, e cioè che lei non poteva più pretendere di avere una vita sua propria separata da lui; che lui aveva non soltanto il diritto ma il dovere di starle accanto, di proteggerla, il diritto di sapere chi fosse la gente con la quale lei aveva rapporti soprattutto per ragioni di droga.

Rosa prese il Tavor e si addormentò facendosi cullare dalle sue promesse: «Soltanto io posso farti guarire dalla tua malattia. Ti giuro che ce la metterò tutta».

Fu così che iniziò la fase della sua partecipazione "totale" alla vita da eroinomane di Rosa La Rosa. Fu così che cominciò a conoscere uno spacciatore dietro l'altro, a catalogarlo per carattere, affidabilità, tipo di merce trattata e reperibilità (a casa, per strada, in locali pubblici, di giorno, di notte, al telefono, non al telefono). Un addestramento che durerà anni, fino al giorno in cui, anche se con lo strazio nel cuore, abbandonerà in maniera definitiva Rosa completamente "cotta" dall'eroina, le braccia penzoloni, al centro di una stanza buia e priva d'aria («Non respiravo più, giuro che se fossi restato là dentro ancora un quarto d'ora sarei morto soffocato»).

Quando lei aveva manifestato il suo desiderio di maternità, vivevano assieme da alcuni mesi: un po' in casa della madre di lei, un po' in un appartamento che Rosa aveva affittato nei paraggi. Un paio di settimane prima era accaduto un fatto molto spiacevole che poi aveva tenuto a lungo in tensione entrambi. Durante una delle ricorrenti crisi di astinenza di Rosa, sempre alle prese con qualche improbabile tentativo di autodisintossicazione, fu colta da crampi e tremiti rendendo urgente il ricorso all'eroina.

Dopo vari giri a vuoto in città, decisero di dirigersi verso la periferia nord, sopra Agnano, dove spacciava un tizio noto per la sua ininterrotta reperibilità al quale si erano già rivolti in un paio di occasioni. L'uomo era nel giardinetto sotto casa sua seduto su una sdraio. Fu Rosa ad avvicinarlo. Caracas rimase in disparte ad alcuni metri di distanza.

Rosa e lo spacciatore si misero a confabulare e Caracas notò che l'uomo ogni tanto allungava uno sguardo carico di ironia nella sua direzione. Si chiese come mai la transazione non si concludesse con la consueta rapidità. Si avvicinò e sentì l'uomo che, nient'affatto intimidito dalla sua presenza, insisteva nell'invitare Rosa a salire nel suo appartamento per assaggiare – gratis, del tutto gratis, le mormorava in un orecchio – una merce nuova, speciale, *sopraffina*, che aveva appena ricevuto. Lei e lui soltanto, naturalmente.

Caracas si rese conto che Rosa titubava, sorrideva, sbatteva le ciglia, era divorata dalla sua febbre. Così come si rese conto che se non fosse intervenuto subito lei avrebbe finito per cedere: Caracas vattene, lasciami perdere...

Vide nero.

Si avventò sullo spacciatore e dopo averlo afferrato per il bavero della giacca gli mollò un grande schiaffo. Lui non reagì, fissava Caracas con occhi pieni di sorpresa. Rosa invece si mise a urlare, si slanciò a sua volta su

Caracas tempestandolo di calci e pugni mentre a distanza si radunava gente.

Per fortuna scapparono per tempo. In caso contrario sarebbe finita male: quell'uomo, in fama di camorrista, superato il primo momento di sconcerto, avrebbe di sicuro fatto pagare a Caracas, e probabilmente anche a Rosa, l'affronto ricevuto.

Nei giorni successivi non si parlarono e, anche quando ricominciarono a parlarsi, evitarono di fare riferimenti a quell'episodio. Poi Rosa una mattina annunciò, non senza una certa solennità di modi e di parole, che aveva deciso di mettere al mondo un figlio: desiderava vita nuova dentro di sé, di percepire il mondo che si muove, la speranza che sboccia.

Quando però tutto fu pronto, ogni formalità compiuta e fissata perfino la data della cerimonia, Rosa La Rosa scomparve dalla circolazione. All'improvviso. Senza aver fatto trapelare anticipatamente alcuna incertezza, senza aver manifestato la benché minima inquietudine premonitrice.

«Erano i primi di agosto» rammenta Caracas con voce fredda e ostinata precisione. Ama ricostruire le vicende della sua vita senza ricorrere a scorciatoie di alcun genere. Controlla che nel trascrivere le sue parole io non ometta nulla, e se faccio ricorso a qualche abbreviazione o a qualche segno convenzionale di tipo stenografico me ne chiede immancabilmente il significato. «Erano i primi di agosto e faceva molto caldo. Avevamo deciso che subito dopo il matrimonio saremmo andati in vacanza: in Sicilia, su un'isola piccola e sperduta dove io ero già stato anni prima. In quei giorni lei dormiva dalla madre; io invece nella mia tana di scapolo.»

La sera prima le aveva dato appuntamento per l'indomani fuori dal suo ufficio, dopo l'orario di lavoro. Aspettò. In genere Rosa era una donna puntuale. Aspettò ancora, poi andò a casa della madre. Rosa non c'era. Era uscita al mattino presto. Si recò difilato in camera di lei e notò subito che mancavano lo zaino grande e svariati altri oggetti personali. La scoperta lo rassicurò: non le era accaduto nulla di irreparabile, significava che si era allontanata di sua volontà.

Ebbe un presentimento. Disse a se stesso: Rosa è scappata con l'"amico dell'amico".

Caracas e la madre di Rosa aspettarono tutta la notte. Quando fece giorno, più prostrato della vecchia, lui si decise finalmente a fare quella telefonata strategica che aveva rinviato sino a quel momento. E seppe la verità. Rosa era effettivamente partita assieme al suo ex amante. Un viaggio di vacanza e di droga.

***

Partì anche Caracas. Aveva rifiutato pochi giorni prima un'offerta di lavoro in Marocco (avrebbe dovuto fotografare a scopo pubblicitario una fabbrica di jeans, la Carrera). Riuscì appena in tempo a riacciuffare quel diniego e a trasformarlo in consenso.

Fu il suo primo contatto con il mondo islamico: ne restò affascinato. In quale altra parte del mondo avrebbe trovato gente capace di interrompere di colpo qualunque cosa stesse facendo per inginocchiarsi a pregare Dio? Un giorno lo condussero con un piccolo aereo in gita in un'oasi ai margini del Sahara: il deserto gli procurò emozioni simili a vertigini. Lo considerò subito il suo paesaggio d'elezione, quello nel quale meglio si rispecchiava una personalità come la sua. Di certo, quello che più si accordava al suo stato d'animo in quei giorni, fatto di vuoto e di sabbia.

Tornò a Napoli verso la fine di settembre.

Una mattina bussarono di buon'ora alla porta. Aprì. Era Rosa.

# Garibaldi, amico mio

Quando Caracas mi telefonò dandomi appuntamento alla Ferrovia per farmi conoscere l'ex contrabbandiere Mario Rizzo, non gli dissi di aver fatto, la notte prima, uno strano sogno e di aver trascorso l'intera mattinata sotto il suo influsso tenebroso. Avevo sognato che il mio vecchio amico Luigi, lo scrittore morto suicida con il tubo del gas in bocca, si era incontrato con lui, Caracas, chiacchierando a lungo e animatamente insieme, in mia presenza. Era sera ed eravamo tutti e tre davanti al portone di accesso della scala pubblica che porta a San Potito.

Come tutte le persone impressionabili ed emotive sogno spesso disordinatamente, intrecciando passato e presente, mescolando la vita come un mazzo di carte. Ci sono abituato. Quella volta però il sogno mi era rimasto angosciosamente incollato addosso soprattutto per un motivo: l'abito particolarmente trasandato di Luigi, i bottoni che mancavano alla giacca, i lembi consumati del colletto della camicia giallo coloniale, il velo di barba scura che ricopriva il suo volto, le unghie delle mani bordate di nero. Dio, che pena quell'uomo! Mentre Caracas appariva perfettamente acchittato dentro al suo bomber nero, il volto rasato, il cranio lucido.

Ma soltanto in parte il mio turbamento era dovuto all'evidenza quasi offensiva di quei dettagli. Avevo ascoltato il loro colloquio in silenzio, senza perdermi neppure una parola (ed era stato un colloquio molto animato, nient'affatto litigioso, ma certamente accalorato). Soltanto che non ricordavo più niente di ciò che s'erano detti. Niente di niente.

Quando Caracas mi telefonò, pur non facendo parola del sogno, gli ricordai il mio progetto (ne avevamo discusso in più occasioni) di compiere insieme un sopralluogo alla Scala di Luigi, tra via Pessina e San Potito. Va bene, disse Caracas, ne parliamo stasera. E io, non so perché, dopo quella promessa mi sentii infinitamente più tranquillo.

Ventiquattro anni di galera (entri ed esci). Prima ancora di farmelo conoscere Caracas me lo presentò così, con parole quasi di rimprovero: «E chi non conosce alla Ferrovia Mario Rizzo il contrabbandiere? La sua vita è un romanzo, ma di quelli tosti. Se cerchi il passato, oltre al presente, anzi se cerchi un anello tra passato e presente, devi parlare assolutamente con lui».

È un sessantenne piccolo, asciutto e nervoso che adesso gestisce un posto di ristoro ambulante: un camion-bar sfolgorante di luci al neon e di acciai inossidabili. Il camion prende posto ogni sera in piazza Garibaldi (lato Porta Nolana) intorno alle ventidue e va avanti fino all'alba, quando vengono tirate su le prime saracinesche dei luoghi di ristoro "fissi".

Caracas conosce Mario Rizzo, "luciano" purosangue, sin dai tempi in cui, ragazzo, frequentava l'Istituto d'Arte di piazzetta Salazar e i contrabbandieri del Pallonetto di Santa Lucia con i loro motoscafi blu, il loro coraggio e la loro vita spericolata costituivano una "leggenda" almeno pari alle svariate altre leggende e miti che popolavano la sua giovinezza. Dice che sarebbe stato lui stesso un contrabbandiere "coi fiocchi", solo che la vita gli avesse offerto un'occasione propizia.

Di preferenza, avrebbe fatto lo scafista: due collaboratori al fianco e lui al timone di una "bestia" con tre motori a bordo, capace di volare sul pelo dell'acqua, alla faccia dei guardia-finanza con i loro "maialini" lenti come tartarughe.

Effettivamente mi mancava, Mario Rizzo. Ammesso che io stia dicendo addio alla mia città natale sarebbe stato un insopportabile buco nero la sua assenza tra i miei appunti. E mi mancava la Ferrovia che sprofonda nella notte come dentro a un materasso di piume conferendole tutta intera la forma del suo corpo, del suo disagio, della sua violenza e dei suoi metabolismi. Di giorno, si sa, le carte si mescolano, la piazza si fa incrocio di vettori diversi, di transiti fortuiti. Di notte no: è se stessa e basta. Viverla di notte è mettersi alla prova. Tutto sta a vincere il primo momento di ripugnanza, a superare quel senso di estraneità che può investire anche chi ha vissuto qui tutta la propria giovinezza e non si riconosce, anche per questo, alcun diritto alla separatezza e alla diversità.

Il camion-bar di don Mario Rizzo risplendeva come un'astronave atterrata alla Ferrovia proveniente da un'altra galassia. Non si poteva dire che fosse molto intonato all'ambiente, ma d'altronde che cosa lo è? La Ferrovia mescola vecchio e nuovo, opulenza e miseria, modernità e arretratezza amalgamandoli in un tutt'uno che induce da sempre suggestioni d'illegalità, anzi di tracotanza camorristica (basti dare un'occhiata a certe vetrine tra piazza Garibaldi e piazza Principe Umberto: gioielli, capi di abbigliamento griffati e non so quanti altri oggetti sfarzosi per ricchi di ultima e ultimissima leva).

Ma anche se il camion aveva già sfoderato da tempo i suoi acciai tirati a specchio distribuendo pani, companatici e bibite ai clienti più o meno abituali, *lui* ancora non c'era. Serviva la clientela un suo collaboratore che ci invitò a pazientare: arriverà, sta per arrivare, è ancora a casa, al Pallonetto, ma uscirà a momenti, o forse è uscito, magari è già arrivato ai Quattro Palazzi...

Mezzanotte era passata da un pezzo e io, come mi succede sempre più spesso, mi sentivo di colpo demotivato, un uomo alla ricerca del nulla. Avevo fatto un sogno, e poi? Adesso Luigi non aveva più nessuna delle sue conturbanti evidenze, non parlava all'orecchio di nessuno, non aveva più nulla da dimostrare.

E io con lui.

Ero alla ricerca di prove a sostegno di una tesi inesistente. Quale tesi? Quale teorema? Il mio rebus non l'avrei risolto né con l'aiuto di Luigi, né con quello di Mario Rizzo, né con i ricordi della mia vita e tanto meno con il racconto della vita di un naziskin. Gli dissi: Caracas, perché non ce ne andiamo? Mi guardò stralunato. Ma sei pazzo? Sta per arrivare...

Alla mia età, insistetti, non si dovrebbe cercare più niente. E meno che mai si dovrebbe prestare ascolto a malinconie, rimpianti, risentimenti, rabbie, ma raccogliersi piuttosto nella propria protettiva indifferenza. Meglio ancora, nei propri rocciosi egoismi. Non devo forse io andarmene definitivamente da Napoli? Non devo forse staccare la spina una volta per tutte da questa metropoli che mi pesa addosso da sempre come fosse – lei, la metropoli, assieme a tutte le sue svogliatezze e oscurità – una mia responsabilità personale, una colpa, un rimorso?

***

È piccolo, don Mario, è dimesso, ossuto, con qualche bitorzolo: braccia e gambe, malamente avvitate al tronco minuto, sembrano sempre sul punto di staccarsi dal resto. Arrivò in automobile assieme alla moglie che si diresse subito al camion-bar per prendere servizio accanto all'aiutante. Lui si appartò con Caracas, parlottarono qualche istante, dopo di che mi fu concesso di farmi avanti.

L'uomo d'azione lo scopri da come presenta le sue credenziali: «Mio padre rubava, ma soltanto ai ricchi. Mia madre, buonanima, mise al mondo ventotto figli (quattordici ancora viventi) che hanno praticato tutti il contrabbando. Io, appena ho potuto, mi sono messo a fare l'imprenditore, sono sempre in azione con il mio camion-bar tra fiere, stadi, concerti di piazza e... la Ferrovia, che è il mio regolare lavoro by night. Io con la droga non mi sono mai voluto sporcare le mani. Lo sanno tutti. Mi fa schifo. Ho visto come riduce la gioventù e ho detto a me stesso: guai a te! Sa Iddio le proposte che ho ricevuto. Ho sempre risposto: ragazzi, non me ne fotte un cazzo che si possono fare soldi a palate. Come contrabbandiere ho guadagnato abbastanza, è il momento di mettersi a riposo».

A un certo punto ci incamminammo, anche perché non c'erano né sedie, né appoggi o rialzi appropriati. Ci incamminammo apparentemente a vuoto, io e Caracas ai lati e don Mario Rizzo in mezzo con il suo gesticolare rotondo, le mani che si alzavano volentieri al cielo, la sua parlata di quartiere che a tratti si faceva incomprensibile perfino per me. Rassomiglia vagamente all'attore americano di *Giungla d'asfalto*, un volto strano, brutto e intelligente: sulla fronte gli ricadono radi capelli grigi pettinati alla Bruto, quasi una frangetta. Camminavamo, e i passi cadenzavano il romanzo di una vita, rallentavano laddove il discorso si tendeva come un arco in prossimità di un evento rocambolesco (una fuga, un'imboscata, un arresto); acceleravano laddove la narrazione imboccava le scorciatoie della reticenza o anche del pudore, sentimento non proprio sconosciuto a questo contrabbandiere in pensione, pronto a offrire su un vassoio d'argento, al primo venuto, le proprie esperienze incluse le più scabrose: le proprie, e quelle dell'intero clan familiare.

«La svolta, quella vera, avvenne negli anni Ottanta» disse guardando negli occhi Caracas. Sussultai: conosceva anche lui la storia di Rosa La Rosa? «Fu allora che la droga spezzò le gambe a Napoli e stese sui vicoli un velo di morte.»

Ci fermammo sotto la statua di Garibaldi. Mario Rizzo mi disse che, quando vorrò, si metterà a mia disposizione per raccontarmi in maniera dettagliata tutta la sua vita, assieme all'intera epopea del Pallonetto (chi ha comprato due o tre taxi, chi ha aperto negozi, chi ha acquistato appartamenti, chi si è messo a fare "l'imprenditore", chi non ha saputo dire di no allo spaccio della droga...).

Ancora una volta provo una sensazione di levità. Qualcosa, come un fruscio del cuore, tenta di strapparmi da terra. Avverto il sonno della piazza come un grande risucchio: anche ai piedi di Garibaldi c'è gente che dorme, qualcuno addirittura russa rumorosamente.

Garibaldi, amico mio.

Il luogo mi pare quanto mai appropriato ai ricordi di Mario Rizzo, che parla soprattutto del padre, punto di riferimento costante di tutti i suoi ricordi tanto da farlo prorompere sulla scena quando meno te l'aspetti. Ventotto figli e trent'anni di galera: quasi un rebus algebrico-esistenziale dal quale riverberano comunque svariate altre cose: una concezione della vita? Un modo di sentire? Un'etica sociale e familiare?

E perché no? Il vecchio Rizzo, che non rubava ai poveri (ma ai ricchi sì, e come), era infatti un uomo molto severo, soprattutto con i figli, dai quali pretendeva (le rare volte in cui era a casa e non in galera) una disciplina ferrea: mani pulite a tavola, silenzio assoluto, gesti sobri, educati e soprattutto rispettosi nei confronti della madre. La grande "tavolata" di famiglia è una delle più belle cartoline tra quelle consegnate nelle mie mani dal piccolo testimone della Ferrovia, una cartolina ingiallita che sembra patinata addirittura di severità spartana. Anche se prudenza esige che io mi fidi delle sue parole soltanto fino a un certo punto.

Fin dove, esattamente? Di certo fin dove Mario Rizzo mostra di esecrare il traffico della droga, fino al punto in cui dice: «E a chi, se non a lui, a mio padre, io devo il mio odio per queste maledette polverine che stanno uccidendo Napoli, la stanno uccidendo in tutti i sensi?».

Forse, Caracas, la droga a Napoli fu fatta arrivare di proposito. Quale strumento migliore per tenere in pugno un territorio? Per destabilizzarlo oltre ogni limite? Per inchiodarlo al suo ruolo di "colonia" della guerra fredda e di terra di rapina da parte della razza padrona del Nord?

Vi sono certezze soggettive indimostrabili, o soltanto molto parzialmente dimostrabili. Le mie certezze soggettive sono tutte presenti qui, stanotte, ai piedi della statua di Garibaldi, e tessono fili a non finire. Caracas, amico mio, ma come te lo devo dire che Rosa La Rosa è una specie di vittima di guerra? Rosa La Rosa è Napoli. Bella e dannata alla stessa maniera. Rassegnati. Non pensarci più.

Sono circa le due del mattino quando stringo la mano a don Mario Rizzo e salto su un taxi che galleggia nella notte di piazza Garibaldi. Caracas resta in compagnia dell'ex contrabbandiere. Chissà che cosa avranno ancora da dirsi.

# Scala a San Potito

È un palazzo polveroso della Napoli senza tempo, un palazzo-artificio che non contiene case ma soltanto una scala che porta a una strada. Avevo detto a Caracas che la nostra sarebbe stata più che altro una spedizione "speleologica" al suo interno. «In realtà più sali lungo quelle rampe, più hai la sensazione di sprofondare in un abisso.»

Caracas non è un divoratore di libri, ma l'omonimo racconto di Incoronato lo aveva bevuto come un bicchiere d'acqua, e io volevo che mi parlasse delle sue impressioni stando all'interno stesso del libro, nella sua desolata scenografia (che del resto lui conosceva benissimo).

La Scala è situata di fronte alla Galleria Principe di Napoli, risalendo via Pessina in direzione di Capodimonte. È rimasta spaventosamente uguale a se stessa, cioè a com'era all'arrivo degli americani nel 1943.

*Quattro o cinque rampe di gradini bassi di pietra scura e l'aria di giugno a mezzanotte che stagna negli angoli umidi: sul terzo o quarto pianerottolo una gran porta chiusa lascia intravedere un buio polveroso, e forse una stanzaccia ab-*

*bandonata. Una grossa catena pende a difesa, chiusa da un lucchetto arrugginito. Il padrone deve esistere e certo se ne serve per qualche uso. Ma le scale salgono oltre...*

Comincia così *Scala a San Potito*, il libro forse più amaro e buio mai scritto su Napoli. Luigi Incoronato fu un mio grande amico: un Caracas in versione umanistica, un Caracas di sinistra, colto, e tuttavia disarmato e ingenuo quanto questo cinquantacinquenne che ho preso di recente a frequentare, anche perché i suoi modi, la sua storia mi riportano continuamente indietro nel tempo fino all'altro.

Quando per la prima volta (parecchio tempo fa) gli proposi il sopralluogo, Caracas diventò subito impaziente: la sua "somiglianza" con Luigi, a lungo andare, è diventata un nostro specialissimo gioco conversativo, una sfida dell'immaginazione che elettrizza entrambi e ci porta ad affacciarci di continuo sul ciglio di qualche abisso. Una volta gli dissi: forse tu sei effettivamente lui, reincarnatosi in un nazi per autopunizione. Comunque sei lui, e un giorno o l'altro te ne renderai conto in maniera così persuasiva da non voler essere più te stesso.

Mi guardò a lungo con un sorriso insieme affettuoso e beffardo. «Che fai?» disse. «Ci provi ancora a convertirmi? Ti servi addirittura dei morti?»

Non ricordo più come fu che associai per la prima volta il nome di Luigi a quello di Caracas: c'è nebbia dentro di me a questo riguardo. Accadde comunque molto presto, agli inizi della nostra amicizia, della quale anzi questa somiglianza, fondata o arbitraria che sia, fu una silenziosa propiziatrice.

Caracas era stato un nazi, e in parte lo restava tuttora, ma abbastanza anomalo e in disarmo per mettere in gioco le mie rigidità e il mio invincibile pregiudizio verso certe idee, certe pratiche e stili di vita. Tuttavia se non fosse scattata quella molla – insomma se il suo modo di essere al mondo non mi avesse evocato, a torto o a ragione, la figura di Luigi Incoronato, le sue ingenuità, i suoi entusiasmi, la sua purezza di cuore – dubito che il nostro rapporto avrebbe fatto tutta la strada che poi ha fatto, fino a diventare legame, affetto, e perfino, in qualche caso, complicità.

Né trovo poco naturale di non riuscire a ricordare la prima volta in cui i due personaggi si sono sovrapposti nella mia mente. Magari è bastata una parola, oppure un semplice sguardo. Caracas ha guardato davanti a sé qualcosa o qualcuno in un certo modo (ostile? affettuoso? ironico? meravigliato?) e questo è bastato a dare corpo a un'associazione che era di certo già latente dentro di me. Poi, come spesso accade, essa è cresciuta su se stessa, ha attecchito come certa semenza che non ha bisogno di essere innaffiata per esplodere in verzura rigogliosa e invasiva.

Quando si dice il vento in poppa: il vento delle coincidenze. Non essendo un uomo del tutto insensibile alle tentazioni dell'irrazionale non ho esitato a fare ricorso perfino a qualche loro affinità zodiacale per rifinire meglio la mia "suggestione". Né mi sono sottratto al piacere di dare significato a circostanze che forse non significano proprio niente, come per esempio il fatto di essere nati entrambi lontani dall'Italia: Caracas in Venezuela e Luigi in Canada, a Montreal, dove visse fino all'età di dieci anni. Oppure il domicilio dove il caso (il caso!) volle collocare Caracas e sua madre poco dopo il loro arrivo a Napoli: via San Potito, appena sopra la Scala che Caracas ha percorso giorno dopo giorno per anni, su e giù, incrociando a sua volta barboni che a quell'epoca continuavano a occuparla saltuariamente, non essendo stata ancora dotata di cancelli da sbarrare nottetempo come accade adesso.

Lo confesso: mi sono costruito la mia "suggestione" un po' alla volta, accumulando indizi destinati a comprovare non so bene che cosa, forse nulla, tranne l'oggettiva convergenza di due uomini ideologicamente distanti l'uno dall'altro anni luce, appartenenti a tempi e situazioni radicalmente diversi, e nondimeno sovrapponibili per via di una loro chimica interiore che fa di entrambi due singolari casi di prossimità, anzi di ossessiva comunione con gli ultimi della terra.

Metto le carte in tavola, in maniera ancora più puntuale di quanto abbia fatto sinora. Io ho nutrito un affetto sincero – posso dire amore? – per Luigi Incoronato. Siamo stati molto legati, almeno fino a quando io emigrai, nel 1957, smanioso di lasciarmi Napoli – tutta Napoli – alle spalle. Eppure non ci perdemmo subito di vista. Era un uomo di generosità smisurata. Si sentiva responsabile di tutto il male del mondo; sognava la redenzione dell'umanità, come del resto la sognavamo un po' tutti, a quell'epoca, dico subito dopo la fine dell'ultimo conflitto mondiale e fino a metà del decennio successivo (alludo al pestifero 1956, i carri armati sovietici in Ungheria e tutti noi attoniti di fronte alle grandi macerie dei troppi sogni coltivati).

Come avrei potuto non amare un uomo come lui?

Quando lo conobbi aveva pubblicato da poco *Scala a San Potito*, un bel libro color giallo zucca edito da Mondadori. Nel risvolto di copertina si leggevano queste parole: "Spinto da un impulso le cui ragioni restano enigmatiche, un uomo, un umile piccolo borghese dalla vita solitaria, frequenta, nella Napoli del dopoguerra, un sordido albergo dei poveri...".

Ma chi è in realtà questo personaggio che d'abitudine si aggira, piccolo borghese solitario, in un luogo così infimo?

*L'uomo patito che viveva sulla Scala a San Potito*
*come nella tenda ospitale*
*della sua angoscia individuale*
*eri tu.*
*Ma tu non fosti un piccolo borghese soltanto*
*dagli impulsi enigmatici*
*eri un tenero rivoluzionario*
*della povera sezione Vasto...*

Questo è il ritratto che Luigi Compagnone compone per un volumetto-ricordo dedicato, in compagnia di altri scrittori napoletani, a Incoronato alcuni anni dopo la sua morte. Una morte annunciata, anzi ossessivamente voluta, ragionata, desiderata, come poi mi racconterà lo stesso Compagnone a casa sua una domenica sera del 1993, per l'esattezza quella del 24 ottobre. Chi la dimenticherà più?

La pubblicazione di *Scala a San Potito* non passò inosservata, anche se nessuno gridò al miracolo. Tutti registrarono comunque, sia pure con ineguale soddisfazione, che il Sud delle *belle lettere* si era arricchito di una nuova "voce": rauca forse, scabra, oppressa da un eccesso di pessimismo, venata da una malinconia quasi caratteriale. Comunque, una "voce".

Il successo non lo cambiò di una virgola: non perdette né la sua semplicità trasandata né la sua flemma. Era un uomo infiammato da mille passioni. Indossava giacche lise e abbondanti con tasche sempre gonfie di fogli ripiegati due, quattro, otto volte, ma senza ordine, quasi appallottolati, oppure di ritagli di giornali, di mozziconi di matite, di caramelle di cui faceva un grande consumo e che offriva prodigalmente a tutti. I foglietti, sporchi, tormentati e ricoperti da una scrittura fitta, contenevano racconti, pensieri, versi che lui leggeva volentieri all'amico – agli amici – ma non tanto per sollecitarne il consenso quanto per "appiccare un fuoco" (parole sue). Voleva discutere. Di tutto con tutti. Ma soprattutto di letteratura e di politica. E di Napoli, la città dove non era nato, di cui parlava a stento un po' di dialetto e in cui non aveva ascendenti, ma che gli era entrata nel sangue come una di quelle malattie che ti prendono e non ti lasciano più.

C'era arrivato anzi piuttosto tardi, dopo aver compiuto gli studi classici a Palermo e parte dell'università alla Normale di Pisa, allievo del grande critico letterario Luigi Russo. «La mia Italia, in principio, fu quella molto ristretta di mio padre, molisano originario di Ururi, in provincia di Campobasso, antico centro angioino popolato verso la metà del XV secolo da profughi albanesi. Ma l'orizzonte fece presto ad allargarsi...» mi spiegò una volta lui stesso.

Quanto a Napoli, non ci mise molto a conquistarlo: la piovra, si sa, ha tentacoli irresistibili, una grande smania di possesso che non consente a nessuno di conservare troppo a lungo una propria separata etnia. Il suo gioco preferito è quello di spossessarti della tua diversità, se ne hai una.

E infatti il suo primo libro, *Scala a San Potito*, sarà né più né meno che una intensa dichiarazione d'amore alla città, rappresentata tuttavia come un luogo senza luce né speranza, un luogo attraversato da tanti Lazzari piagati. Il libro dice: io amo soltanto gli ultimi della terra. E bacio le loro ferite.

Più Caracas di così!

Si innamorò perfino di una specie di Rosa La Rosa: anzi di una donna-catastrofe molto peggio di Rosa La Rosa, che per tutta la vita egli sognò di redimere senza rendersi conto che si trattava di una poco di buono che gli mentiva spudoratamente raccontandogli, al solo scopo di spillargli denaro, immaginarie vicende di sofferenza vissute sin da quando era bambina.

«Ma quali vicende? Quali sofferenze?» mi chiede Caracas mentre camminiamo alla volta di via Pessina, in direzione della Scala.

«Per esempio di essere stata stuprata dal padre.»

«E non era vero?»

«No.»

«E poi?»

«Di essere stata internata dai tedeschi nel campo di Dachau in quanto ebrea.»

«E invece?»

«Non era ebrea e non era stata internata a Dachau. Come non era vero che avesse due figli lontano, al Nord, cui provvedere, né che ogni tanto restasse incinta di lui, Luigi, per cui doveva sottoporsi a costose pratiche abortive. Insomma, non una sola parola di quel che gli raccontava quotidianamente corrispondeva a verità. Era una specie di zingara, una profuga istriana con la menzogna nel sangue, capace di un guizzo di sincerità soltanto per dire che la vita era stata molto poco generosa nei suoi confronti. Il resto erano tutte balle, frottole inventate talvolta senza una ragione precisa, al solo scopo di fargli credere l'inverosimile. Di farlo soffrire. Di annichilirlo, ben cosciente che Luigi, di fronte a qualunque rappresentazione del male, tendeva a piegarsi in due come sotto il peso di una propria insopportabile responsabilità.»

«Ma tu come fai a sapere tutto questo?»

«Lo so perché un commissario di pubblica sicurezza, amico di Compagnone, si prese la briga di indagare. Luigi Compagnone e Luigi Incoronato erano grandi amici, non c'era segreto reciproco che non si raccontassero. Così un giorno Compagnone, che da tempo sospettava della donna, decise di vederci finalmente chiaro investendo della faccenda il poliziotto.»

«All'insaputa di Incoronato?»

«Sì, certo, all'insaputa di Incoronato. Fu poi Compagnone a spiegare all'amico, un po' alla volta e con il dovuto garbo, chi era effettivamente colei alla quale si era legato.»

Caracas si ferma di colpo costringendo anche me a fare altrettanto. Siamo a cinque passi dalla Scala. «Se ho capito bene» dice, «Incoronato si ammazzò il giorno in cui si rese conto, in maniera ormai non più dubitabile, di essere rimasto vittima di un immenso raggiro.»

La drastica conclusione di Caracas non mi piace: l'avverto subito stonata pur se apparentemente plausibile.

«Un momento» replico. «Detta così la storia secondo me non funziona. Incoronato, di grandi amori, ne ebbe parecchi.»

«Alludi alla politica?»

«Certo, alla politica. Ma non soltanto.»

«E poi?»

«Alla letteratura.»

«Insomma una delusione si sommò all'altra?»

«Quando si compiono certi passi è sempre la trama

che conta. È il tessuto dentro al quale ti senti avvolto: si potrebbe dire la percezione di un destino.»

Vorrei spiegare a Caracas molto più a fondo e in maniera ben più penetrante la personalità di Luigi, la sua vicenda umana e le ragioni che mi spingono adesso a rinverdirne il ricordo. Ma è difficile dar corso a pensieri non tutti ben definiti, a pensieri che quasi non sono pensieri e neppure sentimenti veri e propri, ma ombre, vertigini, sensazioni fragili e fugaci. È che io vedo riflesso in Caracas un personaggio della mia giovinezza del tutto diverso da lui, e però con il suo stesso candore, il suo stesso dolore, il suo stesso afflato per il genere umano. E mi chiedo se per caso non si tratti del medesimo uomo che muore e risorge senza posa; del medesimo invincibile sentire che torna imperterrito a reincarnarsi dopo ogni sconfitta. Può essere insomma che "la passione per l'altro", come i suoi simmetrici contrari, l'egoismo e la nequizia, siano forme costitutive e originarie del vivente umano? Lo stesso mito di Caino e Abele sembra del resto alludere a una sorta di ontologia dei sentimenti. A una loro inquietante autonomia ed eternità.

***

Ci siamo. Ecco il portone della Scala, ed ecco le rampe, i pianerottoli e il lerciume che sembra pietrificato, oltre la balaustra a ringhiera, nel canaletto che corre alla sua base. Non c'è nessuno al di là della soglia; la città, spazzata da un vento caldo, appare improvvisamente rilassata, nascosta.

Mi metto a contare i gradini della prima rampa: sono diciotto, bassi, in pietra lavica e perciò di colore scuro, quasi neri. La diresti una scalinata comune di un comune palazzo. Invece no. È una scala che connette due diversi piani stradali, un "su" e un "giù" costituiti da via Salvatore Tommasi, già via San Potito, e via Pessina, che da piazza Dante comincia a scalare la collina di Capodimonte. Il dislivello è di circa una ventina di metri, quattro piani.

È avvolta da una penombra grigia che pare una crosta appiccicata stabilmente ai muri e alle cose, una pelle malinconica che sa di antico, anzi di passato, e mette addosso una grande voglia di ricordi (visitai per la prima volta la Scala poco dopo l'uscita del libro, in compagnia dello stesso Luigi).

Caracas segue ogni mia mossa con critico distacco. Ha l'aria di chiedersi: ma dove vuole andare a parare costui?

Già: dove voglio andare a parare? Mi rendo conto che la mia aria di geometra che conta gradini e misura pianerottoli (due metri e dieci di profondità per cinque di lunghezza) può apparire, e legittimamente, una inutile bizzarria.

Rassicuro Caracas: «Fidati! Qualcosa sta per succedere».

Il mio nazi non risponde: si limita a guardarmi con i suoi occhi a palla da sotto in su, con un'espressione che vuole sembrare canzonatoria ma è soltanto di sorpresa. Gli succede sempre più di frequente, come se avesse cominciato a temermi, a diffidare della mia stabilità psicologica.

In fondo al pianerottolo c'è una porta di ferro, sprangata, sormontata da una presa d'aria a forma di mezzaluna ricoperta da una rete metallica arrugginita. Parte da lì la seconda rampa di scale attraverso la quale si accede al secondo pianerottolo. In tutto, i ballatoi sono quattro, per complessivi quarantadue metri quadrati che tra la seconda metà degli anni Quaranta e la prima metà degli anni Cinquanta ospitarono, soprattutto d'inverno, folle di derelitti ammucchiati uno sull'altro, gente senza casa, senza lavoro, senza denaro, senza speranze, senza niente. L'io narrante del libro di Incoronato non fa parte di questo universo, ma da questo universo è irresistibilmente attratto per ragioni che in certo senso restano misteriose a lui stesso.

Una sera Luigi (che l'io narrante di *Scala a San Potito* sia lo stesso autore del libro il lettore lo capisce subito, anche se si tratta di un "io" pudicamente vago, ben mascherato), dopo aver assistito a un film in una sala nei pressi di via Pessina, decide di compiere un sopralluogo al suo ospizio prediletto. Ci manca da mesi, da quando è scomparso Giovanni al quale si era legato da un forte vincolo di amicizia.

*Sono uscito da poco dal cinema Bellini e non intendevo venire qui. Vi mancavo da alcuni mesi. Se non si riprende subito contatto con gli oggetti, la stanza, tutto ciò che apparteneva alla persona cara che è morta, si rischia di non liberarsi più da un senso di sgomento e di timore. Da quando il mio amico Giovanni aveva finito di vivere, alcuni mesi fa, non m'ero mai più sentito l'animo di rivedere le scale.*

Siamo al terzo pianerottolo. Caracas si è seduto su un gradino: mi guarda con il mento appoggiato nel palmo di una mano. Ha anche lui i suoi ricordi. Quando abitava in via San Potito, poco dopo l'arrivo a Napoli dal Venezuela, e percorreva quotidianamente la scala, incontrava sempre una mendicante di età indefinibile che diceva a tutti con aria minacciosa: «Buona giornata, signò».

Aveva una faccia dura e spigolosa con gli occhi che

sembravano farsi ancora più cattivi incrociando quelli del passante. Cattivi e ammonitori: attento a te, non sfidare la mia ira, tu non puoi neanche immaginare io di che cosa sia capace... Caracas le regalava puntualmente una monetina. «Ero un ragazzo, e quella donna era diventata per me quasi un incubo...»

Sorrido. Dico che quella mendicante sarebbe stata a pennello nel libro di Incoronato. Lo stesso Caracas, del resto, non ci avrebbe sfigurato. «E tu? Ci avresti sfigurato, tu?» replica Caracas risentito. Non gli è piaciuta la mia osservazione, l'ha presa come un dileggio.

«Io?»

Sto per rispondergli qualcosa quando la scala rimbomba a causa di un gran tuono. Allora Caracas si mette a ridacchiare: «Ci mancava solo il temporale». Vuole sottintendere che ora la situazione è perfetta. Funestamente perfetta.

Minacciava pioggia già ieri (ora è pomeriggio, sono le quindici, forse le quindici e trenta). Quando mi sono svegliato, stamattina, il cielo aveva tutte le sfumature possibili del grigio, come soltanto qui può succedere quando le nuvole, ammassandosi una sull'altra, sfoggiano audaci impasti di smeraldo, biacca, blu di Prussia, con qualche vena di violetto se non addirittura di geranio, qua e là, e truffaldine lame di luce cilestrina. Si potrebbe dire che Napoli è una città che ama soprattutto i grigi, e non soltanto perché li coltivi nel cielo e li pratichi negli intonaci dei palazzi, ma anche dentro di sé, nei propri pensieri più nascosti.

La luce diurna si è abbassata di colpo. Una penombra umida mi ha quasi rubato alla vista Caracas, che comunque continua a starsene seduto ai margini della rampa che scende dal terzo al secondo pianerottolo.

Dall'alto ci raggiunge il rumore della pioggia che cade a scrosci violenti con folate di vento che penetrano nella Scala e la percorrono lambendo anche noi.

Per un breve momento sono incerto se continuare o no nel mio esperimento e Caracas, che sembra leggermi negli occhi, mi osserva in posizione di puntamento, pronto ad assecondarmi al minimo cenno o parola.

Amico mio, ormai siamo inchiodati qui, che senso avrebbe interrompere il nostro gioco? (Con lui spesso non è necessario parlare: basta formularlo nella propria mente, il pensiero, e Caracas lo coglie al volo.)

C'è poca luce e faccio fatica a leggere.

Ricapitolo a beneficio di entrambi come stanno esattamente le cose dopo le prime pagine di *Scala a San Potito*. Una volta introdotto l'argomento, Incoronato volge lo sguardo al passato, rievocando un suo incontro notturno con l'amico del cuore. È andato a prelevare Giovanni proprio lì, sul terzo pianerottolo.

*Lo osservavo mentre procedeva al mio fianco. Il volto era pallido, forse per il freddo forse per la fame.*

*«Da quanto tempo non hai più un lavoro fisso?»*

*Fece un gesto.*

*«E non sarà facile per ora.»*

*«Lo so» disse con tono duro.*

*«Può darsi che la situazione migliori.»*

*Scosse le spalle. Non riuscivo a trovare un argomento che lo facesse discutere. Né capisco ancora se fosse taciturno per natura o s'imponesse d'essere tale con me. Ma certo non era timidezza. Non mostrava alcun particolare riguardo quando eravamo insieme. Talvolta avevo perfino sorpreso in lui un senso di fastidio, quasi che la mia compagnia gli riuscisse sgradita. Tutto ciò a tratti mi disarma-*

*va. Non mi rendevo conto io medesimo della mia insistenza nel voler divenire suo confidente.*

*Eravamo a piazza Dante, un filobus notturno stazionava al capolinea.*

*«Tu devi prendere questo, è vero?» disse improvvisamente.*

*«Sì.»*

*«Bene. Sali.»*

*«Ma vengo fino alle Scale.»*

*«L'altro parte tra un'ora.»*

*«Già... forse è meglio che lo prendo.»*

*Gli tesi la mano.*

*«Buona notte.»*

*«Ascolta...»*

*«Cosa?...»*

*«Se mi capita di poter fare qualcosa per te, che ne dici?»*

*Mi guardò un istante negli occhi.*

*«Grazie» e andò via.*

Fuori continua a piovere e di luce ce n'è sempre meno. Dico a Caracas che siamo arrivati al nostro capolinea, alla tappa conclusiva del nostro viaggio. Capisci, Caracas? Ora noi daremo vita a una recita, come fossimo in teatro o un regista ci riprendesse con la sua macchina da presa. Non ti eccita tutto questo?

Non riesce neppure a scuotere la testa in segno di diniego. Mi guarda e basta.

«Caracas» dico, «non dimenticare che Luigi fu un mio grande amico e che la sua fine mi pesa ancora dentro con tutto il carico dei suoi non decifrati interrogativi.»

Si alza e mi viene accanto. Ormai siamo davvero come due attori su un palcoscenico: attori e pubblico nello stesso tempo. La penombra mi pesa sempre di più addosso, come quella frase di Incoronato che ripeto un po' ossessivamente: *Se mi capita di poter fare qualcosa per te, che ne dici?*

«Caracas, se mi capita di poter fare qualcosa per te, che ne dici?»

Mi guarda stralunato.

Penso al peso di quelle parole: una tonnellata.

«Ma di che cosa stai parlando?»

«Cristo, di quella frase, di quella povera timida battuta, Caracas.»

Annuisce, ma non so se ha capito davvero quello che voglio dire. Del resto, non è molto chiaro neppure a me. Tutto quello che so è che in quelle parole a me pare riconoscere tutta intera la mia giovinezza, assieme a quella di Incoronato e non so di quanta altra gente che, come noi, considerava il prossimo suo, la società, non semplici astrazioni concettuali ma insiemi di persone vere, in carne e ossa.

Prometto a Caracas una conclusione rapida della nostra recita. Lo lusingo con parole gentili e affettuose: sei un vero amico, Caracas, un altro al posto tuo mi avrebbe già mandato a quel paese mentre tu sei paziente, sopporti con mitezza e simpatia le mie stravaganze... «Ti ricordi per caso di zio Gennarino?»

Scuote la testa.

Gli rammento l'imperturbabile vecchietto del quarto capitolo di *Scala a San Potito*. Un giorno zio Gennarino incrocia per caso Incoronato (l'io narrante, insomma). Chiedo a Caracas di leggere insieme a me. Io faccio la parte di zio Gennarino e lui quella di Incoronato.

IO: *«Signorino, io non sono curioso. Ma una cosa, me la potete dire?».*

CARACAS: *«E perché no?».*

IO: *«Dico, voi sono quattro cinque sere che venite qua dentro...».*

CARACAS: *«Ebbene?».*

IO: *«Come, ebbene? Che ci venite a fare?».*

A questo punto il dialogo tra zio Gennarino e Incoronato si interrompe brevemente. Lo scrittore confessa il proprio imbarazzo, ma zio Gennarino subito lo incalza.

IO: *«Non per male, signorino, non per male. Ma io sono vecchio e certe cose le vedo. Voi siete giovane e tenete salute e professione».*

CARACAS: *«Ebbene?».*

IO: *«Qua, in mezzo a noi, che cercate?».*

CARACAS: *«Io?...».*

IO: *«Sentite a me, campate felice. Questi sono guai. Che le consumate a fare tante sere qua dentro?».*

Scruto a lungo il mio amico negli occhi. Caracas allora scoppia a ridere ma in realtà è incazzato. «Mica hai armato un simile casino soltanto per chiedere anche a me questa stupidaggine? Io frequento la Ferrovia perché mi piace.»

«Certo che ti piace.»

«E perché sono un fanatico. Ma di quelli veri, consapevole e felice di essere un fanatico.»

«Certo che sei un fanatico.»

Cominciamo a salire le scale in direzione del quarto e ultimo pianerottolo. Mi sento profondamente infelice. Incompreso. Dico: «Fanatico lo sono stato anch'io. E lo è stato Incoronato. Anzi lui molto più di me. Pensa, Caracas, volevamo cambiare il mondo. Sognavamo di redimerlo, di cambiare la stessa natura dell'uomo nella convinzione che la cultura domina la natura e non viceversa come si tende a credere oggi».

Mi fermo e Caracas fa altrettanto appoggiandosi alla balaustra della scala, due gradini più su di me, fissandomi con il suo inconfondibile sguardo proteso, esorbitante, di quando ascolta carico di tensione e di attesa.

«Vuoi sapere che cosa facevamo? Come cercavamo di edificarla, la nostra utopia? Oggi nessuno ne parla più, ma per anni essa ha tenuto il mondo in pugno, ha inquietato e fatto sognare milioni di uomini, sconvolgendone spesso, e definitivamente, l'esistenza. Certo, anche qui a Napoli. Sai che cosa facevamo, non dico tutti i giorni ma spessissimo, due, tre volte a settimana? Andavamo nei vicoli più bui a predicare. Anzi no, non a predicare ma a portare la speranza. La speranza nel vicolo! Non era mai successo. Dicevamo alla gente, al disoccupato, alla madre di sette figli, al ragazzo analfabeta: guardate, gente, che voi siete degli esseri umani con gli stessi diritti e gli stessi doveri di tutti gli altri; guardate che nessuno può umiliarvi o approfittarsi di voi; guardate che voi contate parecchio, anche se vi pare di non contare niente e conterete sempre di più se sarete capaci di agire uniti, di fare corpo unico, di legarvi l'uno all'altro...»

Non ho vergogna a confessarlo: più parlo e mi faccio trascinare dai ricordi più mi commuovo, nient'affatto a disagio per gli occhi di Caracas che mi sono accanitamente addosso, indagatori ma non ostili. Mi guarda dall'alto dei suoi due o tre gradini di vantaggio, concentrato nello sforzo di rappresentarsi con precisione il mondo che gli vado descrivendo, la Napoli di quando avevo vent'anni o poco più con quel partito-passione (la passione del comunismo) che organizzava ogni settimana le nostre spedizioni di piccoli propagandisti della speranza nei vicoli, in periferia, nelle fabbriche, in provincia, ovunque insomma fosse possibile far mettere radici alla pianta della democrazia appena ritrovata.

«Fu un grande partito, Caracas, lascia che te lo dica una persona che lo ha criticato aspramente. Un partito dal fascino travolgente che riuscì a essere nello stesso tempo straordinario e meschino, geniale e stupido, creativo e burocratico, totalitario e assetato di pluralismo. Che cosa non facemmo, allora, soprattutto noi giovani, per amore della democrazia e della città in cui eravamo nati. La rivoltammo da cima a fondo come un vecchio cappotto promuovendo coscienza, accendendo entusiasmi, suscitando orgoglio. Oggi nessuno parla più di tutto questo. Perfino il vecchio archivio dell'ex federazione in cui fu annotato ogni evento, ogni riunione, ogni fatica, ogni iniziativa, giace negletto in uno scantinato di periferia come se tutti avessero paura di quelle carte, di quei documenti.»

***

Raggiungiamo il quarto pianerottolo. Non piove più; le nuvole si sono allargate formando una specie di grande occhio azzurro; hanno un'aria sconfitta, rassegnata. Davanti all'ingresso della scala, in via Tommasi una volta San Potito, c'è un modesto cumulo di rifiuti e in cima al mucchio un crocifisso metallico come quelli che si vedono appesi nelle aule scolastiche. Caracas lo raccoglie, lo osserva a lungo, infine se lo mette con gesto possessivo sotto un'ascella.

Gli risparmio per amicizia ogni ironia. Del resto anche per l'Islam Gesù Cristo, se non è figlio di Dio, è comunque una persona estremamente rispettabile. Anzi, un Profeta.

# Il signor Odionapoli

Via via che passano i giorni e accumulo appunti su appunti tra sobbalzi vari, lunghe pause e subitanee riprese (quasi il diario di una nevrosi), mi sembra di scorgere in maniera sempre più chiara dentro di me le linee di un disegno che si compie, di una trama alla quale io non posso fare altro che corrispondere al di là della mia stessa volontà.

Che io abbia intrapreso un viaggio nel passato è ormai fuori dubbio. Com'è fuori dubbio che tale viaggio sottenda una domanda sul futuro: al suo culmine che cosa accadrà? Ma si tratta di un futuro soltanto apparentemente sfocato, aperto a soluzioni contrapposte, perché quando mi capita di ascoltare il mio cuore io so quello che voglio, o meglio che cosa mi aspetta. Si dice che quando l'uomo comincia a invecchiare cerca il conforto delle proprie radici. E se invece per me fosse vero il contrario? Se l'oscuro oggetto del mio desiderio fosse una radicale, nichilistica solitudine?

Giorni fa ho intrattenuto a lungo Caracas su quello che sta diventando uno dei miei temi favoriti: il fascino dell'estraneità, il piacere della non appartenenza, della condizione di straniero, anzi di uomo senza alcuna patria.

«Mi inviti a nozze!», ha esclamato Caracas. E ha aggiunto: «Prendi me: Sono nato in Venezuela. Ho imparato l'italiano a sedici anni. Vivo a Napoli che percepisco come una specie di matrigna. Mi sono fatto musulmano e sogno di andare a vivere ai margini di un deserto. Più straniero di così?».

(Sul tema dell'esilio leggerò in seguito, molto più tardi, un passo mirabile di un mio autore di riferimento, Franco Rella, di quelli che si leggono la sera prima di addormentarsi – tutte le sere, o quasi – come per dare un orientamento ai propri sogni. Scrive Rella in *Micrologie*, riferendosi a un breve "apologo" di Kafka: "Il protagonista è legato alla terra da una catena che gli impedisce di ascendere al cielo, ed è legato al cielo da una catena che gli impedisce di stare a terra, e dunque 'se vuole scendere sulla terra lo strozza il collare del cielo, se vuole salire al cielo quello della terra'. Né qui né là, né in cielo né in terra". Questa metafora dell'esilio, commenta Rella, si fa di conseguenza "condizione per così dire ontologica, una modalità dell'essere".

L'esilio come destino ineludibile, insomma.)

***

Ero un ragazzo molto timido con la testa piena di idee universali: il confidente perfetto per un tipo come Incoronato.

Con Caracas sono andato a lungo alla ricerca del luogo, fetido e umido, nel quale ci conoscemmo, sottoscala di uno stabile dalle parti di Sant'Anna alle Paludi, o forse in una strada di cui ricordo soltanto il soprannome,

Rettifilo dei poveri (soprannome che, italianizzato, perde completamente il suo originario timbro beffardo).

Eravamo nei primissimi anni Cinquanta – non so dire esattamente quando – ed ero stato spedito lì per parlare di pace nel mondo, di socialismo, di rinascita del Mezzogiorno, di disoccupati e non so di quanti altri argomenti destinati a portare luce nelle coscienze. Ero piuttosto intimidito perché mio padre possedeva non lontano da quel luogo, esattamente in piazza Mercato, un fiorente commercio di colori e vernici e io temevo di essere riconosciuto e considerato ingiustamente un semplice comunista da vetrina.

Infatti fui riconosciuto. Da un anziano operaio che pretese di parlare a lungo ai presenti di mio padre (parole di elogio, beninteso), con il risultato che io cominciai a balbettare, come mi capita sempre quando mi emoziono, e non la smisi più per tutta la sera. Ma anche balbettando non mancai di portare il mio messaggio di incitamento: vicolo, svegliati; vicolo, ricordati dei tuoi diritti; impara a riconoscere i tuoi veri amici, a rispettare le leggi, a denunciare i disonesti, a essere solidale con chi lotta per i propri diritti... Che passione la democrazia!

C'erano in tutto un quindicina di persone, e in mezzo a loro un giovane tarchiato, molto robusto, vestito con una giacca ridicolmente piccola per la sua corporatura. Non aprì bocca per tutta la durata della riunione, soltanto alla fine mi si presentò con un sorriso serafico sulle labbra. Disse: «Conosco anch'io tuo padre, anzi ogni tanto vado a trovarlo...».

Aveva pubblicato da non molto tempo *Scala a San Potito*. «Luigi lo scrittore?»

«Luigi e basta» replicò.

Diventammo intimi di colpo: come lo si diventa a quell'età, tanto più se si hanno in comune interi mondi, galassie, costellazioni. L'amicizia a volte ha più impeto dell'amore, sa essere più violenta e rapinosa proprio perché mette in gioco l'intelligenza, o meglio quello che di più vitale e ultimo ciascuno pensa di possedere in fondo a se stesso.

Camminammo senza smettere per tutta la notte, credo fino alle tre del mattino, percorrendo in lungo e in largo il nostro quartiere, la pacifica Ferrovia di allora (anche Luigi abitava da quelle parti, non lontano dalla vecchia sezione Vicaria che all'epoca occupava un appartamento di fronte al cinema Excelsior). Ciascuno scavò dentro se stesso fino allo spasimo, raschiando impietosamente ogni fondo (anche questo raschiare fa parte dell'amicizia, che non conosce il pudore dei sentimenti tanto quanto l'amore non conosce il pudore dei corpi).

Mi raccontò di essere stato ufficiale di complemento prima sul fronte francese e poi su quello greco-albanese. Era stato ferito gravemente a un braccio: lo angosciava il pensiero di aver potuto ammazzare qualcuno nel corso di una delle tante battaglie alle quali aveva preso parte. Chi poteva dire infatti che non si fosse inconsapevolmente macchiato del più atroce delitto che si possa commettere? Lui non aveva mai sparato ad altezza d'uomo, in nessuna circostanza: sempre e soltanto in aria, ostinatamente in aria. Tuttavia...

Mi parlò dello scontro a fuoco durante il quale fu ferito. Aveva sparato alto anche allora. A ogni colpo aveva alzato un po' più la mira. Ma più l'alzava, più puntava la canna dell'arma al cielo, tanto più prendeva forma dentro di lui la sua domanda-ossessione: sto uccidendo qualcuno? ho già ucciso qualcuno? prima o poi ucciderò qualcuno?

Né lo placò la vista del proprio sangue. Scoppiò in

lacrime: pensò che fosse il sangue di un altro provocato da lui.

Il suo dolore non sapeva affatto di recita: la sua sincerità, la sua affezione per gli altri, la sua natura appassionata mi parve quasi di sfiorarle con la punta delle dita, "oggetti" palpabili, concreti, addirittura ruvidi.

Ma forse allora eravamo tutti migliori di adesso. Magari ci fossero oggi i "propagandisti della speranza" che assediavano i vicoli di Napoli a quel tempo. Eravamo in tanti ad assomigliare a Incoronato – o forse soltanto a volergli assomigliare – convinti di essere nati con la missione di redimere il mondo, di raddrizzare ingiustizie e soprusi.

Mi inquieta da tempo l'idea che il genere umano abbia cominciato a regredire vistosamente dal punto di vista etico e della dignità personale. Di sicuro, Napoli imbarbarisce a vista d'occhio. Ho mostrato di recente a Caracas un documento d'epoca che conservo tra le mie carte e che risale al Natale del 1946. Vi si leggono le seguenti parole.

*A Napoli, nel complesso, la delinquenza giovanile ha sempre avuto un carattere, diremmo, ingenuamente avventuroso: comprendeva in massima parte quegli espedienti e risorse che finivano per portare banalmente nelle maglie del codice penale. Prima della guerra oltre la metà delle imputazioni presso il Tribunale dei Minorenni di Napoli (...) era dovuto esclusivamente al piccolo furto. Assenti quasi del tutto, o limitati a casi eccezionali, i delitti di sangue, di rapina, di prostituzione. È doveroso dire che un esame sommario delle stesse statistiche per gli anni dal 1943 al 1946 non sposta eccessivamente il valore della percentuale su riferita...*

La gioventù non uccideva. Erano gli anni '43, '44, '45, '46, e non uccideva. Capisci, Caracas, che cosa voglio dire?

No, Caracas non capisce. Devo spiegargli con calma il mio pensiero. Allora, per le strade di Napoli vagavano, al bando della vita civile, circa cinquantamila giovani e giovanissimi: una cifra da brivido. Si trascinavano come cani randagi da un capo all'altro della città, ma non uccidevano. Presso il solo Centro di rieducazione di minorenni annesso all'Albergo dei Poveri, a metà del 1946, giacevano più di diecimila domande di ricovero per "ragazzi traviati" senza alcuna prospettiva di accoglimento dato che i mille posti disponibili erano già tutti occupati da tempo. E tuttavia i delitti di sangue erano così rari da non fare statistica...

***

Tornai a Napoli dalla Toscana assieme alla mia famiglia proprio quell'anno: per la verità tornammo a scaglioni, tra il '46 e il '47: si può dire che le macerie della guerra fossero ancora fumanti. Tra l'ottobre del 1940 e il maggio del 1944 Napoli aveva subito centoventi incursioni aeree che avevano distrutto quarantacinquemila vani, con il risultato di trasformare in delirio collettivo il problema della casa.

Tornammo per la verità non tutti con lo stesso entusiasmo, con la stessa impazienza di reinserirci nel "borgo natio". Ricordo che la più infervorata era mia madre, la "Scugnizza", come la chiamava ogni tanto mio padre quando voleva, con affetto screziato d'ironia, denunciarne qualche alzata d'ingegno o anche qualche semplice espressione verbale di stampo troppo intensamente – passionalmente – partenopeo: un'esclamazione, una protesta, un'invocazione, un'accusa, un rimprovero, un rimpianto. Avevano fatto un matrimonio di "convenienza", ed era diventato un matrimonio d'amore. Allora succedeva spesso. Del resto la "Scugnizza" era stata ai suoi tempi una gran bella donna, con svariati pretendenti che però la vita si era incaricata di eliminare quasi come se avesse voluto di proposito spianare la strada a mio padre. Che infine arrivò, con un certo ritardo, ma arrivò.

A Napoli il partito comunista lo trovai ancora prima di cercarlo: il giorno stesso in cui mi presentai all'università. Presi parte a una riunione di cellula senza sapere io stesso come, e qualche giorno dopo ero già nei locali della federazione pieno di fervore partecipativo.

Incoronato però non mi capitò mai di incrociarlo. Per anni. Ne sentivo parlare, di tanto in tanto, meravigliato che non si fosse ancora determinata l'occasione di un nostro incontro fortuito.

Rimasi perciò tanto più sconcertato quando una sera, a tavola con i miei genitori, mio padre ci raccontò della sua amicizia con un giovane scrittore comunista, e pronunziò il suo nome. Ricordo che, parlandone, sorrideva compiaciuto (l'osservavo con un'attenzione non scevra da un filo di gelosia): evidentemente il "compagno Incoronato" aveva fatto colpo su di lui, e per motivi che mi furono subito chiari per forza di intuito. Perché si rassomigliavano, incarnavano entrambi tutta l'innocenza del mondo, in particolare l'innocenza della Napoli di quel tempo, prima che la guerra fredda ne congelasse slanci e speranze e ne macchiasse irrimediabilmente il candore.

Credo che Luigi fosse spinto verso piazza Mercato da qualche ragione personale. Ho sempre pensato che l'azienda di mio padre fosse sulla traiettoria di un suo percorso abituale, il che lo portava, per convenienza e piacere insieme, a concedersi quella tappa con una certa frequenza. Arrivava, e mio padre lo faceva sedere con cerimoniosa premura, tanto più se era indaffarato e non poteva occuparsi subito di lui. Luigi non se ne dava pensiero: si metteva tranquillo a leggere in attesa che mio padre si liberasse dei suoi impicci, indifferente agli urli dei carrettieri, ai tonfi dei sacchi e delle balle caricate o scaricate con immancabile furia, ai nitriti infastiditi dei cavalli (allora la maggior parte delle merci destinate alla provincia non viaggiava ancora su mezzi motorizzati).

Di che cosa parlassero una volta liberi di conversare riesco a malapena a immaginarlo. Probabilmente delle rispettive esperienze di guerra, non prive di somiglianze e corrispondenze benché avessero avuto per sfondo due conflitti mondiali diversi: la mitragliatrice in cima alla collina; la "quota" da difendere; le lacrime del soldato gravemente ferito; l'orrore del sangue; la paura di uccidere, che aveva ossessionato mio padre non meno di lui. Ma quello che avevano più profondamente in comune era altro: una sorta di angelica fiducia nel futuro del mondo, il bene che vince il male, i reprobi costretti alla fine a pagare per tutti i loro abusi.

Quando lo conobbi, Incoronato si era appena separato dalla moglie: abitava al Vasto perché aveva abbandonato la casa coniugale di Mergellina. La donna-ragno di cui si era innamorato lo teneva già in pugno: aveva capito d'istinto quali fossero i suoi punti deboli – quella benedetta predisposizione a commuoversi, a impietosirsi – e non perdeva occasione per impigliarlo nella sua rete di bugie.

Ma allora di tutto questo io non sapevo niente, e meno

che mai ne sapeva qualcosa mio padre. Sapevamo soltanto che il suo candore non aveva limiti. «Con tutta quell'innocenza prima o poi finirà per restare scottato»: ricordo perfettamente questo giudizio (o previsione?) di mia madre che, oltre che "scugnizza", era anche un po' "maga".

Avevo cominciato a portarmelo di tanto in tanto a cena a casa anch'io. Mia madre non batteva ciglio: a volte arrivavo, senza preavviso, anche con tre o quattro persone contemporaneamente. C'erano tutti abituati: lei, mio padre, le mie sorelle, mia zia che viveva con noi, ed è forse il più commovente ricordo che conservo di piazza Principe Umberto 4, questa fotografia di casa aperta, fatta di ospitalità senza limiti, di perenne festa dell'accoglienza.

Costituivamo una sorta di carboneria, di setta segreta: eravamo come i cristiani delle catacombe, fervidi e infelici. Caro Caracas, non ricordo nessuna felicità sui volti dei miei compagni di allora, anche quando l'età e il carattere ci costringevano a sorridere o magari a ridere a pieni polmoni. Rammento soltanto volti infelici. E quello di Luigi è il più infelice di tutti.

Anche i racconti che scriveva erano tristi. Questa tristezza era appena riscattata dall'atmosfera fiabesca nella quale i suoi personaggi si muovevano, come quel Sebastiano Criscuolo che sogna di volare su una scopa "lunga tre volte una scopa normale", assieme alla vecchia Befana, sulle case di Napoli: gente umile, disperata, stralunata, ingenua. Un po' a sua immagine e somiglianza.

La città era spaccata in due: chi non stava con noi era contro di noi. Nessuno si accontentava della diversità politica, la pretendeva totale. Il muro di Berlino arriverà molto più tardi e avrà la misera consistenza della pietra e del cemento laddove il muro ideale che attraversò Napoli (Napoli più che altrove, dico io), proprio perché non si toccava, non aveva alcuna consistenza materiale, divaricò la società in due emisferi quasi senza più comunicazione tra loro, come separati da un filo ad alta tensione.

Il muro napoletano crebbe dapprima un po' alla volta poi, all'improvviso, raggiunse il cielo. Quasi di colpo.

Accadde nel 1950 dopo l'insediamento a Bagnoli del Quartier generale del Comando dell'Europa meridionale (AFSOUTH) dal quale dipendevano altri tre Comandi nonché la Base logistica di appoggio per le navi e gli aerei della VI flotta Usa e di un Centro di comunicazioni navali che, nell'insieme, fecero della nostra città il più grande porto militare e nuclearizzato d'Europa e il maggior contributo italiano al sistema difensivo atlantico.

Capisci, Caracas? Napoli diventò d'un tratto una capitale della guerra fredda di rilievo planetario. Ebbe l'intero Mediterraneo ai suoi piedi, controllato notte e giorno dalla cittadella militare di Bagnoli.

In cambio di che cosa? Di niente. Anzi peggio. Della confisca di tutte le sue risorse produttive, di tutte le sue speranze di rinascita. In cambio del suo ininterrotto degrado e della sua implosione, come dimostrano le vicende anche di questi ultimi tempi. Come vedi, quando dico che a Napoli il dopoguerra non è ancora finito affermo un paradosso non proprio campato in aria.

A volte questi ricordi mi richiamano alla mente l'immagine di un grande lago inquinato. Napoli simile a un lago? E perché no? Il sole strappa qua e là riflessi argentei alla distesa d'acqua; le colline che vi si rispecchiano la tinteggiano di un verde intenso, boschivo; rari battelli bianchi la solcano con pigra e diresti felice andatura. Intorno, tutto sembra rassicurante e felice.

Ma sotto il pelo dell'acqua?

Ecco il punto: che vita ferve laddove l'occhio non arriva? Dov'è che si annida la malattia, il danno? Paradossalmente, il disordine lì per lì non genera spossatezza, estenuazione. Anzi è vero il contrario. Il lago inquinato sperimenta una vertiginosa, assurda crescita biologica. L'inquinamento è supernutrizione e questa genera molta più vita del necessario, sempre più vita, con il risultato che ogni equilibrio si sgretola, le alghe si moltiplicano, i pesci ingrassano indebitamente, l'eccesso trionfa dappertutto, trasformando l'implacabile necrosi in un apparente pantagruelico carnevale.

Quando fu che Luigi percepì questo destino "inquinato" della sua città e della sua stessa esistenza? Quando comprese che la sua innocenza non aveva più corso in quella Napoli figlia ormai rassegnata della guerra fredda?

Nel 1957 io andai via (a quella "fuga" ho già dedicato un libro: non mi ripeterò). Quanto a Luigi, finii per perderlo di vista. La sua "dissoluzione" me la raccontò dettagliatamente Compagnone nel 1993.

Caracas, amico mio, ho ancora nelle orecchie la sua voce nasale, stridula sebbene flebile, pronta a spezzarsi e a rantolare. «Odio Napoli» diceva quella voce, «odio questa città di gente ipocrita e cattiva, odio tutto quello che tocco e che vedo perché lo so marcio e perverso...»

Era una persona profondamente addolorata, che pronunciava parole non improvvisate, parole che arrivavano da lontano, dal profondo di una lunga e sofferta meditazione.

Anche Incoronato era stato falciato dalla "città spietata", dalla città cinica, egoista, meschina, vanitosa, avida, mendica, inerte, passiva, parassita... (collezionava aggettivi, Compagnone, come si collezionano a volte rivoltelle o pugnali). «E come avrebbe potuto non succedere essendo Incoronato un uomo di moralità "totale", di pena accanita e del tutto indifeso nel suo candore?»

Il giorno prima che si suicidasse lo incontrò a casa propria. Stavano insieme molto spesso, quasi tutte le sere, e quella volta pioveva a dirotto. Incoronato disse: «È arrivato il momento. Adesso o mai più».

Compagnone gli ingiunse di smetterla con quelle minacce: che amico sei?

Quando andò via, alcune ore dopo, dimenticò l'ombrello. Compagnone se ne accorse e, poiché continuava a piovere, si chiese se sarebbe tornato per riprenderlo. Si mise ad aspettarlo con trepidazione, convinto che se Luigi fosse ricomparso, almeno quella notte, non si sarebbe poi suicidato.

Ma le cose non andarono così. Incoronato infatti tornò, sì, a riprendersi l'ombrello. Soltanto che il giorno dopo, l'autore di *Scala a San Potito* non faceva comunque più parte di questo mondo.

Ricordo che quella sera del '93 Compagnone fu a dir poco spietato nella sua requisitoria contro la città. Non era soltanto un omaggio alla memoria dell'amico scomparso, immaginato come vittima di una specie di delitto collettivo. C'era nelle sue parole qualcosa di più: un dolore che lo investiva direttamente, contrapponendolo di persona, e in maniera quasi fisica, materiale, alla sua callida nemica. Non so quante volte lo sentii ripetere dal fondo della sua poltrona: città, ti odio, ti disprezzo con tutto me stesso... Era convinto che quanto di negativo, sbagliato, ingiusto fosse accaduto nell'ultimo mezzo secolo di storia, o giù di lì, dovesse essere ascritto prima di tutto alla responsabilità dei singoli cittadini e soltanto dopo alla malasorte, alla guerra fredda e a tutte quelle forze perverse che avevano umiliato la metropoli rendendola ogni giorno un po' più inetta, devitalizzata, incline al male soprattutto nelle sue forme più banali e quotidiane.

Mi spiegò che a quel tema avrebbe dedicato addirittura un libro che sarebbe stato pubblicato dall'editore Laterza. Il titolo era già pronto, *Odio Napoli*, appena due parole ma destinate a scuotere in profondità le coscienze.

Su questa mia intensa chiacchierata con Luigi Compagnone ho avuto modo di soffermarmi in *Mistero napoletano*. Che Luigi volesse scrivere un libro intitolato *Odio Napoli* era del resto cosa nota già allora. Non scrissi nulla però delle sue rivelazioni su Luigi Incoronato, ritenendo di doverle tenere in serbo per una diversa e più idonea occasione. Che infatti è arrivata.

Era così esile e affilato in quella poltrona vecchia e accogliente che essa quasi lo inghiottiva rendendo la sua voce, benché ricca di concitazione, come un'onda immateriale, una sonorità proveniente direttamente dalle mura in penombra della sua casa. Disse: «Io non so se la vita, la storia, le classi al potere ci abbiano negato di proposito quella modernizzazione di cui avevamo disperato bisogno. So però che nella melma che ci circonda la stragrande maggioranza di noi ci sguazza felice, e se per caso qualcuno mugugna bisogna credergli soltanto fino a un certo punto dal momento che i suoi comportamenti non differiscono da quelli di tutti gli altri. Non è vero che vi siano due Napoli, un buona e una cattiva. Avremo forse, qua e là, inclinazioni diverse, ma l'illegalità e non so quante altre malvagie tendenze ci affratellano senza eccezioni».

Una patologia senza vie d'uscita. Perché il malato si era innamorato della sua malattia, che gli era diventata indispensabile come una droga.

# Caracas l'accogliente

Rosa La Rosa diventò ben presto un argomento di conversazione quasi ossessivo. Parlavamo di lei anche camminando: per esempio su e giù sul lato mare di piazza Ferrovia, tra corso Arnaldo Lucci e corso Garibaldi. Sul tardi però non rinunciavamo mai a sederci (preferibilmente da Aladin) per bere una tazza di tè o di qualche più innocuo infuso aromatico: allora io prendevo appunti riempiendo interi quaderni, incalzandolo con domande che si facevano in crescendo più intime e personali.

Caracas non si mostrava mai infastidito dalla mia curiosità, l'ho detto e ridetto, anzi l'assecondava raccontandomi talvolta più di quanto io stesso fossi interessato a sapere. Parlare di Rosa La Rosa e della loro lunga e contorta vicenda evidentemente era per lui come liberarsi di un peso: credo anzi che, forse senza saperlo bene lui stesso, cercasse da tempo una persona capace di condividere con lui il fardello che continuava a portarsi addosso nonostante il tempo trascorso.

Non vorrei essere equivocato: sono una persona normale, un anziano signore con i piedi per terra e un buon senso della misura. Tuttavia, e spero che la circostanza risulti comprensibile, la figura di questa donna cominciò a diventare un piccolo problema anche per me. Via via che Caracas me la raccontava, si addentrava in dettagli, me ne descriveva l'andatura, il sorriso, il colorito, il profumo, la voce, il garbo, le oscurità, le turbolenze, i lati ambigui, io la "vedevo", in maniera sempre più distinta come la leggessi in un romanzo, la "vivevo" in una scia di dolore che non era soltanto un moto di condivisione verso un amico, ma un sentimento mio personale del quale Caracas faceva e non faceva parte. Una volta, agli inizi della nostra amicizia, mi aveva mostrato una sua fotografia, ma il suo volto mi era uscito di mente anche perché in quell'immagine era stata ritratta per intero e a una certa distanza.

Una sera gli chiesi di mostrarmi una sua fotografia "vera". Volevo vedere Rosa in faccia: i suoi occhi, il suo naso, la sua bocca, com'era nella realtà. Caracas fu addirittura felice di quella richiesta: «Così capirai meglio» disse. E l'indomani me la portò.

Quando ci incontrammo fui preso quasi da una forma di panico. E se l'immagine di Rosa La Rosa non avesse minimamente corrisposto a quella che mi ero costruito io nella mente? Se fosse stata il ritratto di una persona volgare del tutto priva di quel fascino che, sulle orme di Caracas, le avevo arbitrariamente cucito addosso?

Gliela strappai di mano. Era una fotografia di medio formato che la ritraeva con il volto leggermente abbassato e rivolto alla sua sinistra. Una posa un po' artificiosa realizzata forse con un intero parco lampade. Però, che regina!

«Càspita, Caracas!»

Il mio entusiasmo fu perfino sfacciato. Caracas rideva felice, in un soprassalto di soddisfazione che mescolava di tutto, non esclusa la sua vanità di maschio.

«Hai visto? Hai visto? Caracas non vende mai fumo.»

Lo rassicurai: non vendi fumo. Ora Rosa non era per me soltanto il fantasma di un racconto alquanto fragile e volatile del quale, per carità, non avevo mai dubitato, benché nutrito di sola immaginazione. Era una donna vera, la cui bellezza, come dire?, si toccava con mano. Quella immagine tuttavia risaliva parecchio indietro nel tempo. Che cosa era diventata adesso Rosa La Rosa?

Caracas pendeva dalle mie labbra. Allora azzardai: «Credi che sia per me del tutto impossibile riuscire a incrociarla una volta, a guardarla in faccia anche soltanto di sfuggita in modo da farmi un'opinione autonoma della sua avvenenza attuale e, forse, anche di lei come persona?».

Mi rispose in maniera così fredda e vaga da farmi pentire di avergli fatto quella proposta. Che accantonai di colpo, deciso a non tornarci più sopra.

Non l'accantonò invece Caracas che, contrariamente alle apparenze, non l'aveva accolta affatto con sfavore, ma soltanto con un sentimento di pudore che lo aveva indotto a un eccesso di mascheramento della sua disponibilità.

Fu perciò lui, dopo qualche tempo, a sorprendermi e ammutolirmi, con un progetto di appostamento da effettuare, forse per più giorni, nella parte collinare della città (vi abita da alcuni mesi la madre di Rosa La Rosa, in un palazzo nei pressi del quale c'è un bar sempre molto affollato, come del resto la piazza che l'ospita, perennemente brulicante di pedoni e congestionata dal traffico).

Aveva saputo che Rosa andava a trovare d'abitudine la madre il lunedì e il mercoledì di ogni settimana: nel tardo pomeriggio, restando in sua compagnia a volte pochi minuti soltanto, a volte a lungo, ma quasi mai oltre l'ora di cena, tra le venti e le venti e trenta.

Di appostamenti ne facemmo tre prima di centrare il bersaglio. La prima volta Rosa La Rosa non comparve affatto. Pioveva a intermittenza ma faceva tutt'altro che freddo: ricordo anzi come un vapore caldo nell'aria, quasi una materia viscida e palpabile. Trascorremmo più di due ore seduti dietro la grande vetrata del bar: Caracas, di solito loquace, non apriva bocca guardando fisso il portone dal quale avrebbe dovuto emergere Rosa La Rosa; io passavo in rassegna ogni centimetro della sua faccia sempre più bianca e velata via via che trascorrevano i minuti.

Quando sospendemmo l'appostamento, il dubbio di star sottoponendo Caracas a un trauma emotivo era già diventato certezza. A fatica era riuscito a trasformare Rosa La Rosa in una sorta di ricordo impastato di nebbia e di lontananza, ed ecco che adesso, per compiacermi, aveva deciso di correre il rischio di farla diventare di nuovo carne e respiro. Oltre che tentazione, si capisce.

Gli chiesi se fosse il caso di tornare alla carica nei giorni successivi, se non fosse più saggio rinunciare a quel gioco forse un po' tracotante e perfino pericoloso per lui.

Tracotante perché? Pericoloso perché?

L'asprezza della replica mi impressionò, persuadendomi che ormai quella caccia era diventata per Caracas una scommessa con se stesso.

Il secondo appostamento non andò del tutto a vuoto. D'improvviso Caracas mi agguantò un polso tirando aria dal naso. Non l'avevamo vista arrivare. La vedemmo però che usciva lesta dal portone: una figura femminile slanciata che camminava senza guardarsi intorno, facendo oscillare una gran massa di capelli rossi. Altroché, se era ancora bella! Avrei dovuto scattare fuori dal bar e correrle incontro, ma non mi mossi. Restai imbambolato, vittima di una improvvisa impossibilità motoria. Caracas non protestò: guardava fisso la donna che si allontanava a passo veloce dal portone. La guardava e le sorrideva impercettibilmente.

Se quella sera, tornando in centro, gli avessi detto di avere ormai appagato ogni mio bisogno di conoscenza, forse avrebbe rinunciato a organizzare un altro appostamento. Ma io non glielo dissi.

Terza prova. Gli eventi si incastrarono gli uni agli altri con una perfezione degna di una sceneggiatura cinematografica. Rosa La Rosa scese alla fermata dell'autobus in salita. Percorse con decisione il piccolo tratto che conduceva a casa della madre, scomparve nel vasto portone. Seguimmo con attenzione ogni suo passo. Era vestita in maniera semplice, un golfino senza maniche su una camicia bianca, una gran borsa beige a tracolla, un'ampia gonna plissettata.

L'attesa fu lunga, punteggiata da rade parole prive di ogni riferimento alla situazione che ci teneva in pugno. Poi finalmente Rosa La Rosa riemerse dal portone e io mi precipitai fuori dal bar. La raggiunsi, la investii con un'energica spallata come può farlo un incauto passante, dopo di che mi bloccai per soccorrerla farfugliando scuse a non finire.

Intanto le stringevo un braccio, la fissavo negli occhi di un verde petrolio un po' sporco, percorrevo circolarmente il suo volto asciutto, di una bellezza dura nonostante la fitta trama di rughe alle tempie e accanto alla bocca, le fotografavo la punta del naso diritta e quasi aguzza (un bel dono di natura che sapeva di orgoglio e di testardaggine), le odoravo i capelli rossi e cotonati. Anche lei mi fissava. Con rabbia? Con paura? Posso dire soltanto che non aprì bocca, non disse una sola parola, benché avesse l'aria di chi non crede nel modo più assoluto alle ragioni apparenti di ciò che le sta accadendo, di chi annusa un imbroglio, una trappola.

Si liberò della mia stretta con violenza. Poi girò la testa dall'altra parte e, sempre tacendo, si allontanò a passo svelto.

Prima di tornare al bar dal quale Caracas aveva assistito alla scena, aspettai che Rosa La Rosa salisse su un autobus perdendo ogni contatto con me e con la piazza.

Mi misi a sedere accanto a lui. Era pallido, le labbra increspate come da un profondo rammarico. Avrei voluto dire qualcosa, ma mi mancavano le parole: mi sentivo colpevole, autore di un inganno tanto più riprovevole in quanto inutile, considerando la prevedibilità del suo esito. Che cosa sapevo adesso più di prima, meglio di prima? In realtà nulla. Rosa La Rosa era nata con il dono dell'avvenenza, che però aveva preso ben presto a dilapidare. La sua femminilità irradiava ancora luce, moveva appetiti; sul suo volto si attardavano i resti della sua trionfale bellezza. Ma erano appunto resti.

Dopo una lunga pausa di silenzio, abbandonammo il bar e ci incamminammo lungo l'interminabile discesa tortuosa, accompagnati dal frastuono delle automobili.

Osservavo Caracas a lampi cercando di indovinare i suoi rovelli. Nei suoi occhi si era all'improvviso raggrumata tutta intera la sua vicenda con Rosa La Rosa. Riviveva la lunga guerra combattuta, le ferite riportate, le sconfitte subite.

Quel che era accaduto dopo il ritorno di lei dalla fuga con l'"amico dell'amico" me lo aveva raccontato più volte dettagliatamente. Le aveva di nuovo aperto le braccia: in silenzio, senza chiedere nulla, né scuse né lacrime né pentimenti, nella convinzione che le parole non servono a niente, non a sanare il passato e non a garantire il futuro.

L'aveva accolta e basta.

Ho un bel dirgli che così si comportano i matti; oppure coloro che presentano gravi deficit di carattere. Mi guarda come se il pazzo fossi io: ma quale paranoia?! E mi spiega in maniera paziente, anzi puntigliosa, che vi sono cose che appartengono alla sfera dell'invincibile, cioè che si fanno perché non si possono non fare. Non in nome di questa o quella contropartita: si fanno e basta, senza un perché.

Ancora adesso non si rimprovera alcun errore. Il pentimento non fa parte del suo repertorio perché ritiene di avere sempre agito in obbedienza a stati di necessità interiore.

Caracas, avevi un così disperato bisogno di lei?

Mi guarda fisso senza negare. Nega però di poter essere rappresentato come un uomo succubo di una sfrenata passione dei sensi. Allora? «Mi dici per favore in quale catalogo ti devo collocare?»

Silenzio.

«Il catalogo degli accoglienti, va bene?»

Sorride con indulgenza.

Non sono un inquisitore; anzi detesto gli inquisitori, anche se poi mi capita, mio malgrado, di doverne ogni tanto indossare i panni. Ma devo pur farmi una ragione di tante anomalie per poterle poi un giorno equanimamente raccontare.

Non ci fu alcuna telefonata preventiva. Bussò. Lui socchiuse la porta, e la vide. Aveva una gonna lunga fino alle caviglie, i capelli sciolti sulle spalle, gli occhi stanchi e cerchiati. Rimase senza parole, il cuore in tumulto. Sarebbe rimasto immobile per sempre, perduto nella sua meraviglia se lei non gli avesse chiesto: «Vuoi che me ne vada?».

Caracas si fece da parte per lasciarla entrare, e Rosa La Rosa entrò. Si sedettero accanto al tavolo appoggiando entrambi i gomiti sul piano di marmo. Se lo ricorda perché rimase attratto dagli avambracci di lei leggermente abbronzati e ricoperti da una lieve peluria rosata.

Era metà settembre e Rosa sapeva ancora di mare: per un attimo lui la vide emergere dalle onde assieme all'altro, l'"amico dell'amico", e i suoi occhi si appannarono. Fu l'unico pensiero doloroso di tutto quell'incontro, l'unica fitta. Ricorda che offrì a Rosa una bibita ghiacciata che lei bevve con avidità. Si guardavano. A tratti si sorridevano. Poi guardavano nel vuoto o per terra, alla ricerca disperata di qualcosa da dire, parole leggere e poco impegnative in grado di proteggerli dalle rispettive emozioni.

Possibile, Caracas, che non le chiedesti niente circa le sue intenzioni? Che non le rivolgesti neanche una domanda sul futuro: che cosa farai? che cosa faremo?

Non le rivolse alcuna domanda: né quel giorno né il giorno dopo. Si limitò a offrirle la sua accoglienza, anche perché era semplicemente accoglienza ciò che Rosa La Rosa gli chiedeva in quel momento: la possibilità di stargli di nuovo accanto ma silente, senza l'osceno rumore del pentimento o quello, ancora più osceno, delle accuse e delle minacce.

Fu una giornata indimenticabile per entrambi, fatta di solo presente, esonerata dal peso dei ricordi e delle speranze.

E non vi moveste mai da casa?

«Decidemmo di uscire intorno a mezzogiorno: per una passeggiata al mare.»

Fino a quell'ora non ci fu alcun contatto fisico tra loro. Si tennero prudentemente a distanza, senza rivolgere neanche uno sguardo al letto che era là, disfatto e provocatorio (di quanti loro amplessi era stato complice oltre che testimone!), a pochi passi dalle loro sedie.

Ci fu un solo momento di profondo turbamento: quando la stanza si riempì di un intenso odore di cipolle soffritte proveniente chissà da dove assieme a una flebile cantilena di voce femminile e lui fu colto da una duplice scossa.

«Ho fame» disse fissando il suo corpo, le sue forme, e lei gli sorrise con i denti bianchi e una luce di malizia nello sguardo.

Entrarono per prima cosa in un bar. E lì Caracas, per via della folla, se la ritrovò per un momento schiacciata sul petto, investito con violenza dal suo profumo di donna. Ma fu Rosa a compiere, di lì a poco, il primo passo verso una loro aperta riconciliazione fisica. Erano seduti su degli scogli abbastanza al riparo da sguardi estranei. Rosa gli prese una mano e se la portò alle labbra cominciando a baciargliela avidamente. Era insieme un gesto d'amore, di sottomissione e di intensa sessualità. Caracas chiuse gli occhi per assaporare meglio la sua emozione. Ma anche per contenerla.

Quella notte si riappropriarono finalmente, senza più freni, l'uno dell'altra, lasciando che fosse la passione a svelare tutto il non-detto dell'estenuante giornata, incluse le incertezze e le paure intorno a quello che sarebbe accaduto nelle settimane e nei mesi a venire.

Ovviamente la parola matrimonio non comparve più

nei loro discorsi, e meno che mai ricomparve l'ipotesi di mettere al mondo un figlio. Caracas e Rosa La Rosa si accontentarono di condividere una quotidianità senza progetti, con la parola disintossicazione degradata a vaga speranza, parola da pronunciare comunque il meno possibile e sempre sottovoce.

***

Non era mai andato a comprare eroina da solo. Un giorno fu costretto a farlo e gliene rimase il segno, come una cicatrice. Accadde di domenica. Rosa scoprì di avere urgente bisogno di bucarsi: una crisi tanto più violenta perché imprevista. Vuotarono entrambi le tasche riuscendo a raggranellare cinquantamila lire, il denaro necessario per una dose. Si misero in cammino nel pigro pomeriggio dei vicoli senza esito: più si addentravano nella ragnatela, più la città si faceva deserta.

Neppure di notte Napoli si rinserra in se stessa come in certi pomeriggi domenicali, tra le quattordici e le sedici: le ore dedicate ai ragù e alle fritture, subito seguite da quelle del cieco sonno addominale, plumbeo in maniera direttamente proporzionale all'abbuffata.

Rosa cominciò a tremare. Allora Caracas si decise a bussare: prima a una porta poi all'altra, tutte ovviamente ben note per la loro abituale "ospitalità". Ma non se ne aprì nessuna. Intanto Rosa diventava sempre più inquieta. Cominciò a piagnucolare: mi vogliono morta...

Caracas si sentì perduto. L'ansia ormai lo incalzava come una premonizione: che cosa avrebbe fatto se Rosa fosse caduta per terra, si fosse messa a piangere e a urlare?

In uno dei budelli del Decumano inferiore, tra Forcella e San Biagio dei Librai, alcune ragazzine riconobbero Rosa e cominciarono a chiamarla per nome: «Rosa... Rosa...».

Lei le guardava frastornata, la testa appoggiata su una spalla di Caracas. «Ma come? Non ti ricordi di noi, di me?» le disse la più grandicella scuotendole un polso. Allora Rosa spalancò improvvisamente gli occhi e rizzò la fronte. «Ma certo che ti riconosco» disse. «Che fine ha fatto tua madre?»

«Sta bene» rispose la ragazza. «Sei tu invece che non stai bene. Ti manca la polvere, eh?»

Annuì.

«Allora dammi i soldi che te la porto io...»

«Tu?» chiese sospettoso Caracas.

«Sì, io, noi... Dacci i soldi, Rosa» insistette la ragazza cercando di ignorare ostentatamente Caracas.

Rosa lo guardò implorante, stringendogli un braccio con l'energia della disperazione. «Le conosco, puoi fidarti» gli sussurrò all'orecchio. Ma di fronte alla sua inerzia gridò imperiosa: «Fidati, non perdere tempo». E Caracas sentì le sue unghie aguzze nel braccio che gli chiedevano di arrendersi.

Infatti si arrese. Depose nelle mani della ragazzina l'intero gruzzolo, senza rinunciare tuttavia ad ammonirla: «Guarda che è tutto quello che abbiamo: ti stai prendendo una brutta responsabilità».

Scomparvero.

Sarebbero tornate? Caracas si finse tranquillo ma non lo era. Invece tornarono, consegnando a Rosa una bustina di carta argentata. La circondarono cinguettando come uccellini in festa. «Rosa, Rosa, Rosa...» dicevano tra scrosci di risa e applausi.

Rientrarono precipitosamente a casa e lei andò subito a nascondersi in bagno. Passò del tempo, non molto, forse mezzo minuto, forse meno, Caracas non lo ricorda. Ricorda solo che era seduto su una sedia e aveva gli occhi chiusi. L'urlo di Rosa squarciò il silenzio della stanza, tagliente come una sciabolata. Scattò dalla sedia e si precipitò da lei.

Piangeva a dirotto.

«Quella polverina...» diceva. Non era droga! Le ragazzine li avevano truffati. Si erano fatte beffe di loro...

Dichiarò che sarebbe uscita subito, ma da sola: senza di lui avrebbe trovato di sicuro quello che cercava.

«Perché da sola?»

«Non abbiamo più soldi, Caracas. Devo trovare qualcuno che abbia pietà di me.»

La guardò impietrito, ma non osò dare voce alla domanda che gli attraversava la mente (e purtroppo non per la prima volta): Rosa, hai intenzione di prostituirti? Prese a scuoterla con energia per le spalle. Le disse con voce imperiosa che sarebbe stato lui invece a uscire da solo e a procurarle l'eroina di cui aveva bisogno. Tutto sommato si trattava di ottenere un prestito fino all'indomani, quando avrebbe trovato di sicuro cinquantamila lire pronte a saltargli allegramente nel portafogli. Aveva svariati crediti ancora da riscuotere senza dire che, in mancanza di quelli, non gli sarebbe certamente venuta meno la generosità degli amici.

La persuase, o meglio Rosa non ebbe la forza di opporsi anche perché lui le lasciò intendere di avere in mente un progetto preciso, dal risultato garantito. E si mise in cammino, in direzione dei Quartieri Spagnoli, ma senza una meta precisa. L'idea escogitata comportava qualche rischio, ma gli avrebbe permesso di mettere le mani su una certa quantità di "roba", certamente più di una semplice dose. Tutto stava nel trovare la giusta controparte.

Per fortuna aveva cominciato a fare scuro. Le prime ombre su Napoli arrivano sempre dall'entroterra, per puntare poi in direzione del mare che, nemico del buio, sembra voler trattenere il giorno il più a lungo possibile presso di sé. È proprio in quel momento, in quel repentino spegnersi del cielo, che la città recupera, soprattutto di domenica, la sua abituale animazione.

A un incrocio Caracas si fermò: c'era un uomo poco lontano intorno al quale fluttuavano persone singole e coppie. Non lo aveva mai visto prima. Che si trattasse di uno spacciatore, non c'erano dubbi: ormai Caracas, proprio in virtù della sua avversione per quel mondo – carnefici e vittime senza distinzione – aveva imparato a riconoscerli subito, e soprattutto a conoscere le loro abitudini, regole, cerimoniali, trucchi, inganni, spesso dopo averli sperimentati in maniera diretta come era accaduto poche ore prima con le ragazzine del Decumano inferiore.

Disse all'uomo che aveva bisogno di una dose di eroina. Lo sconosciuto, che Caracas aveva già denominato dentro di sé Faccia Scavata, lo guardò con un'espressione di forte ironia negli occhi: aveva afferrato al volo due verità simultaneamente. Primo, che la droga non era destinata a Caracas in quanto lui non si bucava. Secondo, che quel signore dall'aria alquanto perbene che gli stava di fronte non aveva neanche una lira in tasca.

«Ma tu in tasca non hai neanche una lira» gli disse infatti con un'intonazione di finto rimprovero.

«È vero» ammise Caracas. «Si capisce così subito?»

«Io l'ho capito.»

«Però, in compenso, ho questo orologio d'oro che vale almeno dieci dosi» si affrettò ad aggiungere Caracas. «Intendo averlo indietro domani, quando tornerò qui, all'ora che vorrai tu, con i tuoi cinque bigliettoni, e magari anche qualche cosa di più. Va bene?»

L'uomo prese l'orologio ma lo degnò appena di uno sguardo. Caracas lo osservava frattanto che lui, sorridente, palpava con i polpastrelli il fondo metallico dell'oggetto.

«È antico» disse incoraggiante Caracas (glielo aveva lasciato il padre: era il solo ricordo personale che gli fosse rimasto di lui).

«Va bene, è antico» ammise lo spacciatore. «Ma io ti do una bustina soltanto. Prendere o lasciare.»

Perentorio, ma senza rinunciare al sorriso ironico.

Caracas accettò. E come avrebbe potuto fare altrimenti? Ma accettò anche perché convinto – o *abbastanza* convinto – che l'uomo si sarebbe fatto trovare l'indomani a quello stesso angolo di strada.

«Certo che ci sarò» lo rassicurò lo spacciatore. Salvo soggiungere un momento dopo, mentre Caracas già si allontanava con il suo bottino: «Non so però se mi ricorderò ancora di te».

E si mise a ridacchiare.

Fu come una schioppettata alle spalle. Ne udì perfettamente il sibilo. Avrebbe dovuto fermarsi di colpo e tornare sui suoi passi, ma continuò a camminare senza voltarsi.

«Presi la strada di casa e, ti assicuro, non ero più un uomo ma una cosa, uno straccio, incapace di ogni forma di stima verso me stesso» racconta Caracas con una precisione e una partecipazione emotiva sulle quali non sembra pesare il tempo trascorso.

L'improvvisa consapevolezza di avere svenduto per niente, o quasi per niente, l'orologio d'oro del padre era però soltanto uno degli ingredienti della sua depressione, e neppure tra i più importanti. Pesava ben altro sulla sua coscienza. In particolar modo il pensiero dell'eroina che aveva in tasca e che stava portando a Rosa affinché si bucasse: il pensiero insomma della svolta che, suo malgrado, si andava operando nel loro rapporto di coppia e che faceva di lui non più un semplice e disarmato testimone di una devastante tossicomania, un complice passivo, ma ormai un suo promotore.

Rimane per Caracas un rimorso, un motivo di profondo turbamento. Ancora adesso, dopo tanti anni di separazione, non riesce ad assolversi del tutto per le volte che ha aiutato Rosa a percorrere il suo calvario.

«Continuo a sentirmi colpevole, ma che cosa avrei dovuto fare? È terribile non riuscire a perdonare se stessi per il peso di una responsabilità che tuttavia, in quelle circostanze, non potevo non assumermi. Credo proprio di non aver avuto scelta. Il che, tuttavia, non basta a farmi sentire innocente.»

# Via Luigia Sanfelice

Ieri ho cercato di scrivere nel mio ufficio le dimissioni dall'incarico che ricopro da cinque anni. Basta rinviare, mi sono detto sedendomi davanti al computer. Per la verità ne ho scritte sei, di lettere, una diversa dall'altra. Ma poiché non mi soddisfaceva nessuna, sono finite tutte nel cestino. Non è facile spiegare le ragioni per le quali me ne voglio andare. Naturalmente nulla vieterebbe che me la cavassi con una scusa (sono stanco, non ce la faccio più...), ma non amo nascondermi al riparo della banalità, anche se poi la stanchezza è un dato di fatto, un ingrediente per nulla secondario di questo mio impulso di fuga.

Alla fine ho rinunciato. Momentaneamente rinunciato, beninteso. Una settima lettera sarebbe stata di sicuro un fallimento come le precedenti, e come tutte quelle che scriverò ancora fino al giorno in cui, vinta ogni timidezza, mi deciderò a dire senza reticenze quello che penso da sempre, e cioè che un potere politico incapace di ammettere che la situazione è diventata insostenibile, incapace di qualsiasi atto di coraggio, di qualsiasi invenzione sociale (intento com'è soltanto a rassicurare, negare, prendere tempo, tollerare, tacitare), è un potere che non merita alcun rispetto e considerazione.

In compenso, mi sono lasciato andare a un piccolo sfogo con i miei collaboratori: alla segretaria sono venuti perfino gli occhi lucidi, l'idea che mi dimetta non soltanto le dispiace, la deprime. Anzi l'indigna. Tanto che alla fine è passata all'attacco: «Ma le pare bello buttare la spugna? Accusa gli altri di inettitudine e lei che fa? Si infila il cappotto e taglia la corda».

Non ho replicato. Lo faccio sempre meno da un certo tempo in qua. La segretaria è una donna minuta, ben fatta, tuttora attraente se non bella, volitiva ed efficiente come si conviene a una rappresentante della metà più energica e pratica del cielo. Mi confido spesso con lei: la ritengo affidabile e capace di buoni suggerimenti. Né manca di arguzia. «Che fa, piange?» mi chiede per esempio quando mi vede più accorato del solito. E aspetta il mio sorriso.

Che io non sia un uomo felice mi pare evidente. Perché non so quello che voglio? Già da ragazzo mi incantavano tutte le sfumature del dubbio, le sue increspature e seduzioni: l'angoscia del dubbio, la divina retorica del dubbio.

Le cose, per carità, non stanno più così, anche se continuo a detestare il decisionismo in tutte le sue varianti e maschere, come ben sa il mio amico Caracas che, nonostante i suoi trascorsi nazi, di tutto può venire accusato tranne che di essere uno spregiatore del dubbio (lo attesta, se non altro, la sua storia con Rosa La Rosa).

Circa una settimana fa sono tornato a sua insaputa alla "villa grigia": ci sono tornato per effetto di fascinazione, perché a volte la bellezza sa farsi incubo e persecuzione.

Ho preso la funicolare di piazzetta Augusteo senza un progetto preciso. Una volta al Vomero mi sono diretto istintivamente verso la stazione dell'altra funicolare, quella che scende a piazza Amedeo, e di lì ho imboccato con assoluta naturalezza via Luigia Sanfelice. La considero una delle più affascinanti strade di Napoli, e non soltanto perché la "villa grigia" sta lì, lungo il suo corso, ma anche per tante altre ragioni. Per esempio perché è appartata, tranquilla e, a tratti, iperpanoramica; perché le facciate delle case hanno giardinetti ricchi di verde; perché gli edifici, quasi tutti in stile liberty, hanno pareti su cui prevalgono tenui tinte pastello: crema, rosa, caffellatte e soprattutto quel giallo cipria tutto trasparenze che a Napoli viene abbinato preferibilmente, nelle cornici e nelle modanature, a un grigio scuro che un po' lo esalta un po' lo raffredda.

Che cosa fa un solitario passeggiatore in un pomeriggio di sole lungo una strada del genere? Annota dettagli; si ferma incantato davanti alla balaustra in muratura di un vecchio balcone e ne conta le colonnine a forma di anfora (sette? nove? sei?); ispeziona la superficie screpolata di un portone di legno massiccio; si interroga in quale quadro di macchiaiolo toscano ha visto raffigurata una strada molto simile a questa; si fa statua davanti alla staccionata della "villa grigia" scrutandone il parco con i pini giganteschi, le aiuole, qualche macchina parcheggiata in fondo a un viale e un senso di attesa umida tutt'intorno, di attesa perfino un po' lugubre. Certo, l'edificio ha anche l'altra facciata, quella del sole e del mare, ma che si può soltanto intuire perché rimane nascosta a quanti osservano la villa dalla strada.

Ma al passeggiatore solitario compete soprattutto ricordare, tanto più se Luigia Sanfelice non lambisce per la prima volta la sua irrequietezza sentimentale.

Si chiamava Giovanna. Viveva a San Paolo del Brasile. Napoletana, aveva numerosi e solidi legami di amicizia e di sangue in città. Ma importano poco le parentele. Era una donna forse non bellissima e tuttavia affascinante. Aveva un volto asciutto, scavato, ma in modo tutt'altro che spiacevole, con una piccola cicatrice a un angolo della bocca che ne prolungava il sorriso. I capelli erano di un nero così intenso che non sapevi sottrarti alla tentazione di toccarglieli. Anche gli occhi, grandi e profondi, erano neri, della stessa intonazione dei capelli. Era stato il matrimonio a condurla in Brasile. Aveva anche un figlio, o una figlia, non ricordo bene.

Andò ad abitare in via Luigia Sanfelice. Se non ricordo male, l'ospitarono alcuni amici di Paolo Ricci. Io l'accompagnavo spesso a casa dopo cena, restando immobile a guardarla finché il portone non si richiudeva alle sue spalle. Esattamente dove? Purtroppo non lo so più. Di certo la casa era in questa strada, lato collina, alla sinistra di chi scende.

È una storia che non racconterò: non ha alcuna pertinenza con questa cronaca, mi farebbe deviare dai miei pensieri, ammesso che questi pensieri abbiano un baricentro e seguano un unico filo conduttore. Non la racconterò salvo che per un dettaglio, una passeggiata che feci con lei alla vigilia del suo sofferto ritorno in Brasile. Era molto inquieta e io, anche per distrarla, per deviare il corso delle sue emozioni, la portai tra le banchine dell'estrema punta orientale del porto. Avevo scoperto quel sito di recente e ne ero rimasto abbagliato. Quando lo raggiungemmo, il sole, obliquo ma ancora abbastanza alto, incendiava l'immenso ammasso di ferraglie arrugginite che si distendeva a perdita d'occhio, ora rosso pallido ora mattone ora viola, strappandogli alte fiamme, vere e proprie lingue di fuoco e lampi simili a esplosioni.

Ricordo perfettamente l'anno: era il 1953. Fu, delle nostre numerose passeggiate, la più speciale, la più insolita e visionaria (lei non faceva che percorrere Napoli in maniera febbrile, ogni giorno; io l'accompagnavo quando potevo).

Ci sedemmo su una bitta da ormeggio simile a un grande fungo, arrugginito forse per simpatia con tutto quel mondo di relitti navali: un cimitero di mare e di guerra che, oltrepassando la banchina, occupava un'ampia area dello stesso specchio d'acqua con carcasse squarciate, alcune ancora galleggianti, altre semiaffondate, altre sbilenche coricate su un fianco addosso ad altre, oppure ritte, la poppa conficcata sul fondo e la prua emergente in maniera quasi oscena verso il cielo. E poi intere colline di rottami d'ogni foggia: alberi, pezzi di murata, catene, ciminiere, immensi arti metallici senza più nome, scialuppe, scale, porte, timoni, eliche, ancore. Ce l'ho ancora davanti agli occhi. Dissi a me stesso: ecco, questa è l'àncora più grande del mondo, non ne vedrò in tutta la vita un'altra eguale.

Restammo a lungo in contemplazione di quel rosso spettacolo di cose morte, di devastazione e follia, come rapiti dal suo perverso fascino. L'odore dolciastro del porto si mescolava con quello acre della ruggine, salmastro e penetrante. Lasciammo il fungo e cominciammo a ispezionare con una certa ostinazione il cimitero. Non c'era nessuno. Non si udiva un rumore. Guardai il mare, la superficie oleosa della grande darsena e mi accorsi che anche quella era rossa.

Giovanna volle che le dessi la mano e la seguissi attaccato a lei: aveva paura ma non sapeva dire di che cosa, forse che da quelle macerie potesse guizzare improvvisamente qualcosa di vivo e di mostruoso. Oppure che potesse sopraggiungere di soppiatto un guardiano, una ronda (magari della Militar Police: divisa bianca e manganello in vita. Ormai, in quel 1953, non eravamo più padroni neanche delle nostre macerie).

Per la verità non ero del tutto tranquillo neanche io. Sapevo vagamente che da quelle parti la notte si aggiravano bande di trafficanti di sigarette che avevano forse creato nascondigli e depositi in mezzo alle ferraglie arrugginite e, se non trafficanti, ladri che razziavano tutto ciò che poteva essere razziato e reso di nuovo utilizzabile.

Nel 1953 il mito di Napoli "contrabbandiera" era al suo apice. Avevano cominciato a fare il loro ingresso sulla scena i grossisti di Tangeri e di Casablanca che, possessori di navi anche di consistente tonnellaggio, avevano preso a lambire le nostre acque territoriali. Appuntamenti e pattuizioni avvenivano via radio; all'imbrunire partivano da vari punti del golfo paranze e fuoribordo che tornavano poi a notte fonda con la merce caricata in mare aperto, approdando qua e là nei siti meno sorvegliati del golfo.

Ci sedemmo di nuovo sul fungo da ormeggio, immersi in noi stessi, muti e come spossati dalla potente scenografia. Fu in quell'attimo di sospensione, di vuoto d'aria e come di vita che la voce ci raggiunse: prima remota e flebile, poi, quasi improvvisamente, tesa, maschia e disperata. Una voce giovane che passava non lontano da noi. Che passava e cantava, ormai a squarciagola, una vecchia malinconica aria napoletana che allude a un amore lontano, a una ferita che, nonostante il tempo trascorso, non si è rimarginata: *Reginè, quanno stive cu mmico...*

Fu come una pugnalata. Giovanna trattenne per un po' le lacrime, aspettò che quella voce cominciasse a svanire, a perdersi in lontananza (non so dire se ignara o consapevole della nostra presenza in quel luogo), poi scoppiò in un pianto dirotto.

***

Il pianto dell'emigrante, disse poco dopo per scusarsi, mentre la riaccompagnavo a casa in via Luigia Sanfelice. Il tempo della sua vacanza italiana era praticamente scaduto, il suo dovere di madre e di moglie la voleva di nuovo in Brasile. Fu lì, in via Luigia Sanfelice, che ci salutammo. Accanto a un muretto con vista sul golfo e con un po' d'improvvisa freddezza che s'era invitata da sé: addio Giovanna, abbi cura di te...

Non l'ho rivista mai più.

# La moglie araba

Che assomigliasse a una statua, non c'erano dubbi. Ma la cosa che più ci sorprese fu che davvero molti facessero disciplinatamente la coda (in qualche caso perfino in compagnia della moglie o della fidanzata) soltanto per vederla. Dicono che sia la prostituta più bella del mondo. Pochi istanti di contemplazione e via, come davanti a una Venere del Tiziano.

Ci fu un momento in cui la vista di tutta quella gente ansiosa di arrivare in prossimità della "statua" provocò la mia ilarità. Scoppiai a ridere aggrappandomi a un braccio di Caracas. Non l'avessi mai fatto! Pensando che ridessi della ragazza, si liberò con un gesto energico della mia stretta e mi guardò come per incenerirmi. Per fortuna capii subito l'equivoco e lo rassicurai: guarda che io rido di tutta questa gente e del loro brusio reverenziale e non certo di quella povera disgraziata che tra l'altro è veramente bella da togliere il fiato...

Si acquietò subito, ma pretese che ci sfilassimo dalla coda e ce ne andassimo a casaccio verso la Stazione.

Caracas ama i treni alla follia, l'odore dei treni, il muso dei treni, i binari, le divise dei controllori, le donne con mille valigie che lui talvolta aiuta a caricare passandogliele attraverso il finestrino. Lo incantano soprattutto le donne sole: dove vanno? chi sono? perché lasciano la città avvolte nelle loro stupide pellicce?

Treni che arrivano e treni che partono: ne fui incantato anch'io ai miei tempi, tanto più che allora dalle locomotive si sprigionavano dense nuvole di vapore e sibili rantolosi che mi sono rimasti nell'anima e che continuo a risentire ogni volta che sfoglio qualche album delle mie vecchie fotografie (sono state una rabbiosa passione di gioventù, e anche una forma di sopravvivenza, per alcuni anni, finché non decisi, altrettanto rabbiosamente, di appendere al chiodo le mie tre Leica).

Ricordo che una sera feci la medesima incursione-passeggiata tra i treni in arrivo e in partenza della Stazione Centrale in compagnia di Luigi Incoronato. Lui poi ne ricavò un racconto breve, incentrato sulla figura di un giovane che sognava di andarsene da Napoli alla ricerca di un luogo più fortunato, più propizio al suo talento. Credo che in qualche modo volesse adombrare le impazienze di parecchi suoi amici del momento, me compreso. E ci rappresentava perciò, uno per tutti, in perenne pellegrinaggio tra i binari della Ferrovia: uno scalcagnato ragazzo napoletano perduto nel sogno della sua Grande Fuga.

Non so dire se questo racconto venne pubblicato e, se lo fu, su quale giornale o rivista. Però Luigi me ne parlò in più occasioni, anche perché allora (come del resto adesso) il tema dell'emigrazione era all'ordine del giorno, argomento quanto mai incandescente usato soprattutto a danno di coloro che se ne erano andati, o mostravano l'intenzione di andarsene, catalogati in blocco come disertori.

Con Caracas quella sera percorsi per intero il marciapiede sette lungo il quale era parcheggiato il treno in partenza alle 21,42 per Monaco di Baviera. Sarebbe arrivato all'indomani alle 14,26, cioè dopo sedici ore e quarantaquattro minuti di viaggio.

Mancava un bel po' alla partenza e Caracas mi propose di prendere posto nella carrozza immediatamente dietro alla locomotiva: il tempo di distendere le gambe, di chiudere gli occhi e poi saremmo precipitosamente ridiscesi.

Accettai. «Mi sa che tu hai qualcosa da raccontarmi» insinuai prendendo posto su una poltrona in prossimità dell'uscita. Caracas mi sedette di fronte. «Come fai a saperlo?»

«Io so sempre tutto» mi pavoneggiai.

Fu molto semplice e diretto. Disse che i "fratelli" avevano stabilito che doveva assolutamente sposarsi in quanto la condizione di celibe odora già di peccato, e avevano preso a mostrargli svariate fotografie di possibili mogli, donne ovviamente musulmane già residenti a Napoli oppure disposte a venirci di corsa per contrarre matrimonio.

«E tu?»

Allargò le braccia. Disse che aveva preso a frequentare le moschee alla ricerca di Dio, non di una moglie, ma che, pur ripetendo in continuazione questo argomento, non riusciva a tenere testa ai propri istruttori spirituali. Che avrebbero continuato a guardarlo con sospetto fino a quando fosse rimasto celibe.

Anche quella mattina gli era stata mostrata la fotografia di una ragazza: bella e virtuosa, a detta di suo fratello.

Caracas esitò a lungo prima di mostrarmi la fotografia poi, immagino per la considerazione con la quale accoglie ogni mia opinione, me la porse prelevandola dallo zainetto che porta sempre con sé.

Mi misi a osservarla con attenzione. La fotografia ritraeva a mezzo busto una ragazza dal naso sottile, il capo coperto da un velo, le labbra ben disegnate e un'espressione di grande malinconia negli occhi. Non era brutta, tutt'altro: il suo ovale possedeva una grazia irregolare che la rendeva particolarmente attraente.

«Dio mio, come è giovane» commentai alla fine, continuando a fissare la ragazza.

«Già» disse Caracas con un mezzo sospiro.

«E che occhi tristi che ha» soggiunsi.

Ripetette con la stessa intonazione di voce il "già" di prima; anzi lo ripetette tre volte di seguito. Disse: «Già... già... già», in un modo che a me parve una sorta di messaggio. O di confessione.

«Ti senti troppo vecchio per lei?»

«Non è tanto questo» rispose. «È la sua rassomiglianza.»

«Rassomiglianza con chi?»

«Ma come? Non te ne sei accorto?»

Scossi la testa.

Ero sinceramente meravigliato: a chi stava alludendo che conoscessi anch'io? Restò a fissarmi per un bel po' senza parlare, e d'improvviso mi fu chiaro che si riferiva a Rosa La Rosa. Cominciai a scuotere la testa e continuai a scuoterla mentre sottoponevo la fotografia a una nuova meticolosa ispezione. Quella ragazza non rassomigliava assolutamente a Rosa La Rosa. Neanche in un piccolo dettaglio.

«Sinceramente...» esordii.

Ma lui non mi lasciò andare avanti. Si mise un indice di traverso sulle labbra per zittirmi.

Disse: «Fidati di me».

***

Andammo a rifugiarci nel nostro "parlatorio" prediletto, il locale di Djamel, e lì, sprofondati in una fitta penombra davanti a uno dei soliti tè alla menta e a una fetta di torta di carote, confessai a Caracas che, avendo riletto gli appunti che ricostruiscono la sua vicenda sentimentale con Rosa La Rosa ero stato preso da un grande senso di scoraggiamento.

Si mise subito in allarme. «Perché?»

Cercai di essere insieme preciso e pacato, di dare voce a tutto quello che mi bolliva dentro ma senza offenderlo né inquietarlo più del necessario. Vedi, gli dissi, io ho tutta l'intenzione di tener fede ai miei impegni, di raccontare di te e di Rosa, di fare anzi della vostra storia l'asse portante del mio libro-congedo dedicato alla città, al mio passato, a te che mi sei diventato amico nonostante la mia non improbabile origine ebraica (insistetti parecchio su questo dettaglio, dirò presto perché), ma ti rendi conto che si tratta di un intreccio alquanto insensato? che non si riesce a tenere saldamente in pugno? che scappa in continuazione dalle mani?

«Ma io ti ho raccontato fatti veri. Non mi sono inventato niente.»

«Non ne dubito. Tuttavia il film – posso chiamarlo così? – non risulta credibile.»

«Ma perché? Dimmene la ragione!»

«La ragione... sei tu. Sono i tuoi comportamenti, le tue contraddizioni, le tue anomalie. Ma possibile, Caracas, che tu non abbia mai picchiato Rosa La Rosa, non le abbia mai dato uno schiaffo, non le abbia mai mosso un rimprovero, una minaccia?»

«E come fai a sapere che non l'ho mai picchiata?»

«Non me lo hai mai detto.»

«È vero. Non l'ho mai picchiata. Soltanto un pugno, una volta. Ma non un vero pugno. Una specie di pugno.»

Rimanemmo zitti a lungo. Poi io tornai di nuovo alla carica. «Avresti dovuto costringerla a scegliere: o vai in una comunità a disintossicarti oppure Caracas te lo puoi scordare. Hai commesso errori imperdonabili, amico mio. E incomprensibili anche, dal momento che dici di essere una persona di coraggio, che rischia, che crede nella forza e nel carattere...»

Bevve alcuni sorsi di tè senza rispondermi. Aspirò a lungo l'aria e con essa la penombra che ci avvolgeva. Poi, ma evitando di guardarmi negli occhi, sussurrò: «Me lo sono detto in qualche occasione anch'io: Caracas, guarda che sbagli... Mi illudevo che, con me accanto, prima o poi avrebbe trovato il coraggio di smettere».

«Bel narcisista! Ecco che cosa pensavi: che con la tua volontà, il tuo fascino, la tua potenza, saresti stato tu, alla fine, ad avere ragione della sua malattia, a sconfiggerla.»

«Ti sbagli. Tu non puoi neanche immaginare che cosa ho patito. Narcisista, dici? Ma io piangevo, dentro di me. Sono arrivato al punto – io che detesto le armi da fuoco – di comprare un giorno una pistola e di programmare un delitto. Anzi due delitti.»

«Ma che dici?»

«Alla fine non ho ammazzato nessuno. Ma sono stato sul punto di farlo, questo sì.»

«Chi?»

«Lo spacciatore di Agnano, quello che presi a schiaffi perché voleva che Rosa salisse da sola nel suo appartamento.»

«Non ti era bastato schiaffeggiarlo?»

«Accadde parecchio tempo dopo. Un giorno ebbi il sospetto che Rosa fosse tornata da lui.»

«Capisco.»

«No. Nessuno può capire.»

«Come mai rinunciasti a fargli la festa?»

«Rosa smentì. Le credetti soltanto a metà. Ma non si può ammazzare una persona sulla base di una semplice sensazione.»

«E la seconda volta?»

«Una storia analoga a quella dello spacciatore. Soltanto che si trattava di un vecchio amico di Rosa. Lei era andata a trovarlo a casa sua e si era sentita male dopo aver bevuto un cocktail preparato da lui. Aveva perduto i sensi. Rosa stessa immaginò di essere stata narcotizzata. Preferisco non dire una parola di più…»

«D'accordo. Anch'io preferisco non sapere altro.»

«Fa male anche a te?»

«Be', un po' sì.»

La penombra della sala interna di Djamel concilia gli interrogatori, rilassa, mette a proprio agio. Mi sentivo un po' come un brigadiere di pubblica sicurezza di un commissariato di periferia: signor Caracas, ho ancora due o tre domande da farle…

«Ti dispiace che prenda nota sul mio quaderno anche di questi dettagli?»

«Se vuoi, puoi anche registrare quello che dico. Una cosa soltanto non devi fare: mancare di riguardo a Rosa La Rosa, appiccicarle addosso congetture o fantasie tue. E questo vale anche per me, per favore.»

Gli promisi che gli avrei dato in lettura tutto quello

che avrei scritto, pagina per pagina. Lo ritenevo un suo diritto, e anche, per la verità, un mio vantaggio, un atto di cautela tanto più utile in quanto cominciavo a nutrire grandi incertezze sul suo futuro, compreso quello, diciamo così, di carattere sentimentale. I pentimenti di coloro che si confessano oltre ogni prudenza sono sempre possibili. Di questi tempi, poi.

Dentro di me, sia chiaro, io ero assolutamente convinto che Caracas avrebbe resistito a tutte le pressioni dei suoi "fratelli" e non avrebbe contratto alcun matrimonio anche con la più incantevole delle candidate. Caracas restava indissolubilmente legato a Rosa La Rosa. Provai a farglielo ammettere in maniera esplicita. Mi rispose con parole che non dimenticherò più, parole che risuonarono nel nostro "parlatorio" buio accendendolo qua e là come fossero state tante piccole lampadine.

«Io» mormorò, «oggi non so dire se la parola amore sia quella giusta per definire ciò che ho provato per lei. Amore? Pietà? Desiderio? Sono parole che vanno tutte bene, che spiegano tutte qualcosa. Come anche Superbia. Sfida. Narcisismo. Orgoglio. Presunzione. Vanità. Puntiglio. Ripeto: vanno tutte bene, anche se nessuna di esse basta da sola. Vi sono esperienze con un'unica faccia e altre che ti riempiono la vita, che ti prendono da tutti i lati. Faccio un esempio. Mi eccitava moltissimo andarmene in giro per la città in sua compagnia: la guardavano tutti, faceva girare la testa anche alle donne. E poi Rosa sapeva essere anche allegra, comica, travolgente, tenera. Credi che fosse un impiastro e basta? Ti sbagli. La sua non era una bellezza fredda. In certi momenti la sua ironia diventava addirittura vulcanica, come se dentro di lei non covasse affatto il dramma che covava. Era una donna spaccata in due, con una parte luminosa e un'altra oscura, perversa. Hai ragione: sono stato presuntuoso e arrogante perché soltanto alla fine ho capito che il mio nemico era più forte di me.»

Stavo pensando di chiedergli di mostrarmi ancora una volta la fotografia della ragazza araba che gli era stata offerta in moglie. Volevo capire se effettivamente vi fosse qualcosa in lei, anche soltanto un piccolo particolare, che potesse richiamare alla mente Rosa La Rosa. Ma quando finì di parlare, delle mie curiosità non restava più niente: per Caracas al mondo esistevano soltanto donne insignificanti oppure donne che assomigliavano a Rosa La Rosa. Senza riuscire comunque a eguagliarne il fascino.

# Argento, rame, avorio e madreperla

Vi ho trascorso gli anni migliori della mia giovinezza, prima e dopo la parentesi toscana; tra le sue mura sono avvenute mille iniziazioni. «Ragazzo, non vali molto, rassegnati» mi dissi un giorno.

«Rassegnarmi? E come?»

«Impara l'arte della modestia: ti aiuterà.»

Non mi ha aiutato affatto. Vi sono persone che nascono con un'ostinata vocazione autopunitiva. È il mio caso.

E poi il sesso, naturalmente.

Non sono stato migliore degli altri: né migliore né peggiore. La ragazza (ma aveva parecchi più anni di me) stava lavando della biancheria in una tinozza, le braccia nude, il petto colmo e dondolante dentro la camicia leggera. L'accostai da dietro. China com'era mostrava generosamente le cosce molto oltre i ginocchi. Era tutt'altro che bella ma la sua carnagione era chiara, bianca, di un candore che ancora mi abbacina nel ricordo.

Avevo poco più di dodici anni, forse tredici. Era una giornata estiva e dalle finestre spalancate penetrava un intenso profumo di pomodori in cottura: lo risento nelle narici come fosse allora, acre e sapido. Un afrodisiaco.

«Devi trovartene una della tua età, io sono vecchia» disse, e colsi nei suoi occhi una scintilla di ironia.

Una casa è una casa, una casa, una casa... (ah, le reminiscenze letterarie!). Ma che cosa può condurre al cuore profondo di una parola meglio della sua ossessiva reiterazione?

Fu durante un sabato piovigginoso che ripetetti a Caracas quel "ritornello" fino alla nausea: una casa è una casa, è una casa, è una casa... Alla fine scoppiò in una fragorosa risata e io fui costretto a salire in cattedra: guarda che non sono diventato pazzo.

La visitammo nel tardo pomeriggio. Fu una sorta di regalo da parte del mio ex nazi che era riuscito a ottenere l'agognato appuntamento dal figlio di colei che abita attualmente l'appartamento. Non cesso di festeggiarlo: Caracas il Premuroso. Caracas l'Investigatore. Il Tessitore di trame. L'Infaticabile. Le sue indagini erano partite da uno stringente interrogatorio del portinaio dello stabile. Da questi era passato a Michele Gargiulo, uno dei due attuali proprietari di Mimì alla Ferrovia, che è in via Alfonso d'Aragona, esattamente sotto le finestre dell'appartamento, al quarto piano, dove ho trascorso la prima fetta (la più importante?) della mia vita. Infine, attraverso Gargiulo (ha abitato a lungo il medesimo appartamento a partire dai primissimi anni Sessanta, allorché fu lasciato dai miei genitori) aveva raggiunto la signora Elvira Santangelo. Anzi, prima di lei, aveva incrociato il figlio che si era offerto di farci da guida in casa della madre.

Via via che allacciava i suoi fili Caracas mi informava di ogni mossa, mi relazionava su ogni incontro: all'occorrenza non esitava a vendermi come merce pregiata. Non chiedeva favori, secondo lui distribuiva onori.

Avrebbero dovuto fare tutti a gara per accontentarmi. Una volta ci mancò poco che non gli intimassi di interrompere ogni contatto e di smetterla di occuparsi di me: stop, Caracas, non fai altro che sputtanarmi. Però non glielo dissi. Non ne ebbi il coraggio. O forse non mi parve il caso: quella faccenda mi stava troppo a cuore.

Intanto i giorni passavano senza che accadesse nulla di definitivo. Poi fui costretto a lasciare temporaneamente Napoli per via di un impegno al Nord, ma sempre senza staccare del tutto la spina dal pensiero di quel sopralluogo prossimo venturo. Mi vedevo in continuazione varcare la soglia della vecchia casa, avanzare di qualche passo ruotando intorno uno sguardo pieno di trepidazione, sfiorare con le dita la porta del vecchio tramezzo (tuttora esistente, secondo le assicurazioni fornite a Caracas da Michele Gargiulo) fatto costruire da mio padre per delimitare la mia "cara nicchia" con il lettino, la scrivania, la sedia e una piccola scansia per i libri, insomma più disadorna di quella di Van Gogh, il grande Vincent.

L'attesa stimola l'immaginazione, questo è noto. L'attesa può tessere trame inaudite facendoti cancellare di colpo per esempio intere sezioni della tua vita. L'attesa può indurti a saldare vecchiaia e giovinezza senza metterci niente in mezzo. Forse era esattamente questo il senso della mia impazienza: un'automutilazione della mia biografia a vantaggio dei suoi momenti più significativi, quello della fine e quello del principio. Io in realtà *sono* la mia giovinezza. Il resto è il mio superfluo. Tranne questa resa di conti, questo estremo conato conoscitivo, questo insopportabile desiderio di lucidità.

Finalmente andammo a trovare Michele Gargiulo per definire gli ultimi accordi relativi al sopralluogo dell'appartamento. Erano le cinque del pomeriggio e lui stava mangiando tutto solo a un tavolo del suo ristorante che, in disordine e avvolto in una sorta di malinconica penombra, faceva pensare a una bella donna sorpresa in un momento sbagliato, senza trucco e con gli occhi appiccicosi. Ci confermò che l'appuntamento era stato fissato per l'indomani intorno alle diciotto: ci avrebbe accompagnati il figlio dell'inquilina, un'anziana vedova di oltre ottant'anni che sosteneva di ricordarsi perfettamente di me e di tutti gli altri componenti della mia famiglia in quanto, all'epoca, abitava a sua volta nel medesimo palazzo, al primo piano.

Detto così, sembra un dettaglio insignificante. Accese tuttavia dentro di me una sorta di curiosità collaterale, un supplemento di fervore rievocativo tanto più pungente in quanto, benché mi sforzassi, non riuscivo a ricordare affatto la signora Emilia Santangelo (per altro mia coetanea o quasi), così come non riuscivo a ricordare nessuno degli altri "storici" abitanti di piazza Principe Umberto 4 i cui nomi Michele Gargiulo mi snocciolava un po' alla volta, quasi come per infondermi coraggio: l'orologiaio Palmieri, il dentista Sapio, il colonnello Fiore, il dottor Cannavale, monsignore Pinto.

«Ah, sì, Pinto! Il monsignore lo ricordo benissimo» lo interruppi con aria trionfante.

«Per forza! Abitava nell'appartamento di fronte al suo! Sarebbe stata davvero una cosa enorme se non si fosse ricordato neppure di lui!»

Infatti la cosa era "enorme". Perché non corrispondeva in alcun modo a verità che me lo ricordassi: lo avevo detto soltanto per non sentirmi completamente schiacciato sotto il peso della mia smemoratezza. Per non apparire fino in fondo quel *disabile* che sono.

Me ne rendo conto in special modo quando converso con mia sorella Liliana e mi accorgo che mentre io brancolo nel buio lei, delle mille situazioni del passato, sa sempre tutto fino ai dettagli più minuti e inutili: che cosa disse mia madre quel certo giorno camminando per quella certa via, com'era vestita, com'era pettinata, chi era presente e chi no, come la guardò nostro padre, oppure come successe che non la guardò affatto ma si mise ostentatamente a rimirarsi le unghie, e via puntualizzando in una specie di corsa verso l'infinitamente piccolo. Dai nostri *amarcord* esco di regola con le ossa rotte, sempre più convinto d'essere afflitto da una congenita patologia: la *dimenticanza acuta*, come uso chiamarla non senza un pizzico di civetteria e quasi di autocompiacimento.

Liliana per esempio ricorda perfettamente Mimì alla Ferrovia; io invece no. Su quel tratto di strada i miei occhi non riescono a evocare che una semplice macchia scura, un buco nero con un odore di mosto e di botti; in definitiva, un fondaco insignificante. Invece Liliana afferma che si mangiava bene ed era intensamente frequentato sin d'allora, tanto da poter contare sulla presenza, sia pure molto sporadica, dei nostri stessi genitori e di noi figli al loro seguito.

La trattoria, secondo quanto ci racconta Michele Gargiulo, fu fondata da suo zio Emilio e da sua moglie Ida nel 1943, in piena guerra, quando il contiguo teatro Orfeo conservava ancora un po' del suo vecchio lustro e la stessa via Alfonso D'Aragona non mostrava quei segni di degrado che sopraggiungeranno di lì a poco, con l'arrivo degli americani, della fame acuta, della disoccupazione generalizzata e dell'esplosione della cosiddetta arte di arrangiarsi.

L'indomani arrivai all'appuntamento presso il ristorante con l'anticipo dell'impaziente. Tempo pochi minuti mi raggiunse Caracas e subito dopo il figlio della signora Santangelo, la quale era a casa ad aspettarci. Michele Gargiulo ci raccomandò di passare da lui una volta conclusa l'ispezione. Era in ansia quasi quanto me, tanto che sono sicuro che se il suo scrupolo di supercuoco non lo avesse obbligato a restare a bottega, non avrebbe esitato un istante a seguirmi per tenermi sotto costante osservazione. In certo senso, per quanto lontani potessero essere i nostri punti di vista e modi di sentire, quel mio "rovistare" lo riguardava. Ci accomunava non soltanto uno spazio topografico, non soltanto un insieme di esperienze (per esempio la stessa casa abitata prima dall'uno e poi dall'altro) ma credo soprattutto la nostalgia del passato (non so sino a che punto migliore o peggiore del presente, in ogni caso più "nostro", più in sintonia con il nostro comune sentire).

E ora vorrei mettere bene in ordine le mie emozioni perché esse cominciano dall'inferriata della scala, con quella luna pretenziosa al centro di ogni rombo che mi venne subito incontro facendomi sobbalzare con il suo tocco di dimenticata familiarità. Che rampe potenti, che scalini leggeri: spingevo spesso mia madre con i palmi delle mani premuti sul suo fondoschiena mentre lei mi ammoniva di far piano, di non esagerare con quelle spinte che avrebbero potuto anche trasformarsi in evento catastrofico.

Allora non c'era l'ascensore, adesso sì: avanti, Caracas, entra per primo, non diventiamo formali… E, mentre parlo, lancio altre occhiate all'inferriata.

La signora Elvira Santangelo è sulla porta, là al quarto piano. Nel vedermi emette un grido soffocato. Dice: «Ma lei è rimasto uguale uguale come allora!».

«Ma veramente si ricorda di me?»

«Caspita se mi ricordo: di lei, di sua sorella Liliana, di suo padre, di sua madre...»

«Avevo anche un'altra sorella, Elena.»

«No, quella per la verità non la ricordo.»

«Infatti se ne andò presto di casa, si sposò: io avevo appena tredici anni...»

La signora Santangelo è minuta, ha un sorriso largo, lo sguardo vivace, una comunicativa che fa subito presa. La scruto bene, e all'improvviso pare anche a me di ricordarla, simile a un fantasma che emerge da una bianca caligine. Ma la sua faccia mi comunica effettivamente qualcosa di noto oppure si tratta di semplice illusione, di uno di quei fenomeni di "simpatia" in virtù dei quali uno crede di ricordare quello che in realtà non ricorda affatto?

Di certo, mi piacerebbe infinitamente poter ricambiare le sue parole («Ma sa che lei non è affatto cambiata? Che è rimasta esattamente come allora?»); poter cancellare dal suo viso ogni ruga per farla tornare "la ragazza del primo piano" quale di sicuro fu per i miei genitori e anche per tutti noi figli.

Santangelo è il suo cognome da vedova; suo padre si chiamava Marangio e con la moglie gestì la *buvette* del teatro Orfeo a partire dal 1912: erano gli inquilini che vantavano la maggiore anzianità abitativa di piazza Principe Umberto 4.

Ma divago.

O forse rimescolo in continuazione le carte perché ho paura o quanto meno provo un certo imbarazzo ad affrontare il tema dei temi, questo mio ritorno alla cara "nicchia", alla disadorna camera di Vincent?

Disadorna resta.

Ma senza più il mogano naturale del tramezzo, nel frattempo diventato bianco, tra tripudi di merletti e cuscini anch'essi candidi. Vedi, Caracas? Ai miei tempi non era affatto un ambiente così laccato: in ogni caso è tra queste mura che il tuo amico si è pian piano scoperto uomo…

Lui osserva tutto meticolosamente e sorride, e a me pare che maliziosi pensieri attraversino la sua mente, o forse soltanto pensieri divertiti perché – lo capisco – non è facile immaginarmi nei panni e con le fattezze di un ragazzo: emaciato, un po' strabico (in modo non spiacevole però), monacale, incerto, con un carattere così fioco e oppresso da sogni da indurre mio padre a chiedere ogni tanto inquieto alle figlie: ma ce la farà a cavarsela nella vita? Secondo voi ce la farà?

A me però non confidò mai alcuna preoccupazione circa il mio avvenire. Prese semplicemente atto, questo sì, della mia lontananza dal suo lavoro, della mia sostanziale inadeguatezza a collaborare con lui e a proseguire un giorno l'attività commerciale da lui fondata, e si appoggiò a mia sorella Liliana che, sempre pronta a imbracciare un fucile, divenne la sua stampella, abbandonando lo studio della medicina intrapreso in maniera brillante.

Sensi di colpa? Rimorsi? Autocritiche? Ma no. Vissi la mia defezione con immacolata inconsapevolezza. Semplicemente, non vedevo il problema.

D'altronde rassomigliavo non poco a mio padre. Anche lui non era nato per il commercio. Voleva fare il pittore e, ragazzino, era riuscito a frequentare per alcuni anni l'Istituto di Belle Arti di Napoli finché il padre lo aveva costretto a mollare («Figlio mio, non posso permettermelo, devi cominciare a guadagnare subito…»). Eppure aveva avuto modo di mostrare la propria versatilità con disegni, acqueforti, tempere che, in buon numero, lo accompagneranno a lungo nella vita chiusi dentro a una grossa cassa militare di legno. Noi figli la consideravamo una specie di urna santa e ogni tanto gli chiedevamo di aprirla, dopo averla sistemata sul tavolo di marmo in cucina, per mostrarcene il contenuto. Era un rito.

Perdette la sua amata cassa di legno durante il trasloco di parte delle masserizie in Toscana: finì in paradiso, diciamo così, con i suoi angeli, putti, madonne, alcune copie a matita nera e sanguigna di volti e figure leonardesche e michelangiolesche tra cui, se non ricordo male, il Giona della Cappella Sistina, oltre non so a quanti studi di omeri, mani, piedi, dita, nasi, orecchie, eseguiti a penna, a carboncino, a matita, con rialzi a biacca, su carta bianca, su carta tinteggiata.

La cassa, finché restò in piazza Principe Umberto 4, fu conservata, inaccessibile per via di un lucchetto, nella camera dei miei genitori. Come mai uno smemorato come me riesca a rammentarla in ogni dettaglio è un mistero che neppure provo a sbrogliare. Sta di fatto che la ricordo con una precisione maniacale: il colore del legno, le dimensioni, il coperchio bombato, le coste metalliche qua e là arrugginite, il peso, l'odore (soprattutto quando veniva alzato il coperchio ma anche quando era chiuso e tutti noi figli, per celia, annusavamo quella sorta di reliquiario in cui – così pensavamo e così dicevamo – era racchiuso il "genio" di nostro padre).

Abbandonato l'Istituto di Belle Arti, non aveva mai più né disegnato né dipinto.

Ora non voglio dire la solita banalità, e cioè che appena sono entrato nella camera da letto dei miei genitori mi sono commosso. Non mi sono commosso affatto: ho semplicemente spiegato a Caracas che il letto era esattamente dov'è adesso quello della vedova Santangelo, soltanto che era mastodontico (esiste ancora, lo conserva con cura che sa di devozione mia sorella in casa sua, anzi è diventato il *suo* letto) e faceva parte (fa parte) di un insieme formato da vari altri pezzi tutti altrettanto mastodontici (alto artigianato siciliano, a quanto pare): un armadio a tre ante, un *secrétaire*, un cassettone con un grande rialzo a specchio, due comodini, una vasta culla simile a un sarcofago. Ma il senso di cupa sontuosità di quei mobili andava ben oltre le loro dimensioni. Colonne, ante, testiera, sportelli erano (sono) riquadrati con pannelli di ebano nero con fitti intarsi di figurine raffiguranti putti e uccelli dal vago sapore mitologico e ornamenti floreali in argento, rame, madreperla, avorio.

Questo quasi funesto monumento consacrato all'arte del dormire (ma anche del conservare e dello specchiarsi) apparteneva a mia madre: le era stato donato dall'uomo al quale si era promessa e che avrebbe sicuramente sposato se lui non se ne fosse andato all'altro mondo a causa di un improvviso malore. Mio padre, che lo sostituì all'altare, non ebbe il coraggio di rifiutare l'eredità di quel talamo: perché avrebbe dovuto dispiacere la bella sposa per così poco?

Questi mobili erano tutti contenuti dalla vasta e luminosa camera da letto, la riempivano senza tuttavia soffocarla: sarà per la loro assenza, per via di quei putti, acanti e uccelli che non ci sono più se adesso mi appare vuota, immensa ed estranea? Riluce anch'essa di candida lacca, come la mia cara "nicchia" avvolta da trine e come tutto il resto della casa, così ostinatamente bianca da apparire, a tratti, irreale.

«È tutto così lustro, immacolato» mi complimento con la padrona di casa (mentre ci aggiriamo tra i vari ambienti si intravede una giovane donna che, appartata, lava per terra nella camera che fu delle mie sorelle e io mi chiedo se non ci sia un po' di ossessione in tutto questo bianco abitare, in questo perenne disinfettare, lucidare, far risplendere).

La vedova continua a dire che sono rimasto uguale a com'ero da giovane. Trova del tutto naturale che le abbia chiesto di rivedere l'appartamento abitato "da cucciolo". E mi chiede se per caso tornerò a vivere a Napoli in maniera definitiva.

Non lo so, signora Santangelo. Su questo problema litigo in continuazione con me stesso, perché c'è una parte di me che vorrebbe che tornassi e un'altra che si rifiuta anche soltanto di discuterne. Forse qualcuno o qualcosa mi scaccia da qui? A volte mi pare di avvertire la pressione di una mano che mi spinge con dolcezza fuori dal "recinto". Una mano? La percepisco distintamente, come no. Non in maniera costante, certo, a intermittenza, ora in forma più blanda ora più decisa. Mi sento allora, non senza stupore, un "indesiderato"; un uomo colpito da una sentenza di sfratto.

Si tratta di una partita aperta, come vede, dall'esito imprevedibile. Oddio, non a giudizio di tutti. Prendiamo il mio amico Caracas: lui è convinto che io finirò per ristabilirmi qui. È perentorio. E me lo ricorda in continuazione: «Tu non mollerai più questa città. Non ne avrai il coraggio, io lo so».

Non ne avrò il coraggio perché sono vecchio e i vecchi cercano in continuazione le proprie radici. Si dice che i giapponesi vadano sempre a morire nel luogo in cui sono nati. Forse Caracas ha letto come me questa sentenza da qualche parte e ne è rimasto impressionato. Chissà, forse tra le pagine del suo Mishima.

Però, vede signora Santangelo, ogni tanto anche lui cambia opinione. Rovescia completamente il punto di vista: «Guai a te se torni a vivere qui, sarebbe come una dichiarazione di fallimento, un gesto incoerente che nessuno comprenderebbe. Il tuo stesso prestigio ne risulterebbe offuscato...».

E il bello è che io non so mai dargli torto: né quando afferma un cosa né quando afferma il suo opposto.

Arrivando in cucina, Caracas ha cavato improvvisamente dallo zaino una macchina fotografica e ha chiesto alla signora Santangelo, dopo un leggero inchino da vecchio galateo, se poteva farci qualche fotografia.

Non ho avuto il coraggio di oppormi, benché detesti essere fotografato. Non ne ho avuto il coraggio anche perché la padrona di casa ha accolto con entusiasmo la richiesta. Mi sono limitato perciò a muovermi nella maniera più disinvolta possibile, evitando di guardare nell'obiettivo, anzi di guardare in assoluto Caracas concentrandomi nei miei ricordi. Mi arrivavano addosso a cascata, tanto che non sapevo più quale intrattenere e quale licenziare.

Caracas però non si è comportato con discrezione. Si è pian piano lasciato prendere dal suo gioco e a un certo punto me lo sono trovato addosso quasi pretendesse di fotografare i miei stessi pensieri e ricordi. Ho dovuto dirgli: «Ora basta, per favore. Stai esagerando».

Ha smesso subito, ma non era affatto incavolato, anzi mi sorrideva soddisfatto come chi ha raggiunto il suo scopo. Sono stato anch'io fotografo. Nei suoi panni avrei sorriso anch'io soddisfatto. Come sorrisi quando fotografai alla Stazione Marittima il bacio disperato di un emigrante alla moglie dalla quale stava per separarsi. Oppure lo sguardo sognante di Incoronato a Villa Lucia, un pomeriggio in cui si erano dati appuntamento lui, Compagnone, Michele Prisco, Domenico Rea e Mario Pomilio nello studio di Paolo Ricci e io riuscii a mettere tutti in un solo scatto.

Avevo cominciato a lavorare all'"Unità". Fu mio padre a regalarmi una macchina fotografica pensando che fosse uno strumento indispensabile al completamento della figura professionale che, sia pure di malavoglia, avevo preso a cucirmi addosso. Non lo era affatto. Ma l'oggetto mi appassionò subito: corrispondeva alla mia svagatezza, alla mia preferenza per il vagabondaggio disimpegnato, al mio senso soprattutto visivo, fenomenologico del mondo. E cominciai a fotografare la città, modella perfettamente disinibita nel dolore e nella gioia, sempre piena di scorci ineffabili, di volti intensamente espressivi, di situazioni paradossali.

La sera, lì in cucina, quando non leggevo *Tenera è la notte* – il fatale naufragio del matrimonio tra Dick e Nicole, con quell'angosciosa sequenza finale di Dick che si perde nel nulla della vita come dentro a sabbie mobili (un finale che mi inquieterà a lungo, che mi inquieta ancora) –, quando non leggevo *Moby Dick* o *Giuseppe e i suoi fratelli*, passavo in rassegna gli ultimi fotogrammi realizzati alla ricerca di quelli che avrei fatto stampare in formato grande per la gioia del mio archivio. Ogni fotografia costituiva un passo avanti nel processo di conoscenza di me stesso attraverso la città. O forse della città svestita, penetrata, scandagliata dai miei occhi insaziabili. Eccola, la mia vocazione. Lettore di romanzi o fotografo, ero un voyeur.

## Rosa sviene

Chiamai Caracas al cellulare ma lui non rispose. Capii subito che non voleva parlare con me, che aveva staccato la comunicazione appena controllato il numero di chi lo cercava. Lo capii a pelle, per effetto di una di quelle indefinibili intuizioni che, per quel che mi riguarda, difficilmente mancano il bersaglio.

Nei giorni successivi tentai ancora di raggiungerlo: tra noi non c'era stato alcuno screzio, o se c'era stato io non l'avevo vissuto come tale. La sua prevedibile inconsistenza non poteva giustificare insomma un comportamento così ostile. Infine mi chiesi se gli fosse successo qualcosa di spiacevole; se, nonostante tutto, avesse bisogno del mio aiuto.

Ma come rintracciarlo se non avevo la minima idea di dove abitasse? Sapevo soltanto che occupava (in affitto, se non abusivamente) una specie di "studio" – lo chiamava così – dalle parti di Posillipo, uno scantinato un po' ripulito del quale tuttavia parlava sempre con fastidio e reticenza al punto da indurmi a dubitare della sua reale esistenza.

Andai a cercarlo alla Ferrovia chiedendo di lui qua e

là. Nessuno lo aveva visto. Soltanto nel locale di Djamel riuscii a sapere qualcosa di più. Mi dissero che aveva cenato lì un paio di sere prima e che stava perfettamente in salute. Mi ritenni soddisfatto, e me ne andai senza fare supposizioni. D'altronde Caracas non era forse, anzi prima di tutto, uno stravagante?

Si fece vivo il giorno dopo. Credo che si aspettasse di essere investito dai miei rimproveri, invece io ostentai una serena indifferenza e questo aumentò il suo imbarazzo.

«Pronto?»

«Sì, pronto.»

«Sono io...»

«Lo so.»

«Ehm...»

«...»

«Scusami...»

«E di che?»

«Non sono stato bene...»

«Mi dispiace...»

Sommessi colpi di tosse.

Silenzio.

«Che fai stasera?»

Ci incontrammo a piazza Dante. Aveva un aspetto particolarmente dimesso, di persona stanca e provata. Anche ai naziskin a volte vengono gli occhi lucidi: era stato all'esequie della madre di Rosa. Qualcuno lo aveva avvertito al telefono del decesso e lui non aveva avuto un attimo di incertezza: sarebbe andato al funerale, avrebbe rivisto Rosa, l'avrebbe riabbracciata, si sarebbero parlati.

Dopo di che le avrebbe detto nuovamente addio.

Infatti le cose erano andate più o meno così. Ma l'esperienza lo aveva scombussolato non poco. Per tutta la durata del funerale Rosa non aveva voluto avere accanto che lui, e Caracas non si era mosso dal suo fianco, l'aveva sorretta durante il tragitto sentendo sotto le dita il suo povero corpo ormai molle, sgonfio, simile a una sacca di gomma bucata. Più volte, stringendole il braccio, aveva avvertito sul dorso della mano il peso del suo seno; più volte, cingendola alla vita, lei aveva abbandonato il capo sulla sua spalla suscitandogli ondate di ricordi capaci di bruciare come fossero appartenuti a un recentissimo passato, a un "ieri" destinato evidentemente a non invecchiare mai perché, dice Caracas, quando mai le ferite più profonde che la vita ci procura si rimarginano senza lasciare traccia, senza continuare a pungere?

Quanti anni avevano vissuto insieme? La seconda fase, quella successiva alla prima "fuga" di Rosa, era durata non meno di quattro anni. Poi lei era scomparsa di nuovo. L'assenza, questa volta, era stata molto più lunga, tanto che Caracas, apparentemente rassegnato, era riuscito perfino a "inventarsi" una nuova relazione (non un amore ma una "relazione"). La quale, forse, si sarebbe conclusa anche nel più naturale dei modi, un ragionevole matrimonio, se all'improvviso Rosa, una mattina, non fosse riemersa dal nulla. Un disperato fantasma che parla: ce l'hai ancora con me? Non mi lasci neppure mezza speranza?...

Al cimitero era svenuta. Caracas aveva fatto appena in tempo a impedirle di crollare al suolo sorreggendola per le ascelle. Gli occhiali scuri di lei erano volati via. La gente aveva trattenuto, ma soltanto a metà, una specie di urlo, un sordo rumore di protesta (ma come, ti ricordi soltanto adesso di tua madre? Dopo averla ridotta uno straccio?). Si era sentita volare una bestemmia. Alcune donne, forse parenti o amiche della madre defunta, se l'erano indicata a dito. Né quel trambusto, quegli sguardi, quell'odio erano sfuggiti a Caracas, nonostante la sua attenzione fosse tutta concentrata su Rosa.

Spuntato chissà da dove, era poi comparso uno sgabello, una specie di cassa di legno sulla quale lei era stata messa a sedere: aveva ripreso in parte coscienza, ma il suo pallore venato di giallo faceva impressione e facevano impressione gli occhi, non più protetti. Sembravano tumefatti come quelli di un pugile alla fine di una gara terribilmente sfortunata.

Allora a Caracas era tornata in mente la sera in cui si era deciso ad abbandonare per sempre Rosa: quell'impulso liberatorio, assassino, che lo aveva assalito dopo un breve agitato dormiveglia. Lei era là, imbottita di droga al centro della stanza, curva, immobile, incosciente, testimone di pietra delle angosce di lui che, su una sponda del letto, maneggiava la sua "molletta" (o ne aveva già fatto scattare la lama?).

Perché non l'aveva uccisa? Perché aveva preferito infilare la porta lasciandola nella sua devastata solitudine? Se l'avesse fatto non sarebbe stato certo per odio. Semmai per amore. Anzi per pietà. Tanto più che, nel suo caso, la pietà era nient'altro che un travestimento dell'amore. Semplicemente, non ne aveva avuto il coraggio.

Al momento del distacco, prima di salire sull'automobile nera che l'aveva accompagnata al cimitero, Rosa aveva voluto riabbracciarlo. Stringendolo a sé gli aveva mormorato in un orecchio: «Questa volta l'addio è per sempre. Credo che non ci vedremo mai più».

«Lo so» le aveva risposto lui.

Ecco perché non si era fatto vivo per tutti quei giorni.

# Colori e vernici

Caracas mi ha chiesto di spiegargli le ragioni "vere" per le quali intendo abbandonare l'incarico che svolgo con accanita diligenza da cinque anni. Con chi ce l'ho? Ho risposto d'impeto: «Con me stesso».

È vero. Ce l'ho con me stesso in quanto partecipe di un'etnia e quindi di un determinato sentire, di una cultura che ormai si è fatta infezione, malattia. Tanto più subdola in quanto si ammanta di sentimento, di simpatia e affabilità. È come se volessi dimettermi da me stesso, da quello che sono. Un atto di pura protesta.

La domanda da parte dell'ex nazi non è arrivata per caso: un suo amico fotografo, ignaro dei rapporti che corrono tra noi due, gli aveva confidenzialmente comunicato che io, per ragioni di malumore politico, ero in procinto di dimettermi. Caracas allora gli aveva chiesto come facesse a saperlo e lui, l'amico, si era stupito: ma lo sanno tutti!

«È vero?»

«Che cosa?»

«Che lo sanno tutti?»

Ero turbato: che cosa potevo rispondere? Avrei dovuto immaginarmele, le mormorazioni che avrebbe provocato la mia quotidiana ostentazione di scontento. Invece non avevo immaginato niente.

Ho scosso le spalle come fa chi non ha niente da dire. Stavamo andando verso la moschea di piazza Mercato che da tempo gli chiedevo di visitare e dove da tempo lui era impaziente di condurmi, anche per farmi conoscere i due napoletani che ne sono i custodi responsabili: uno in qualità di *imam*, quindi con mansioni prevalentemente religiose; l'altro con compiti soprattutto culturali e di natura associativa.

Anche piazza Mercato fa parte del pianeta Ferrovia. Forse ormai la Ferrovia è tutta Napoli. Che, a sua volta, ha confini molto poco precisi rispetto all'immensa conurbazione che giorno dopo giorno si va strutturando da un lato e dall'altro del golfo. Prendiamo il numero di abitanti convenzionalmente attribuiti alla città. Meno di un milione, si dice, ma chi ci crede? Ognuno ritiene di poter rispondere alla domanda a modo suo; ognuno spara la cifra che preferisce, e a buona ragione in quanto nessuno è in grado di assegnare confini convincenti alla metropoli.

Partiamo da oriente. Ha forse per limite Portici? Ma via! Finisce a Torre del Greco? A Castellammare? Neanche a parlarne. La città ormai si estende, senza soluzione di continuità, seguendo la linea di costa, ma non solo, estendendosi sulle pendici del Vesuvio, stretto d'assedio da tutti i lati. A Pompei il torrente di cemento si biforca; da un lato accompagna il mare fino e oltre Sorrento, si spalma sulla grande piana tufacea ai piedi dei monti Lattari; dall'altra galoppa per vie interne in direzione di Salerno.

E sull'altro versante? Non accade nulla di diverso: la

città si dispiega a ventaglio verso Monte di Procida e la Domiziana.

Si dice che la conurbazione abbia fuso, stia fondendo, almeno tre province: quelle di Napoli, di Salerno e di Caserta. Una conurbazione che vale una megalopoli la quale, soprattutto in alcune aree, sfiora la presenza di duemila anime per chilometro quadrato, densità abitativa tra le più elevate del mondo e destinata a salire ancora per l'arrivo quotidiano, ininterrotto, di immigrati: cinesi, arabi, africani, rumeni, polacchi.

Caracas, e se per caso fosse tutta intera questa conurbazione una sorta di metastasi della Ferrovia, una sua folle e illimitata riproduzione? Pensaci. Suppongo che allora anche il nostro indagare non dovrebbe avere termine. Ti giuro che se avessi trent'anni di meno non esiterei un istante a chiederti di partire con me, zaini in spalla, per un viaggio senza fine in questo pianeta senza fine.

Comunque, malandato come qui, penso che il "pianeta" non riesca a esserlo in nessun altro suo spicchio. Al Mercato il livello di degrado urbanistico è tutt'uno con quello sociale. Il rapporto uomo-mattone ha quasi il valore di un'equivalenza algebrica, come attesta la somiglianza tra quelle mura provate dal tempo e dall'incuria e le facce di coloro che tra quelle mura risiedono. Da sempre. Da secoli. Mura e facce uguali da morire.

Ho sfidato Caracas ad addentrarci il più possibile nella matassa di strade compresa tra corso Garibaldi e via Lavinaio la cui toponomastica risuona tutt'altro che estranea alle mie orecchie: via Santi Quaranta, via Savarese, vico Salaiolo, vico Ferze, vico Sant'Alessio, vico Colonne, vico Rotto, vico Grazie, vico Zite, vico Molino e, finalmente, quella via del Carmine che porta diritto nell'omonima piazza dove, sotto la scritta COLORI e VERNICI, c'era l'azienda di mio padre.

Dopo Porta Nolana abbiamo imboccato via Lavinaio. Caracas avrebbe voluto percorrere corso Garibaldi ma io ho insistito nel voler passare di lì e ho fatto perfino dell'ironia sulle sue perplessità: di che cosa hai paura? ci sono qua io...

Ma quando il vicolo si assottiglia e si fa intestino tra intonaci lebbrosi e maleodoranti, come fai a impedirti di avere paura e di credere all'inferno? Come fai a non scorgere in ogni faccia che incroci tutto un mondo di cattive intenzioni e di latenti ferocie?

Via Lavinaio ha innegabilmente un suono un po' sinistro, o forse soltanto disperato, e non da adesso. Da ragazzo evitavo perfino di pronunciarlo, quel nome, che evoca da sempre lo spettro del lazzaro nelle sue incarnazioni più degradate.

Un tempo lontano vi scorrevano le acque provenienti dalla collina. Le "lave" si raccoglievano in un alveo a San Carlo all'Arena e di lì, lungo un percorso abbastanza rettilineo, raggiungevano *'o lavenaro* e quindi il mare. Era insomma più che altro un canale. Che, dopo la ristrutturazione del sistema idraulico a opera degli Angioini, fu colmato e quindi intensamente edificato con fondaci, magazzini, cortili concepiti (straordinaria lungimiranza urbanistica!) come supporto di quella piazza Mercato sin da allora, se non da prima, cuore pulsante della Napoli commerciale a ridosso del porto.

In quell'area, assicurano gli storici, si svolgevano attività specializzate che caratterizzavano ciascun vicolo soprattutto sotto l'aspetto merceologico di modo che, nel loro insieme, quei vicoli finirono per costituire una sorta di moderno interporto, di "unica grande attrezzatura urbana rivolta al Lavinaio e, per esso, al Mercato...”*

L’annotazione ha la sua importanza in questo mio diario (o quasi-diario). L’importanza dell’incubo onirico, perché io l’ho vista scomparire con i miei occhi questa Napoli mercantile vecchia di almeno otto secoli e forse più. L’ho vista scomparire assieme a mio padre, o meglio attraverso i suoi occhi, le sue ansie e malinconie: un po’ alla volta, anzi no, quasi di colpo, appena fu chiaro che la città non aveva più il suo porto, che il mare era stato confiscato dalla guerra fredda e piazza Mercato poteva ormai essere anche recintata da una grande muraglia. Che infatti fu eretta, separandola (la separa ancora oggi) dal resto del mondo.

Uffici, magazzino e insegna (*COLORI e VERNICI*) sorgevano proprio di fronte alla chiesa del Carmine: un’impresa coi fiocchi. Quando scoppiò la guerra mio padre aveva raggiunto un ragguardevole benessere: era considerato un fior di commerciante, con clienti sparsi un po’ dappertutto, in Grecia, in Albania, in Sicilia, oltre che nella provincia e nello stesso centro storico di Napoli. Questi clienti erano commercianti a loro volta,

* La citazione è ricavata da *Napoli Atlante della Città Storica* (vol. *Quartieri Bassi e “Risanamento”*), Clean, Napoli 2003, un’opera monumentale dell’architetto Italo Ferraro, uno degli studiosi più preparati sulla morfologia e sulla storia urbanistica della città. A proposito dei vicoli citati, Ferraro sostiene che essi possono essere definiti veri e propri vicoli-fondaci i quali, perduta la funzione originaria, “permangono ora solo come patologia della forma”. Di particolare interesse, almeno ai miei fini, è poi l’osservazione in base alla quale “i quindici vicoli che frammentano questo enorme corpo di fabbrica... costituivano un sistema necessario e complementare alla città, un grande bazar...” nonché “una delle più importanti ed estese testimonianze della forma della città mercantile esistenti in Europa”.

ovviamente di più modeste dimensioni, e formavano la costellazione, ormai in via di estinzione, dei venditori al minuto.

Non ci fosse stata la guerra, avrebbe tagliato chissà quali traguardi il caro don Carlo. Come li avrebbero tagliati tutti gli altri suoi colleghi "grossisti" di piazza Mercato, discendenti di una stirpe che con un po' di enfasi, ma in maniera non infondata, può essere fatta risalire all'alto Medioevo e al genio urbanistico degli architetti angioini. Architetti ai quali sostanzialmente si deve l'idea di una Napoli emporio del Mediterraneo, città-mercato, città-capolinea di merci e di grandi e piccole transazioni (come non ricordare, al riguardo, la biografia di Giovanni Boccaccio che, figlio di un uomo d'affari toscano, viene spedito adolescente a Napoli a far pratica mercantile presso la compagnia dei Bardi, potenti banchieri della corte angioina?).

Invece ci fu la guerra. Uno sconquasso inaudito. Bombardamenti a non finire. Macerie. Alcuni depositi della nostra ditta andarono distrutti con tutte le mercanzie. E come se non bastasse, finita la guerra, ci fu il dopoguerra, anzi la guerra fredda, con la cancellazione di quel mare che aveva lambito per secoli piazza Mercato.

Al ritorno dalla Toscana, mio padre ricostituì la sua azienda nella convinzione di poterle ridare le ali e farla volare ancora una volta dopo l'orrenda parentesi bellica. Anche le altre saracinesche superstiti furono riaperte e piazza Mercato sembrò per un momento farsi bandiera dell'impazienza di rinascita di tutta la città.

Ma quanto durò la festa?

Nel 1954 l'intera area già appariva chiusa come dentro a una prigione dalla famigerata palazzata Ottieri: uno spaventoso *continuum* di cemento alto dieci piani simile a una diga sopra a un invaso. Un mostro che valeva un ammonimento: napoletani, non c'è mare per i vostri sogni, non c'è porto, non c'è industria, non c'è commercio; la città non vi appartiene, è una necessità strategico-militare, è proprietà esclusiva della guerra fredda.

***

Percorremmo via Lavinaio e vicoli adiacenti in uno zigzag capriccioso ma commovente, almeno per me. La percorremmo io con la flemma di chi cerca il tempo perduto, Caracas con l'impazienza di chi ha qualcosa da dimostrare. Qualcosa di importante. Il suo fervore religioso? La sua amicizia con l'*imam* Yasin e il *massul* AbdAllah, napoletano a sua volta? L'impazienza di Caracas si toccava con mano. Quando io mi fermavo davanti a una vetrina, a una bancarella, lui si metteva a battere un piede sul selciato e in qualche caso non esitava ad appoggiare una mano sulla mia spalla esercitando una lieve pressione, un cauto invito a procedere.

Non ci potevano essere dubbi: aveva qualcosa di importante da dimostrare, anche se forse quella "cosa" non era del tutto chiara a lui stesso.

Quanto a me, non cascavo certo dalle nuvole per via di quel suo nervosismo mal mimetizzato: due giorni prima avevamo violentemente litigato e l'evento non era stato del tutto digerito né dall'uno né dall'altro. Un litigio simile a un incendio improvviso, pieno di crepitii e di lampi. Non era mai successo. Avevo perduto la calma, avevo gridato, lo avevo ingiuriato e lui aveva abbassato il capo. Ma tenendo ferme le sue posizioni.

La scena si era svolta nei pressi dell'Helvethia, alla Ferrovia, davanti alla statua di Garibaldi che dev'essersi tappato le orecchie per non sentire le frasi dissennate pronunciate da Caracas e le mie urla di risentimento, le mie accuse, le mie minacce: ho capito, Caracas, tu hai deciso di mettere la parola fine alla nostra amicizia... mi ero illuso che... ma non sei cambiato affatto...

Fermi in mezzo alla piazza in una sera rigida e stellata. Mi ero sentito addirittura male per via delle aritmie, lui allora aveva allungato un braccio per sorreggermi e io glielo avevo respinto con rabbia.

Non ero soltanto incazzato. Ero anche ferocemente deluso: che influenza ero riuscito mai a esercitare su di lui se i suoi più squallidi pregiudizi riemergevano di colpo con rinnovata baldanza dal loro oscuro deposito? Possibile che non avessi seminato dubbi nel suo cuore? Possibile che dopo tanto ragionare e camminare, camminare e ragionare, lui potesse essere così disinvolto nel resuscitare i suoi peggiori fantasmi e agitarli davanti ai miei occhi come se nulla fosse accaduto nel frattempo?

In questione erano soprattutto gli ebrei (mi correggo: il suo insensato odio per gli ebrei). Ma anche il diritto delle donne all'emancipazione.

Suppongo che in via Lavinaio Caracas volesse raggiungere rapidamente la moschea anche per questo: fugare ogni mio eventuale dubbio sulla qualità della sua conversione religiosa e il rigore di coloro che l'avevano propiziata. «Ho paura che tu stia vivendo molto male i precetti di Maometto» gli avevo detto infatti alla Ferrovia. «Li vai interpretando nel modo più retrivo e bigotto: rischi di finire male.»

Finalmente arrivammo alla moschea: non sapevo che alloggiasse in un'ala del Carminiello. Ero emozionato. I locali occupati dall'azienda di mio padre sono a pochi passi; il Carminiello fa parte insomma di quell'immaginario topografico (dalla Sanità al Mercato passando da piazza Garibaldi) che mi ha accompagnato per la vita e mi ha identificato. In certo senso potrei dire che io *sono* quell'icona. Che io *sono* il Carminiello con le sue mura spellate, la sua desolante nudità, il suo tufo che emerge come carne viva dopo la patologica caduta degli intonaci, simbolo insieme di miseria, incuria e rassegnazione.

L'edificio è vasto, il suo degrado ha come una grandiosità che lo fa assomigliare a una scenografia cinematografica. Lungo le strade e stradine che lo circondano non c'è nulla che non racconti di un dopoguerra non ancora finito.

L'origine è incerta. Fu in principio una semplice cappella, detta del Carminiello per distinguerla dalla chiesa del Carmine Maggiore, molto antica, preesistente alla sistemazione di piazza Mercato (1270) da parte di Carlo I d'Angiò.

Le prime notizie relative a un Conservatorio annesso alla cappella del Carminiello risalgono agli inizi del Seicento. Da quel momento la documentazione si infittisce, informandoci di una serie successiva di ampliamenti fino alla configurazione attuale, già parzialmente riconoscibile nei dipinti dedicati alla rivolta di Masaniello, soprattutto da parte di quel Micco Spadaro di cui mi reputo accanito ammiratore.

Alla moschea si accede attraverso un ingresso modesto sormontato da un tabellone su cui è scritto "Associazione culturale islamica Zayd Ibn Thabit". Entri, ed è subito penombra. Nel vestibolo, come regola impone, ci si toglie le scarpe, operazione che eseguii a fatica seduto su uno sgabello sotto lo sguardo vigile di Caracas.

Il salone delle preghiere è a sinistra: un ambiente dalle alte volte rotonde con il pavimento ricoperto di tappeti. Una successione di ampie arcate ottocentesche si innalzano severamente verso il soffitto incassate nel muro come spicchi d'arancia appena emergenti.

Quando mi alzai dallo sgabello a piedi nudi (calze blu, disagio, senso di freddo) notai che Caracas sorrideva. Gli sorrisi anch'io: così, d'istinto, perché ero impacciato e mi sentivo ridicolo. Ben cosciente che quei sorrisi non modificavano minimamente il mio stato di belligeranza con lui. La sua sfuriata antiebraica aveva scatenato dentro di me una reazione troppo forte e ormai ingovernabile senza un qualche significativo risarcimento. Tanto più che mi era parsa contrastare con gli stessi principi della religione da lui appena abbracciata, un "verbo" alieno da ogni forma di odio razziale, come è scritto esplicitamente nel Corano. (Che poi, attualmente, gli arabi odino gli ebrei è tutt'altra faccenda: del resto, ne hanno ben donde.)

Da sempre assertore convinto delle ragioni del popolo palestinese, non potevo insomma tollerare di vedere assimilate le mie opinioni e preferenze a quelle di un irragionevole detrattore di un intero popolo e di una religione in quanto tale, di un "negazionista" che osava bollare di falso storico le camere a gas nei campi di concentramento nazisti. «Ma ti rendi conto delle bestemmie che pronunci? Della cecità dei tuoi giudizi?» gli avevo chiesto alla Ferrovia. Constatando che no, non se ne rendeva affatto conto. Alla fine, recuperato un minimo di calma, avevo deviato il discorso per non chiudere la serata con una rottura in piena regola. Ma restando freddo, distante.

Ci eravamo rivisti anche il giorno dopo: brevemente e senza polemizzare, limitandoci a galleggiare sui nostri contrasti, convinti di dover prima o poi riprendere il discorso alla ricerca di una soluzione che potessimo considerare entrambi accettabile. La visita alla moschea rappresentava la prima mossa di questo ritorno alla normalità? Ero curioso di capire il messaggio che attraverso quel sopralluogo lui intendeva trasmettermi.

Ci incamminammo scalzi attraverso una stretta scala a chiocciola raggiungendo un ammezzato senza finestre, buio, dimesso, largo e profondo, con poche persone accartocciate per terra contro i muri, ombre in mezzo ad altre ombre e perciò invisibili a prima vista. In fondo al salone-corridoio, in un piccolo ufficio disadorno, ci aspettavano il giovane Yasin e il *massul* AbdAllah, vale a dire il responsabile organizzativo e amministrativo della moschea che, in quanto luogo sociale e culturale, oltre che di culto, è sede di numerose attività.

Lo capii al volo. Anzi lo sapevo già prima ancora di iniziare quella passeggiata-ispezione. Caracas, e non dico del tutto consapevolmente, aveva deciso di giocarseli come carta a suo favore: proprio loro, l'*imam* e il *massul*, con le rispettive facce pulite e storie edificanti.

Li guardava con occhi illuminati, di vittoria. Vedi?, dicevano i suoi occhi a palla, provengono tutti e due da esperienze di sinistra, hanno il tuo medesimo marchio di fabbrica, eppure con loro mi intendo perfettamente.

Due storie edificanti, come no. E con diversi punti in comune. A diciotto anni il *massul* remava con il pci: era già considerato un piccolo leader in una sezione di periferia. In cima ai suoi pensieri, Antonio Gramsci e Francesco D'Assisi (l'accostamento non è poi così improponibile come può sembrare a prima vista, assicura lui).

Tutto sarebbe andato avanti secondo il più prevedibile dei copioni se non fosse intervenuto violentemente il caso. Un brutto giorno fu investito da un furgoncino che andava a forte andatura. Perdette conoscenza. Non per pochi secondi o minuti o ore. Trascorse un mese intero in coma. Sembrava che non dovesse svegliarsi più. Invece una mattina prese a sbattere le palpebre, accecato da una grande luce dalla quale emergeva una mano che cercava di aiutarlo a sollevarsi. In quel momento lui non era in un letto d'ospedale; nella sua immaginazione giaceva riverso sul selciato di una strada privo di forze.

AbdAllah lentamente si ristabilì del tutto, benché quella mano soccorrevole continuasse a turbare di tanto in tanto i suoi sonni e anche, a volte, le sue veglie, nei momenti più impensati della giornata. Trascorse del tempo, finché una mattina, come sospinto proprio dalla quella mano misericordiosa, decise di non poter rinviare oltre l'appuntamento con il Santo di Assisi, e prese la strada del convento.

Dopo un anno di noviziato eccolo però di nuovo nel secolo, a Napoli naturalmente, su consiglio del Padre Superiore dei francescani: torna a casa e controlla meglio te stesso, figliolo; poi, se avrai superato tutti i dubbi, tornerai qui...

È una bella storia, come negarlo? Che il *massul* racconta pacato nell'anello d'ombra che avvolge l'ufficio poco illuminato. Neppure Caracas la conosceva: lo guarda a labbra dischiuse e il volto di marmo, più statua che persona in carne e ossa.

Il *massul* è sui trentacinque anni, forse quaranta, un uomo dai tratti delicati e un sorriso quasi fanciullesco. Ha capelli scuri, mani sottili, sguardo trasognato, coerentemente con la sua biografia. Racconta serafico l'epilogo della sua storia: il suo incontro con Maometto.

Dopo l'esperienza francescana si mise a lavorare all'università come ricercatore precario (laureato in filosofia, aveva appena concluso un brillante dottorato). E poiché quell'attività gli lasciava molto tempo libero, prese a dedicarsi a una sorta di volontariato tra gli extracomunitari più emarginati, cercando di strappare al marciapiede le prostitute che affollavano la periferia nord di Napoli, le povere "lucciole" della Domiziana. Un giorno un algerino "di talento", del quale era diventato amico assiduo, gli regalò un libro che lo rapì come una rivelazione.

Era il Corano. Leggerlo e convertirsi all'Islam fu un tutt'uno.

«Amici, non ho altro da aggiungere» disse il *massul* con una certa solennità, ed era chiaro che si riferiva soprattutto a me.

Ero soddisfatto. Tutte le "belle" storie hanno il talento di riempirmi il cuore. Ho fatto a lungo il giornalista, nella vita, e so distinguere d'istinto le storie che valgono qualcosa da quelle che valgono poco o addirittura niente. Le so distinguere dalla musica che le accompagna (ogni storia ha la sua melodia, il suo ritmo, la sua disperazione).

Tutto questo non vuole dire affatto che la biografia dell'*imam* catturi meno di quella di AbdAllah. Rispecchia un altro carattere, questo sì, forse più secco, più terreno, meno intessuto di fili soprannaturali e romantici. Ma altrettanto seducente e bizzarro.

L'*imam*, più giovane del *massul*, dichiarò subito i suoi anni. Che sono appena trentadue (e gliene daresti volentieri di meno) nonostante la barba nera e intensa e lo sguardo capriccioso quasi più intenso e nero della barba.

Fino a quel momento, mentre il *massul* si confessava con me e con Caracas, lui aveva sbrigato varie faccende;

aveva parlato più volte al telefono; aveva conversato con un paio di persone in un arabo così crepitante da riempirmi d'ammirazione; aveva letto un documento (anch'esso scritto in arabo) che poi aveva consegnato nelle mani di un collaboratore affinché lo recapitasse non so a chi; aveva sorseggiato un bicchiere di acqua minerale. Insomma non era stato fermo un momento, denunciando il vulcano che si porta dentro, per vocazione oltre che per anagrafe (è nato a Pompei e vive a Boscoreale, ai piedi del Vesuvio).

Sui vent'anni, studiava da tecnico-industriale a Torre Annunziata. Ma con tanta riottosa ostilità per i libri da essere bocciato quattro volte consecutivamente. Alla quarta bocciatura addirittura il preside dell'Istituto gli disse di non poterlo più riammettere: sei irrimediabilmente una testa dura, ho l'impressione che nella vita non farai nulla di buono, comunque puoi ancora seguire i corsi serali, quelli dedicati ai ragazzi che lavorano e ai ciucci come te...

E Maometto?

Calma. Arriverà.

«Un giorno mio padre comprò un'enciclopedia. Mi incuriosì. Presi a sfogliarla, a leggiucchiarla qua e là. Ed ecco che l'occhio mi si ferma sulla parola Islam. Non l'avevo mai sentita. Cominciai a leggere. Allora accadde un fatto strano, per me insolito: più leggevo più mi cresceva dentro la voglia di saperne ancora.»

Era iscritto a Rifondazione comunista. La passione politica si era impadronita di lui già da qualche tempo, inducendolo a capeggiare proteste, a organizzare marce, a partecipare a scontri. Della politica gli piaceva soprattutto l'azione, l'impegno. Era anche un *ultrà* della locale squadra di calcio. Anzi, meglio: il capo di tutti gli *ultras*.

È a questo punto che Maometto comincia a bussare alla sua porta.

Conosce un marocchino, un vecchio immigrato che sopravvive vendendo sigarette di contrabbando su una bancarella a Boscoreale. Una sera va a trovarlo e gli chiede di dirgli tutto quello che sa sull'Islam e sul Corano. L'immigrato allarga le braccia: vuoi scherzare? Posso dirti ben poco, io, ignorante come sono. In compenso però posso accompagnarti in un paese qui vicino dove esiste una piccola moschea con un *imam* e tanti fratelli bene informati che sicuramente daranno soddisfazione a tutte le tue curiosità...

Ma il piatto forte deve ancora arrivare. Un giorno Yasin (ma allora non si chiamava ancora così) fa domanda di ammissione all'università di Medina, in Arabia Saudita: vuole imparare l'arabo e studiare la legge islamica, la *Sharjah*.

«Non ero affatto sicuro che ce l'avrei fatta: pregavo anzi in continuazione Dio di darmi una mano. Per la verità, anche se una parte di me ci sperava, ero convinto che mai e poi mai la mia richiesta sarebbe stata accettata, pur essendo a conoscenza di altre richieste accolte in passato, sia da parte di candidati italiani sia di altri Paesi.»

Temeva soprattutto che a Medina potessero assumere informazioni sul suo curriculum scolastico e, una volta al corrente dei suoi reiterati insuccessi, mandarlo al diavolo (come tutti sanno, anche i musulmani hanno il diavolo).

Invece lo accettarono.

Allora lui imparò l'arabo come forse non aveva imparato l'italiano: senza essere mai bocciato.

Restò a Medina sei anni di seguito, fino a conseguire il titolo di dottore in *Sharjah*. Ormai era diventato un altro uomo. Si chiamava Yasin ed era sposato: con una ragazza albanese, musulmana, conosciuta attraverso il sistema della fotografia.

***

Si era fatta l'ora della preghiera. Potevo assistervi? Mi fu concesso. Ero curioso di osservare e ascoltare Yasin mentre invocava Allah con la sua voce un po' asprigna, tutta naso e gola, simile a un vino giovane. Tra i Detti attribuiti al Profeta Muhammad ne figura uno che suona così: "Il migliore tra voi è colui che impara il Corano e lo insegna".

Già, ma quale Corano?

Molti ritengono che la violenza sia connaturata alla religione di Maometto. Io penso di no. Penso che le religioni siano strumenti di per sé neutri nelle mani degli uomini, che le interpretano conformemente al proprio modo di sentire quando purtroppo non le usano per metterle al servizio dei propri interessi politici o di clan. Dopo averli conosciuti, come avrei potuto dubitare per esempio della pulizia morale di Yasin e di AbdAllah, nonché della "bontà" del Corano da loro professato?

Forse non era altra che questa la conclusione alla quale Caracas aveva sperato di indurmi. D'accordo, c'era riuscito, ma poi? Yasin e il *massul*, con le loro facce di brave persone, non erano certo in grado di sanare i nostri dissidi. Soltanto lui avrebbe potuto farlo, rinnegando i mostri che continuava a nascondere dentro di sé. Ne sarebbe stato mai capace?

Mi chiesi all'improvviso se fosse sul punto di scoppiare definitivamente dentro di me anche quell'amicizia così come stavano scoppiando, o minacciavano di scoppiare, tante altre apparenti certezze e relazioni: tutta una cristalliera piena zeppa di vetri pregiati, bicchieri, ninnoli, bottiglie...

La mia ira mi spaventava: che cosa mi stava succedendo? Aveva spaventato anche Caracas: sembrava temere non meno di me una spaccatura irrimediabile. Capii che soffriva, che era sulle spine. Tanto quanto lo ero io.

La mia attenzione era concentrata su di lui (molto più che su Yasin e sul *massul*): ne controllavo ogni singola mossa. Non lo avevo mai visto pregare: ero sul punto di colmare anche questa lacuna e mi chiedevo se fossi riuscito a capire qualcosa di più di lui.

Nonostante i tappeti, i piedi avevano cominciato a gelarsi. Nel salone al pianoterra, dove si sarebbe svolto il rito, avevano già preso posto numerosi "fratelli", in genere extracomunitari non ancora quarantenni o di età appena superiore, uomini senza sorriso e di poco avvenire che arrivavano in moschea spesso per nutrire, insieme allo spirito, anche il corpo, grazie alla distribuzione quotidiana di un pasto caldo organizzato soprattutto dall'infaticabile *massul*.

Caracas si sistemò in mezzo a loro e si inginocchiò. L'*imam* aveva indossato una specie di saio, un camice color nocciola con dei ricami verticali. Io, all'impiedi con le spalle alla parete di fronte all'ingresso, ero in grado di tenere sotto osservazione sia Caracas sia la piccola struttura ricoperta da un panno bianco alla maniera di un altare, posta nell'angolo del salone orientato verso il punto in cui sorge il sole, sul fianco sinistro del Vesuvio.

Ebbe inizio il rito. I fedeli si chinavano a intervalli fino a toccare il suolo con la faccia; facevano ondeggiare i palmi delle mani aperte verso l'alto. Sopra il piccolo "altare", fissato al muro, c'era un microfono che trasmetteva le parole di Yasin amplificate da un altoparlante nascosto chissà dove. Pronunciava le sue giaculatorie in lingua araba, alle quali i fedeli rispondevano con borbottii. Anche Caracas protendeva entrambe le braccia facendo ondeggiare le mani con i palmi in alto; pronunciava parole incomprensibili; chinava il capo a terra arcuando fortemente la schiena. Anzi a me sembrava che eseguisse quell'atto di sottomissione con particolare impegno, facendo aderire l'intera fronte al tappeto e trattenendola in quella posizione, ogni volta, qualche frazione di tempo più a lungo degli altri.

Mi parve che avvertisse il peso della mia presenza. Il peso? O piuttosto una sensazione nient'affatto negativa, come di lusinga e di premio? Tra una genuflessione e l'altra non faceva che lanciarmi continui lampi con i suoi occhi all'infuori. Lampi che io contraccambiavo con la schiena sempre più schiacciata contro il muro e la sgradevole consapevolezza dell'anomalia voyeuristica di quella mia presenza verticale, indiscreta, irriverente tra un pugno d'uomini raccolti in un momento di intensa intimità.

Non vedevo l'ora che lo strazio finisse. E quando finì feci in modo di svignarmela senza altri indugi.

Caracas, premuroso, mi seguì.

***

Quando uscimmo dalla moschea c'era il sole. In piazza del Carmine un sassofono ambulante riempiva l'indolente siesta con le note di *Bésame mucho*. Il sassofono era sostenuto da una "base" orchestrale trasmessa da un vecchio stereo a batteria sistemato su un portavaligie a rotelle. Il sassofonista (tutt'altro che inesperto) era un uomo piccolo dall'incarnato scuro: lo avresti detto uno zingaro. Aveva occhi neri e liquidi. Con il suo strumento e quella canzone così datata regalava alla piazza come un colpo di vento, l'ombra di un ricordo, un alito di malinconia.

Colsi della sorpresa anche sulla fronte di Caracas. Avrei voluto provocarlo: avevo ancora negli occhi le sue genuflessioni, le sue invocazioni ("Allah, perdona i miei peccati"), soprattutto mi bruciava il rigurgito antisemita di due giorni prima, la sua carica di volgarità. Un litigio coi fiocchi. Senza precedenti. Non avevo mai perduto la calma prima d'allora, anche perché lui mi aveva lasciato credere, non dico in un ravvedimento, ma come in un distacco, in una presa di distanza dal suo vecchio armamentario ideologico, in un ripensamento critico delle idee professate e delle azioni compiute in passato. "Mi hai ingannato, Caracas, ti sei beffato di me" avrei voluto dirgli (ma non gli dissi) alle spalle della statua di Garibaldi durante la nostra burrasca. "Ti sei finto agnello ma eri più lupo che mai. Questo si chiama giocare sporco."

Ci trattenemmo al Mercato sino a sera: pretesi che passasse in rassegna ogni angolo di strada, che si fermasse a guardare chiese e negozi, che percorresse passo a passo la vasta esedra sulla quale continua a incombere la sinistra mole della palazzata Ottieri, che ascoltasse i miei inesauribili ricordi, che si indignasse con me per il penoso degrado di quella fetta di città dove ormai spadroneggia in maniera sfacciata la camorra. «Ecco, vedi? Era qui che sorgeva la ditta di mio padre.»

«Qui?»

«Esattamente qui, in questi due profondi terranei con annessi piani superiori e scantinati. Era qui che Incoronato veniva a trovare di tanto in tanto il compagno Carlo.»

«Ma sì, ricordo. Tuo padre era comunista come te.»

«No, Caracas. Ero io a essere comunista come lui. Una sorta di *male* di famiglia.»

***

Era quasi scuro quando cominciammo a dirigerci verso piazza Guglielmo Pepe e la Stazione della Circumvesuviana.

Improvvisamente fui folgorato da un'idea. In quei giorni stava per concludersi la mia indagine sulle ragioni che avevano indotto il mio bisnonno paterno a chiedere il cambiamento del cognome. Il motivo religioso sembrava dover essere escluso, ma la congettura stava in parte ancora in piedi, avendo scoperto su Internet l'esistenza di una persona – produttore di alimenti kasher – che si chiama come ci chiamavamo noi in origine, fino a metà Ottocento.

Non pensavo a nessuna vendetta. E neppure a un ricatto. Forse soltanto a un mezzo ricatto, ammesso che possa essere chiamato così. Un mezzo ricatto di natura sentimentale, ovviamente: Caracas, come sai sul mio passato grava un'ombra che adesso sta per essere diradata. È ancora presto per dirlo in maniera definitiva, ma forse io provengo da una famiglia ebrea approdata a Napoli chissà quando e chissà da dove. Pensa, Caracas, il mistero è tutto appeso a una semplice consonante in più nel mio cognome. Tu gli aggiungi una consonante, una semplice e stupida "g", e tutto cambia. Una semplice "g", ed ecco affiorare dubbi a non finire: un delitto? un sopruso? una persecuzione? un'abiura? E pensare che ho aspettato tanto tempo per dare corso all'indagine, per scoprire che forse nelle mie vene scorre del sangue ebreo. Avrei potuto nutrire tutta la mia giovinezza con questo rebus. Ma non l'ho fatto…

Ci salutammo nei pressi della Circumvesuviana. L'argomento non lo toccai neppure alla lontana: intendevo pensarci bene. Mi limitai a proporgli per uno dei giorni a venire una passeggiata sul molo Carmine, nel porto.

«Ho ancora mille cose da scoprire, da quelle parti.»

# Ebreo per finta

Il padre di mio nonno nacque nel 1804, si chiamava Vincenzo, faceva il "sartore" e abitava al Cavone, sopra piazza Dante.

È stata la prima delle certezze che sono riuscito ad acquisire. La notizia è custodita da un grosso Registro (la maiuscola è un omaggio alle proporzioni e al peso del volume) dell'Archivio dello Stato Civile di via Domenico Soriano.

Una decina di mesi orsono andai là e sciolsi di colpo il mistero che avvolge la storia del mio cognome. Non tutto il mistero, per la verità. Soltanto una parte. In pratica accertai che il mio avo Vincenzo aveva effettivamente chiesto e ottenuto una leggera correzione del cognome, che però era bastata a rendere irriconoscibile quello originario. Faccio un esempio. Mettiamo che uno si chiami Melo. Ci vuole poco a prendere le distanze da un cognome simile. È sufficiente far cadere la "l" e il gioco è fatto: chi assocerà più la famiglia Meo alla famiglia Melo?

L'Archivio di via San Domenico Soriano è diretto da un signore molto affabile e paziente che mi aiutò personalmente a compitare gli svolazzi del Registro. Dai quali appresi che Vincenzo aveva sposato una certa Maria Chiurazzo, con la quale aveva messo al mondo tre figli tra i quali Aniello, mio nonno. Anzi Aniello Raffaele Geltrude, come recita il suo atto di nascita.

"L'anno mille ottocento quarantaquattro il dì ventiquattro del mese di gennaio alle ore diciassette Avanti di Noi... è comparso Vincenzo... di Napoli, di anni trentotto, sartore, domiciliato in strada Cavone numero ventisette, il quale ci ha presentato un maschio secondo che abbiamo ocularmente riconosciuto, ed ha dichiarato che lo stesso è nato da lui e da... sua moglie legittima ivi domiciliata... Lo stesso ci ha inoltre dichiarato di dare al medesimo i nomi di Aniello Raffaele Geltrude..."

Il foglio sul quale sono annotate queste parole è suddiviso in due colonne, la seconda delle quali reca un lungo appunto, interamente a penna, ma scritto ben trentasette anni dopo, nel 1881. L'annotazione corregge il vecchio e contiguo atto di nascita sulla base di una "deliberazione emessa in Camera di Consiglio della quinta sezione del Tribunale Civile e Correzionale di Napoli" la quale ha stabilito che il cognome di Vincenzo è cambiato. Di poco, nel senso che ha soltanto perduto una "g", ma di un "poco" sufficiente a rendere irriconoscibile la sua identità di un tempo, a farlo diventare un altro.

Accertare la fondatezza della "diceria" familiare fu già una bella soddisfazione: ricordo che mi affrettai a diffondere la notizia tra congiunti vari mettendo tutti in fibrillazione. Non uno di loro omise di farsi (di farmi) la medesima domanda: ma che cosa aveva potuto spingere Vincenzo a farsi promotore di un evento così traumatico? Pressato da quale necessità?

Al riguardo, il Registro di via San Domenico Soriano

non dice nulla: silenzio di tomba. Ricordo che il direttore dell'Archivio allargò le braccia e assunse un'espressione di grande rammarico e comprensione. «Temo che il segreto che avvolge questa modifica anagrafica lei non riuscirà a svelarlo mai» disse. «Soltanto entrando in possesso della sentenza del Tribunale Civile e Correzionale di Napoli potrebbe riuscire a saperne di più. Sennonché i vecchi archivi giudiziari, che io sappia, andarono distrutti in un bombardamento durante l'ultima guerra, per cui a lei non resta che lavorare di congetture e di indizi.»

Congetture e indizi!

Ne ho messo insieme un bel po', nel corso di questi mesi. Ma con quale risultato? Sostanzialmente uno solo: quello di creare fantasmi a non finire, gialli, noir, delitti, spietatezze.

Come vola in certi casi l'immaginazione e con quanto compiacimento inventa odi, gelosie, tradimenti, rivalità. Il melodramma mi ha sempre minacciato, perché negarlo? Figuriamoci in una situazione così propizia alle ipotesi più fantasiose.

Cominciai a rigirarmi il "giocattolo" tra le mani, a evidenziarne qualche anomalia. Le carte sottoposte alla mia attenzione non facevano per esempio alcun riferimento agli altri due figli di Vincenzo, Francesco e Antonio. Possibile che Vincenzo avesse agito soltanto a beneficio di Aniello, mio nonno? Il quale, quando fu emessa la sentenza del Tribunale Civile e Correzionale di Napoli, aveva trentasette anni, vale a dire l'età giusta per costringere il padre, settantasettenne, a un gesto per lui – il vecchio – a dir poco devastante.

Da qui la domanda: cambiarono cognome anche i due fratelli (uno maggiore, un altro minore) di Aniello Raffaele Geltrude? Oppure mio nonno pretese di chiamarsi differentemente proprio a causa loro, o di un loro discendente che si era reso responsabile di un infamante reato?

Ero come un pesce imbrigliato in una rete, guizzavo da tutte le parti, quando improvvisamente prese forma una liberatoria "congettura religiosa", rilassante come un analgesico. Me la regalò il computer. Una sera chiesi a Google informazioni sul vecchio patronimico corretto dall'avo Vincenzo nel 1881: fui sommerso da un mare di risposte. Dio mio, quanta gente si chiamava in quel modo!

Cominciai a passare in rassegna un sito dietro l'altro, finché me ne capitò sotto gli occhi uno che mi lasciò senza fiato. Si tratta del sito che fa capo a un signore che commercia, non lontano da Napoli, in prodotti gastronomici kasher.

Un ebreo!

Altro che indizio: la scoperta mi parve condensare un intero trattato sul tema dell'abiura. Volendo liberarsi della sua identità etnico-religiosa, Vincenzo non aveva esitato a sottoporsi a un intervento di chirurgia anagrafica. Gli era bastato insomma farsi amputare una "g" dal cognome per cambiare maschera e probabilmente destino.

E di nuovo la mia fantasia prese a volare. Tanto più in alto in quanto questa volta il "melodramma" lambiva addirittura Dio, tirava in ballo il Talmud, la diaspora, le persecuzioni religiose: da quale parte del mondo il mio seme era approdato a Napoli?

Il gioco mi divertiva. Sia chiaro: non voglio dire che dentro di me non ci fosse coscienza della sostanziale debolezza dell'indizio: se la mia famiglia avesse avuto effettivamente un'origine ebraica qualche segno sarebbe comunque rimasto a ricordarcelo, magari un semplice oggetto, una fotografia, un cimelio. Invece non era rimasto niente nel modo più assoluto.

Ma il gioco mi divertiva lo stesso: che cosa avrei fatto se, per assurdo, l'ipotesi si fosse rivelata non del tutto priva di fondamento? Non avrei fatto nulla, via. Per fortuna l'ebraismo mi è altrettanto indifferente quanto il cristianesimo e l'islamismo. Non sono né monoteista né politeista. Mi sento (sono) soltanto un non credente, forse con qualche inquietudine di troppo, che comunque si sposa benissimo con la mia irriducibile laicità. Di conseguenza non avrei cambiato di una virgola la mia vita né corretto le mie tendenze. Al più, mi sarei presentato con un bel sorriso provocatore al cospetto di Caracas e gli avrei detto: «E adesso, amico mio, come la mettiamo?».

Per scrupolo consegnai il mio "melodramma" nelle mani di un'amica che sapevo in contatto costante con la Comunità ebraica napoletana. Le dissi che non mi aspettavo affatto la conferma di una congettura nella quale ero io il primo a non credere. Tutto quello che chiedevo era una smentita, purché ben documentata.

Passò del tempo, anzi ne passò abbastanza perché la questione mi uscisse quasi dalla mente. Poi un giorno la smentita arrivò. Attraverso la posta elettronica: "Ho avuto conferma di quanto ti avevo anticipato: l'archivio del Rabbino non risale indietro nel tempo oltre il Novecento. Quanto al cognome che mi hai sottoposto, esso non è stato riconosciuto da alcun membro della Comunità, di conseguenza il produttore di alimenti kasher di cui mi hai parlato potrebbe o discendere da un matrimonio misto o essersi lui stesso coniugato con una donna ebrea oppure aver compiuto una semplice scelta commerciale a esclusivo beneficio del suo portafogli".

In un primo momento pensai di leggere subito l'*e-*

*mail* a Caracas. Stavo già per digitare il suo numero di telefono quando di colpo cambiai parere: non gliene avrei fatto parola, almeno per il momento. Tra noi non c'era stato ancora alcuno scontro, e tanto meno sulla questione ebraica. Scaramucce, sì, svariate, tuttavia mai degenerate in contrasti veri e propri, intessute piuttosto di ironia, di paradossi, di quello spirito burlesco con il quale io generalmente sono incline a restituirgli, deformata e sdrammatizzata, la sua biografia politica.

Né lui aveva mai mostrato di risentirsi per via di questo gioco. Spesso ne aveva riso all'unisono con me. Al più, aveva scosso il capo come si fa di fronte alla marachella di un ragazzo. Non se l'era presa neppure il giorno in cui gli avevo "consigliato" di convertirsi all'ebraismo piuttosto che all'islamismo: per indurre quel Dio rivale a comportamenti più miti e meno superbi nei confronti dei palestinesi.

Sino a quel momento non gli avevo nascosto niente sui risultati delle mie ricerche a carattere onomastico-genealogico. Lo stesso dubbio intorno a una eventuale origine ebraica del mio cognome era stato oggetto da parte di entrambi di commenti divertiti e di reciproche punture di spillo. E tuttavia quel giorno – il giorno dell'*email* – un subitaneo "non-so-che" mi trattenne dal telefonargli e dal comunicargli, con l'ironia d'obbligo, la notizia: Caracas, rassicurati, non sono ebreo…

Un atto di generica diffidenza? Forse di più: dopo il litigio alla Ferrovia seppi per certo che si era trattato di un'omissione ispirata, perché da quando Caracas si è formalmente convertito all'islamismo si è verificata in lui una specie di regressione ideologica che gli ha risvegliato vecchi rancori e ostilità in sonno.

Quello che voglio dire è che una "trama religiosa" si

organizzò quasi da sé. E chi, se non un laico incallito, avrebbe potuto concepirla al fine di suscitare nell'amico obnubilato una scintilla di ravvedimento dal fanatismo?

Avrei detto a Caracas di aver ricevuto non una smentita ma una conferma, o forse una mezza conferma della mia ebraicità. Glielo avrei detto senza alcun sorriso, con voce non dico affranta ma preoccupata, tesa, insomma fortemente credibile.

***

Ci incontrammo all'imbocco del molo Carmine. L'accesso al porto in quel punto è soltanto pedonale. Oltre i cancelli, la strada a scorrimento veloce interna allo Scalo penetra sotto una grande tettoia metallica eretta a protezione di un posto di blocco della Finanza con transenne che si alzano e si abbassano.

Io e Caracas superammo la tettoia e raggiungemmo il grande piazzale dal quale si stacca il vecchio molo di pietra nera. Era un lucente pomeriggio invernale, il sole sembrava distribuire ottimismo al mondo; prosciugava ansie e pensieri molesti. Le mie trame mi parvero improvvisamente del tutto incongrue, i miei accanimenti e le mie passioni capricci puerili.

Caracas indossava un monclair nero. Il suo cranio luccicava come se vi avesse spalmato sopra una crema; la sua faccia appariva distesa, perfino sorridente, anche se in fondo ai suoi occhi poteva essere colta come un'incertezza, qualcosa di simile a uno stato di attesa.

Un'ispezione al molo Carmine l'avevo decisa da tempo, omaggio al mito di una piazza Mercato avida di mare (secondo l'antico modello angioino); e anche un po' omaggio a mio padre e ai suoi splendidi insuccessi.

Ci incamminammo verso la palazzina rossa dei *MAGAZZINI GENERALI SILOS E FRIGORIFERI* (così si legge sulla cima della facciata principale): un gioiello liberty tanto a mal partito da poter essere paragonato a un mendicante rannicchiato al suolo tutto barba, croste e stracci. Un paio di finestre senza più vetri né infissi mi guardavano come occhi ciechi e nello stesso tempo minacciosi.

Girai il capo d'istinto.

Dal molo Carmine, se volgi le spalle al mare, Napoli ti balza addosso compatta: San Martino lo cogli in tutto il suo splendore con i verdi poggi degradanti verso una pianura via via affollata di cupole, terrazzi, facciate, cornicioni, guglie.

Girai di nuovo il capo. E mi avviai a passo spedito in direzione del molo seguito con sollecitudine da Caracas. Né io né lui avevamo voglia di parlare, forse per gli odori intensi del porto, di un mare oleoso e inerte sul quale galleggiavano radi rimorchiatori così decrepiti da indurre commozione.

Percorremmo il molo fino in fondo, passando in rassegna una lunga sequenza di grandi magazzini abbandonati, costruiti chissà quando come promessa di una Napoli grassa, opulenta, fortunata. Prima di giungere all'estremità del molo mi fermai davanti a un ammasso, alto a dir poco un paio di metri, formato da vecchie catene arruginite, grosse catene di navi capaci di reggere ancore colossali.

Chiamai Caracas, gliele mostrai col cuore in gola, gli dissi che quelle catene mi riportavano indietro nel tempo fino alla mia giovinezza, fino a una remota passeggiata in compagnia di una donna della quale mi ero invaghito. «Lo vedi che in questa città il dopoguerra non è ancora finito?»

Caracas si mise a scrutare a distanza ravvicinata un anello dietro l'altro della catena; lo vidi che con un dito grattava qua e là la ruggine, talvolta invece l'accarezzava.

Fui come folgorato da un desiderio.

Gli chiesi se era disposto a fotografare per me quell'ammasso di ferraglia. Gli spiegai come avrebbe dovuto realizzare l'immagine per corrispondere appieno alla mia idea: con una camera di grande precisione posta su un treppiedi a breve distanza dal soggetto, eventualmente munita di lenti addizionali in maniera da riprendere gli anelli e basta, la ruggine e basta. Anzi, il cuore della ruggine con tutte le sue bolle ed escrescenze.

Si entusiasmò. «Lo giuro» disse. Sarebbe tornato lì con il suo sofisticato armamentario e avrebbe eseguito fedelmente il compito che gli avevo affidato.

Ora mi guardava con occhi radiosi. Rassicurato.

In fondo al molo un vecchio pescava con una lunga canna nell'acqua nera. Annotai i nomi di tre rimorchiatori ancora più decrepiti dei precedenti: *Don Placido*, *Gianni* e *Vervece*. Due erano azzurri, uno nero. Il pescatore con la canna lanciava l'amo in prossimità delle loro chiglie. Caracas andò a ficcare il naso nel suo cesto: era curioso di conoscere il colore delle prede. Esclamò, sinceramente meravigliato: «Ma questi pesci sono argentati! E non odorano affatto di petrolio!».

Il pescatore lo guardò accigliato e Caracas non aggiunse parola.

Per tornare indietro imboccammo il fianco orientale del molo, alle spalle dei magazzini fatiscenti. Ci fermammo nei pressi di un naviglio tirato in secco, appoggiato con un fianco al muro. Era meno di una carcassa: sfondato in diversi punti, non aveva più né eliche né motore, faceva pensare a un osso accanitamente spolpato. Sulla fiancata esterna c'era scritto in grossi caratteri tracciati con vernice bianca "Fatevi i cazzi vostri" (una minaccia? una disperata presa d'atto? una diffida ai curiosi?).

Raggiungemmo di nuovo, in silenzio, la palazzina liberty. In precedenza, non so come, mi erano sfuggiti parecchi dettagli. Per esempio non mi ero accorto che le finestre erano dotate di modanature in stucco di disegno floreale. Ora attrassero prepotentemente la mia attenzione e, di riflesso, quella di Caracas.

Le stavo ancora osservando quando gli dissi, d'impeto, il mio segreto: sono un ebreo, Caracas, o almeno danno come molto probabile che lo sia...

Lì per lì non capì. Oppure finse di non capire. «Come?» disse.

Lo invitai a seguirmi nel bar di fronte alla palazzina liberty. Il locale, un semplice pianoterra, guarda il mare dal fondo del piazzale. Avrei voluto offrirgli un punch al mandarino, ma lui mi ricordò che, in quanto musulmano, non poteva bere alcolici. Ordinò un tè. Andammo a sederci all'esterno: il sole, ancora abbastanza alto, lo consentiva.

Gli ripetetti il mio messaggio, con parole ancora più vaghe e imbarazzate. Ma lui capì che questa volta non si trattava della solita burla, che pronunciavo parole tutt'altro che leggere nelle quali mi sentivo impigliato come in una rete. Disse, ma senza guardarmi in faccia: «Tu, come al solito, tenti di convertirmi, di piegarmi alle tue idee. Io non credo affatto che tu sia ebreo».

Replicai che in realtà non ci credevo neanch'io. Del resto che importanza poteva avere la questione per uno come me? Quand'anche avessi scoperto di essere ebreo, forse che la mia vita, i miei pensieri, i miei sentimenti ne sarebbero rimasti sconvolti o anche semplicemente influenzati? Sapevamo entrambi benissimo che l'evento sarebbe scivolato senza lasciare traccia, che avrebbe provocato al più una piccola momentanea increspatura di superficie senza conseguenze di alcun genere, e meno che mai nell'ambito dei miei rapporti sociali. Se la nostra amicizia correva dei rischi, ciò dipendeva da ben altro.

Piantò i suoi grandi occhi spalancati nei miei. «Vale a dire?»

Una ragazza ci servì le bibite che avevamo ordinato: mi avventai sul mio punch al mandarino come fosse stata una pozione miracolosa in grado di resuscitare cadaveri. Da qualche minuto, nonostante mi fossi seduto in maniera da esporre la faccia al sole, mi si era gelata la punta delle dita. Mi accade spesso, per un difetto di circolazione sanguigna, ma non sempre mi ricordo di portarmi dietro i miei guanti di lana foderati, da sciatore, capaci di riscaldarmi anche l'anima.

Guardavo alternativamente il mio punch e l'immenso piazzale vuoto, bianco, alla ricerca della risposta da dare a Caracas e che lui attendeva con occhi sempre più ansiosi, interrogativi. «La questione» mormorai, «non è né politica, né ideologica e tanto meno religiosa. Il nodo che sta venendo al pettine, tra noi due, è essenzialmente di carattere morale, riguarda la passione della verità intesa come passione primaria, dominante, capace di precedere e subordinare qualsiasi altra passione.»

Capiva quello che stavo dicendo? Glielo chiesi in maniera esplicita, senza giri di parole: Caracas, capisci di che cosa sto parlando?

Imprevedibilmente annuì con forza, e dico imprevedibilmente perché tutto mi sarei aspettato in quel momento da lui tranne quel vigoroso cenno di conferma.

«Va avanti» disse.

Lo guardai con affetto. Con pena. Stringevo il bicchiere del punch tra le mani per rubargli tutto il calore possibile: osservai la punta delle mie dita bianche, esangui, gelate, e tuttavia incapaci di reggere oltre il calore del vetro. Avrei voluto pronunciare parole indulgenti, affettuose, ma nello stesso tempo mi rendevo conto dell'impossibilità di accondiscendere a me stesso. Eccola, la passione della verità che dettava le sue leggi! Avevo l'obbligo della brutalità: guai a sottrarmi. Mi sforzai di parlargli con voce aspra, metallica. Tu non sai, Caracas, che cosa sono state le persecuzioni razziali in Italia e soprattutto in Germania durante il fascismo. Io sì, ho l'età per saperlo. Tu non sai che cosa è stata la dittatura, che cosa hanno fatto Mussolini, Hitler, le SS. Mi rifiuto di pensare che se tu fossi vissuto a quell'epoca avresti condiviso il loro stile, la loro mentalità, la loro ferocia. Guarda che quella gente mica era schierata dalla parte dei deboli, mica amava i perdenti come affermi di amarli tu. Quella gente aveva una sola ambizione: dominare il mondo in nome di un Occidente depurato da ogni contaminazione razziale; di un Occidente rigorosamente ariano, conquistatore, privo di scrupoli, spietato nell'esecuzione del proprio programma di potenza.

Mi misi a ridere provocatoriamente. «Caro Caracas, tu puoi bendarti gli occhi quanto vuoi, ma quella gente là, se avesse potuto, nelle camere a gas non ci avrebbe spedito soltanto gli ebrei ma anche gli islamici, anche uno come te, una volta che lo avessero pescato con il Corano nello zainetto.»

Mi zittì con il palmo della mano, ma senza dire niente. Voleva soltanto una pausa di silenzio. Ci guardammo negli occhi, consapevoli entrambi che in quel momento tra noi stava accadendo qualcosa di importante, forse di decisivo. Qualcosa che avrebbe dovuto già accadere da tempo ma che avevamo rinviato, spinti, credo, dalla forte curiosità l'uno dell'altro, dalla reciproca meraviglia di convergere e divergere sulle più svariate questioni, di riconoscerci alternativamente simili e dissimili, vicini e distanti.

Alla Ferrovia avevamo soltanto alzato la voce: per la verità l'avevo alzata io. Caracas aveva negato la realtà delle camere a gas naziste definendole un'invenzione, anzi un'astuzia degli ebrei, e io avevo perduto le staffe.

Ora invece parlavamo con calma, il dissapore nascosto sotto la pelle. Parlavamo con la calma con la quale si fanno i bilanci, si tirano le somme, si decide che strada imboccare per uscire da un'emergenza.

«Avrei dovuto immaginare che prima o poi mi avresti presentato il conto.» Lo mormorò così sottovoce che non mi parve il caso di replicare. Mi alzai di scatto. Gli mostrai le punte delle dita gelate. «Ho freddo» dissi. «Camminiamo.»

Si alzò subito anche lui e ci allontanammo verso il centro del piazzale. Sulla destra si profilavano le strutture del molo Pisacane dove si trovano gli uffici della Capitaneria.

Mi appoggiai al suo braccio: fu un gesto istintivo ma non del tutto innocente. Volevo fargli capire che, qualunque conclusione avesse avuto quel nostro incontro (fossimo o no rimasti amici), io non ero mosso da alcun astio verso di lui. Anzi. Avrei continuato a nutrire ammirazione nei suoi confronti: per come si era prodigato a favore di Rosa La Rosa, per come l'aveva amata e accudita; per le sue generose scelte di vita; per il suo disprezzo del denaro e degli agi; per quel suo stravagante spirito missionario; perfino per la sua conversione all'Islam, la religione dei perdenti. Insomma, avrei continuato a tenerlo nel mio cuore, benché costretto per coerenza, per amore di verità e giustizia, per pulizia mentale e morale, a frapporre una barriera tra noi.

Gli strinsi con forza il braccio né glielo mollai quando fummo in prossimità del mare: Caracas, come fai a non capire che intorno alla Shoah si continua a giocare una partita terribile? C'è chi, pur non negando la verità storica delle camere a gas, le colloca nel recinto di una presunta "follia" da attribuirsi a un numero limitato di fanatici. È un modo di circoscrivere il Male, di circondarlo di filo spinato isolandolo in un punto preciso della storia e della geografia e soltanto in quello. Io dico che si tratta di un'ignobile astuzia per salvarsi la coscienza, per dire che l'Occidente non c'entra niente con l'Olocausto, che non ha alcuna responsabilità al riguardo, come se la nostra storia non fosse stata un genocidio dietro l'altro, un'ossessiva, ininterrotta coniugazione del verbo conquistare: a qualunque costo e con ogni mezzo. Ma tu vai oltre, Caracas. Tu neghi che le camere a gas siano state mai usate a danno di ebrei, zingari e altri disgraziati. Tu dici che il male, il Male per eccellenza, non c'è stato. Senza accorgerti che, così dicendo, assolvi – addirittura per non aver commesso il fatto – la tua tanto esecrata civiltà occidentale. Bravo. Davvero un bel risultato!

Quel discorso non me l'ero preparato. Mi fluì dalla bocca spontaneo e incalzante. Mi sentii pago, persuaso io stesso della mia improvvisata perorazione. Quanto a Caracas, si lasciò andare a una curiosa reazione che però non mi stupì e in certo senso non mi dispiacque neppure.

Disse, ma con voce più rassegnata che risentita: «Tu sei come quelli delle tre carte. Conosci l'arte di imbrogliare la gente. Mi stai imbrogliando. Io so che adesso mi stai imbrogliando. Solo che io non voglio essere imbrogliato da te».

Ebbi la percezione della nostra solitudine su quel piazzale vuoto e sconfinato: girai intorno lo sguardo e l'unica presenza umana che colsi fu quella di un ciclista che pedalava, ma a notevole distanza da noi, in direzione ovest, verso il contiguo molo Pisacane.

Il sole aveva cominciato ad abbassarsi; il cielo non aveva più la trasparenza di quando eravamo arrivati: l'azzurro si era stinto, imbiancato. Avvertii quella solitudine improvvisamente come un peso. Ora mi angustiava una domanda che non mi ero mai posto prima: quale finale avrebbe avuto il libro che avevo intenzione di scrivere, anzi che avevo già cominciato a scrivere? Che fine avrebbe fatto in quelle pagine il nostro sodalizio? Il libro avrebbe dovuto raccontare puntigliosamente la verità oppure avrebbe dovuto imboccare una strada diversa, rivendicando, almeno nelle conclusioni, il suo diritto all'autonomia?

Mi venne in mente di girare la domanda a Caracas, di chiedergli un po' cinicamente di partecipare con me all'elaborazione di una "scaletta": il libro del resto riguardava entrambi. Metteva a nudo tutti e due. Ci esponeva. Violava il privato sia dell'uno sia dell'altro.

Il mio cuore, sempre pronto alle accelerazioni improvvise, prese a battermi con forza nel petto: le emozioni io le traduco immancabilmente in ingorghi e fughe sulle mie autostrade nascoste. Non so come eravamo finiti sul tratto, interno allo Scalo, tra via Marina e le prime strutture portuali. Rade macchine ci sfrecciavano accanto ad alta velocità. Il marciapiede, stretto, ci obbligava a procedere uno dietro l'altro. Rasentavamo un alto muro dal quale emergevano torri multicolori di container provenienti dalla Cina, secondo quanto attestavano le grandi scritte sui loro fianchi (come già gli americani alla fine dell'ultimo conflitto mondiale, anche i cinesi hanno deciso che Napoli è il miglior capolinea portuale del Mediterraneo).

Nei pressi del varco di via Duomo ci fermammo. Dovevo agire in fretta. Appena fuori del porto ci saremmo divisi: avevamo mete diverse.

Gli dissi un po' precipitosamente che cosa mi preoccupava. Mi guardò sbalordito. Allora pensai che avessi l'obbligo di essere un po' più chiaro, più preciso.

Dissi: «Mi piacerebbe che fossi tu a immaginare un finale per il nostro libro. No, aspetta. Non c'è alcuna fretta. Puoi pensarci su quanto vuoi. Ci penserò anch'io. Poi trarremo le nostre conclusioni».

Continuava a guardarmi carico di stupore.

Ebbi vergogna. Lo stavo ricattando. Anche se le mie intenzioni erano le migliori del mondo, mi resi conto lucidamente – dolorosamente – che lo stavo ricattando.

Decidemmo di rivederci la domenica successiva alla Ferrovia.

Sino ad allora non mi era mai accaduto di visitarla in un giorno di festa nonostante le reiterate raccomandazioni di Caracas.

Era arrivato il momento di colmare anche quella lacuna.

# Achtung Banditen!

Caracas, voglio essere molto leale con te. Il nostro lungo e quasi logorante scandaglio di piazza Mercato io me lo sono costruito nella mia testa per mesi, quasi un passo dietro l'altro. Perché? Le ragioni sono tante, anche se ce n'è una che credo prevalga sulle altre. Certo, volevo visitare la moschea, conoscere l'*imam* e il *massul*, vederti pregare in ginocchio con i palmi delle mani all'insù. E volevo che ispezionassimo assieme i locali dove mio padre lottò, come in una trincea assediata, per la sopravvivenza della sua azienda. Piazza Mercato, nel mio immaginario, è il simbolo di una sconfitta che riguarda non soltanto il mio privato familiare ma temo la città nel suo insieme, e io volevo farti toccare con mano tutto questo. Ma non siamo ancora al cuore della mia macchinazione, ammesso che si possa chiamare così. Insomma, io ho preparato la spedizione con cura meticolosa non soltanto per rinverdire ricordi personali e familiari; non soltanto per evocare la figura di mio padre, il suo volto, il suo sguardo color azzurro-malinconia; non soltanto per raccontare a te tutto quello che ho già raccontato e che sono in procinto di raccontare adesso. Come dicevo prima, a questo insieme di ragioni bisogna aggiungerne un'altra, forse un po' stravagante o addirittura psicotica: il desiderio di condurti per mano al suo cospetto – hai capito benissimo: al cospetto di mio padre – presentandoti a lui in maniera da consentirgli di fissarti bene negli occhi e di valutarti.

Sapessi quante volte me lo sono detto: ma mio padre che opinione avrebbe espresso di Caracas? Come lo avrebbe giudicato, lui così accanitamente, visceralmente, antifascista; così persuaso delle sue ragioni pacifiste, egualitarie, avverse a ogni forma di discriminazione razziale e a ogni pretesa di superiorità da parte di chicchessia?

Forse avrei dovuto difenderti, amico mio. Spiegargli che nessuno può essere giudicato in maniera affrettata. Che sei molto migliore delle cose che talvolta dici e fai. Sono sicuro che avrebbe ascoltato la mia arringa con profonda attenzione, l'immancabile sigaro Virginia tra le labbra sorridenti e negli occhi l'ombra di un dubbio che esita a dissolversi del tutto.

Io penso che questo "incontro ravvicinato" sia effettivamente avvenuto. Non so dire con precisione quando, ma c'è stato un momento in cui tu, vittima rassegnata dei miei febbrili racconti sulle traversie di mio padre, vittima delle mie incalzanti rappresentazioni fisiche della sua persona – il naso diritto e carnoso, la bocca morbida sotto i baffetti sottili e curati, la fronte ampia e arcuata, l'andatura flemmatica, il ventre prominente, il gesto largo e incline alla condiscendenza – contagiato insomma dal mio filiale e un po' allucinato fervore, hai finito per incrociare il suo sguardo abbassando il capo intimidito.

Non credo di sbagliarmi, Caracas. Lo hai guardato in faccia, e hai chinato rispettosamente la testa. Dopo di che lui ti ha detto qualcosa. Una parola gentile, devo presumere, dal momento che ti ho visto annuire e sorridere.

È avvenuto davanti alla chiesa di Santa Croce, che in origine fu una cappella eretta in memoria di Corradino di Svevia, giustiziato al Mercato all'arrivo degli Angioini. Ha una cupola rivestita d'embrici gialli e verdi e noi eravamo fermi proprio davanti al portale d'ingresso, sbarrato. Ti raccontavo di esserci entrato una volta soltanto in vita mia: in compagnia di mio padre, appunto, ma non certo per rivolgerci a qualche santo e meno che mai al Padreterno, ma soltanto perché io avevo espresso il desiderio di visitarla e lui aveva acconsentito ad accompagnarmi.

Da ragazzo era stato molto religioso, posseduto da veri e propri slanci mistici. Giusto di recente mi è capitato di ricevere in prestito da mia sorella un voluminoso contenitore di cartone pieno zeppo di documenti, lettere, quaderni, fotografie, appartenuto a nostro padre e custodito da lei con rispettosa discrezione. In quella custodia c'è un gran mucchio di foglietti volanti sui quali – ventiquattrenne – egli racconta a se stesso il proprio travagliato "inizio", che si svolge nel segno di una religiosità così intensa e quasi nevrotica da indurlo, ora che si sente adulto e consapevole, a muovere aspri rimproveri ai genitori che, non intervenendo, avevano rischiato che il figlio andasse veramente a chiudersi in un convento.

Io credo che tu abbia incrociato gli occhi di mio padre davanti a quella chiesa, trascinato dal flusso delle mie parole, dei miei racconti multipli, sconnessi. Impastavano senza nessuna prudenza eventi remoti e recenti, l'infanzia di mio padre e la sua maturità, le sue ambizioni giovanili e le sue delusioni finali, sullo sfondo di quello storico teatro di sofferenze private e collettive che si chiama piazza Mercato (si trasformò in calvario soprattutto a partire dall'ultimo dopoguerra, quando la città, stretta da una sorta di cordone sanitario, cominciò a perdere autorità e prestigio, a essere marginalizzata, imprigionata nel suo unico ruolo di città coloniale al servizio della guerra fredda, via via scavalcata dalla stessa provincia che pretese di emanciparsi, ma nel peggiore dei modi: massacrando il territorio da un capo all'altro del golfo e oltre, senza nessuna capacità d'interdizione da parte delle istituzioni cittadine, o complici o rese comunque inoffensive per via politica).

E con quanta devozione mi ascoltavi! L'attenzione alle parole altrui, se non è una virtù cardinale, le assomiglia parecchio. Ma la devozione è molto di più. La partecipazione appassionata, l'immedesimazione, sono qualità, anzi predisposizioni, di cui soltanto pochi sono capaci e che non hanno mai mancato di suscitare in me, le rare volte che ne sono stato gratificato, ammirato stupore. È accaduto anche in quell'occasione (nonostante i nostri contrasti, le nostre diversità irriducibili, i miei risentimenti): non so quante volte ti ho indirizzato sguardi pieni di gratitudine, chiedendomi se io ero stato mai capace di fare altrettanto con chicchessia, insomma se la natura mi aveva concesso identiche doti d'ascolto, di condivisione, sino all'annullamento di me stesso. A me sembrava, infatti, che stesse accadendo proprio questo: che tu fossi come sul punto di discioglierti nei miei racconti, tanto che a un certo punto ho pensato che l'ombra che io evocavo aveva conquistato anche te (tutti i miei amici hanno amato mio padre, seduttore inconsapevole). E che con ogni probabilità tu avevi conquistato lui.

È un paradosso, lo so. Ma ti giuro che là, davanti al

portale della chiesa di Santa Croce, io questo pensiero assurdo e stravagante l'ho effettivamente formulato. E non mi è parso affatto, lì per lì, né stupido né improponibile.

Mio padre sbarcò una prima volta in piazza Mercato agli inizi degli anni Trenta. Occupò il locale che sta di fronte alla chiesa di Santa Maria del Carmine e all'annesso campanile. Sistemò una grande insegna in cima alla porta d'ingresso e fu subito (quasi subito) successo.

Non c'è di che meravigliarsi: piazza Mercato è il cuore della città-emporio; la Napoli mercantile non ha altra topografia che quella, rimasta pressoché invariata dai tempi di Carlo I d'Angiò, che nella seconda metà del Duecento spostò il centro degli affari e dei commerci dalla "città alta" (dove aveva alloggiato per tutto il periodo tardo antico e altomedievale) a quella "bassa", a ridosso del mare.

Bel personaggio davvero, questo Carlo D'Angiò. Ascolta bene, Caracas: si tratta di un uomo che non soltanto sa perfettamente quello che vuole ma che non perde tempo nel realizzarlo, e per giunta nel migliore dei modi. È un francese, ma si stabilisce a Napoli che promuove capitale del regno che ha appena conquistato; si costruisce per residenza un massiccio castello che diventerà nei secoli l'emblema stesso della metropoli (ancora oggi); decide che il destino della sua nuova patria non può essere che uno: quello della città-porto dedita a scambi, commerci, affari. Insomma una sorta di *città-dialogo* nel cuore del Mediterraneo.

Un re intelligente? lungimirante? positivamente ambizioso? Caracas, ti prego di convenire con me che, riguardo a quest'uomo, non c'è elogio che possa apparire eccessivo o inadeguato. Piazza Mercato è segnata dappertutto dal suo passaggio. A partire dalla chiesa di Sant'Eligio con annesso Ospedale, entrambi opera sua. Così come fu sua iniziativa la ricostruzione di Santa Maria del Carmine; l'identificazione della nuova area pubblica già detta Campo del Morticino e successivamente Mercato di Sant'Eligio o Foro Magno o Mercato Grande (aperto due giorni a settimana); la sistemazione urbanistica del reticolo di strade affluenti; lo sviluppo dell'area portuale; l'organizzazione delle attività commerciali e amministrative, tutte concentrate nella "città bassa", destinate poi a svilupparsi sempre più nel tempo (fondaci, logge, banchi, beccherie, pescherie, magazzini, depositi dei grani, dogane della farina, del sale, portici, archi, piazzette, larghi...).*

Ma fu subito successo, Caracas, non soltanto per ragioni di carattere oggettivo. Pur non essendo nato forse con il bernoccolo degli affari (inteso come vocazione esclusiva), bisogna dire che mio padre era tutt'altro che privo di talento anche in questo campo (vanno citati al più presto brani tratti dai suoi appunti di ventiquattrenne che ricorda la propria infanzia: i buoni frutti li intuisci quando l'albero è ancora in fiore). Ebbe successo, Caracas. Era nato povero. Ambiziosissimo, ma povero. Alla fine doveva farcela.

Di quella sua stagione felice io conservo pochissimi ricordi. Sprazzi, più che altro. In una di queste fugaci "cartoline" lui mangia provola affumicata, pane e grosse olive nere assieme a mia madre, allora sempre al suo fianco. È l'ora di colazione, ma non possono abbandonare il loro campo di battaglia. Sul desco improvvisato la provola affumicata rappresenta più che altro un rito.

* Teresa Colletta, *Napoli città portuale e mercantile. La città bassa, il porto e il mercato dall'VIII al XVII secolo*, Edizione Kappa, Roma 2006.

È un'ostentata debolezza gastronomica d'entrambi, una sorta di peccato quotidiano. Quanto a noi figli, non manca chi, a casa, si prenda cura del nostro appetito: una zia, cugina di mia madre, che vive con noi rallegrandoci con i suoi ininterrotti trilli di soprano leggero (siamo una famiglia d'accaniti melomani, dal primo all'ultimo) e i suoi intingoli di cuoca provetta.

Un altro ricordo "al magnesio" riguarda un carico di merci su un carretto. Balle, sacchi, scatoloni sono portati a spalla da alcuni uomini che li sbattono con violenza sul mezzo: il carretto traballa ogni volta, mentre il cavallo gira la testa come per capire che diavolo succeda alle sue spalle. Mio padre assiste alla scena assorto, il suo lungo Virginia tra le dita. Nel ricordo lo vedo in alto, come sopra a un rialzo. Stringe nell'altra mano il foglio su cui sono annotate le merci in consegna. Benché sia estate, indossa giacca e cravatta. Ha un aspetto di trasandata eleganza. Di estrema signorilità.

A quell'epoca piazza Mercato è tutta un pullulare di rispettabili personaggi, per non dire di gran signori: con o senza Virginia in bocca, con o senza colletti inamidati. Tanto più che non tutti vengono dalla gavetta come mio padre; molti hanno alle spalle decenni d'onorata professione, nomi illustri, rispettate carriere nei più svariati campi merceologici, dal tessile alla ferramenta, dai giocattoli alla cosmetica. Qualcuno, anzi, si permette in principio di guardarlo dall'alto in basso, con aristocratica sufficienza. Ma sarà costretto rapidamente a ricredersi, anche per effetto dell'arma segreta in possesso di mio padre: un intreccio di rigore etico e di cultura del quale tutti percepiscono subito il peso. La cultura, quando non è semplice sproloquio o esibizione, si traduce immancabilmente in fascino, in magistero. E, in quegli anni di dilagante oscurità politica, lui porta in piazza Mercato – quasi come un fiore all'occhiello, uno smagliante abito da sera – il suo pacato pur se inflessibile antifascismo. Non esita a giocare a carte scoperte. O, almeno, abbastanza scoperte. E tuttavia riesce a evitare il peggio: nessuno lo denuncia.

Dove sarebbe arrivato se la guerra non gli avesse bruscamente sbarrato la strada? Nel corso di un bombardamento fu colpito uno dei depositi a qualche centinaio di metri dalla ditta. Fu sventrato ma non distrutto. A vuotarlo ci pensarono gli sciacalli. Poi fu la volta di un secondo deposito. Infine furono centrati gli stessi locali di piazza del Carmine.

Non restava che prendere atto dell'impossibilità di continuare l'attività, anzi dell'urgenza di mettere in salvo la famiglia da qualche parte. Allora mio padre salì su quel treno che ci portò in Toscana. A Massa Carrara fu condotto da un mediatore di terreni in una sorta di luogo incantato, un bucolico anfiteatro dentro a una grande vallata aperta sul Tirreno. Rapito dal paesaggio, decise, non so in base a quale suo calcolo di strategia militare, che lì la guerra non sarebbe mai arrivata. Era un luogo troppo bello, troppo sereno e pulito per essere violato dall'infamia delle armi. E aprì subito la trattativa per l'acquisto della proprietà: diciotto ettari di terreno con un imponente edificio padronale di pianta rettangolare, tre case coloniche, non so quante stalle dotate di parecchie mucche da latte e una vasta cantina fornita di grandi botti e di tutte le attrezzature necessarie alla vinificazione di uno speciale vermentino chiamato Candia (poco meno della metà del terreno era coltivata a vigneto, oltre sette ettari, e che vigneto!).

Non conservo ricordi precisi sul viaggio d'insediamento della famiglia verso quella lontana terra promessa. Fu per certo un viaggio avventuroso perché a Torricola, nei pressi di Roma, il treno si bloccò per un dissesto della linea ferroviaria bombardata poche ore prima. Costretti ad abbandonare il convoglio quasi di corsa per raggiungere Roma con mezzi di fortuna, fu inevitabile dire addio alla gran mole di bagaglio che ci stavamo trascinando appresso. L'avremmo perduto. Inevitabilmente. Credo che mia madre pianse. Temo che piansero anche le mie sorelle, benché giovanissime e forti (Elena, la maggiore, si portava al collo il suo primogenito). Ognuno, immagino, si concentrò addolorato sull'oggetto più caro dal quale stava per staccarsi per sempre. Sono intimamente sicuro che il pensiero di mio padre corse alla sua cassetta militare. Era piena zeppa dei suoi disegni giovanili: la crudeltà della guerra non scrive soltanto grandi tragedie; spesso anzi i momenti più insopportabili sono proprio quelli legati alla trama delle offese minute, delle ferite apparentemente di poco conto.

Caracas, ricordo che a un certo punto là, in piazza Mercato, ti ho chiesto se per caso ti stavo annoiando con tutti quei dettagli sulla vita della mia famiglia e in particolare di mio padre. Sapevo benissimo che pendevi dalle mie labbra, che eri profondamente sedotto dalle mie storie, ma io sentivo di dovertelo chiedere lo stesso, e non per mera cortesia soltanto.

In certo senso lo chiedevo a me stesso: ma perché gli vai spiegando tante minuzie, ti addentri in tanti particolari? Quale strategia si nasconde dietro tutto questo tuo parlare, rievocare, a tratti rimpiangere? Essendo un uomo intelligente che talvolta mi legge nel pensiero, tu hai scosso la testa e mi hai sorriso. Poi mi hai incoraggiato ad andare avanti, pur non rinunciando a pronunciare la tua abituale accusa: lo so, tu vuoi convertirmi... «Tu sei come il diavolo che si fa gioco dell'innocenza. Ma io non intendo affatto abbandonare la partita.»

Del resto non mi hai forse raccontato anche tu per mesi (o anni?) la tua vita soffocando ogni pudore e impulso alla reticenza? Io desidero pareggiare il conto e tu non vuoi nulla di meno: qualcosa succederà. Anche quando non succede nulla, succede sempre qualcosa. Forse di impercettibile, ma succede.

Caro Caracas, sai quanti anni avevo quando arrivammo in Toscana? Sedici. Mio padre cinquantaquattro. Era il 1943. Si può dire che c'eravamo appena insediati nella proprietà (da sei mesi? dieci?) quando i fascisti ci mandarono a dire che sarebbero arrivati presto a darci una lezione: avrebbero a dir poco bruciato la casa. Avevano saputo chi eravamo e come la pensavamo: *Achtung Banditen!*

Non voglio farti alcuna predica, ma io li ho conosciuti da vicino, quei signori: loro e i loro amici della svastica. Bisogna che te lo dica una volta per tutte con la franchezza che l'argomento impone: trovo l'ideologia fascista quanto di più turpe sia stato concepito, perché essa sceglie di isolare l'uomo delle caverne che è in ognuno di noi, o almeno i residui delle sue superstizioni, dei suoi pregiudizi e delle sue mitologie, esaltandoli quali strutture portanti d'ogni possibile condizione umana degna di rispetto. L'uomo delle caverne, Caracas: con i suoi appetiti, la sua violenza, la sua sete di possesso, le sue pretese di supremazia, le sue crudeltà.

Altro che pace bucolica e silenzio dei cannoni. Cominciò l'esperienza più drammatica che io abbia mai vissuto, con la guerra ai piedi delle colline circostanti, mio padre membro attivo del partito comunista clandestino di Massa Carrara, la nostra bella casa al centro della vallata in vista del Tirreno trasformata in una sorta di quartier generale della nascente Resistenza apuana.

La notte era un continuo andirivieni di compagni: sbucavano dagli angoli più imprevedibili del frutteto, della vigna e soprattutto dell'oliveto. Dietro la casa, la collina si sollevava velocemente trasformandosi presto in bosco. Quelli con la mitragliatrice scendevano in genere di là; la sistemavano sul terrazzo dell'edificio, a protezione dei partecipanti alla riunione di turno. Mia madre e mia zia si rifugiavano in qualche stanza appartata. Io e le mie sorelle svolgevamo compiti di vedetta all'aperto; non di rado Liliana, che era iscritta a Medicina, fasciava partigiani feriti.

***

Il fronte di guerra si stabilizzò a una ventina di chilometri dalla nostra valle. Alle spalle dell'edificio padronale, di là dalle colline che lo riparavano come cuscini dietro la nuca, i tedeschi avevano collocato una delle loro numerose postazioni d'artiglieria pesante, i cui proiettili ci scavalcavano tra sibili selvaggi. In basso invece, davanti a noi, laddove cominciava l'area pianeggiante, era stata insediata una linea difensiva di carattere più agile: artiglieria leggera, nidi di mitragliatrici e blindati vari. Eravamo dentro a una tenaglia: tra le maglie della famigerata *Gotenstellung*, la linea Gotica, costruita dai tedeschi fra il Tirreno e l'Adriatico con l'intento di creare una diga di sbarramento contro l'avanzata degli Alleati verso la Pianura Padana. Mio padre ci aveva collocato insomma nell'unico punto geografico del Paese che sarebbe stato opportuno evitare a ogni costo: tra fortificazioni, reticolati, campi minati, bunker, e chi più ne sa più ne nomini.

La linea Gotica fece egregiamente la sua parte. Bloccò gli Alleati dall'agosto del '44 all'aprile del '45. Con il risultato che le popolazioni dell'Alta Toscana – da Viareggio a Massa a Carrara a Sarzana, sino ai paesi e ai villaggi più interni, collinari e montani – furono esposte alle crudeli rappresaglie nazifasciste in risposta alle punture di spillo dei partigiani. Caro Caracas, che cosa non furono capaci di fare le SS (stavo per dire le *tue* SS) ai danni di vecchi, donne e bambini, impiccati in qualche caso col filo spinato o squartati a colpi di baionetta. La guerra è guerra, hai detto un giorno. Non sono d'accordo. Come sai io odio la guerra – qualsiasi guerra – ma questo non m'induce a dire che in guerra tutti i comportamenti si equivalgono.

A ridosso della *Gotenstellung* di sicuro essa mostrò la sua faccia più turpe, anche per l'intensa collaborazione prestata dai fascisti di casa nostra ai loro colleghi d'Oltralpe nella sistematica opera di sterminio spesso d'intere comunità.

Riflettendoci adesso a tanta distanza di tempo, quasi non so capacitarmi del fatto che io e la mia famiglia siamo riusciti a superare incolumi due anni circa di lotta clandestina e sette mesi di prima linea. Dopo le minacce di bruciarci la casa i fascisti non si fecero più vivi, scoraggiati forse dagli stessi tedeschi, con i quali avevamo stabilito una sorta di "pace alimentare": arrivavano periodicamente da noi per approvvigionarsi di viveri. Può sembrare un paradosso, ma non posso escludere che fu proprio la "sfortuna" della nostra collocazione così interna al sistema difensivo germanico a salvarci la vita.

Provenivano sempre dal basso, dalla postazione di Romagnano, il che ci consentiva di avvistarli subito e di predisporci ad accoglierli senza imbarazzo (soprattutto gli ultimi tratti di strada, molto erta e a stretti tornanti, la percorrevano con una flemma che talvolta sembrava quasi deliberata, come per darci il tempo di organizzarci, di improvvisarci un qualunque stato d'innocenza).

Restavano a casa pochi minuti, il tempo di rifornirsi di latte, di qualche forma di formaggio, di vino, farina, raramente carne. Di solito era mia sorella Liliana, assieme a mia madre, a intrattenersi con loro. Erano distaccati e gentili. Soprattutto prudenti.

Durante queste visite la parte maschile della famiglia scompariva: mio padre si limitava a chiudersi in qualche stanza appartata al primo piano. Mio cognato andava a nascondersi in una sorta di botola che avevamo scavato in un angolo appartato della vigna. Più volte mi sono infilato anch'io in quell'orribile nicchia: era spaziosa, poteva ospitare fino a quattro persone ed era dotata di un rudimentale sistema di aerazione. Ma chi la sopportava?

Rassicurati, Caracas: non intendo usare gli orrori della guerra – a cominciare da quelli ai quali ho assistito di persona – per guadagnare punti nella nostra stupida polemica su ciò che è stato e che ha fatto il nazismo. A un certo punto a me toccò in sorte ritrovarmi "partigianello" sulla Alpi Apuane, costretto a vederne e ad ascoltarne di tutti i colori. Ma mi guarderò bene dal parlare di tutto questo adesso: se mai lo farò, accadrà in un altro libro, all'interno di un'altra trama.

***

Forse mio padre non avrebbe più lasciato la Toscana e la tenuta di San Lorenzo se la "Scugnizza" non si fosse incaponita con la sua Napoli. Questa almeno è l'opinione di mia sorella Liliana, secondo la quale soltanto i pazzi abbandonano il paradiso. La guerra per noi terminò in aprile, con i prati in fiore. A San Lorenzo, sulla cresta di una collina, con un fazzoletto rosso al collo, mi rigiravo tra le mani un gran pezzo di cioccolato che mi aveva regalato il primo americano incontrato in vita mia: «Paisà, magna!».

Non avevo ancora diciotto anni. A quell'età non si mangia da soli una ghiottoneria inaudita come un pezzo di cioccolato – un pezzo intero di cioccolato, e chi l'aveva mai visto? Mi misi a correre a perdifiato sperando di incrociare qualche conoscente con il quale condividere quella gioia. Il soldato, che avanzava in fila indiana assieme ai suoi compagni, mi aveva regalato anche cinque sigarette dentro a uno smilzo pacchetto. Non ne avevo mai visto di simili: che roba, gli americani! Desideravo condividere con un altro essere umano, possibilmente giovane come me, anche quest'altro indicibile piacere. Fumavo già: scorza di vigna.

Quanto a me, non ho il coraggio di pensare che mio padre sbagliò a vendere quei venti ettari di terreno che guardavano il mare dal Cinghiale a Bocca di Magra e a rispedirci tutti laddove eravamo nati. Napoli ormai mi appare talmente inseparabile dalla mia persona, dal mio destino, da non essere disponibile neppure a certi giochi di fantasia. Economicamente, non ci sono dubbi, sarebbe andata meglio, ma poi?

La domanda è sincera, mi sale dal cuore, anche se mi rendo conto che non manca di paradossalità. Io resterò a Napoli soltanto un decennio: dal 1947 al 1957. Poi emigrerò per sempre: Roma, Milano, vagabondaggi vari da un capo all'altro del mondo. Può essere che il senso di tutta una vita (ottant'anni sino a questo momento) si racchiuda soltanto in un decennio, tra i venti e i trent'anni?

Al netto di qualunque enfasi e retorica la mia risposta è affermativa. È in quell'arco di tempo e dentro quella cornice che si definiscono il mio passo d'uomo, il timbro della mia voce, il mio sguardo sugli altri, le passioni che non mi lasceranno più, le incertezze che mi accompagneranno, insieme amiche e nemiche, rassicuranti e divoratrici.

Mio padre riaprì la sua azienda. Sulla carta, avrebbe dovuto tagliare un traguardo dietro l'altro: il mondo non invocava forse soprattutto ricostruzione?

Ma non andò affatto secondo le previsioni.

Il mio problema è tutto qui: perché non accadde quello che invece, quasi per fatalità di cose, sarebbe dovuto accadere? Per quale motivo cominciò al contrario una fase di declino che attraverserà tutto il dopoguerra senza arrestarsi mai, fino a trasformare l'intero polo mercantile della città in una morta gora?

Tuttora, Caracas, piazza Mercato è uno stagno d'acqua verminosa. Quanto al molo Carmine, come abbiamo verificato insieme, le rovine non sopportano più neppure lo sguardo dei curiosi: *fatevi i cazzi vostri*, come sta scritto sul fianco del marcescente naviglio.

Il mio problema è questo. Da molti anni.

Continuo a esplorarlo con accanimento, ma senza riuscire a trovare altra risposta se non quella che mi sono data tanto tempo fa: Napoli, ancora oggi, non ha digerito il grande furto subito alla fine dell'ultimo conflitto mondiale.

Il furto del mare.

Una domanda a effetto potrebbe essere la seguente: chi ha tradito Carlo I d'Angiò? Non dico nel passato remoto, ma a partire dal 1945. Chi ha fatto scempio insomma delle potenzialità produttive della città, oltre che in campo industriale, anche in campo mercantile?

Caracas, io non sono così miope da non riconoscere che a Napoli la stessa cultura meridionalista ha ignorato sistematicamente il mare, non lo ha vissuto come risorsa, non lo ha rivendicato come diritto. Però è un fatto che fino a tutto il Settecento e oltre la flotta borbonica fu seconda soltanto a quella inglese e che le varie marinerie del golfo vissero momenti d'eccezionale rigoglio purtroppo mai celebrato da alcuna letteratura. Qualche raro libro di storia racconta la passione di re Ferdinando per la navigazione a vapore allora ai suoi esordi, difficilmente viene spiegato tuttavia che nel giro di due anni, dal 1827 al 1828, i Cantieri Navali di Castellammare vararono una fregata da 44 cannoni, una corvetta da 32 e due brigantini; che nel '30 misero a mare la scorridora *Etna*, nel '32 il brigantino *Zaffiro*, nel '34 le fregate *Partenope* (50 cannoni) e *Urania* (46 pezzi) e che, sempre il medesimo Ferdinando, fanatico della propulsione a vapore, istituì a Pietrarsa il Real Opificio Meccanico Militare che fu la prima scuola di ingegneri meccanici d'Italia.

Il furto del mare!

Quando l'Italia si costituì in nazione il governo, dopo accanite discussioni, finì per attribuire a Taranto la sede di un nuovo Arsenale militare. Sarebbe ingenuo, credo, stupirsi di una tale decisione, non però del fatto che i napoletani la subirono senza eccessive proteste. Il loro silenzio pare anzi scandaloso. Come pare scandaloso il silenzio che avvolge tuttora la storia politica ed economica della città che, proprio per l'enorme importanza strategica del suo porto nel Mediterraneo, dovette subirne – alla fine degli anni Quaranta – la sua militarizzazione al servizio della guerra fredda.

Il furto del mare, Caracas.

Il quale furto, è il caso di chiarirlo, costituisce soprattutto una colorita sintesi, una sorta d'invenzione retorica tanto per dare una facile riconoscibilità a quella perdita di ruolo della metropoli che si farà precipizio in un rapido giro di anni.

Quello "scippo", quel tramonto, mio padre lo visse da guerriero, giorno dopo giorno, ma senza mai comprenderlo del tutto. Gli sembrava una sorta di stregoneria, di perversa congiuntura destinata comunque, prima o poi, a volgere in bonaccia come ogni tempesta.

Si stupiva del modesto fido concessogli dalla banca: non avevano più fiducia in lui? La realtà era che le banche, grazie alla loro proverbiale lungimiranza, non avevano più fiducia in nessuno. Non avevano fiducia nel futuro di Napoli.

Ma non per questo lui si scoraggiava. Bisognava lottare di più, era la sua conclusione. Ormai cominciava ad avere i suoi anni, tuttavia restava un lavoratore d'accanimento assoluto. Adesso che ci penso, mi rendo conto di non averlo mai visto in costume da bagno. Neppure quando, prima della guerra, la famiglia d'estate prendeva possesso della casa di Seiano e la domenica lui era là, davanti a un mare da schianto, ma sempre vestito di tutto punto.

Diceva spesso: «Mannaggia bubà». L'espressione condensava in genere un dubbio forte, un rovello, un disagio inesprimibile. I suoi momenti di quiete (e chiamiamola quiete) erano quelli che si concedeva la sera dopo cena quando la famiglia lo lasciava finalmente solo presso il desco appena sparecchiato e lui poteva leggersi in santa pace l'"Unità" avendo accanto una tazzina e una caffettiera colma che vuotava un sorso per volta quasi per intera. Poi se n'andava a letto e dormiva senza un sussulto, padrone assoluto del suo corpo. Il sonno del guerriero, appunto.

Io non so dire in quale momento si manifestarono i primi segni di crisi in piazza Mercato. Rammento come un mormorio ininterrotto (che però crebbe via via d'intensità), un lamento corale, una sorta di rauca risacca.

Vedi, Caracas, quel terraneo d'angolo dove adesso c'è un negozio di fuochi d'artificio? Allora c'era un bar. La ditta di mio padre invece era là, proprio di fronte al bar, a una trentina di passi a dir tanto. Ma dalle nostre parti le distanze oggettive non contano; le stabiliscono i nostri umori. La sera, poco prima della chiusura, arrivava immancabilmente il rappresentante-amico con il suo bollettino di guerra: allora il frinire delle cicale con i loro lamenti e pettegolezzi poteva anche sfiorare l'eternità lungo il breve tragitto.

Chi fu il primo a fallire? Non lo so. Chi fu il primo a essere sospettato di aver dato dolosamente alle fiamme il proprio esercizio? Non lo so. Chi fu il primo a subire una rapina a mano armata da parte della camorra? Non lo so.

Per fortuna mio padre non fallì; non fu rapinato e non subì alcun incendio. Ma le sue corse in banca, tra mezzogiorno e le quattordici, diventarono sempre più frenetiche: un appuntamento fisso con il cardiopalmo, un'emergenza dietro l'altra, ogni giorno una scucitura da rammendare. Lo ricordo, carico d'elettricità, mentre cercava di scaricarsi di dosso la tensione con il suo slogan di guerra preferito: *mannaggia bubà, mannaggia bubà, mannaggia bubà...*

Era cliente della Banca delle Comunicazioni. L'ho accompagnato più volte in qualcuna di queste convulse missioni alle quali partecipavano in genere anche un paio di suoi collaboratori, spediti simultaneamente in altri istituti di credito. Di fronti di guerra ce n'era sempre più d'uno: lui ordiva le sue contromosse quotidiane come un generale assediato, e aveva anche l'aria, sotto sotto, di divertirsi.

Non ho alcuna intenzione di raccontare qui il declino di piazza Mercato e tanto meno le amarezze di mio padre e della vasta costellazione della quale faceva parte allorché, nel 1954, il costruttore Ottieri – sindaco l'armatore Achille Lauro con flotta e interessi a Genova – costruì l'orrenda barriera di cemento armato alta dieci piani e lunga l'intero fronte mare di piazza Mercato spregiativamente chiamata "palazzata" o anche "muraglia cinese". L'opera colpì non soltanto per la sua mostruosità urbanistico-architettonica ma anche, e forse soprattutto, per la sua pesante carica simbolica. Il messaggio di quel cemento non ebbe bisogno d'interpreti: napoletani, non c'è più mare per i vostri sogni, toglietevelo dalla testa, non vi appartiene più.

***

Mio padre si ammalò. Ora io non voglio inventarmi arbitrarie equazioni e neppure correlazioni minime. Dico soltanto che era un uomo sano e robusto e si ammalò. Il crepuscolo di piazza Mercato, la generale perdita di prestigio commerciale, l'abbandono della ditta da parte di una notevole fetta della sua storica clientela probabilmente non ebbero alcuna influenza sulla sua tenuta fisica. I due eventi sono comunque dentro la mia memoria come fili intrecciati. Dovrei separarli? A ogni costo?

Ci ho provato, Caracas. Ci provo in continuazione. Sennonché quei fili tornano puntualmente a intrecciarsi.

Mio padre si ammalò una prima volta giusto a metà degli anni Cinquanta. La funzione di piazza Mercato come centro di distribuzione delle merci in Italia meridionale aveva già cominciato a flettere da un pezzo: bisognava difendere le posizioni in provincia, che lui batteva in lungo e largo in automobile, accompagnato da un autista perché non sapeva guidare.

Amava le automobili. Ma a modo suo, senza alcun fanatismo e meno che mai come fiore all'occhiello, come simbolo di agiatezza. Le amava in senso dinamico, strumentale. Gli consentivano di raggiungere in un baleno i luoghi più impervi e conquistare un nuovo cliente.

Caracas, la figura di mio padre ha avuto una grande importanza nella mia formazione: più di quanto tu possa immaginare. Non voglio dire che la sua influenza abbia avuto un segno esclusivamente positivo. Mi riconosco difetti a non finire: recano anche quelli il suo marchio? In parte, sì. Ma soltanto in parte perché per esempio in lui non c'era nessuna delle incertezze, ambiguità e forse anche supponenze che a volte sono indotto in maniera autocritica ad attribuirmi.

Non parlava mai di sé. Ma proprio mai: come se non avesse avuto una giovinezza, delle sue storie.

Giovanissimo, per un breve periodo aveva studiato pittura producendo disegni e alcuni piccoli quadri dipinti a tempera su tela. Non ci parlò mai di quella sua vecchia passione, non in ogni caso di sua iniziativa, perché? Avrebbe potuto attaccare qualcuna di quelle sue operette alle pareti di casa: avrebbero fatto la loro figura. Invece le tenne sempre nascoste (per fortuna in un luogo diverso dal suo baule militare).

Perché?

Anche per quest'eccesso di reticenza il ritrovamento di un suo diario riguardante la sua primissima giovinezza mi ha riempito quasi di sgomento. Proprio così, non soltanto di curiosità: di sgomento.

In un passo se la prende in maniera addirittura veemente con i genitori (che pure amava tantissimo) accusandoli di non aver saputo aiutarlo a crescere, a trovare una strada. "Cominciai a sentire passione per la pittura e feci perciò l'ammissione al corso 'Grandi Frammenti' dell'istituto di Belle Arti ma, approvato, non potetti frequentarlo perché essi, adducendo la ragione che con l'arte non si guadagna, non mi pagarono la tassa e ancora una volta fuori dalle Belle Arti e dal Museo finii operaio a 1 f. e 25 centesimi al giorno... Me lo domando ancora una volta: che cosa ne volevano fare di me i miei genitori? Me lo dissero mai? No! In quel tempo ancora un'altra mia disposizione avevo manifestato ed era stata affermata anche da mia sorella Giuseppina: quella per le matematiche, dunque avrei potuto ancora riprendere la scuola. Me la proposero essi? No! Non vollero! La proposi io e vi piansi pure, non piangevo più da tanti anni. Dunque? Dunque? A quale destino ero chiamato io?..."

Sui sedici anni fu sul punto di imbarcarsi per l'America del Sud come cameriere di bordo su una nave passeggeri. Una mattina arrivò trafelato al porto con la sua brava valigia: per un motivo che nel diario non si prende la cura di chiarire, la fuga da Napoli andò a monte (qualcuno non aveva mantenuto l'imprecisata promessa che gli aveva fatto).

Anche la sua infatuazione religiosa, il suo precoce misticismo diventano motivi di rimprovero nei confronti dei genitori, in particolare della madre: ma come, non vi siete resi conto dei rischi che avete fatto correre a vostro figlio non intervenendo, non ammonendomi, non indirizzandomi sulla giusta strada?

Quando mio padre morì, piazza Mercato non aveva ancora toccato il fondo: era lì lì per toccarlo, o forse lo aveva già toccato nel senso che poi ha semplicemente cristallizzato, mineralizzato la sua agonia. Lui però, in clinica, non chiedeva più niente, si era chiuso in se stesso.

Frattanto in piazza Mercato si sparava. La camorra faceva sparire interi camion di merci; imperversavano rapine, minacce, estorsioni. I commercianti fallivano o chiudevano bottega; i pochi che resistevano si sentivano ogni giorno di più eroi, e forse lo erano effettivamente. Ridotti allo stremo, guerreggiavano tra loro vendendo a prezzi sempre più bassi, addirittura sottocosto, nell'illusione di riuscire ad attenuare le perdite con i premi di produzione corrisposti a fine anno dagli industriali fornitori.

Tra le carte di mio padre ho rintracciato una bozza d'accordo nella quale si legge la seguente premessa: "Nel commercio dei colori manufatti e materie prime inerenti, con speciale riferimento alle vendite all'ingrosso, si è determinata una concorrenza di prezzi così spinta, tale da indurre alcuni commercianti a vendere dei prodotti a prezzi quasi pari al puro costo, tali che non compensano neppure le spese generali. Unicamente per evitare il protrarsi di questa concorrenza eccessivamente spinta e di un sistema di vendita dannoso per tutti, per evitare le conseguenze pericolose che potrebbero derivare da ciò e per la tutela del buon nome della categoria, i sottoscritti hanno stabilito e si sono impegnati agli accordi di cui ai seguenti patti e condizioni...".

***

Caracas, quanti anni sono passati da allora? Sessanta? Cinquanta? Non è cambiato nulla: lo hai sentito anche tu il sassofonista ambulante che suonava *Bésame mucho* in piazza del Carmine. C'inchiodava entrambi alla realtà di un tempo pietrificato. In piazza Mercato continua ad andare in scena, ogni mattina, la stessa replica, lo stesso spettacolo, la stessa agonia.

Mi chiedi che cosa si sarebbe potuto fare. Ti rispondo d'istinto: abbattere per esempio la palazzata Ottieri che soffoca la grande esedra in un osceno abbraccio di neofatiscenza. Sicuramente l'evento avrebbe avuto una forte carica simbolica, certificando al mondo intero l'impazienza della metropoli di ritrovare se stessa dopo la nera stagione appena conclusa. Sarebbe servita anche a liberare il pascolo dai mazzieri che lo presidiano. Di più. Il ricongiungimento del polo mercantile al suo mare non più confiscato dalla strategia militare avrebbe potuto trasformarsi in una bandiera: Napoli che si riappropria delle sue tradizioni, che ripristina la sua vocazione di porto di pace e di commercio aperto a tutto il Mediterraneo e oltre.*

* La demolizione della palazzata non è prevista neppure per il prossimo futuro. La norma urbanistica introdotta dalla Variante 2004, attualmente in vigore, ne prescrive infatti "l'integrale riconfigurazione" ma non l'abbattimento. Mi chiedo: forse perché l'idea di una Napoli regina di commerci e porto di mille scambi la si ritiene tramontata per sempre? Non è compito di un modesto diarista dare risposte a domande così impegnative. Mi corre soltanto l'obbligo di ricordare che sul finire degli anni Ottanta del secolo scorso la vitalità repressa dei napoletani e, in genere, degli abitanti della vasta area vesuviana, esplose dando vita nell'entroterra nolano, quindi lontano dal mare, a quel CIS (Centro Ingrosso Sviluppo) che con le sue poderose strutture distributive finirà nel decennio successivo per aggregare il coacervo di interessi economici e mercantili prosperato, sia pure in maniera spesso torbida e contorta, all'ombra della lunga crisi postbellica. Paradossalmente, si può dire che è proprio l'attuale e tardivo splendore del CIS, autentica cattedrale nel deserto, che ci racconta le sconfitte di Napoli a partire dalla fine dell'ultimo conflitto mondiale.

# Le dimissioni

Caracas mi telefonò disdicendo l'appuntamento che avevamo preso per la domenica successiva. Non me ne spiegò la ragione: non poteva e basta. Ma la sua voce tradiva uno stato d'ansia, forse di preoccupazione. Non gli chiesi spiegazioni.

La domenica, libero da impegni, andai a chiudermi nel mio ufficio deciso a scrivere finalmente quella benedetta lettera. Le mie dimissioni. Nessuno sarebbe venuto a bussare alla mia porta; nessuno mi avrebbe cercato al telefono.

Sono fatto così: mi inceppo sulle piccole cose. La stesura di dieci righe può diventare un implacabile tormento. Posso trascorrere ore alla ricerca di parole che mi sembrano sempre inadeguate, ora troppo banali ora troppo ambigue, parole che scrivo e cancello, riscrivo e cancello, oppure aggrego diversamente, poi disaggrego, poi sostituisco con l'aiuto del dizionario dei sinonimi e dei contrari. Senza arrivare mai a un capolinea.

Del resto, quale nevrosi ce l'ha?

Poi un giorno, chissà come, tutto fila liscio: le parole

sgorgano incisive e insostituibili, suscitando la mia stessa soddisfatta meraviglia.

Accadde quella domenica. Le mie dimissioni ebbero finalmente corpo e anima, mi rassicurarono che dentro di me c'era ancora voglia di combattere. Non so da quale trincea, ma di combattere.

Ricordo che restai a fissare a lungo piazza del Plebiscito, assolata e vuota nonostante la domenica. Perché ristrutturarla se poi l'avevano lasciata devitalizzata nella sua assurda, quasi oscena nudità? Mi divertii a vestirla. A popolarla. Ad arredarla. Vi collocai aiuole, siepi, tavolini, negozi, vetrine, ombrelloni, fiori, insomma tutto quello che non c'era. Compresa la musica: lieve, accattivante. Fu come buttare via un cadavere dalla finestra. Mi passò per la mente esattamente questo pensiero, e il paragone mi parve appropriato.

Il giorno dopo chiamai la segretaria e le porsi la lettera: la lesse in piedi davanti alla mia scrivania. Confesso che mi aspettavo una qualche reazione, un'ultima protesta, un estremo tentativo di dissuasione. Invece rimase impassibile. «Di quante copie ha bisogno?»

Cercai invano un segno di inquietudine dietro la maschera professionale. Aveva già metabolizzato il mio distacco. Fu allora, soltanto allora, che compresi che gli avvenimenti mi avevano scavalcato. A furia di evocarle, di minacciarle e di esaltarle, le mie dimissioni si erano come scritte da sole. Si erano trasformate, a mia insaputa, in fatto compiuto: ormai quella scrivania non mi apparteneva più. Ero già un intruso, là dentro, un abusivo.

«Però» dissi, «è stata una bella avventura, le pare?»

La sua faccia s'illuminò all'improvviso. «Ah» sospirò, «vuole scherzare? È stata un'avventura formidabile.»

Quella domenica sera non volli incontrare nessuno: neppure il mio amico T. che con le sue storie piene di lampi e colpi di scena terrebbe desto un moribondo inducendolo a rinviare ogni appuntamento con l'aldilà. Mi limitai a telefonargli.

No, caro, non vengo a trovarti. Me ne torno in albergo e mi metto a dormire, ammesso che ci riesca. Sennò mi metto a leggere. Oppure a fare progetti per il futuro dal momento che qui a Napoli non ho più niente da fare. Mi chiedi se mi ristabilirò a Roma? E che ne so?

Una casa a Napoli? No. Non credo. Se mi piacerebbe? Non è facile risponderti. Ogni tanto ci penso, mi sento tentato, ma poi mi arriva addosso come uno spavento, una terribile premonizione, e faccio marcia indietro. Certo, gli amici… i luoghi che conosci da sempre e ti porti dentro perché ti assomigliano… gli odori, i sapori, il piacere di poter chiamare le cose con il loro nome esatto, sicuro di non sbagliare… So benissimo, T., che cosa mettere su ciascun piatto della bilancia, solo che per quanti tentativi faccia il rapporto non cambia: almeno per il momento io provo soltanto pulsioni di fuga. Ma sarà sempre così? Non escludo affatto che dopo una congrua pausa io possa decidere di ristabilirmi di nuovo a Napoli. Vuoi sapere dove esattamente? Su questo punto sono inflessibile: in una casa capace di accogliere tra le sue mura l'intero golfo. Una casa con un grande terrazzo, anzi un terrazzo-giardino.

A volte, al telefono, si riescono a dire più cose che seduti accanto al tavolo di un ristorante. Quella sera chiacchierammo a lungo e di tutto. Anche di Caracas, che T. frequenta da molto più tempo di me, tanto è vero che fu lui a presentarmelo. Ne ho già parlato. Eravamo a piazza Dante: vuoi conoscere un naziskin? Eccolo, disse. E mi lasciò ammutolito.

Forse il telefono favorisce la conversazione perché la prossimità fisica di T. distrae, la sua ironia fa deviare in continuazione il flusso delle parole. La sua faccia è una prugna, la sua figura ha la bellezza del satiro, è una specie di uomo arboreo, ben piantato come si conviene a un ex boxeur, di una timidezza furba e di una generosità giovanile. Fu proprio Caracas che un giorno mi disse che i settant'anni di T. mettono allegria: soprattutto a chi non li ha e spera di poterne percorrere le orme.

Gli raccontai che secondo me, a furia di frequentare islamici incattiviti, di condividerne rabbie e ferite, il nostro comune amico stava rischiando una pericolosa regressione e che tra noi c'erano stati dissapori per via di un suo rigurgito di negazionismo e di cieco antisemitismo. T. non fece commenti, ma io sapevo che anche sul loro rapporto erano calate delle ombre.

Mi dichiarai addolorato della situazione, gli dissi che non c'era sacrificio che non avrei compiuto pur di raddrizzare la testa di Caracas almeno su due punti. Due punti soltanto. Due punti che però per lui costituivano come un confine inviolabile, tutto trincee e reticolati; un confine che io avevo stupidamente sottovalutato, senza rendermi conto che al di là di quella linea bianca, anzi nera, Caracas non avrebbe mai arretrato. Per ragioni di sopravvivenza. Per non svanire nel nulla. Per non disperdere fino all'ultima goccia un'identità annebbiata ma nella quale non poteva fare a meno di riconoscere ancora, se non tutto se stesso, il proprio ineliminabile residuo.

Del resto non mi aveva forse ammonito fino alla nausea su quel punto, e in tutte le tonalità possibili – ora ironico, ora infastidito, ora infuriato? «Tu vuoi convertirmi, pensi che io ne abbia la stoffa, ma io non sono come te e neppure come tu mi immagini, te lo vuoi mettere in testa? Io sono diverso. Non sono affatto il santo che pensi. Io sono il diavolo. Tu non puoi pretendere di rubarmi l'anima: quella è mia e tale resterà finché vivrò.»

Anche la sera del grande litigio davanti alla farmacia Helvethia mi investì con le stesse accuse (e con un'aggressività senza precedenti, anche se poi alla fine il suo pallore, il suo sguardo basso, il suo farfugliare parole senza senso misero a nudo ancora un volta la sua inclinazione al pentimento, almeno nei miei confronti): «Ma chi credi che sia Caracas? Veramente il fantoccio che ti sei messo in testa tu? Altro che scrutatore d'anime: tu vedi soltanto te stesso. Pontifichi. Pensi di essere il detentore di tutte le verità di questo mondo. Ti credi Dio, ma sei soltanto un inguaribile narcisista».

Non si era mai spinto sino a quel punto. Mi lasciò senza parole. Da allora, dissi a T., non facevo che rimuginare su quelle insolenze. Ma erano soltanto insolenze? Oppure ero veramente un narcisista? Uno che scambiava con facilità lucciole per lanterne? Uno che si inventava virtù e slanci inesistenti mentre non sapeva riconoscere la realtà neppure quando gli passava a un palmo dal naso?

Chiesi a T. di fugare tutti i miei dubbi come sapeva fare lui con la sua sagacia e soprattutto la sua rassicurante ironia.

Mi disse di fare un bel respiro profondo. Poi mi intimò di farne un altro. Sembrava che mi auscultasse spalle e polmoni. Affermò di non percepire alcun fruscio, alcun rantolo. «Sei sano e hai i piedi ben piantati per terra» sentenziò. «Va' con Dio.»

Avrei dovuto sorridere. Avrei dovuto acquietarmi. Invece continuai a protestare. Ma secondo te lui ci crede veramente alle cose che dice? La mia impressione è che mentre le dice ha vergogna di se stesso, si pente, vorrebbe fare marcia indietro, impedito però da un insopprimibile bisogno di autodifesa, per non scoprirsi improvvisamente nudo, espropriato di tutto il suo passato. Allora insiste, si accalora. Ma nello stesso tempo mi guarda negli occhi e mi chiede scusa. Tu non puoi immaginare che cosa non darei per salvarlo da se stesso. Sappiamo entrambi che è l'uomo migliore della terra, l'uomo più generoso che ci sia mai capitato d'incontrare...

Oppure ci sbagliamo entrambi?

# Desiderio di uccidere

Non tutto è stato detto, se non per sommi capi, sulla parte conclusiva del rapporto tra Caracas e Rosa La Rosa: bisogna correre ai ripari perché la genericità, a mio modo di vedere, è un male assoluto; in ogni caso non aiuta a capire e offende la verità.

E poi, non mi sono forse impegnato a descrivere in maniera sempre più minuziosa quell'immagine, quella scena di Rosa discinta e pietrificata dalla droga, che forse costituisce il senso ultimo di questo libro, la sua anima segreta, la sua ossessione?

Dopo il ritorno di lei dalla fuga con "l'amico dell'amico" restarono insieme due anni. Poi ci fu una seconda rottura. In altre parole, Rosa scomparve una seconda volta.

«Che ricordo conservi di quel biennio di vita in comune? Fu un'esperienza terribile e basta?»

«Non soltanto. Ci furono momenti drammatici, certo, ma anche d'intensa felicità.»

«Scommetto che ogni tanto avresti voluto picchiarla, farle del male. Confessa, Caracas, sono sicuro che in molte occasioni hai sentito pruderti le mani.»

«Non è vero!»

Mi guarda come uno che pronunci un giuramento, ma io non mi rassegno.

«Lei abusava spudoratamente della tua pazienza, ti torturava. Come faccio a credere che non hai perduto mai le staffe di fronte a una donna del genere?»

Questo dialogo, come tutti quelli senza tempo, potrebbe durare all'infinito, fa parte della nostra lunga consuetudine, del nostro vagabondare, del nostro reciproco denudarci. Il bello dell'amicizia è proprio questo dirsi tutto, senza lasciare in ombra nient'altro che lo stretto necessario, giusto quel tanto che non si può proprio fare a meno di tacere.

«Due anni sono un tempo né lungo né breve. Possono volare o essere un'eternità. Per te volarono?»

«Non lo so. Be', oggi sono indotto a dire che volarono.»

«Parlavate d'amore? Del vostro amore, voglio dire. Oppure i sentimenti non facevano parte del vostro dialogo?»

«Ne parlavamo.»

«Le dichiaravi apertamente la tua gelosia?»

«Sì.»

«E lei che cosa ti rispondeva?»

«Cercava di rassicurarmi.»

«Le credevi?»

«Non so che cosa rispondere. Se le credevo? In qualche caso sì, in altri no. Le davo della bugiarda. Era così bella!»

«Che cosa c'entra la bellezza?»

«Non lo so bene. Però c'entra. I suoi occhi, il suo strabismo. Altro che, se c'entrano. Il pensiero di perderla a volte mi dava le vertigini.»

«E parlavate mai di futuro?»

«No. Nessun progetto. Dopo quello che era successo ne avevamo entrambi paura.»

«Rosa mostrava gratitudine per il tuo attaccamento, per quello che facevi per lei?»

«La droga rende egoisti. Acceca. Talvolta però, guardandola in fondo agli occhi, io questa cosa, questo sentimento, credo di averlo intravisto.»

«Si compiangeva?»

«Raramente. Non amava parlare di sé.»

«A quell'epoca come ti giustificavi una relazione così anomala? Ti sentivi in trappola? Un traditore di te stesso?»

«Vivevo e basta. Non mi giudicavo.»

«Insomma: la picchiavi o no? Voglio la verità.»

Si mette le mani nei capelli e scuote la testa. Non la picchiava. Ma adesso è come se se ne vergognasse. «Magari l'avessi fatto» dice. «Magari!»

La seconda rottura accadde la sera di un Capodanno. Erano stati invitati a casa di una conoscente di Rosa, una donna che viveva sola con un figlio in un grande appartamento. Rosa aveva preso a frequentarla da qualche tempo parlandone spesso a Caracas come di una persona speciale. «Vorrei fartela conoscere» gli diceva ogni tanto, senza riuscire però, a ogni concreta proposta d'incontro, a ottenerne la disponibilità. Era una donna dedita a sua volta all'eroina, ma questa era soltanto una delle ragioni per le quali Caracas la schivava. Non gli piaceva soprattutto perché apparteneva a un genere particolare di drogati: era ricca e al centro di un giro di amici come lei, che invitava spesso nella sua bella casa. Ricchi, corrotti e tossicodipendenti: per Caracas la miscela era veramente insopportabile.

La sera di quel Capodanno lo scontro con Rosa fu

durissimo: andò in frantumi qualche porcellana, ci furono anche delle urla. «Io con quella gente non ho niente da spartire» gridava lui.

«Ma è soltanto una festa...»

«Rosa, io a casa di quella donna non ci vado neanche morto.»

«Ma che cosa ti ha fatto?»

«Niente. Ma non ci vado lo stesso. Non mi piace.»

«Io però ci vado.»

«Hai sempre fatto quello che volevi. Non sarebbe la prima volta.»

«Per dio, io ci vado veramente...»

Il litigio andò avanti tra reciproche accuse che via via fecero affiorare tutto il disagio, passato e presente, della loro relazione. A un certo punto Caracas sferrò un pugno contro un vaso di porcellana, di poco valore veniale ma di notevole importanza affettiva per Rosa. Lo spaccò esattamente in tre pezzi e si ferì a sangue.

Alla fine Rosa andò alla festa dell'amica portandosi dietro il suo zaino e Caracas capì che non sarebbe tornata. Né quella sera né poi.

Infatti non tornò.

Quante storie d'amore finiscono così, con un vaso rotto e un ultimo sguardo d'odio? È una conclusione quasi rituale. Dopo il vaso rotto, di norma, c'è il nulla. Quella di Caracas e di Rosa La Rosa è invece una storia che non finisce mai; o meglio che finisce e risorge in continuazione come la mitica araba fenice, l'uccello che muore in un braciere di arbusti aromatici ma rinasce dalle sue ceneri per poi tornare a morire ancora e di nuovo a rinascere...

Trascorsero più di quattro anni senza che l'uno sapesse più niente dell'altra. Caracas aveva incontrato un'altra donna, completamente diversa da Rosa, mite, colta, consapevole, con la quale aveva intrecciato una normale relazione fatta di quieta intesa: una tonica mescolanza d'amore e d'amicizia. Il rapporto – ne ho già parlato – sarebbe sfociato, con tutta probabilità, in matrimonio se una mattina Rosa non fosse di nuovo comparsa all'orizzonte.

Margherita (nome di comodo) era a Lecce. Caracas avrebbe dovuto raggiungerla: avevano in programma un viaggio in Puglia, regione natale di Margherita.

Da tempo Caracas le aveva confidato di non essere mai stato in quei luoghi, ma di essere ansioso di conoscerli. Ogni tanto qualcuno gli parlava con entusiasmo della Puglia, rinfocolando le sue curiosità: la campagna, il mare, i trulli, i ragù, l'aura greca, il tacco d'Italia, l'Adriatico, i frutti di mare. Si riprometteva una settimana di grandi gioie: per tutti i cinque sensi, nessuno escluso.

La partenza era fissata per il giorno dopo: aveva già in tasca il biglietto del treno. Squillò il telefono. Non la riconobbe subito: ci fu prima un soprassalto d'emozione, poi il riconoscimento. Il sangue fu più lesto della mente.

«Verresti a bere una tazza di caffè con me? Dimmi soltanto sì o no. Soltanto sì o no...»

Caracas non andò più a Lecce. Semplicemente, sprofondò per la terza volta nello stesso baratro. La passione. Ma essendo del tutto consapevole di quello che faceva, convinto non soltanto di star commettendo un grave errore ma anche che l'avrebbe pagato in maniera salata, salatissima. Del resto non è forse proprio della passione questa consapevolezza, questa accettazione anticipata di un dolore prossimo venturo inteso come appuntamento ineludibile?

Quante volte Caracas me lo ha detto: «Ho vissuto

un'esperienza grandiosa, che pochi al mondo hanno il coraggio di vivere: quella di un amore assoluto e insinuante, che ti occupa interamente, anima e corpo, senza che tu riesca a salvare un solo spicchio di te dalla sua invadenza. Era chiaro che dovessi pagarla a caro prezzo. Nelle mie stesse condizioni, lo so, molti avrebbero rinunciato all'avventura, avrebbero detto: no, grazie, ne faccio a meno. La gente preferisce in genere essere saggia e prudente. Ma io sono fatto diversamente».

Si rimisero insieme. Ancora una volta senza patti, senza nulla dirsi né di quello che si lasciavano alle spalle né di quello che ciascuno dei due chiedeva al futuro. Bella, Rosa La Rosa continuava a esserlo più che mai (la bellezza che si disfa a volte sa essere anche più struggente di quella che sboccia). Per la strada gli uomini non avevano smesso di girarsi, assicura Caracas. Soltanto a momenti la droga le deturpava un po' la faccia. Lei allora andava a nascondersi da qualche parte riemergendo quando, grazie al trucco e a qualche altro accorgimento, pensava di aver recuperato il suo fascino.

Ma la loro relazione non era fatta soltanto di attrazione sessuale. I loro punti di vista convergevano quasi su tutto; vivevano come in uno stato di febbrile complicità. Creature piene d'istinto, era soprattutto l'arcano del mondo e dei loro impulsi a unirli. In questo, si percepivano indissolubilmente coppia.

Rosa però non sempre era se stessa. Spesso, quando riemergeva dai suoi abissi, Caracas stentava a riconoscerla, la scopriva diversa, distante dall'originale, come spossessata della sua personalità, ma a vantaggio di un invasore occulto della sua anima. Un giorno arrivò a dichiarare la propria invincibile avversione per una persona che aveva sempre detto di amare. Per non parlare dei continui ripudi di abitudini inveterate e perfino di taluni sapori prediletti: per esempio il cioccolato.

Dicono che a lungo andare l'eroina introduca, in chi ne fa uso, come una seconda natura. Il condizionamento dei comportamenti si fa pian piano concezione di vita, perfino gusto, tendenza.

Caracas prese a studiarla con crescente accanimento, l'occhio attaccato a un ideale microscopio. Scoprendo costernato la Grande Nemica al lavoro nel momento stesso in cui ordiva le sue diaboliche trame, sottraendo a Rosa perfino la speranza – la più generica e inconsistente delle speranze – di potersi liberare un giorno della sua schiavitù. «E perché dovrei?» le scappava di dire ogni tanto. «È così bello!»

Caracas spiega così il fatto che lei non prese mai alcuna seria iniziativa per lasciarsi alle spalle quel lutto, e spiega così lo stesso fallimento di tutti i tentativi compiuti da lui di farla entrare in una comunità per disintossicarsi.

Non si dichiarò mai rassegnato. «Sai, Rosa» le diceva di tanto in tanto, «io non sono di quelli che si arrendono. Io non mi arrenderò mai.»

Una volta non esitò a compiere il gesto più insensato che si possa immaginare: la legò al letto costringendola a una lunga astinenza forzata. Per fortuna si rese conto in tempo che, se avesse prolungato ancora un po' l'"esperimento", Rosa sarebbe morta.

Le disse anche che, se lei non avesse trovato la forza di liberarsi dall'eroina, lui si sarebbe ucciso. Infine, un giorno, le propose di togliersi la vita insieme. Le mostrò il coltello a serramanico. «Faccio tutto io» disse. Ma voleva soltanto spaventarla.

Ci furono almeno altre due fughe da parte di Rosa. E altrettante conciliazioni.

Poi, arrivò quella terribile sera.

Caracas ricorda che si era svegliato al mattino già carico di malumore. Era una giornata festiva, ma lui aveva ugualmente un appuntamento di lavoro. Avrebbe dovuto incontrare una persona intenzionata ad affidargli un incarico di una certa importanza: l'elaborazione di un manifesto di presentazione di uno spettacolo teatrale.

Rosa dormiva su un fianco, era così padrona del suo sonno che il respiro quasi non si percepiva. Lui andò in bagno senza fare rumore. La porta del bagno era proprio davanti al letto: quando era aperta ci si poteva guardare allo specchio restando distesi al centro dei due materassi con la testa sollevata contro il muro. Spesso Caracas aveva osservato Rosa lavarsi e truccarsi da quella posizione. Lei non chiudeva quasi mai la porta; in certi casi gli intimava di serrare le palpebre e di girare la testa. La chiudeva soltanto quando si drogava.

Avrebbero trascorso la serata in numerosa compagnia. Erano stati invitati a cena a casa della madre di lei assieme a parecchia altra gente, per lo più parenti. Avrebbero fatto tardi.

Quando rientrò all'ora di pranzo, Rosa non c'era. Caracas si mise a rovistare in uno scatolone alla ricerca di vecchie fotografie: il malumore non gli era del tutto passato, gliene restavano attaccate addosso diverse scorie. Eppure, l'incontro di lavoro si era concluso in maniera più che positiva: avrebbe guadagnato parecchio denaro, oltretutto per un compito di piacevole esecuzione, creativo.

Rosa tornò poco dopo. Mangiarono in maniera frugale, l'uno accanto all'altra, poi si distesero sul letto dopo essersi spogliati. Il pomeriggio domenicale lo consacravano d'abitudine all'amore: compivano il rito senza invitarsi, come atto reciprocamente dovuto. Ma il freddo incipit era più che altro un gioco, quasi una tecnica dilatoria in attesa dell'immancabile incendio («Nessuna donna, né prima né dopo di lei, è riuscita ad appartenermi altrettanto, a fare di me un uomo sessualmente appagato»).

Le effusioni andarono avanti a lungo, poi Rosa si addormentò e si addormentò anche Caracas.

Quando si svegliò il cielo era color cenere. Riscoprì dentro di sé lo stesso malumore del mattino: una sorta di idiosincrasia verso il mondo intero, a cominciare da se stesso. Stava diventando una sorta di abito quotidiano: faceva appena in tempo a toglierselo di dosso che ecco sopraggiungere quel nonnulla che lo induceva a indossarlo di nuovo.

Stentava a riconoscersi in tanta mutevolezza. L'identikit non corrispondeva all'opinione che si era fatto di sé. Lui non era così. O meglio, non era nato così. Ma lo stava diventando: un uomo insicuro, nervoso, fatalista, superstizioso, ondivago, appunto. E pavido. Anzi, peggio: un uomo che fuggiva gli altri, che ne temeva la prossimità, lo sguardo indagatore, la curiosità, in qualche caso la sfrontatezza. «Sei un orso, Caracas» continuava a rimproverarlo lei a intermittenza. Per lo più non le rispondeva. Oppure diceva con aria indignata: «Chi, io?».

Ma alle strette non esitava ad ammetterlo: «Vabbe', sono un orso, allora? Le serate mondane non fanno per me. Si assomigliano tutte: abbuffate, alcol, risate senza senso, barzellette oscene, con l'inevitabile signora in menopausa che alla fine viene colta da una crisi di nervi e si mette a piangere, l'altro che vomita, il terzo che impreca... Mi sai dire che cosa c'è di divertente in tutto questo?».

Anche le riunioni di famiglia con la madre di Rosa La

Rosa e annessa coda di parenti prossimi gli procuravano il mal di mare (lui lo chiamava così, immaginandola e pronunziandola come una parola sola, *maldimare*: quell'insopportabile movimento dell'onda che sale e che scende e, così facendo, si trasforma in disagio, nausea, perfino disperazione).

Quando Rosa si svegliò gli regalò un grande sorriso in fondo al quale si poteva cogliere ancora un residuo del suo originario ottimismo.

Se Rosa non fosse stata ghermita dalla droga!

Ogni tanto Caracas veniva folgorato dal pensiero della casualità della vita, o almeno di parte della vita perché non c'è dubbio che tante cose accadono perché uno le ha volute veramente, le ha decise in maniera consapevole. Ma le altre? Quelle che vanno in un modo ma sarebbero potute andare in maniera completamente diversa solo che tu, quel determinato giorno, non fossi uscito di casa a quell'ora, non avessi preso il treno, non ti fossi attardato al bar, non fossi andato a quel certo appuntamento?

Povera Rosa, quale perverso intreccio di banalità dietro al suo destino, quale stupida trama senza necessità né senso. Il gioco dei "se" e dei "ma" lo devastava: umiliava il suo bisogno di verità assolute. Quel gioco riassumeva tutto il marcio della vita, capricciosa e occasionale finché le garbava; poi, di colpo, inflessibile, spietata.

Caracas aveva perduto ogni speranza che per Rosa le cose potessero cambiare. Ora la catena dei "se" e dei "ma" si era spezzata. Il futuro gli appariva ormai già tutto scritto: una lenta agonia senza rimedio. Tranne la morte.

«Forse dovrei ucciderla. Forse il mio dovere sarebbe quello di piantarle la "molletta" nel cuore.»

Quando formulò la prima volta questo pensiero? Caracas non lo ricorda. Sa soltanto che la sera in cui se lo disse non trasmetteva a se stesso un'idea – un'ingiunzione – del tutto nuova, mai formulata prima. Era un pensiero già pensato. Un pensiero che circolava da tempo, alla maniera di un germe patogeno, nel suo sistema sanguigno.

Rosa andò in bagno e chiuse la porta. Caracas capì che si sarebbe iniettata dell'eroina.

La camera era stata invasa da una nube opaca. Fuori la città sembrava ricoperta da una polvere grigia che sfrangiava i contorni dei palazzi. L'infelicità di Caracas galleggiava sull'instabile penombra della stanza come barca in avaria. Accese con impazienza la lampadina sospesa a un chiodo infilato nel muro alle spalle del letto.

Di lì a poco sarebbero andati a casa della madre di Rosa. Un evento festoso. Una ricorrenza. Avrebbero incontrato un bel po' di gente: tanti occhi fissi preferibilmente su loro due.

Rosa percepì i suoi pensieri?

Ne udì la voce. Era flebile e diceva: «Caracas, soltanto una piccola dose, il minimo indispensabile giusto per tenermi su».

Il tono era pacato, rassicurante. Caracas annuì, benché lei non potesse vederlo.

La serata andò né bene né male: andò come doveva andare. Tutti guardarono lungamente Rosa: chi in maniera diretta, con sfacciata insistenza, chi lanciandole occhiate veloci, a raffica. Sguardi ce ne furono in abbondanza anche per lui: ironici, di meraviglia, di simpatia, di diffidenza, di commiserazione. Ormai era diventato un enigma collettivo con quella sua remissiva vicinanza a Rosa La Rosa, con quella cieca devozione per lei: ma questo Caracas chi è?

Tornarono alla loro tana alle due del mattino. Già

lungo il tragitto verso casa lui notò che Rosa tremava. Com'era possibile se si era iniettata eroina soltanto poche ore prima?

«No, Rosa, per favore.»

«Non so che cosa mi succede.»

Prima di andare dalla madre aveva assunto una dose veramente minima di droga. Ma era stato un errore. Aveva trascorso buona parte della serata sprofondata in una poltrona senza dire una parola e adesso eccola lì in preda ai brividi.

Caracas cercò in tutti i modi di dissuaderla, di convincerla a tenere duro fino al mattino successivo: lui l'avrebbe aiutata ad addormentarsi, le avrebbe dato un sedativo.

Lei gli promise tutto, ma appena arrivarono a casa corse a chiudersi nel bagno.

Rosa!

Lasciami perdere, Caracas.

Chinò la testa rassegnato. Non si svestì. Si mise a sedere su una sedia senza accendere la lampadina sul letto. Dalle imposte socchiuse della finestra arrivavano le luci della strada miste a quelle della croce verde della farmacia in fondo alla piazzetta. Ce n'era abbastanza per raccogliersi nei propri pensieri.

Si concentrò ad ascoltare i movimenti di Rosa oltre la porta del bagno. Conosceva perfettamente ogni suo gesto. Era come se "leggesse" i rumori: a ognuno corrispondeva una fase della cerimonia. Quante volte l'aveva aiutata a bucarsi: la loro intimità non aveva limiti.

Dalla sedia si spostò su un lembo del letto. Ora dal bagno non provenivano più rumori. Perché? Vinse la tentazione di chiamarla. Rosa non voleva: la sua voce la faceva immancabilmente sobbalzare.

Caracas si liberò delle scarpe e appoggiò la schiena al

muro allungando le gambe sul letto. Finalmente gli parve di udire un lieve fruscio provenire dal bagno. Tese le orecchie. Ma inutilmente: non soltanto tutto era ripiombato nel silenzio più assoluto ma lo stesso fruscio che credeva di aver percepito gli parve improvvisamente irreale, immaginario.

Si accostò in punta di piedi alla porta del bagno e vi batté in maniera lieve due colpi con le nocche della mano. La risposta non fu immediata. Comunque una risposta ci fu, un farfugliamento, quasi un rantolo, al quale fece seguito comunque una frase compiuta: «Ancora... un momento...».

Caracas tornò a sdraiarsi sul letto, con il capo appoggiato contro il muro nella stessa posizione di prima. Trascorse ancora del tempo prima che la porta del bagno si aprisse: tre minuti, forse quattro o addirittura cinque. Poi Rosa comparve, ancora eretta salvo la testa reclinata sul petto. Mosse uno o due passi, si fermò e cominciò lentamente a piegarsi in due. Caracas la vide mentre chiudeva gli occhi e piombava in un sonno profondo, il corpo che s'irrigidiva come per un processo di pietrificazione.

Non era mai accaduto. Un evento senza precedenti. Sapeva benissimo che l'eccesso di droga determina talvolta fenomeni simili ma la conoscenza teorica di un fatto non sempre basta a esorcizzare il trauma della sua esperienza diretta. Anzi talvolta agisce come un moltiplicatore d'emozione, dilata lo stupore fino a renderlo insopportabile.

Caracas fissava sbalordito il corpo di Rosa immobile davanti a lui, evitando di tendere un solo muscolo, di compiere il più piccolo movimento come se il suo sonno fosse appeso a un filo invece di essere quella materia sorda e inerte che era.

La camicia da notte di Rosa era un minuscolo indumento in tinta con la sua capigliatura fulva che le lasciva scoperte le braccia: Caracas fissava i suoi seni rigogliosi, le gambe diritte, leggermente divaricate in maniera da dare una qualche stabilità all'anomala postura del corpo, piegato in avanti come chi sia gravato da un peso spropositato sulle spalle.

Soltanto la faccia non osava guardargliela: per fortuna, per via dei capelli che le spiovevano davanti, era poco visibile, anche se dal bagno adesso affluiva un fascio di luce gialla.

***

Percepì l'inumidirsi dei propri occhi, lo sfilacciarsi dei pensieri, l'impossibilità di fermare se stesso in un punto qualsiasi dell'universo. Si accartocciò sul letto. Il rumore del suo corpo in movimento riempì la stanza e lo fece sussultare. Rosa era sempre là, immobile, con le sue belle braccia penzoloni. Se ne intenerì, e tanto bastò a fargli rivivere di colpo tutta la loro storia. Dal momento in cui l'aveva conosciuta, ancora acerba, senza immaginare l'infinita intimità alla quale la vita li aveva destinati. L'avesse capito in quel momento! In tal caso nulla sarebbe stato uguale a ciò che era accaduto. Tutta un'altra storia. Ma lui non l'aveva capito.

***

Fu probabilmente a questo punto che il pensiero (già pensato) della morte di Rosa per sua mano gli tornò in mente. Caracas disse a se stesso: «Forse dovrei ammazzarla».

Lo chiese direttamente a Rosa rompendo il silenzio macchiato di giallo e di verde – quello della croce della farmacia in fondo alla piazza – che stringeva entrambi come in una trappola. «Rosa, non credi che sarebbe meglio se Caracas ti liberasse una volta per tutte da questa umiliazione? Dopo, potrei a scelta o costituirmi o ammazzarmi a mia volta.»

Estrasse il coltello dalla tasca del giubbotto e fece scattare la lama. Sperò che l'oggetto con i suoi lampi strappasse Rosa al suo torpore. In quel caso avrebbero potuto affrontare l'argomento con tutta calma: sarebbero arrivati sicuramente a una conclusione positiva.

Rosa però rimase immobile. Era sorda. Non era più un essere umano. Era una cosa.

Allora Caracas si addormentò. Con la "molletta" pericolosamente aperta accanto.

Non ricorda quanto tempo dormì. Forse un'ora, forse qualcosa di più. O di meno. Si svegliò di soprassalto, emergendo con fatica da un'oscurità senza fondo che cercava di trattenerlo, di impedirgli di liberarsi del suo abbraccio. Quel sonno era stato in realtà un deliquio, un vero e proprio distacco dal mondo, qualcosa di estremamente somigliante alla morte. Soltanto la morte può stringerti a sé in quel modo così avido. Indecente.

Lì per lì non ebbe coscienza di nulla. Non sapeva più chi fosse, dove si trovasse e perché. Poi vide Rosa e ricordò tutto: era là, immobile nello stesso punto in cui l'aveva lasciata, prona e distrutta.

Inconsapevolmente stringeva in una mano l'impugnatura del coltello. Allungò le gambe fuori dal letto e si mise a sedere. Poi lentamente si alzò e si avvicinò a Rosa. Aveva sempre quel coltello in pugno. Quando fu a pochi centimetri da lei lo sollevò leggermente. Non all'altezza del suo seno. A malapena della pancia, del fianco. Poi le dita di colpo di contrassero e per un momento – un momento? di più, molto di più – fu anche lui un uomo di pietra paralizzato da un evento imprevisto.

Non avrebbe ammazzato Rosa.

Tornò verso il letto pensando che un conto è immaginarli, certi gesti, tutt'altra faccenda è eseguirli. Serrò la "molletta" con gesto accurato. Era interamente metallica, di acciaio temprato, con una lama lunga dodici centimetri leggermente ricurva. La ripose risolutamente in tasca, come la gettasse in fondo al mare. Il coraggio di infilarla tra i seni di Rosa non l'avrebbe avuto mai e poi mai. I suoi seni!

Restò a lungo rannicchiato in compagnia della sua disperazione. Avrebbe voluto spegnere la luce del bagno ma non osò alzarsi. Chiuse gli occhi per non vedere Rosa, presente nel suo sguardo da qualunque lato si girasse. Infine, si allontanò dal letto dirigendosi in un angolo della stanza dove giacevano alla rinfusa vecchie cose, tra cui una grande sacca grigioverde di tela ruvida incerata. L'aprì e cominciò a riporvi indumenti e oggetti.

È arrivato il momento di scomparire. Lo disse mentalmente a se stesso. Non sarebbe stata soltanto una mossa difensiva, per mettersi al riparo da Rosa e dalla sua furia autodistruttiva. Forse era anche un modo per aiutare lei. Non era riuscito a salvarla ma soltanto ad accompagnarla per mano in fondo al pozzo. Si riconobbe superfluo. Un peso. E se non un peso, un alibi. Far perdere le proprie tracce era diventato quasi un obbligo morale, un modo per restituire a Rosa La Rosa, per intero, la responsabilità di se stessa.

Si girò di scatto verso di lei stringendo con una mano il sacco già mezzo pieno. La fissò a lungo. «Rosa, davvero non vedi e non senti nulla?»

Aspettò inutilmente una risposta. «Me ne vado.»

Era una comunicazione formale. Dentro di sé era convinto che Rosa stesse registrando ogni avvenimento, ogni parola. Di cui si sarebbe ricordata al momento opportuno.

«Addio, Rosa. Questa volta ti lascio io. Per sempre. Perché? Per tante ragioni. Non basterebbe un'intera giornata per elencarle tutte. In ogni caso ce n'è sicuramente una che sta in cima a tutte le altre. Me ne vado perché mi sono convinto che riesco a farti soltanto del male. Se la tua scelta è di percorrere questa strada fino alla fine, che c'entro io? Che c'entra la vicinanza di un uomo che disapprova, dissente, ostacola?»

Avanzò verso di lei. Le sfiorò le dita di una mano.

***

«Erano fredde?»

«Di ghiaccio.»

«E poi che cosa facesti?»

«Le parlai ancora.»

«Che cosa le dicesti?»

«Mille cose.»

«Che era bella?»

«Certo, le dissi anche questo.»

«Però la lasciavi.»

«Non servivo più a niente: ero soltanto un peso morto che lei si portava appresso.»

«Ne sei sicuro? La tua ricostruzione dei fatti inquieta anche per alcune ambiguità. Io credo che il tuo racconto non sia del tutto sincero. Ma forse non ho alcun diritto di esprimermi con tanta ruvidezza...»

«Tu puoi dire tutto quello che vuoi. Anzi, devi.»

«Davvero?»

Sostiene che la conoscenza di ciò che io penso è diventata per lui una necessità. Il mio giudizio, anche il più severo, si risolverebbe alla fine in un balsamo. Mi giudica una persona giusta: senza saperlo io lo avrei aiutato a mia volta ad abbracciare quella fede islamica nella quale va realizzando la sua pace interiore.

«Ma io non credo di essere l'uomo giusto che dici.»

«Sì, invece.»

«È un giudizio che mi imbarazza.»

«Capisco l'imbarazzo, ma si tratta della verità. O almeno di quella che a me pare una verità.»

I nostri colloqui più delicati, più impegnativi, hanno chissà perché una cornice fissa: Aladin alla Ferrovia, e più in dettaglio la sala interna al primo piano senza finestre, quella del televisore al plasma. Eravamo immersi nella solita penombra "assassina" di tutti gli scandagli e parlottii di questo mondo.

Ero davvero turbato. Con quale animo avrei potuto adesso misurarmi con lui dopo che mi aveva messo sulle spalle quel fardello? Volevo conoscere altri dettagli sulla sera in cui aveva definitivamente abbandonato Rosa, desideravo muovergli delle contestazioni, far emergere le incongruenze di taluni suoi comportamenti, ma mi sentivo con le mani legate. «Caracas, mi hai detto che sono un uomo giusto: è come se mi avessi messo con le spalle al muro.»

La sua risposta ebbe il pregio della prontezza e perciò della sincerità. Almeno così mi piace credere. «Ma un uomo giusto non è affatto obbligato a comportamenti compiacenti. Un uomo giusto non è una mammoletta. Anzi. È proprio a lui che tocca il compito di insinuare dubbi e costruire requisitorie. Del resto è nei nostri patti. Come faresti altrimenti a scrivere un libro su Caracas?»

Non aveva alcun dubbio che avrei scritto un libro su di lui. Su di lui e su di me. Il suo e il mio passato. E, in mezzo, quel comune patrimonio di pietre e di tradizioni chiamato città.

Rinnovai la promessa. Bevvi un sorso di tè alla menta e partii con il mio primo affondo. Gli chiesi innanzi tutto la ragione di quella fuga così repentina. «Perché andarsene quella notte stessa? Come un ladro. Mentre lei era in quelle condizioni penose, incapace di qualunque gesto o parola.»

«Sapevo perfettamente che di lì a poco si sarebbe svegliata, sarebbe tornata in sé. Ormai non correva più alcun pericolo.»

«Ma come facevi a esserne così sicuro? Mi hai detto anche che decidesti di tagliare la corda, insomma di scomparire, soprattutto per il bene di Rosa. Non è facile crederti, Caracas.»

Si concesse una pausa di riflessione. Mi parve scavare dentro di sé, o almeno meditare la risposta. «Tu deformi le mie parole. Io non ho detto questo» emise un profondo respiro. «Non in questo modo. Me ne andai convinto di compiere un gesto probabilmente utile anche a lei, ma soprattutto necessario a me. Ormai mi sentivo un verme, i miei comportamenti non potevano essere giustificati più da niente: Rosa era diventata una tossicodipendente irreversibile. Sai che cosa significa? Sai a quali leggi, anche morali, obbedisce una tossicodipendente irreversibile? Hai idea di quale inferno sia la sua vita e la vita di chi le sta accanto?»

«D'accordo, d'accordo...»

«Io volevo ucciderla.»

«Sei stato davvero sul punto di farlo? A volte la tua immaginazione si fa straripante.»

«So quello che vuoi dire. Che con il pensiero siamo tutti assassini e io forse più degli altri. Ti giuro: fui effettivamente sul punto di farlo.»

«Ma qualcosa fermò la tua mano all'ultimo momento.»

«Proprio così.»

«Che cosa, Caracas? Un pensiero, immagino. Quale pensiero?»

«Non credo un pensiero. Piuttosto una visione. Un piccolo dettaglio sul volto di Rosa, l'ombra di un sorriso. Immaginario, suppongo. Anche se lì per lì mi parve un vero sorriso, come d'incoraggiamento.»

«Vuoi dire che avesti l'impressione che Rosa ti invitasse a vibrare il colpo, a non tirarti indietro?»

«Qualcosa del genere.»

«Allora?»

«Crollai.»

«In che senso?»

«Quel sorriso...»

«Capisco.»

«Fu in quel momento che compresi di non avere altra scelta che la fuga.»

Annotai le sue ultime risposte sul mio quaderno. Per via del poco lume scrivevo con caratteri enormi e irregolari che Caracas seguiva con sguardo attento, il busto e il capo fortemente inclinati dalla mia parte. Appena smisi, sollevando lentamente la testa dal quaderno, mi trovai addosso i suoi occhi enormi e dilatati. Era pallido da fare spavento ma io preferii rimproverarlo anziché compiangerlo. «Perché guardi quello che scrivo? Non si fa.»

Si morse il labbro, ma sorridendo.

«Adesso mi devi raccontare in maniera minuziosa ciò che accadde da quel momento in poi.»

«Ma te l'ho raccontato tante volte…»

«Secondo me vi sono particolari che continui a tacermi.»

«Ma vuoi scherzare? Al massimo posso averti nascosto qualche mio momento di debolezza.»

«Per esempio?»

«Ero a pezzi, lo vuoi capire? Finii di riempire la sacca. Ogni tanto lanciavo uno sguardo a Rosa: non sapevo io stesso se desiderare che si svegliasse o che continuasse a dormire. Poi, in punta di piedi, andai in bagno per raccogliere i miei oggetti personali. Sfiorandola, mi investì il suo odore acre, come di bosco bruciato, e il cuore cominciò a battermi da mozzarmi il fiato.»

«Ricordo che una volta mi hai raccontato di essere stato sul punto di buttarti di nuovo sul letto in attesa del risveglio di Rosa rinunciando a ogni idea di fuga.»

«È tutto vero. In momenti del genere non si contano i pensieri che attraversano la mente di un uomo. Vuoi che ti racconti anche quelli? I pensieri?»

«No, no. Mi bastano i fatti.»

«I fatti! Be', ammetto di avertene taciuto qualcuno.»

«Ne ero sicuro.»

«Francamente non vedo perché dovrei confessarmi al di là di ogni decenza. Tanto più che si tratta di un'inezia. Ma estremamente privata. Personale.»

«In questo caso non insisto: hai tutto il diritto di startene zitto.»

«Prima d'infilare la porta la fotografai. Così com'era: discinta, morta, pietrificata. Posseggo tuttora quella fotografia. Sappi però che non te la mostrerò mai.»

# Addio, Caracas

Questa storia, anzi queste storie stanno per concludersi: con la consueta dissolvenza carica di ambiguità propria della vita non meno della letteratura. Una cronaca-diario, se vogliamo chiamarla così (benché in odore di romanzo), non è altro che un frammento di realtà in transito, con annesso strascico di delusioni, fermato per i capelli da una persona di buona volontà. Personalmente non mi attribuisco altro merito che quello di afferrare al volo fuggevoli segmenti di vita e di fissarli sulla carta come in un bagno fotografico. Anche i fogli di carta poi ingialliranno, finiranno nel Grande Falò. Ma col tempo.

Finalmente una domenica mattina andai con Caracas in visita al nostro Parco delle Meraviglie: l'adorata piazza Ferrovia. Lui mantiene sempre le sue promesse.

Dopo una lunga assenza era riemerso per dirmi nientemeno che Rosa La Rosa era morta. Me lo aveva detto però in modo sospetto. Lì per lì ero rimasto interdetto. Anche emozionato. Anzi: fortemente emozionato. Salvo concludere, dopo poco, che mi aveva detto una bugia.

Ma perché? Che interesse poteva mai avere Caracas

di farmi credere che Rosa La Rosa fosse morta? Per abbassare una specie di sipario protettivo su di lei? Fu l'unica supposizione che riuscii a formulare: si era improvvisamente convinto di doverla far uscire di scena, forse pentito del tanto – anzi del troppo – che mi aveva raccontato intorno alla loro lunga intimità.

La recita non è il suo forte. Mi aveva comunicato la notizia in tono non dico spensierato ma neutro, senza pathos, accompagnando a stento le parole a qualche affettato sospiro e cambiando rapidamente argomento. Mi aveva detto anche che lui era in procinto di trasferirsi in Tunisia dove i suoi "fratelli" gli avevano trovato lavoro come fotografo in un giornale della capitale. E io avevo avuto l'impressione che ci fosse parecchia fantasia anche in questo annunzio di partenza.

Avrei dovuto sottoporlo a uno dei miei stressanti interrogatori? Forse. Ma avendo deciso di poter sopravvivere benissimo a entrambi quegli enigmi – che tali perciò resteranno – non avevo aperto bocca. Okay, Caracas, appuntamento domenica alla Ferrovia.

Una giornata di fuoco (dal punto di vista delle emozioni, beninteso). Trascinato dall'entusiasmo, arrivai perfino a mettere a rischio, se non la mia incolumità fisica, quella economica, fermandomi accanto al tavolino di uno di quei maghi delle "tre carte" – chiedo scusa, delle "tre campanelle" – le cui dita sapienti (le chiamavo le dita del diavolo) mi hanno sempre incantato, sin da quando, ragazzo, dopo aver a lungo assistito ai loro prodigi, correvo a casa cercando disperatamente di imitarli.

Anche quella mattina non seppi sfuggire alla tentazione di fermarmi davanti a uno di quei trespoli. Eravamo sulla sponda sinistra di piazza Garibaldi, tra corso Novara e via Bologna. Era una giornata invernale, ma tutta sole e tepori: dicono che il tempo sia cambiato, quella fresca luce napoletana sembrava annunciare la nascita del mondo, aveva una cristallina bellezza cosmica.

Caracas camminava tra la folla qualche passo avanti a me. Si girò, e appena mi vide presso l'uomo delle "tre campanelle" gridò: «Ma sei pazzo?».

Lo guardarono. Lui allora assunse un'aria indifferente, restando comunque fermo dov'era. Capii che mi sorvegliava, cercando però di non darlo troppo a vedere.

Davanti al panchetto era raccolta parecchia gente: fissavano tutti le tre campanelle allineate dal conduttore del gioco. Sotto una di quelle campanelle si nascondeva una pallina bianca che l'uomo aveva fatto scivolare a lungo da una parte all'altra. La pallina era sotto l'ultima campanella alla mia destra, ne avevo una certezza assoluta. Vincere sarebbe stata la cosa più facile del mondo.

Ero un pesce che ha preso a curiosare davanti all'imboccatura di una rete: stavano cercando di spingermi dentro con uno stratagemma, senza spaventarmi. Ne avevo una confusa consapevolezza, ma non me ne importava niente, affascinato com'ero dalla bellezza di quel teatro dell'inganno in cui nulla era affidato al caso, anzi ogni gesto o passaggio era intriso di ritualità.

Il conduttore del gioco si era mostrato maldestro: sapevamo tutti dov'era andata a finire la pallina. Lui fissava le tre campanelle a testa bassa ed era evidente la sua voglia di nascondersi. Aveva un fazzoletto rosso al collo e giuro che non lo dimenticherò più. Era sicuro che non avrei scommesso in quel caso: avrebbe scommesso invece un suo compare che avrebbe clamorosamente vinto spingendomi così a puntare la volta successiva.

Hai voglia di crederti più furbo del diavolo, armato di un'intelligenza superiore. La tua intelligenza vale meno di zero rispetto all'intensità della recita. Del resto la potenza del teatro non sta forse in quel circuito di suggestioni che riesce a farti piangere o ridere di fronte a un evento che tu sai in partenza essere finto? Guai a sottovalutare il fluido magnetico negli occhi del "mago" allorché decide di fissarti. Guai a sottostimare l'abilità delle sue dita che guizzano come pesci in un acquario e la stessa forza attrattiva del suo fazzoletto rosso. È anch'esso uno stratagemma, un deviatore d'attenzione? Ho il torto di pensare di sì, avvertendo però che si tratta soltanto di una mia supposizione.

Era un uomo di una magrezza impressionante, di carnagione così scura da sembrare straniero, un nordafricano. Muovendo le campanelle teneva i lunghi mignoli di entrambe le mani leggermente sollevati, per cui lavorava con otto dita anziché dieci. I due mignoli erano come le ali di un aeroplano.

Vidi un grosso indice, quasi una salciccia, abbattersi sull'ultima campanella. Un opimo signore con una faccia rotonda da luna piena. Mi stava addosso, ne percepivo quasi il contatto del corpo. Senza togliere l'indice dalla campanella estrasse da una tasca un portafogli con molte bancone da cinquanta euro e mi chiese di sfilarne una da puntare sulla campanella bloccata.

Scossi la testa. Dissi che non avrei toccato il suo portafogli per nessuna ragione al mondo. Lui allora mi invitò a sostituire il mio indice al suo in cima alla campanella, in maniera da lasciargli entrambe le mani libere per la puntata. Capii che mi stavano incastrando. E tuttavia restavo ancora curioso, o meglio affascinato, e sicuramente avrei messo il mio indice in cima alla campanella come voleva il mio vicino se Caracas non fosse intervenuto prendendomi per un braccio. «Ora basta.

Facciamo tardi all'appuntamento» disse perentorio cogliendo tutti di sorpresa. Ci fu un mormorio di protesta. Il grassone che mi era accanto disse: «Ma come?».

Ebbi paura. Mi sentii pressato da varie parti. Ma Caracas fece valere la sua determinazione: mollò alcune spinte in mia difesa e mi trasse fuori dalla ressa. Mentre cercavamo di perderci tra la folla una voce ci gridava dietro: «Ma non si fa così...».

Affrettammo ancora di più il passo: entrammo in via Bologna interamente presidiata dai senegalesi e dalle loro bancarelle. Ci sentimmo finalmente al sicuro e potemmo litigare in santa pace.

Disse che mi ero comportato da vero irresponsabile. Il suo tono mi stizzì. Obiettai che io sapevo sempre quello che facevo, e che se qualche mia iniziativa poteva sembrargli azzardata doveva rendersi conto che i miei erano tutti rischi calcolati.

Non replicò. Chinò la testa e basta.

Mi sentii improvvisamente assalito dalla vergogna delle mie bugie. Allora ammisi di aver detto una balla. Anzi una grossa balla. Lo ammisi senza un filo di imbarazzo. In maniera risoluta, piena di convinto rammarico: grazie, Caracas, se non ci fossi stato tu...

Una domenica mattina alla Ferrovia.

Per inventare un finale a un libro che non ce l'ha? Che non lo vuole avere? Il bello delle cronache-diario è proprio questo: non concludono, sono navi senza porto, conoscono le procelle e basta. D'altronde che finale potrebbe avere mai un libro dedicato a una città come Napoli, a un ex naziskin che si chiama Caracas e a un ottantenne dimissionario tutto livori e ricordi che si chiama come mi chiamo io?

Tornai alla carica rifacendogli la domanda che gli

avevo rivolto qualche settimana prima al porto: quale conclusione secondo te dovrebbe avere un libro del genere? Tra l'altro è in ballo la nostra amicizia, credo…

«Tu sogni la mia sconfitta, lo so. Nessuna conclusione» disse in maniera risoluta. «Oppure, se proprio ci tieni, puoi immaginare la morte di Caracas. Lui che s'intromette tra due persone che litigano per fare da paciere e finisce accoltellato: là, sotto la statua di Garibaldi. Un classico.»

Scoppiai a ridere.

«Credi che non potrebbe succedere?» Si era improvvisamente rannuvolato.

«Tutt'altro. Soltanto che nessuno ci crederebbe. E poi perché dire una bugia?»

Lo presi sottobraccio: via, non ci siamo incontrati per discutere di questo, stamattina. C'è tempo per decidere. Frattanto io comincerò a spedirti le prime pagine che ho scritto. Dopo averle accuratamente corrette te le spedirò via *email*. Tu le leggerai con calma e mi comunicherai la tua opinione. Desidero che non sia pubblicata una sola riga che non abbia avuto il tuo benestare.

Mi ringraziò. Disse di non avere dubbi sul fatto che avrei trattato con rispetto la sua persona. Ma le sue idee? Ecco, le idee. Forse non tutto era ben chiaro e definito nella sua testa, ma lui desiderava che il suo "ritratto politico" – usò esattamente queste due parole – non risultasse troppo addomesticato. «Un po' addomesticato, posso capirlo. Sarà più forte di te. Lo farai senza rendertene conto. Troppo addomesticato, no. Non potrei accettarlo. Siamo diversi. Dobbiamo restare diversi. Non puoi pretendere di farmi uguale a te.»

Per l'ennesima volta mi accusava di volerlo plagiare. Ormai era diventato una specie di argomento-ossessione.

Un chiodo fisso. Non soltanto ripeteva lo stesso concetto, si serviva anche delle stesse parole.

Ma erano parole sue oppure gliele aveva messe in bocca qualcuno, istigandolo a usarle contro di me? Il suo sguardo di nuovo velato di ostilità mi indusse a chiedermi, quasi di soprassalto, se per caso Caracas avesse qualche nascosto "suggeritore" cui confidava flussi e riflussi del nostro stare insieme e confrontarci, la trama del libro che io avrei scritto, anzi che avevo già cominciato a scrivere, seguendo la traccia della nostre rispettive esistenze.

Il repentino sospetto mi indusse a fissarlo negli occhi, che lui abbassò subito, rafforzando il mio disagio. E io mi chiesi se la nostra amicizia non stesse volgendo, in modo lento ma inesorabile, in avversione: l'odio, si sa, insidia da sempre l'amore, spesso anzi lo prolunga e lo completa.

Tornammo sui nostri passi; ci mescolammo alla folla che in parte procedeva come noi in direzione della Stazione, in parte in senso contrario.

Decisi di scrollarmi di dosso tutti i miei malumori: non avevo alcun diritto di immaginare macchinazioni, trame o malizie. Che indizi avevo? La faccia scura di Caracas? Un po' poco, tanto più che la bella giornata incoraggiava pensieri di gloria. Piazza Garibaldi, soprattutto la domenica mattina, può regalare brividi universali: per esempio quello della mutazione ormai biologica della città con i suoi immigrati di centodiciannove nazionalità diverse (ma non lo affermo affatto per lamentarmene, per disapprovare, anzi!).

L'esperienza è irripetibile: non esiste un'altra piazza-mondo uguale a questa su tutto il pianeta, altrettanto etnicamente composita, altrettanto febbrile, altrettanto sporca, altrettanto affabile, altrettanto pericolosa, altrettanto rappresentativa, altrettanto premonitrice.

Per la prima volta da quando avevamo preso a frequentare insieme quel luogo avevo la sensazione di passeggiare, se non nel futuro, ai suoi margini. La nostra salvezza, se ce n'è una, comincia da qui, pensavo, perché è arrivato il momento di rinnovare il sangue nelle nostre vene, di annacquare un'etnia sempre più segnata dalla passività, dalla recita e dall'inganno.

Mi fermai accanto a una grande esposizione di reggiseni (avevo rivolto un'occhiata interrogativa a Caracas, una sorta di "posso?"). Fluttuavano come spume di mare sul grande piano rettangolare. Ce n'erano di tutte le misure, comprese le maggiori. Erano di fabbricazione cinese e cinese era la ragazza addetta alla vendita. «Non mi risulta che le asiatiche abbiano grandi tette» dissi.

Caracas rise. «Ma non sono per loro. Guardati intorno.»

Almeno una decine di ucraine – o forse moldave, o polacche, o rumene, o un loro cocktail – insomma donne dai petti prorompenti, rovistavano tra la merce come impastassero pane. Ogni tanto qualcuna sventolava un capo per valutarne meglio l'idoneità.

«Quanta grazia di Dio» disse Caracas. Sorprendendomi con una battuta alquanto insolita sulle sue labbra (in genere rifugge dal linguaggio trasgressivo; appartiene alla categoria dei "pudichi"). Poi soggiunse: «Vedi? La Cina impera a Napoli. Perfino i reggiseni!».

Ne presi uno e lo comprai: per ricordo. La cinesina me lo vendette con totale indifferenza. È un reggiseno robusto, di un cotone bianco un po' ruvido, con lunghe cuciture rigide come stecche e un orlo di falso ricamo. Lì per lì non feci caso alla misura: è comunque un capo, diciamo così, extralarge.

Dalla patria di Confucio, diventata improvvisamente

la terra promessa del verbo capitalista, arrivano in continuazione mastodontici mercantili: Napoli – quanta saggezza e lungimiranza! – è il loro scalo europeo preferito. Nel porto sono state destinate grandi aree per il parcheggio dei loro container. Li impilano uno sull'altro come fossero pezzi di un Lego gigante, formando un vasto paesaggio a geometria asimmetrica. Va diventando quasi un'attrazione turistica: molti napoletani ci vanno apposta per godersi lo "spettacolo".

Raggiungemmo la tettoia della Stazione; davanti a noi si stendeva una specie di foresta di corpi, voci, volti, acconciature. Mi sentii come nel bel mezzo di un racconto di Kipling. Avevo in bocca il sapore del sesamo mentre mi passava accanto un volto muliebre color crema d'orzo e latte, i capelli morbidi e nerissimi raccolti in un'unica grande treccia che le scendeva sulla schiena e il corpo coperto da un sari giallo. Una specie di scura venere dorata.

Di domenica mattina la Ferrovia è più che mai donna. In maniera quasi esclusiva. Si danno tutte appuntamento lì, sotto la grande tettoia: domestiche, infermiere, badanti, cameriere di ristoranti, cuoche, bambinaie. Non è detto che parlino la stessa lingua, ma si intendono ugualmente grazie al po' d'italiano appreso nell'esercizio delle loro funzioni.

I portici della Stazione sono un capolinea anche per le immigrate che lavorano fuori Napoli. Anzi sono le prime ad arrivare la domenica mattina. Bevono il cappuccino o il tè, mangiano il cornetto e si mettono ad aspettare le amiche con le quali hanno preso appuntamento per telefono. Quando queste arrivano, si stampano reciprocamente baci sulle guance e partono a braccetto alla scoperta del pianeta Ferrovia.

Percorremmo anche noi una notevole fetta del "pianeta", al di là di Porta Capuana e della Pretura, fino a lambire Sant'Antonio Abate con i suoi chiassosi banchi di frutta e verdura. Sul lato opposto, scendemmo lungo il tratto inferiore di corso Garibaldi dove la "bellezza" della Ferrovia si fa subito tragedia: droga, prostituzione, povertà estrema.

Coppia insolitamente silenziosa, persone assorte ciascuna nella sua personale malinconia (ma quali fantasmi si aggiravano nella testa di Caracas?), era come se stessimo compiendo una specie di giro del mondo, attraversando continenti, solcando mari, scavalcando montagne. E perfino secoli, perché questa città trabocca di passato, ne è impregnata in tutte le sue pietre.

D'un tratto mi fermai. Su un piccolo manifesto affisso al muro lessi ad alta voce il primo articolo di una sorta di decalogo. Diceva: «Noi, cittadini napoletani sia di remota che di recente anagrafe, diciamo a quanti sono alla ricerca di una nuova patria: le porte della nostra casa comune sono aperte; tutti coloro che vogliono farsi a loro volta napoletani sono i benvenuti...».

«Ma queste parole le hai scritte tu: vuoi che non lo sappia?» Caracas mi guardò accigliato. «Insomma, per quale ragione ti sei dimesso?»

Era vero, quelle parole le avevo scritte io. «Fanno parte di una mia visione. Un sogno. Napoli, metropoli meticcia che cuce insieme tutta l'umanità, altro che centodiciannove idiomi soltanto. Un'infinità di idiomi...»

Cominciai a infervorarmi. «Quando dico che Napoli dovrebbe scegliere la strategia dell'accoglienza illimitata non intendo affatto invocare il caos. Il punto è tutto qui. Accoglienza illimitata, ma in un regime di controllo rigoroso del fenomeno migratorio. Insomma, porte aperte a tutti, ma a precise condizioni, sottostando a regole capaci di mettere la comunità al riparo da abusi, prepotenze, sfruttamenti. Capisci, Caracas, di che cosa sto parlando? La città di Carlo d'Angiò che si fa realtà, finalmente padrona di se stessa e del suo mare...»

Si guardò a lungo la punta delle scarpe prima di dire qualcosa. Poi ammise che sì, quella città meticcia, quella città-mondo che avevo in testa io, era un bel progetto. Ma non vedeva chi potesse farne la propria bandiera, la propria missione. Dov'era il condottiero? A un certo punto sembrò sfidarmi addirittura con una risata di scherno: dove sono gli uomini, la materia prima, dove sono i cervelli, i muscoli, gli entusiasmi, le generosità? Si esprimeva come si sarebbe espresso Mishima.

C'era una luce di derisione nei suoi occhi, un oscuro desiderio di ferirmi.

Mi sentii nuovamente l'uomo più confuso della terra, defraudato di qualunque orizzonte. Un uomo senza meta. Tornò alla carica in maniera ancora più aggressiva: «Insomma, vuoi dirmi finalmente perché ti sei dimesso?».

Ero stanco di sentirmelo chiedere. Mi rivolgevano tutti la stessa domanda: che cosa si cela dietro la tua mossa? Perché non parli chiaro? Per quale motivo te ne vai?

Ma io sono *davvero* un uomo reticente? Nascondo *davvero* qualcosa?

«Ne sono sicuro!»

Caracas fu categorico. Poi, con un tono che a me parve ironico se non addirittura mellifluo, aggiunse: «Con me puoi aprirti con tranquillità, perché io sono una specie di te stesso e sarebbe assurdo prendere una decisione importante omettendo di parlarne con sincerità tra sé e sé».

Non mi lasciai catturare dalla sua esca, ma ritenni di dovergli dire comunque qualcosa di non convenzionale. Anzi di doverla dire a me stesso, dal momento che una risposta limpida, netta, a quella domanda non ero stato ancora capace di trovarla.

Era arrivato il momento di provarci. Certo, ammisi, non me ne andavo senza un motivo. Anzi, i motivi erano tanti. «Ne sottolineo uno solo, quello che adesso mi tormenta di più. A quanto pare sono anni che la Campania è diventata la pattumiera d'Italia. La camorra ha fatto soldi a palate usando il nostro territorio come ricettacolo dei più pericolosi rifiuti tossici prodotti al Nord. Non ne sapevo niente. La notizia mi ha sconvolto. Non ne sapevano niente neppure gli amministratori pubblici? Eh, no, non posso crederlo. Hanno lasciato correre, hanno nascosto, hanno mentito. Avrebbero dovuto mobilitare l'opinione pubblica, scatenare l'inferno, organizzare proteste, denunciare colpevoli. Invece non hanno mosso un dito. Perché? Per non perdere il potere? Per paura? Per inettitudine? Ma c'è di più. Non hanno taciuto soltanto i politici. Si può dire anzi che non ci sia stata una sola categoria di cittadini di qualche rilievo sociale che possa ritenersi indenne da responsabilità. A cominciare dagli addetti alla carta stampata. Avrebbero dovuto indagare, accendere riflettori, indignarsi, mettere a nudo magagne, disegnare le mappe dello scempio, consegnare nelle mani dei cittadini fino all'ultima delle verità, compresa la più atroce: Napoli sputacchiera d'Italia, capolinea della nettezza urbana nazionale… Che cosa potevo fare, se non dimettermi e scrivere un libro?»

***

Tornammo sui nostri passi. Nei pressi della statua di Garibaldi, davanti all'Helvethia, era parcheggiata una splendida Alfa Romeo blu mare con la *capote* aperta e un giovanotto cinese in abito scuro e cravatta seduto al volante che chiacchierava con una sorta di clone che gli sedeva accanto. Sembravano in attesa di qualcuno. Il giovane al volante aveva grandi occhiali scuri che gli coprivano buona parte della faccia. Malavita? Sia io che Caracas formulammo lì per lì lo stesso pensiero. Però non scartammo altre ipotesi: per esempio che potessero essere i rampolli di qualche fortunato imprenditore. Oppure uomini d'affari loro stessi: d'altronde è stato sempre difficile dare un'età precisa a un cinese.

Restammo a lungo fermi sul marciapiede a osservarli. Né eravamo i soli: si era formata tutta una piccola folla intorno all'auto benché a rispettosa distanza. I due cinesi sembravano molto compiaciuti di tutta quella curiosità: sorridevano come attori del cinema.

Infatti erano attori. Sopraggiunse di lì a poco una piccola *troupe* formata da un regista, due operatori e due elettricisti. Tutti cinesi. Ebbi l'impressione che girassero degli spot pubblicitari.

***

Caracas sembrava divertito. Malinconicamente divertito. Pensai: chissà se andrà veramente a lavorare in Tunisia come mi ha annunciato, vicino ad Allah e al deserto. Non ci credevo. Ero (sono) convinto che non accadrà mai, perché si tratta di un suo "falso" desiderio. Ciò cui Caracas aspira è già in suo possesso: è questa piazza, sono queste strade, è questa statua, questo Aladin dove lui consuma la maggior parte delle sue serate.

Sotto al monumento di Garibaldi ci salutammo. «Caracas, a questo punto le nostre strade divergono.»

«E l'appartamento nella villa grigia? Quello del mio amico brasiliano?»

Apprezzai il modo garbato di farmi la domanda: voleva sapere soltanto fino a che punto il mio "esilio" era irrevocabile. È irrevocabile? Lo chiedo a me stesso: sto prendendo una decisione irrevocabile? È impossibile che l'ebreo marrano, il rinnegato, torni sui suoi passi? Forse è impossibile: a impedirglielo è la sua stessa religione d'origine, ormai trasformata in ricordo e rimpianto in fondo all'anima.

Ero commosso. Ora lo era anche lui. «Nessun rancore?» gli chiesi. Scosse la testa: «Nessun rancore».

«Mica finiremo per odiarci?»

Si limitò a scuotere la testa. Ci abbracciammo con la promessa di risentirci presto. Tra noi, dissi, non tutti i nodi sono stati sciolti, restano ancora aperte partite importanti.

Si mise a ridere. «Non hai perduto la speranza di convertirmi, è così?»

Risposi pungente: sono un inguaribile altruista. «Per il tuo bene, Caracas. Per il tuo bene… E chissà che, leggendo le pagine che ti spedirò, non si compia il miracolo…»

# Post scriptum

Sono inquieto. Il libro terminava a questo punto, almeno sino ad alcuni mesi orsono. Nel frattempo però sono accaduti strani fatti che non posso non riferire. Non dico che si tratta di eventi necessariamente gravi. Certamente curiosi, poco normali, indecifrabili e perciò capaci di creare apprensione.

Cerco di riassumerli nel modo più stringato possibile, elencandoli in successione cronologica.

All'incirca due settimane dopo il nostro ultimo incontro alla Ferrovia, da Roma, via *email*, spedii a Caracas le prime quaranta pagine di questo libro. Il giorno dopo ricevetti la risposta. Le aveva divorate. "Si leggono d'un fiato" fu il telegrafico ma incoraggiante commento.

Tra la prima e la seconda *email* passarono tre mesi. Li trascorsi lavorando accanitamente, benché su pagine già scritte ma che non mi soddisfacevano. Sono un maledetto nevrotico, eternamente scontento di me. Essendo in apnea, non gli telefonai mai né gli spedii messaggi. Quanto a lui, fu altrettanto silenzioso. Finalmente costrinsi me stesso a stare ai patti e gli inviai altre cinquanta pagine, pur precisandogli che non erano da ritenersi affatto definitive.

Questa volta la risposta di Caracas non arrivò con la stessa velocità della precedente. Dovetti aspettare a lungo, quasi due settimane, tanto che a un certo punto cominciai a temere un suo pollice verso, una sua reazione negativa, nel migliore dei casi un suo disappunto per qualche mia osservazione giudicata errata o inopportuna. Temevo in particolare il suo giudizio sui capitoli dedicati a Rosa La Rosa. È il suo nervo scoperto. L'ossessiona l'idea che Rosa possa leggere un giorno per caso queste pagine, riconoscersi e sentirsi tradita da lui.

Sia pure con notevole ritardo, la risposta di Caracas comunque arrivò, e fu ancora una volta tranquillizzante. Non conteneva più lodi ma neppure censure. Mi contestava un paio di inezie senza importanza e basta.

La terza spedizione – venticinque cartelle esatte – gliela feci a distanza ravvicinata, commettendo anche l'errore di chiedergli una lettura veloce. Gli rammentai la mia natura ansiosa: un uomo che scrive un libro è come un ammalato che aspetta la sentenza del medico.

Non mi rispose affatto con la sollecitudine invocata. Lasciò addirittura che passasse un mese per cavarsela infine con un semplice cenno di assenso: non aveva obiezioni da muovermi.

Fui sul punto di chiamarlo al telefono: per chiedergli conto del suo gelo. Non lo feci. Gli spedii invece un altro consistente numero di pagine, circa trenta. Pagine fitte, quaranta righe ciascuna per settanta battute in carattere Times, corpo 12. Pagine dense. Patite.

Ma è inutile che sprechi parole.

Caracas non mi rispose. Da allora sono trascorsi cinque mesi tondi, durante i quali l'ho tempestato di telefonate e messaggi: tutti senza risposta.

Un giorno, non molto tempo fa, con i nervi a pezzi, mi sono infilato in un treno e sono tornato a Napoli. Non che pretendessi d'incontrare Caracas per forza. Volevo soltanto essere rassicurato che non gli fosse capitato niente d'irreparabile. Non era la prima volta che vivevo un'esperienza del genere: lui ha una certa vocazione per la dissolvenza improvvisa. Ogni tanto ama liquefarsi come una compressa effervescente in un bicchiere d'acqua. Il "bicchiere d'acqua" è la città con i suoi vicoli e anfratti: è come se l'inghiottisse, lo sciogliesse sotto la lingua.

Caracas non abita da nessuna parte, è privo di un recapito sicuro: possiede soltanto un telefono cellulare (che ora funziona ora è spento) e un indirizzo elettronico anch'esso attivo soltanto a sprazzi, con fasi di lungo letargo. È un uomo che c'è e non c'è. Che è reale finché non si lascia tentare dalla clandestinità, dal vuoto, da un'insana voglia di anonimato.

Sinora avevo sperimentato tuttavia soltanto eclissi di breve durata. Adesso invece il tempo trascorso evocava intenzioni di rottura: ognuno per la sua strada, non abbiamo più niente da dirci.

Ma che cosa gli avevo fatto? Che cosa avevo scritto per determinare una reazione così radicale?

Presi alloggio in un piccolo albergo non lontano dalla Ferrovia, una specie di bed and breakfast senza cameriere in camice nero né uomini in livrea o ascensori abbaglianti di luci e specchi. Al riparo da improprie cornici, mi sentii finalmente di nuovo, sino in fondo, me stesso: un ottimo signor nessuno dalle modeste risorse finanziarie. Mi ero portato appresso appena lo spazzolino da denti e qualche capo di biancheria di ricambio:

contavo di ripartire nel più breve tempo possibile, anche per non trasformare quel viaggio in ciò che non voleva assolutamente essere: un inseguimento, una caccia. I limiti del sopralluogo erano molto chiari dentro di me: io non intendevo stanare Caracas a ogni costo ma soltanto compiere un atto di umana sollecitudine appagando nello stesso tempo alcune mie legittime curiosità.

Feci per prima cosa due o tre telefonate. Tutte inutili. Poi cominciai la ricognizione, porta per porta. Cascavano tutti dalle nuvole. In via Tristano Caracciolo, quando chiesi di lui nel ristorante dove mi aveva condotto tante volte, l'uomo che serviva ai tavoli mi guardò ingrugnito. Affermò di non conoscere nessuno con quel nome. «Caracas?» disse. E rivolse lo sguardo al cielo. «E chi è? Che fa? Come è fatto?»

Si scusò. Dichiarò che non si ricordava neanche di me: ero già stato a mangiare in quel posto? Ne ero proprio sicuro?

Una bella faccia tosta: non soltanto mentiva, ma lo faceva anche in modo maldestro. Quasi deliberatamente maldestro, come avesse voluto sfidarmi. Possibile che Caracas avesse organizzato una vera e propria congiura ai miei danni?

Andai nel locale di Djamel, ma l'algerino non c'era. Mi assicurarono però che sarebbe arrivato al più presto. Presi posto al primo piano nella sala buia, il "parlatorio", e ordinai un tè. Pensai che la cosa migliore che potessi fare era di scrivere una lettera a Caracas: Djamel gliela avrebbe sicuramente recapitata, perfino nel caso in cui lui fosse andato a vivere effettivamente a Tunisi o non so dove.

Mi portarono sollecitamente dei fogli di carta bianca e io inforcai gli occhiali.

“Caro Caracas, mi auguro che tu stia bene e che il silenzio nel quale ti sei chiuso non sia da imputare ad alcun personale disagio. Mi pare di capire che non desideri più né incontrarmi né parlarmi: ne prendo atto anche se non riesco a immaginare le ragioni che ti hanno spinto a elevare questo muro tra noi. I muri sono di moda, peccato che ne faccia uso un uomo come te che, per temperamento, dovrebbe rifuggire da scelte che escludono il dialogo tra le persone. Un muro, figuriamoci! Mi esprimo così perché sono sicuro che stai bene e continui a nutrirti, furtivo e felice, di ciò che questa città, pur dannata, ti sa dare: a te come a nessun altro. Anzi sono convinto che presto questo momento di nevrosi (come definirlo differentemente?) ti passerà e che ti farai di nuovo vivo con me. Io credo nelle resurrezioni: l’uomo è fatto per risorgere continuamente, come tutto del resto a questo mondo. Non c’è tempesta che prima o poi non passi: guai a perdere in maniera definitiva l’ottimismo del cuore. I miei recapiti li hai tutti. Io frattanto andrò diritto per la mia strada (mi riferisco al libro: è finito e pretende di vedere la luce). Ti saluto affettuosamente, quale che sia la ragione del tuo silenzio.”

Non aspettai neppure il ritorno di Djamel. Gli lasciai il messaggio assieme a tre righe di raccomandazione: per favore, che Caracas riceva a ogni costo questo biglietto e lo legga. Dovunque sia.

Mi incamminai a casaccio per quelle strade. Mai visto un’estate così precoce: la fine del mondo? L’aria era secca e acre, sembrava una premonizione. Pensavo alla fortuna di essere un uomo, di appartenere al regno dell’opacità. A volte è meglio non sapere le cose, il bello della vita è proprio questo: ignorare che cosa accadrà domani. Anzi, che cosa accadrà tra un istante. Agli dei, condannati alla trasparenza, questo privilegio è negato.

Pensai che forse ci invidiavano. Che forse ci invidiava Dio stesso, ammesso che esista, dall'alto della sua Scienza totale: ma guarda quelli là come se la godono (anche se poi non ce la godiamo affatto).

Del resto come potremmo nutrire qualunque speranza sul nostro futuro se lo conoscessimo già tutto da cima a fondo? Ero attraversato da mille pensieri assurdi: non ardevano fetidi falò intorno a me, ma mi sembrava di percepirne ugualmente il crepitio nelle orecchie, assieme al vociare di cittadini infuriati per le montagne di spazzatura non raccolta. Napoli brucia, gridavo tra me e me: si avvera il vaticinio di Matilde Serao. Anche se il vulcano non c'entrava niente.

Cristo, ma dove si era nascosto il protagonista del mio libro? Mi chiesi che cosa sarebbe accaduto se l'avessi incrociato improvvisamente lungo il marciapiede, in mezzo alla folla, una figura slanciata dentro a un paio di jeans neri attillati con una cintura vistosa intorno alla vita: «Ehi, Caracas!».

Di fronte alla vetrina illuminata di un gioielliere finalmente mi fu chiara ogni cosa. Come se quelle luci accecanti fossero penetrate fin nel profondo del mio animo. Ora sapevo tutta la verità. Caracas aveva deciso improvvisamente – per disgusto o paura o vergogna, chissà – di dissociarsi dal racconto, di uscire dal gioco, trasformando di colpo un libro-verità in un libro-fantasia se non in un libro-menzogna.

Non potevano esserci dubbi su come erano andate le cose. Superato il primo momento di emozione, e forse di entusiasmo, non si era più riconosciuto nel personaggio. Il "mio" Caracas agiva troppo manovrato da me, era un altro che sì, un po' gli rassomigliava, un po' adombrava la sua persona, ma senza essere veramente lui. Allora aveva deciso di scomparire lasciandomi solo in compagnia dei miei fantasmi e delle mie responsabilità.

Presi la strada dell'albergo. Mi sentivo in fondo a un pozzo dalle pareti viscide: sarei tornato mai più in superficie? Rincorrevo pensieri torbidi. Forse, dicevo a me stesso, Caracas non è mai esistito; forse mi sono inventato ogni evento di sana pianta.

Raggiunsi la mia tana e mi buttai sul letto senza spogliarmi: era una cameretta rettangolare molto stretta. Alle pareti era attaccata una tappezzeria con disegni geometrici, alla Mondrian. Rassomigliava alla cella di un carcere. Scomparendo, era come se Caracas mi avesse defraudato di ogni concretezza, ridotto a pura macchina di sogni: proprio me, che per tutta la vita ho cercato disperatamente di rincorrere la realtà, di starle addosso, di essere soltanto – ostinatamente – l'uomo delle "cose vere".

Alla fine riuscii ad addormentarmi. Dormii di sasso fino all'alba: alle sei e mezzo ero già alla stazione sprofondato nella scomoda poltrona di un Eurostar.

***

Chi mi conosce sa che non mento: non ho inventato nulla. Figurarsi un personaggio come Caracas! Anzi sono sicuro che presto mi telefonerà. Sento già le sue parole pronunciate con l'inconfondibile tono rauco di quando è pentito di qualcosa che ha fatto.

Lo aspetto al varco.

A meno che... Credo di averlo già detto: il rancore è sempre in agguato nelle relazioni umane. Forse gli dei ci invidiano anche per questo: a loro è interdetta l'esperienza dell'odio, o almeno del fastidio, che subentra pian piano all'amore e lo soppianta.

# Indice

Un tipo molto di destra, un naziskin 9
Il cielo era di un azzurro rosato 26
Marmo nero 37
Questione di zebre 47
Non fu subito amore 59
Lo inseguo come fosse una preda 70
Mio padre a Caporetto 84
Fiumi di tè alla menta 92
Non sono un kamikaze 104
Lo schermo al plasma 110
Il farmacista filosofo 120
L'aforisma di Cioran 136
La fuga della sposa 145
Garibaldi, amico mio 163
Scala a San Potito 171
Il signor Odionapoli 189
Caracas l'accogliente 202
Via Luigia Sanfelice 217
La moglie araba 224
Argento, rame, avorio, madreperla 233
Rosa sviene 246
Colori e vernici 250
Ebreo per finta 271
Achtung Banditen! 287
Le dimissioni 310
Desiderio di uccidere 316
Addio, Caracas 337
Post scriptum 351

Ultimi volumi pubblicati in
"Universale Economica"

J.G. Ballard, *Tutti i racconti*. Volume I. 1956-1962
Corrado Ruggeri, *Farfalle sul Mekong*. Con una nuova introduzione dell'autore
Rolf Sellin, *Le persone sensibili sanno dire no*. Affrontare le esigenze degli altri senza dimenticare se stessi
Charles Bukowski, *Il sole bacia i belli*. Interviste, incontri, insulti
Mathias Malzieu, *L'uomo delle nuvole*
Eveline Crone, *Nella testa degli adolescenti*. I nostri ragazzi spiegati attraverso lo studio del loro cervello
Michel Foucault, *Il governo di sé e degli altri*. Corso al Collège de France (1982-1983)
Eugenio Borgna, *La dignità ferita*
Imre Kertész, *Kaddish per il bambino non nato*
Alessandro Mari, *Gli alberi hanno il tuo nome*
José Saramago, *Le piccole memorie*
Banana Yoshimoto, *A proposito di lei*
John Cheever, *Una specie di solitudine*. I diari
Yu Hua, *La Cina in dieci parole*
Richard Ford, *Canada*
Manuel Vázquez Montalbán, *Luis Roldán né vivo né morto*
Sophie Hart, *Il club delle cattive ragazze*
Roberto "Freak" Antoni, *Non c'è gusto in Italia a essere Freak*. Antologia fantastica di scritti rock. A cura di O. Rubini
Rainer Sachse, *Come rovinarsi la vita sistematicamente* (e smettere di farlo)

Svagito, *Le radici dell'amore*. Costellazioni familiari: i legami che vincolano e il cammino verso la libertà

Alessandro Chelo, *Il coraggio di essere te stesso*. La ricerca dell'autenticità come strada per il successo

Alberto Cavaglion, *La Resistenza spiegata a mia figlia*. Nuova edizione

James Gleick, *L'informazione*. Una storia. Una teoria. Un diluvio

Remo Bodei, *La filosofia nel Novecento* (e oltre). Nuova edizione

Gaetano Salvemini, *Le origini del fascismo in Italia*. Lezioni di Harvard

Mimmo Franzinelli, *Il Giro d'Italia*. Dai pionieri agli anni d'oro. Postfazione di M. Torriani

Vandana Shiva, *Il mondo del cibo sotto brevetto*. Controllare le sementi per governare i popoli

Gaia Servadio, *Gioachino Rossini*. Una vita

Osho, *Segreti e misteri dell'eros*

Romano De Marco, *Io la troverò*. La serie Nero a Milano

Daniel Kehlmann, *È tutta una finzione*

Gianni Testori, *Il Fabbricone*

Nicolas Barreau, *La ricetta del vero amore*

Simonetta Agnello Hornby, *Via XX Settembre*

Stefano Benni, *Pantera*. Con le illustrazioni di L. Ralli

Giuseppe Catozzella, *Non dirmi che hai paura*

Amos Oz, *Contro il fanatismo*

Giorgio Bocca, *Le mie montagne*. Gli anni della neve e del fuoco

Neil Young, *Il sogno di un hippie*

Agnese Borsellino, Salvo Palazzolo, *Ti racconterò tutte le storie che potrò*

José Saramago, *L'ultimo Quaderno*

Jonathan Coe, *Expo 58*

Erri De Luca, *Storia di Irene*

Claudia Gamberale, *Per dieci minuti*

Domenico Barrilà, *I legami che ci aiutano a vivere*. L'energia che cambia la nostra vita e il mondo

John Foot, *Milano dopo il miracolo*. Biografia di una città. Con una nuova prefazione dell'Autore

Réné Girard, Gianni Vattimo, *Verità o fede debole?* Dialogo su cristianesimo e relativismo
Francesco Dell'Oro, *Cercasi scuola disperatamente*. Orientamento scolastico e dintorni
Osho, *Pioggia a ciel sereno*. La via femminile all'illuminazione
Lars Bill Lundholm, *Il soffio del drago*. La serie Omicidi a Stoccolma
Umberto Galimberti, *Cristianesimo*. La religione del cielo vuoto. Opere XX
Nicholas Wapshott, *Keynes o Hayek*. Lo scontro che ha definito l'economia moderna
Luca Paulesu, *Nino mi chiamo*. Fantabiografia del piccolo Antonio Gramsci
Patti Smith, *Just Kids*
Michele Serra, *Gli sdraiati*
Nathan Filer, *Chiedi alla luna*
Albert Hofmann, *LSD*. Il mio bambino difficile
Isabel Allende, *Il gioco di Ripper*
Pino Cacucci, *Puerto Escondido*
Cristina Comencini, *Due partite*
Marcela Serrano, *Adorata nemica mia*
Charles Bukowski, *Scrivo poesie solo per portarmi a letto le ragazze*
Emmanuel Bove, *I miei amici*. Con una nuova postfazione del traduttore
Alberto Anile, Maria Gabriella Giannice, *Operazione Gattopardo*. Come Visconti trasformò un romanzo di "destra" in un successo di "sinistra". Prefazione di G. Fofi
Eva Cantarella, Luciana Jacobelli, *Pompei è viva*
Isabel Allende, *Amore*. Le più belle pagine di Isabel Allende sull'amore, il sesso, i sentimenti
John Cheever, *I racconti*
Nicolas Barreau, *Una sera a Parigi*
Paolo Di Paolo, *Mandami tanta vita*. Con una nuova postfazione dell'autore
Roberto Saviano, *ZeroZeroZero*
Alejandro Jodorowsky, Marianne Costa, *La Via dei Tarocchi*
Yukio Mishima, *La scuola della carne*

Massimo Recalcati, *Il complesso di Telemaco*. Genitori e figli dopo il tramonto del padre
Michael Bar-Zohar, Nissim Mishal, *Mossad*. Le più grandi missioni del servizio segreto israeliano
Barbara Berckhan, *Piccolo manuale per non farsi mettere i piedi in testa*
Giuseppe Morici, *Fare marketing rimanendo brave persone*. Etica e poetica del mestiere più discusso del mondo
Howard Gardner, *Aprire le menti*. La creatività e i dilemmi dell'educazione
James J. Sadkovich, *La Marina italiana nella seconda guerra mondiale*
Donald Jay Grout, *Storia della musica in Occidente*
Tiziana Bertaccini, *Le Americhe Latine nel Ventesimo secolo*
Mayank Chhaya, *Dalai Lama. Uomo, monaco, mistico*. Biografia autorizzata
Christian Boukaram, *Il potere anticancro delle emozioni*. Da un medico oncologo, un nuovo sguardo sull'insorgenza e la cura della malattia
Giovanni Montanaro, *Tutti i colori del mondo*
Tim O'Brien, *Inseguendo Cacciato*
Simonetta Agnello Hornby, *Il veleno dell'oleandro*
Charles Bukowski, *Il Capitano è fuori a pranzo*. Nuova traduzione di S. Viciani. Illustrazioni di R. Crumb
Nora Ephron, *Il collo mi fa impazzire*. Tormenti e beatitudini dell'essere donna
Andrea Camilleri, *I racconti di Nené*. Raccolti da Francesco Anzalone e Giorgio Santelli
Daniel Barenboim, *La musica è un tutto*. Etica ed estetica
Doris Lessing, *Echi della tempesta*
Ivana Castoldi, *Riparto da me*. Trasformare il mal di vivere in una opportunità per sé
Flavio Caprera, *Dizionario del jazz italiano*
Giorgio Candeloro, *Storia dell'Italia moderna*. Volume nono. Il fascismo e le sue guerre. 1922-1939
Giorgio Candeloro, *Storia dell'Italia moderna*. Volume decimo. La seconda guerra mondiale. Il crollo del fascismo. La Resistenza. 1939-1945
Luciano Bianciardi, *L'integrazione*

Gianni Mura, *Ischia*

Pierre Grimal, *L'arte dei giardini*. Una breve storia. A cura di M. Magi. Presentazione di I. Pizzetti

Vanna Vannuccini, Francesca Predazzi, *Piccolo viaggio nell'anima tedesca*. Nuova edizione

Osho, *L'eterno contrasto*. A cura di Anand Videha

Raquel Martos, *I baci non sono mai troppi*

Giovanni Testori, *La Gilda del Mac Mahon*

Daniel Pennac, *Storia di un corpo*

Antonio Tabucchi, *Autobiografie altrui*. Poetiche a posteriori

Baricco, Benni, Carofiglio, Covacich, Dazieri, Di Natale, Giordano, Pascale, Starnone, *Mondi al limite*. 9 scrittori per Medici Senza Frontiere. Disegni di E. Giannelli

Michel Foucault, *Follia e discorso*. Archivio Foucault 1. Interventi, colloqui, interviste. 1961-1970. A cura di J. Revel

Giorgio Bocca, *È la stampa, bellezza!* La mia avventura nel giornalismo

Gabriella Turnaturi, *Signore e signori d'Italia*. Una storia delle buone maniere

*S.O.S. Tata. Dai 6 ai 9 anni*. Nuovi consigli, regole e ricette per crescere ed educare bambini consapevoli e felici. A cura di E. Ambrosi

Richard H. Thaler, Cass R. Sunstein, *Nudge. La spinta gentile*. La nuova strategia per migliorare le nostre decisioni su denaro, salute, felicità

William McIlvanney, *Come cerchi nell'acqua*. Le indagini di Laidlaw

Richard Ford, *L'estrema fortuna*

John Cheever, *Sembrava il paradiso*

Domenico Rea, *Mistero napoletano*. Vita e passione di una comunista negli anni della guerra fredda. Postfazione di S. Perrella

Chiara Valentini, *Enrico Berlinguer*. Nuova edizione

Robyn Davidson, *Orme*. Una donna, quattro cammelli e un cane nel deserto australiano

Erri De Luca, *Solo andata*. Righe che vanno troppo spesso a capo

Paolo Sorrentino, *Tony Pagoda e i suoi amici*

Janne Teller, *Niente*
Paolo Rossi con Federica Cappelletti, *1982*. Il mio mitico Mondiale
Guido Crainz, *L'ombra della guerra*. Il 1945, l'Italia
Carlo Ginzburg, *Rapporti di forza*. Storia, retorica, prova
Leela, Prasad, Alvina, *La vita che vuoi*. Le leggi interiori dell'attrazione
Jean-François Lyotard, *La condizione postmoderna*. Rapporto sul sapere
Arnulf Zitelmann, *Non mi piegherete*. Vita di Martin Luther King
Ruggero Cappuccio, *Fuoco su Napoli*
Gianni Celati, *Recita dell'attore Vecchiatto*. Nuova edizione
Henry Miller, *Nexus*
Daniel Glattauer, *Per sempre tuo*
Louise Erdrich, *La casa tonda*
Amos Oz, *Tra amici*
José Saramago, *Oggetto quasi*. Racconti
Paolo Di Paolo, *Raccontami la notte in cui sono nato*. Con una nuova postfazione dell'autore
Michael Laitman, *La Cabbala rivelata*. Guida personale per una vita più serena. Introduzione di E. Laszlo
Patch Adams, *Salute!* Curare la sofferenza con l'allegria e con l'amore
Martino Gozzi, *Giovani promesse*
Alejandro Jodorowsky, *Il maestro e le maghe*
Benedetta Cibrario, *Lo Scurnuso*
Michele Serra, *Cerimonie*
Stefano Benni, *Di tutte le ricchezze*
Cristina Comencini, *Lucy*
Danny Wallace, *La ragazza di Charlotte Street*
Grazia Verasani, *Quo vadis, baby?*
Devapath, *La potenza del respiro*. Dieci meditazioni del metodo Osho Diamond Breath® per arricchire la tua vita
*Donne si diventa*. Antologia del pensiero femminista. A cura di E. Missana
Nicholas Shaxson, *Le isole del tesoro*. Viaggio nei paradisi fiscali dove è nascosto il tesoro della globalizzazione
Salvatore Niffoi, *Pantumas*

Lucien Febvre, *L'Europa*. Storia di una civiltà. Corso tenuto al Collège de France nell'anno accademico 1944-1945. A cura di Thérèse Charmasson e Brigitte Mazon. Presentazione dell'edizione italiana di C. Donzelli. Presentazione dell'edizione francese di M. Ferro
Kevin D. Mitnick, con la collaborazione di William L. Simon, *L'arte dell'hacking*. Consulenza scientifica di R. Chiesa
Nicola Gardini, *Le parole perdute di Amelia Lynd*
Ermanno Rea, *La dismissione*
Cesare De Marchi, *La vocazione*
Cesare De Marchi, *Il talento*
Manuel Vázquez Montalbán, *La bella di Buenos Aires*
Pino Cacucci, *¡Viva la vida!*
Elias Khoury, *La porta del sole*
Erri De Luca, *Il torto del soldato*
Barbara Berckhan, *Piccolo manuale di autodifesa verbale*. Per affrontare con sicurezza offese e provocazioni
Richard Sennett, *Insieme*. Rituali, piaceri, politiche della collaborazione
Giuseppe Catozzella, *Alveare*
Banana Yoshimoto, *Moshi moshi*
Alessandro Baricco, *Tre volte all'alba*
Edward W. Said, *Dire la verità*. Gli intellettuali e il potere
Stefano Bartolini, *Manifesto per la felicità*. Come passare dalla società del ben-avere a quella del ben-essere
Salvatore Lupo, *Il fascismo*. La politica in un regime totalitario
Giorgio Bassani, *L'odore del fieno*
Kahlil Gibran, *Gesù figlio dell'uomo*
Christine Rankl, *Così calmo il mio bambino*. Risposte equilibrate al pianto del neonato
Eugenio Borgna, *La solitudine dell'anima*
Lotte & Søren Hammer, *La bestia dentro*
José Saramago, *Lucernario*
Matthew Stewart, *Il cortigiano e l'eretico*. Leibniz, Spinoza e il destino di Dio nel mondo moderno
Giovanni Filocamo, *Il matematico curioso*. Dalla geometria del calcio all'algoritmo dei tacchi a spillo
Paolo Rumiz, *Annibale*. Un viaggio